JN283048

二見文庫

晴れた日にあなたと

キャサリン・アンダーソン／木下淳子＝訳

Blue Skies
by
Catherine Anderson

謝辞

この本を、ある若くすばらしい女性、メリッサ・J・ロペスに捧げます。彼女は、わたしにこの物語を書くヒントを与えてくれただけでなく、貴重な時間を割いてインタビューに答えてくれ、事実に反する記述がないかどうかのチェックもしてくれました。物語の背景となる知識を与えてくれた、彼女の主治医であるウィリアム・E・ホイットソンにも感謝します。

また、この場を借りて〈ニュー・アメリカン・ライブラリー〉社の担当者の方々、とりわけ、本書の執筆中、つねにわたしを支えてくれた編集者のエレン・エドワーズに感謝を表します。彼らの熱意と不断の信頼がなければ、この物語を書かなければという使命感を持ち続けることはできなかったでしょう。

晴れた日にあなたと

登 場 人 物 紹 介

カーリー・アダムズ	目を患った女性
ハンク・コールター	牧場を経営する青年
ベス	カーリーの親友でルームメイト
クリケット	カーリーの親友
ジェイク	ハンクの兄。牧場を共同経営
モリー	ジェイクの妻
ジーク	ハンクの兄
アイザイア	ハンクの双子の兄。 動物クリニックを共同経営
タッカー	同上
ベサニー	事故で下半身麻痺となったハンクの妹
ライアン・ケンドリック	ベサニーの夫
アート・アダムズ	カーリーの父
ハーヴ	ハンクの父
メアリー	ハンクの母

1

ナイトクラブの店内にドラムの音が鳴り響き、今夜の最後を飾る出演バンドが一曲演奏を終えた。カントリー・バンドのヴォーカルが客を煽《あお》るようにマイクに向かって叫ぶと、その声は店じゅうの壁に響き、跳ねかえった。ヴォーカルの男は、ダンスフロアにいる赤い服を着た美人に向かってカウボーイ・ハットの縁をちょっと上げてから、笑みを浮かべて軽くギターをかき鳴らし、次の曲を演奏しはじめた。『シー・ウィル・リーヴ・ユー・ウィズ・ア・スマイル』。店内の空間に演奏が反響し、最高の音質が作りだされている。この〈チャップス〉が、オレゴン州クリスタル・フォールズでもっとも有名なカントリー・ナイトクラブであるゆえんだ。

ハンク・コールターは、ベースの音に合わせてブーツの爪先で床を叩きながら、親指の上にのせた二十五セント硬貨のバランスを取っていた。テーブルの中央に置かれた空のジョッキに狙《ねら》いを定め、指ではじいた。くるくる回転しながら光るコインは空中に高く弧《こ》を描き、ジョッキの縁にぶつかって、はずみながら脇に転がった。おなじテーブルを囲む男たちは笑い声をあげ、そのうちのひとりが、なみなみとビールをついだジョッキをハンクに押しやった。

「そら、一気にいけ！」

テーブルにいる全員が加わり、いっせいに怒鳴った。

「一気！　一気！　一気！」

その日の午後、兄のジェイクと言い争いをしてから続いているいやな気分を振り払うように、ハンクは笑ってビールを飲みはじめた。息をつかずにビールを飲み干すのがゲームのルールだ。ジョッキを大きく傾けて飲むと、鼻にビールの泡が触れた。空になったジョッキを音をたててテーブルに置くと、仲間たちは歓声をあげた。ハンクはシャツの袖《そで》で口を拭った。左隣りに座っているエリック・ストーンが、ふたたびジョッキになみなみとビールを注いだ。

「もう一杯やれよ」エリックは、大音量の音楽にも負けない大声で言った。「今夜の成功を祈って。それとも、お楽しみの前にすっかり酔っちまうかもな。これで何杯目だ、三杯目？」

「五杯目」ハンクは訂正した。「それに、今酔っていてもだいじょうぶさ。お楽しみは遅い時間にしようと思ってるから」

「それは、おれたちみんなじゃないだろう？」エリックは革のカウボーイ・ハットの縁を上げて、店内を見わたした。若い娘たちを物色する茶色い目が、楽しそうに躍っている。「おれはもう、あそこのかわいいブルネットの娘を釣《こ》りあげたんだ」

じつはハンクもおなじブルネットの娘に目をつけ、あとで彼女を相手に過ごす想像をめぐらせていた。娘はさっきからずっと明るい笑顔で、男の心を熱くする腰の振り方を披露《ひろう》している。「がんばれよ」ハンクはエリックにウィンクをした。「たぶん、うまくいくさ」

ハンクは、ピート・ウィザースプーンが机の上に滑らせたコインを受け取り、もう一度ジョッキに狙《ねら》いをつけた。どういう経緯で、いつからこの店で二十五セント硬貨ゲームをするようになったのかは、自分でも思いだせない。これまで数えきれないほどの週末の夜、〈チャップス〉で仲間と他愛もない話で笑いあい、二、三杯のビールを飲み干し、うまくいけば、最後は適当な女性といっしょに過ごした。店に来てから一時間早々で酔っぱらうのはあまりない展開だが、すでにゲームははじまってしまい、今さら抜けられそうにもなかった。

またもや、コインが目標をはずれた。今度はジョッキにはねかえって、ダンスフロアの床を転がっていった。ジョー・マイケルズがげらげら笑いながらポケットに手を入れて次の硬貨を探しているあいだに、ハンクはまたビールを飲み干した。これで、一パイント×六杯分のビールが腹のなかにおさまったことになる。ハンクは確実に酔いがまわってくるのを感じはじめた。

同じときに、近くのテーブルに座っていたカーリー・アダムズは、カウボーイ姿のその男をじっと見ていた。男の髪は、友人のベスがいつかの晩に作ったチョコレート・ファッジ（溶かしたチョコレートにミルクやナッツを混ぜて固めたお菓子）によく似た深い褐色だ。男が首をのけぞらせてビールを飲むと、突きでた喉仏が上下に動いた。その筋肉の動きを見ていると、男と女の体がいかに違った造りをしているかが、カーリーにも理解できた。カーリー自身の喉は指で触れても滑《なめ》らかな皮膚があるだけだ。わざと力をこめなければ、筋肉があることもわからない。

男が何歳くらいなのか見当をつけるのはむずかしかった。二十代後半か、もしかしたら、もう少し上かもしれない。見た目から年齢を予想するには経験が必要だ。そして、ほんの一週間前に視力を取り戻したばかりのカーリーは、その能力を磨くための貴重な経験をほとんど積んでいなかった。だが、そんなことはどうでもいい。長い長い年月の末、ついに自分の目で男性を見ることができるのだ。ハイスクール時代に、友人たちがくすくす笑いながら男の子のことばかりささやきあっていたのも無理はない。カーリーの体はどこも丸みを帯びて柔らかなのに対し、男の体は直線的で固そうだ。そして、カーリーの体はどこも滑らかだが、男の体はあちこちが、ごつごつと出っ張っている。

彼のどこを見て気持ちが高ぶるのかは、自分でもわからなかった。店内にいるほとんどの男たちは派手なウェスタン・スタイルの服で着飾っていたが、彼は平凡な洗いざらしのシャツと古ぼけたジーンズといういでたちに、爪先がひどくすりへった頑丈そうなブーツを履《は》いている。たぶん、ほかの男たちと違ってカウボーイ・ハットをかぶっていないせいで目立っているのだろう――それとも、女の目を惹《ひ》きつけるほどハンサムなのだろうか。正直に言えば、一般的な基準からみて彼がハンサムなのかどうかはわからない。ただ、興味をそそられる存在であることはたしかだった。

数メートル離れた場所からでも、カーリーは彼の低い笑い声に楽しい気分を誘われ、ゆっくりと顔に広がるとびきりの笑顔につられて微笑まずにはいられなかった。喜ばしいことに、新しいコインが彼に幸運を運んできたらしい。ついに、二十五セント硬貨がジョッキのなかに入った。ようやく一気飲みから解放された彼は、あきらかにほっとしたようすで椅子の背にもたれかかり、次のプレイヤーがコインを投げるのを見物していた。

カーリーは、彼のすべてを見ていたかった。ひとりでいるお陰で、決まりの悪い思いをせずに彼を見つめていられることに感謝した。友人のベスがいたら、からかわれていただろう。『ちょっと、カーリーったら。ただの男よ』。それから、こう言うだろう。『そんなに見つめちゃだめよ。あなたに悪さをしようとする男もいるんだから』。カーリーにとって理解しがたい忠告だ。生まれてはじめて見るものがこんなにたくさんあるというのに、じっと見るなと言うのは無理な注文だった。ベスは理解してくれようとしていた。だが、生まれたときから普通に目が見える人間が、二十八歳になって急に光を取り戻した人間を完全に理解するのは不可能だろう。

シャツを押しあげんばかりにたくましい肩や胸が、カーリーは気に入った。彼が動くたびに、布地の下で筋肉が動き、ふくらみを作る。褐色の頭を片側に傾《かし》げて、じっとゲームに見入っている姿にも惹きつけられた。彼はすっかりくつろいで、引き締まった腰を目立たせるローライズ・ジーンズにしめた幅広いベルトに親指をひっかけている。座ったまま椅子の背をうしろに傾けるたびに、ベルトの大きな銀色のバックルがきらりと光った。

魅力的な男性だという結論を、カーリーは下した。とりあえず自分の印象ではそうだった。そして、それが一番重要な点だ。彼を見つめながら、カーリーのなかにぞくぞくするような心地よい興奮がゆっくりと広がっていった。

鮮やかな赤毛の女が彼のテーブルに近づいた。大きな緑色の目には入念なアイメイクがほどこされている。女がなにか言うと彼は顔を上げ、笑みを浮かべて立ちあがった。女をエスコートしてダンスフロアに移動する前に、黒っぽいカウボーイ・ハットをつかんで頭にのせた。

赤毛の女の手を取ってダンスフロアの中央に出て行く彼から、カーリーは目が離せなかった。距離が遠くなると、彼の姿をはっきり捉《とら》えつづけることはできなかった。一瞬、鮮明に見えたかと思うと、次の瞬間にはぼやけてしまう。そのうち、音楽が鳴り、ダンスがはじまると、速いステップで移動するふたりの姿を目で追うのはますますむずかしくなった。彼は軽やかに女の体を回転させ、つないだ手を上にあげて女に腕の下をくぐらせながら、見事なステップを披露《ひろう》した。ときどき、赤毛の女は回るのをやめて彼から体を離して踊った。素早くステップを踏む女のブーツが音をたて、デニムに包まれた尻と脚は誘うように巧みに動き、背中に垂れた長い髪が揺れていた。

鋭い嫉妬《しっと》の念がカーリーの胸を突き刺した。両目がすっかりよくなって、あんなアイメイクができるようになるまでには何カ月もかかるだろう。それに、自分のブロンドの髪は、けっしてあんなふうにまっすぐ垂らすことはできない。今夜は、髪をいつものポニーテールにまとめて服を着替えるのを友人のベスが手伝ってくれたが、いつかは自分で上手に身支度ができるようになりたかった。

唐突に曲が終わった。急に音楽が止まったことで、カーリーは現実に引き戻された。彼は赤毛の女に腕をまわしてダンスフロアから出ようとした。ダンスをする客の群れがとぎれたあたりで、別の黒っぽい髪の小柄な女性が彼の腕を握り、爪先立って耳もとになにかをささやいた。彼は微笑み、体をかがめて赤毛の女の頬にキスをすると、今度は黒っぽい髪の女を伴ってフロアの中央に戻った。

次々と彼に近づく女たちは、カーリーの疑問のひとつに答えてくれた。彼はまちがいなくハンサムなのだ。次の曲がはじまるまでのあいだ、彼は新しいパートナーとおしゃべりをしていた。女が話すと、熱心な表情で耳を傾け、なにか面白いことを言ったときには微笑んだり、声をあげて笑ったりした。

ふいに、まるでカーリーの視線に気づいたように、彼が顔をあげた。彼と目が合ったカーリーは、恥ずかしさでいっぱいになった。顔全体がかっと火照り、ちくちくと痛んだ。どうしよう。不安に襲われ、人ごみを見わたして、一時間ほど前からラインダンスをしているベスを捜した。だが、ぼやけた視界に映る人の群れのなかにベスの姿を見つけるのはとても無理だった。

カーリーは立ちあがり、テーブルのあいだを縫《ぬ》って化粧室に向かった。その途中、背中に穴があきそうなほど彼の視線を強く感じた。カーリーはたじろぎ、歩調を速めた。数分間でもこの場を逃れようという気持ちでいっぱいだった。しばらくたってからテーブルに戻れば、たぶん彼は忘れているだろう。

だがハンクは、魅力的な女性をけっして見逃しはしなかった。自分の席に戻り、輝く金色の髪を見逃さないように、バー・カウンターの奥の壁から目を離さなかった。ブロンドの女が化粧室から出てくると、ハンクはすぐに気づいた。そして、失望のかけらも感じなかった。最初にちらっと彼女を見た瞬間に感じたとおり、はっとするほど魅力的だった。

露骨に見つめないように気をつけながら、人ごみを縫ってゆっくりと移動する彼女を観察した。週末に〈チャップス〉に通う女たちのほとんどは顔見知りだ。彼女を見たのは、はじめてだった。天使のように愛らしい顔を、ポニーテールに結ってあるカールした髪が、金色に透けて波打つカーテンのように取り囲んでいる。見たこともないほど繊細な顔立ちと大きな青い目。少し突きでてキスをせがんでいるような、ふっくらとした下唇。ウェスタンふうのピンクのブラウスは少し小さすぎるようだが、そのおかげで胸の輪郭がはっきりとわかり、ほっそりしたウエストが際立っている。真新しいジーンズが、完璧ヒップと、すらりと伸びた脚によく似合う。

ハンクはエリックを肘でつつき、わずかに顎《あご》を動かしてブロンドの女を指し示した。「知ってるか？」

エリックは探るようにしばらくじっと彼女を見つめた。「今のところ、まだ知らないな」

ハンクは笑い、さっと立ちあがった。「忘れてくれ。おれが最初に見つけたんだ」

「おまえはいつも、一番おいしいところをもっていっちまうんだ」エリックが不平をこぼした。

「おいおい、かわいいブルネットを釣《つ》りあげたんじゃなかったのか？」

「たぶん、気が変わったんだ」

「だったら、ひとりぼっちで夜を明かすんだな」ハンクはちらりとブロンドの女のほうを振り返った。「彼女は予約済みだ」

カーリーは、褐色の髪をした彼が自分のほうにやって来るのに気づき、椅子の上で落ち着かなげに体をもぞもぞさせた。心臓がどきどきする。急いで目をそらし、ひと晩じゅうちびちび飲んでいるビールのグラスをじっと見つめた。きっと横を通り過ぎるだけだわ、と自分に言い聞かせた。たぶん、このうしろ側のテーブルに知り合いがいるのよ。

こっそり、目の隅からのぞくと、彼はすぐ横で立ち止まった。この近さだと、それほど背が高くは見えない。顔をあげると――想像もできないような美しい目がこちらを見つめていた。数日前に写真で見た南の島の珊瑚礁《さんごしょう》を思わせる、深くて澄んだ青い色の瞳だ。

やや大きめの引き締まった口元に笑みが浮かぶと、鋭い輪郭の頬に寄った皺《しわ》が深くなり、白くてきれいな歯がのぞいた。褐色の肌に残る日焼けの痕《あと》は、彫刻のような顔立ちをいっそうひきたたせている。濃い褐色の眉のあいだにある鼻はまるでナイフのように高く、まっすぐだった。

「やあ」と、彼は言った。

たったそれだけのことば。『やあ』。だが、低く深い声のトーンに、カーリーの心臓の鼓動は乱れた。「こんにちは」やっと、そう答えた。

彼の瞳に温かな光がきらめいた。「よかったら、ダンスをいっしょにどう?」そう言うと、手のひらを上に向けて差しだした。

カーリーは、なんと答えていいのかわからなかった。ひと呼吸すると、ようやくふたたび頭が働きはじめた。「ああ、でも——だめなの。ほんとうなのよ。ごめんなさい」

彼はベルトに親指をひっかけ、肩ごしにうしろを振り返った。「だれかといっしょなのかい?」

「友達と。彼女はラインダンスをしてるの」

相手は口の端でにやっと笑った。「女友達はいいんだよ。ぼくが言ってるのは男のことさ」

「あら」カーリーは自分がとんでもない間抜けのように感じた。「あの、わたし——いえ、男の人はいないわ」

すると、彼はふたたび手を差しだした。「じゃあ、いいだろう? いっしょに来て、ぼくのベルトのバックルを磨いてくれないか?」

カーリーは目線を下に向けて、相手の腰で銀色に光っている楕円《だえん》形のバックルを見た。

「なんですって?」

彼は笑い、テーブルから椅子をひとつ、うしろ向きに引きだすと、背もたれを前にしたまま脚を大きく広げてどっかりと座った。カウボーイ・ハットの縁を軽くあげてから、じっくりとカーリーを見つめ、最後にカーリーが履いている真っ白いスニーカーをしばらく見ていた。「ひょっとして、カントリー・バーに来たのは、はじめて?」

「ええ」相手は少し酔っぱらっているとき、カーリーは確信した。さっき見ているときに飲んでいたビールの量を考えればしかたのないことだとも思った。「友達のベスはラインダンスが大好きなの。だから、わたしも見に来たのよ」

「それで、話が通じなかったわけだ。外国に来たみたいだろう？」

カーリーはうなずいた。「面白いわ。いつも、男の人は家のなかでは帽子を脱ぐものだって聞いてたけど、ここではみんなかぶってるのね」

彼は、恐怖に怯《おび》えたような顔をしてみせた。「帽子を脱ぐ？　勘弁してくれ。カウボーイはカウボーイ・ハットがなくちゃ踊れない。帽子がなかったら、半分裸みたいな気がするし、バランスが取れなくて歩けないよ。ぼくらカウボーイは、寝るとき以外はぜったいに帽子を脱がない。しかも、緊急のときに備えて、かならずベッドの柱に帽子をかけておくんだ」

カーリーは笑った。彼のことが気に入った。どうやら、自分を笑いの種にすることをなんとも思っていないタイプらしい。

「カウボーイが、バックルを磨いてくれと言ったら、いっしょに踊ってくださいという意味なんだ」さっきの会話を説明してくれた。「腹をくっつけあおうっていうことばもおなじ意味さ」

カーリーは頰が火照《ほて》るのを感じた。「わかったわ」

彼は褐色の眉を吊《つ》りあげた。「それで、返事は？」

「だめなのよ」カーリーは狼狽《ろうばい》し、踊っている客たちにちらっと目をやった。これまで生きてきて、新しい物事に取り組む際にけっして尻ごみをしないのは、カーリーの誇りだった。だが、カントリー・ダンスのツーステップを試す度胸はなかった。目の手術を受けたばかりの今は、地面の上を歩くだけでも充分に挑戦なのだ。「踊り方を知らないの。むずかしそうに見えるし、わたしは生まれつき運動神経が鈍いから」

「カントリー・ダンスは見た目ほどむずかしくないよ」彼は両手をあげて、ダンスが未経験だなんてたいしたことではないというジェスチャーをしてみせた。「心配ご無用。ブーツで突進するやり方ならよくわかってるさ」

いったいどういう意味かと訊くよりも早く、カーリーは手首をつかまれて、椅子から引っ張りあげられていた。彼はカーリーの腰に手をまわし、人ごみを抜けてフロアの中央に連れて行った。正面からカーリーと向き合うと、ウィンクをして、にこりと笑った。「緊張しないで。ほかの客たちだって、みんな完璧に踊れるわけじゃないんだ。それに、じつは普通のダンスとそんなに変わらないんだよ」

普通であろうがなかろうが、カーリーには、ダンスと名のつくものの経験がまったくなかった。どちらを向いても、だれもかれもが飛びはねているようにしか見えない。女たちはパートナーの腕の下でくるくる回り、びっくりするような足さばきで踊っている。カーリーの体から冷たい汗がどっと噴きだした。

「だめ、だめよ。ほんとにできないわ」

彼はカーリーの右手を取り、左手を腰にまわした。「できるさ。まわりを見ないで、ぼくだけに集中して」カーリーが見あげると、彼は微笑んだ。「『ゼア・イズ・ア・ガール』だ」彼は、カーリーもついていけるようなゆっくりとした動きで回り、踊りはじめた。「ぼくらはシンプルにやろう」

「シンプルはいいわね」カーリーは息を切らしながら同意した。

彼はじっくりとカーリーの顔を見つめた。「きれいだ。きみなら、しょっちゅう男たちにそう言われてるだろうけど」

カーリーは、彼の顔を見つめ返した。自分は急に眠りこんで、甘い夢でも見ているのだろうか。わたしがきれいだと思われてる？　たとえそうだとしても、カーリーはそのことばを信じてみたかった——ほんの束の間でも。

大きな弧を描いて体を回されると、カーリーは彼のブーツを踏んでしまった。「ごめんなさい！　痛かったでしょう？」

彼は笑い、カーリーの腰にしっかりと腕を巻きつけた。「だいじょうぶ。いつものことさ。気にしないでもう一度。今度は反対側に」そう言うと、体を左に傾け、太腿《ふともも》をカーリーの右脚に押しつけながら、カーリーがうしろ向きにステップを踏むようにしむけた。「ほら、できただろう？　簡単なんだ」

それは、ほんとうにカーリーがうれしくなるほど簡単だった。彼の巧みなリードのおかげで、ステップを踏む方向という難関は通らずにすんでいた。

彼はふたたびカーリーの顔に視線を向け、じっと見つめた。「今までどこに隠れていたんだい？　さっき、きみを見つけたときは、心臓が止まりそうだったよ。あそこに座っているきみは、まるで天使みたいだった」

天使？　カーリーにはもちろんお世辞だとわかっていたが、それでもすてきなお世辞だった。「まだ引っ越してきたばかりなの。九月から、クリスタル・フォールズで大学院に通う予定なのよ」

「そうか。だから、今まで見かけなかったわけだ。前はどこに住んでいたの？」

「ポートランドよ」

「やあ、都会育ちか。それじゃ、違うことばを話すのも当然だな。右にターン」彼はひと言挟み、回りはじめる前に体でカーリーにもターンをうながした。それから、ことばを続けた。「そんなにきれいな青い目は、はじめて見たよ。大げさじゃなくて、向こうのテーブルからでも灯台みたいに輝いてみえた。色つきのコンタクトでもつけてるのかい？　自然の目の色で、そんな青は見たことがないよ」

学士号を取るために大学で学んでいるとき、キャンパスにあるバーで、友達がよく似たセリフを男性に言われているのを聞いたことがあった。遊び相手をひっかけるためのことば。それ以上のなにものでもない。彼は、たまたまわたしに目をつけただけだ。でも、なんてすてきなんだろう。大人になってからずっと、カーリーは傍観者だった。ただ座って、周囲で起こる人生のさまざまな出来事を耳にし、だれかが自分を見つけてくれないだろうかと願っていた。そして、ついに、やっとだれかが自分を選んでくれた。しかも、彼はハンサムで魅力的だ。カーリーは、遠い昔に母親が読んでくれたおとぎ話に出てくるお姫様になったような気分だった。

「コンタクトじゃないわよ」笑いながら答え、まつ毛をぱちぱちしてみせた。「正真正銘の本物よ」

「冗談だろ。驚いたな。今夜はラッキー・デーなのかな？　まちがいなくきみは、この店のなかで一番きれいだよ」

彼がカーリーを喜ばせようとして言っているのはわかっていた。そして、彼は成功していた。それは、カーリーが聞きたかったことばそのものだった。やっと自分の番がきたのだ。もうどうなってもいいという無謀《むぼう》なまでの興奮が、カーリーの体のなかを駆けめぐった。一度だけ、思慮分別を働かせず、余計な質問もせず、傷つくことも心配しないでいよう。長いあいだ、このときを待ちわびていた。この幸せな一瞬一瞬を心ゆくまで楽しみたい。

「ぼくはハンク・コールター」ハンクの声は低くて少しかすれているが、不思議に柔らかく、まるでシルクの布でざらっとした板をこすっているような印象だった。

「カーリー・アダムズよ」

ハンクはカーリーのほうに体をかがめた。「もう一度頼むよ？」カーリーが自分の名前をくり返すと、ハンクは言った。「よろしく、チャーリー。ほんとに、知り合えてうれしいよ」

「カーリーよ」カーリーは訂正した。

ハンクはうなずいて微笑んだ。カーリーもそれ以上は、なにも言わなかった。曲が終われば、ハンクに背中を押されてテーブルまで送られ、ふたりは二度と会うこともないだろう。

ハンクの動きは、大男には似合わず優雅なものだった。カーリーのステップを誘導しながら、引き締まった筋肉と骨が滑らかに連動した。色褪《あ》せたジーンズの下で太腿の腱《けん》が盛りあがり、余分な脂肪のかけらもない尻が音楽に合わせて動いた。なにが起こったのかもわからないうちに、カーリーは回りながらハンクの体から遠ざかったかと思うと、すぐに近くに引き寄せられて腕の下で爪先立ってくるくる回っていた。

「いいぞ!」カーリーが完璧なステップを見せると、ハンクは笑いながら言った。カーリーにウィンクをすると、腰に腕をまわして固い筋肉質の太腿にぴったりと引き寄せ、目が回るようなスピードでツーステップを踏みながらフロアに円を描いて進んだ。「うまいぞ、その調子」

ハンクの脚が下半身に押しつけられると、カーリーは心臓が飛びだしそうになり、体全体が音楽を奏でているような感覚を覚えた。奇妙としか言いようがなかった。体の内も外も、ありとあらゆる部分がうずいている。ふいにハンクは密着していた体を離すと同時に、大きな手をカーリーの腕に滑らせて手を握り、挨拶のように帽子をちょっと上にあげた。そして、また踊りはじめた。青い目はカーリーの目をじっと見つめ、彫刻のように整った褐色の顔は真剣そのものだ。

カーリーの感覚はパンク状態だった。盲人として研ぎ澄まされてきたあらゆる感覚はカーリーのなかでまだきちんと働いていて、体じゅうの皮膚でハンクを感じ、そこに生まれてはじめて経験する視覚的な刺激が加わった。相手の男性の姿をこの目で見ながら、体が接近しているのだ。こちらに傾けられた広い肩が目に映り、しっかりと、だが優しく握ってくれる大きな手の感触が伝わってくる。彼の匂い——麝香《じゃこう》のような男っぽい匂いと爽《さわ》やかな森林を思わせるコロンの香り、それに革と日に焼けた木綿の匂いが混ざっている——は、カーリーの敏感な嗅覚には麻薬のように感じられた。

その状況にカーリーが慣れる間もなく、曲が終わった。カーリーはハンクの腕のなかから身を引き、微笑んだ。「ダンスを申しこんでくれて、ありがとう。やってみたら、楽しかったわ」

ハンクはカーリーの手をつかんだ。その指はカーリーの手首にまわるほど長かった。手のひらは温かく、少し粗い皮膚の感触はハンクが外見だけのカウボーイではないことを示していた。不思議そうなカーリーの表情にハンクは微笑み、握った手に力をこめた。「行かないでくれ。今夜はずっといっしょにいよう」

カーリーが口をひらく前に、バンドが『ビー・マイ・ベイビー・トゥナイト』を演奏しはじめた。ハンクは褐色の頭をうしろにのけぞらせて笑った。「すごいタイミングじゃないか?」ハンクはふたたびカーリーの体に腕をまわし、曲に合わせて歌いだした。『どうか、どうかお願いだよ、きみ』という部分になり、今夜はぼくといっしょにいておくれと歌詞が懇願するころには、カーリーは周囲の視線を集めるほど大笑いしていた。ハンクは腕で大きな弧を描き、カーリーをくるりと回転させた。「『お願いだからいやとは言わないでおくれ、ダーリン』」と、カーリーの耳元で口ずさんだ。「『ぼくのハートは張り裂けてしまうよ』」

カーリーは首をそらせて、ハンクの顔を見あげた。まるで、陽のあたる窓際に置かれた蠟《ろう》燭《そく》になったように体が温かく、ふいに骨まで溶けてしまいそうな感覚に襲われた。深みにはまる前にブレーキをかけるべきなのは、わかっていた。だが、わかっているのと、それを実行するのは、なぜか別だ。それに、こんなチャンスは二度とめぐってこないかもしれない。

「今日は友達と来てるのよ」カーリーはいやいやながら、ハンクに告げた。

「友達なんて見捨てればいい」

「そんなことできないわ」

ハンクはカーリーの体に両腕をまわし、金色の髪に顔を押しつけて、軽くツーステップを踏んだ。「たぶん彼女も今ごろ、だれかを見つけて、きみを見捨ててるさ」低く響く声で明るく言った。

カーリーには、ベスがけっしてそんなことはしないとわかっていた。「もしかしたらね」とだけ答えた。

「じゃあ、ぼくといっしょにいてくれ」ハンクは穏やかな声で迫った。

カーリーはうなずいた。ハンクの唇が微笑んだ。曲が終わると、ハンクはカーリーを連れてダンスフロアの外に出た。人の群れを抜けたところで、さっきハンクと踊っていた赤毛の女がふたりの前に立ち、ハンクをダンスに誘った。

カーリーはつないでいた手を引っこめようとした。「いいのよ、ハンク」本心のようなふりをするのは、たやすかった。生まれてからずっと、カーリーはつねにほかの女性たちの添え物だったのだ。「ほんとうにいいのよ。行って、楽しんできて」

カーリーの指を握るハンクの手に力がこもった。「悪いな」ハンクは、申し訳なさそうな笑顔を浮かべた。「今夜はもう踊り疲れたんだ。これから、座りにいくところなんだよ」

赤毛の女は肩をすくめて行ってしまった。カーリーはその背中をちらっと目で追った。

「ハンク、ほんとにわたしは気にしないわよ。彼女はダンスが上手だもの。でも、わたしは——そんなにうまくないわ」

「きみは最高だった。それに、きみをひとりで放っておくなんて、できないよ。蜜に群がる蜂の群れのように男どもが寄ってくる」

ハンクは歩きだし、奥の席にカーリーを案内した。カーリーの敏感な目に沁《し》みる青っぽい煙草の煙がテーブルの上を靄《もや》のようにおおい、強いビールの匂いが充満していた。「ここで話をしようか」ハンクはカーリーのために椅子を引きだした。「普段はまわりがうるさくても気にならないんだけど、今日はいらいらするよ。きみのことを全部知りたいんだ」

椅子に腰をかけて体が低くなると煙から逃れられたので、カーリーはほっとした。ハンクはカーリーの隣りに座り、正面から目と目が合うように椅子の向きを変えた。

「きみのことを全部話してくれ、チャーリー」

「カーリーよ」カーリーは、また訂正した。

ハンクはうなずいた。「わかった。さあ、きみのことを話して」

「特別なことは、なにもないわ」

「歳は？」

「八月で二十八歳になるの」

「ぼくは十二月で三十二歳になる」ハンクは褐色の眉を吊りあげた。「大学院でなにを勉強するんだい？」

「わたしは教師なの。視覚障害がある小学生の子どもたちに二年間教えていたのよ。それで、専門の勉強をして修士号を取りたいと思ったの」

「冗談だろう？」ハンクは、面白がっているような目でカーリーを見た。「ぼくは先生が大好きなんだよ」

「ほんとに？」

「ほんとうさ。先生は、男が最後までやりとげるのを手助けしてくれるからね」

カーリーはそのことばに少し不安を覚えながらも、笑った。ちょうどそのとき、ウェイトレスが注文を取りにやってきた。ハンクはビールを一杯ずつ頼んだ。飲み物を待っているあいだ、ハンクは、自分は牧場で働いていると話した。そして、ビールが到着してから、兄といっしょに牧場を経営しているのだと説明した。数百頭の牛を飼って繁殖させたり、馬の調教をしたりして、生活をしている。

「じゃあ、本物のカウボーイなのね。バラエティー・ショーに出てくるような贋《にせ》のカウボーイじゃなくて」

「〈ブロンコ・バスター〉とも言うよ。そっちだと、あまりロマンチックに聞こえないだろう？　ブロンコ・バスターは野生の馬が相手で、カウボーイは牛が相手なんだ。ジェイクとぼくは牛も飼ってるから、どっちの言い方もあてはまる」ハンクは、カーリーのジョッキをのぞいた。「ぼくのはもう空だけど、きみのはちっとも減ってないな」ウェイトレスに合図をした。「きみも早く飲まなきゃ」

カーリーは素直にビールをひと口飲んだ。ハンクの手が伸びて、カーリーの上唇についた泡を拭った。ハンクの指はそっと唇に触れ、表情は優しかった。「きみに会えてうれしいよ。憂鬱《ゆううつ》な気分がすっかり吹き飛んだ」

「どうして憂鬱だったの？」

二杯目のビールが運ばれてきた。カーリーの質問に答える前に、ハンクは女性のバーテンダーに代金とチップを払い、親愛の情をこめたパンチをひとつふたつ浴びた。「街に来る前に、兄のジェイクと口喧嘩《くちげんか》をしたんだ。今日は、妹のご主人の兄さんの奥さんの誕生日でね」

「なんですって？」

「つまり、遠い親戚さ。マギー・ケンドリックはすてきな女性だけど、だからって金曜の夜を彼女の誕生パーティーで過ごすのは、ぼくに言わせればうれしい計画じゃない。ジェイクは、ぼくの酒場通いが気に入らないんだ。ジェイクが言うには、ぼくが歩いている道はどこにもつながっていないし、酒場じゃすてきな女性にはめぐりあえないってさ」ハンクはカーリーに向かってジョッキを上げ、にやっと笑った。「まちがいだな」

カーリーはうれしかった。「すてきなお世辞ね。ありがとう」

ハンクは二杯目のビールを飲み干し、じっとカーリーを見てから、言った。「さっきから、少しも酔ってないね。カクテルなんかどうだい？」

カーリーは即座に断わりそうになった。鎮痛剤を飲んでいるため、二杯以上アルコールを飲んではいけないと医師に言われていた。だけど、ほんの二口か三口ビールを飲んだだけだわ、とカーリーは心のなかで自分に言った。それに、つねに注意深く暮らすのには、いい加減、嫌気がさしていた。ハンクはスラマーという名前のカクテルを二つ注文した。飲み物が到着するまで、カーリーはハンクから一ダースもの個人的な質問を浴びせられ、ハンクの好奇心を満足させる程度に次々と答えていた。それから、運ばれてきたカクテルにためらいながら口をつけ、なかになにが入っているのか尋ねた。

「媚薬《びやく》さ。それをひと口飲んだ女性は、最初に見た男と激しい恋に落ちるんだ。今夜は、ほんとにラッキー・デーだな」

カーリーは逆だと思った。今夜はカーリーのラッキー・デーだ。こうして彼の隣りに座っていること、そして彼が自分だけを見てくれていることが信じられなかった。「すごくおいしいわ」もうひと口カクテルを飲んでから、そう言った。

ハンクの顔に、はじめに見たときからカーリーが惹きつけられた、ゆったりとした優しい笑みが広がった。近くで見ると、なおさら魅力的だ。「ゆっくり飲むといいよ。スラマーは、ほんのちょっと柑橘《かんきつ》系のジュースで割ってあるだけで、ほとんどがアルコールなんだ。強いお酒には慣れてる？」

カーリーは禁酒主義を貫いているというわけではなかった。「普通の人とおなじくらいは慣れてると思うわ」

「よかった。ぼくはきみにリラックスしてほしいだけで、酔いつぶれさせるつもりはないからね」

カーリーはグラスの縁ごしにハンクを見た。「わたしを酔わせようとしてるの？」

「そのとおり」

カーリーは笑い、またひと口カクテルを飲んだ。

ハンクは、カーリーのどこに、これほど惹きつけられるのだろうと考えていた。これまで酒場でたくさんの美女たちに出会ったが、こんなに夢中になったことはなかった。彼女の愛らしい顔のせいだろうか。彼女の瞳には、長いこと目にしたことのない純粋さが宿っている。きっと幻だ。彼女の歳でそんな純粋さを保っている女性がいるはずがない。そして、もし、なんらかの奇跡で彼女がほんとうに純真無垢《むく》な女性だとしても、〈チャップス〉のような場所に出入りしているわけがない。

それでも、カーリーの飾らない美しさは、ハンクを魅了した。近くで見ると、カーリーはまったく化粧をしていなかった。カールした髪が、金色のカーテンのように波打ちながら肩にかかっている。ハンクはその髪を両手で梳《す》いてみたかった。

それは、もう少しあとだ。カーリーがもう少しカクテルを飲んだら、もう一度ダンスフロアに戻ろう。女の子をその気にさせるのに、親密なツーステップほど有効なものはない。淫《みだ》らなイメージが脳裏に浮かび、ハンクは思わずグラスに手を伸ばした。カクテルをぐっとひと飲みした。テーブルにグラスを戻そうとしたとき、手がすべって危うくグラスを落としそうになった。思っている以上に飲みすぎかもしれないという考えが、ちらりと頭をかすめた。

「だいじょうぶ?」カーリーが言った。

ハンクはジーンズで手をふいた。「元気そのものだよ。ちょっと酔ってるけどね。だけど、そのためにここに座ってるんだ。そうだろう? 楽しい時間を過ごすためにさ」

「そうよ」カーリーはふざけてグラスを掲げた。「楽しい時間に乾杯」上品にひと口飲んだ。「おいしいわ。飲んでいるうちに、もっとおいしくなってきたみたい」

ハンクはゆったりと椅子に座りなおし、カーリーの顔をじっと見た。女の子をダンスに誘って、本心からきれいだねと言うことは滅多《めった》にない。ハンクの普段のモットーは、『女性をおとすためなら、なんでも言う』だ。愛しているということばのほかにも、相手をものにするためなら、ほとんどどんなことばでも躊躇《ちゆうちよ》せず口にした。〈チャップス〉にしょっちゅう出入りしているような女たちは、たいてい男とおなじ目的をもち、暗黙のルールを理解している。使い古された退屈なセリフが、あたかも新鮮で気が利いているように——ときには、真実であるように振る舞う。それは楽しくて無意味な時間だ。そして朝になれば、みんな忘れてしまう。

ハンクは、そんなやり方が気に入っていた。今はまだ、身を固める心の準備はできていない。もし、そのつもりがあるなら、有力な花嫁候補たちが大勢の男どもに物色され、釣りあげられるような酒場で相手を探したりはしないだろう。

「きみはとびきりきれいだって、もう言ったかな？」

カーリーの頰にえくぼが浮かんだ。「いいえ。『とびきりきれい』って言われたら、きっと覚えてると思うわ」

「これはこれは。うっかりしていて失礼。きみはとびきりきれいだよ。きみを最初に見つけて、ぼくはほんとにラッキーだな。ほかのやつらは全員敗者で、ぼくが勝者だ」

カーリーは両手で包むようにグラスをまわし、指先で水滴を拭った。顔をあげると、ぼうっとした、焦点が定まらない目でハンクを見た。「あなたの言うとおりだわ。スラマーは強いお酒なのね」

ハンクは、まったく罪悪感を感じなかった。「飲みすぎないほうがいいよ」あくまでカーリーの緊張をほぐしたいだけで、酔いつぶれさせることが目的ではない。「なかなか効く酒だからね」ハンクはグラスをもちあげながら、自分自身もその忠告に耳を貸すべきだろうかと考えた。だが、なぜかそのまま、グラスを口につけていた。かまうものか。アルコールのせいでベッドのなかで支障をきたしたことは、一度もない。こんなにうまい酒をむだにする必要はないだろう。

それから数分間、たわいもない会話が続いた。お決まりの、セックスへの前段階だ。男も女も人生で一度きりの出会いにめぐりあったようなふりをする。それから、新しい曲が流れてきた。今度はスローテンポな曲だった。ハンクはカーリーの手を取って椅子から立ちあがらせた。カーリーはよろけて、ハンクに倒れかかった。ハンクはとっさに両手で相手の肩を受け止め、自分の足元もおぼつかないながら、なんとかカーリーが床に倒れる前に体を支えた。ことばに出さずとも、お互いに飲みすぎたのだとわかり、ふたりはいっしょに笑いだした。

ハンクはカーリーのウエストに腕をまわし、ダンスフロアに連れていった。抱きよせると、カーリーはまるで溶けるようにハンクの体に寄りそった。ハンクは、床に水平の体勢でおなじように彼女を抱きしめているところを想像した。肌と肌が触れあい、ほっそりとした手足が絡《から》みついてくる。彼女の背中にそっと両手を滑らせる。波打つ髪に顔を埋《うず》め、耳の下を軽く嚙《か》む。彼女は小さくうめき、ハンクのシャツに拳《こぶし》を押しつけるだろう。ハンクとおなじように欲望に駆られて。きっと最高だ。

ハンクはちらりと正面の出口に目をやり、踊りながらそちらに向かいはじめた。心のなかでつぶやいた。『美しいチャーリー』。出口にたどりついて、ハンクが扉をあけると、カーリーは驚いて小さな声をあげた。ハンクはそのまま踊りながら、くるりと回り、カーリーの体を外に押しだした。肌に冷たく感じる五月の夜の空気に包まれると、ふたりの体から発する熱はかえって高まった。

「友達のベスが」カーリーは、ぼんやりとした口調でつぶやいた。「だめよ、わたし――」

ハンクは、深く熱いキスで、カーリーのことばをさえぎった。カーリーの唇は思っていた以上に柔らかく、無防備だった。ハンクが探るように舌を差し入れると、カーリーはためらいながらもそれに応え、それから、体を離した。ハンクは、大きな青い目に不安げな色がよぎるのを見たような気がした。

「いいのかい？」ハンクは欲望にかすれた声で訊いた。「もしいやだったら、そう言ってくればいい」

「いいえ、ただ――」カーリーはことばを切り、微笑んだ。「いいのよ」

ハンクが聞きたいことばは、それだけだった。カーリーの手首をつかみ、自分の首に両腕を巻きつけさせた。カーリーは、ハンクの欲求を煽るような微《かす》かなため息とともに、ハンクのブーツの上に足を乗せてふたりの身長差を縮め、自分から柔らかな唇を寄せた。

ハンクは、頭がくらっとするのを感じた。くそっ。それは、一瞬、熱い電線に触れたような感覚だった。それから、脳味噌《のうみそ》がまともに働かなくなり、差し迫った純粋な欲求だけに身を任せた。体の向きを変えて――あれだけ飲んだにしては滑らかな動きだと自分で思いながら――カーリーの華奢《きゃしゃ》な体を硬いコンクリートの壁に寄りかからせた。腰にまわしていた両手を胸に滑らせ、包みこんだ。布地ごしに、乳首が堅くなっていく感触が親指に伝わってきた。指のあいだに挟んで転がすと、カーリーはびくっとして逃げるように体をねじった。

ハンクの頭脳は、カーリーの反応にぼんやりとなにかを感じ取っていた。だが、手の動きを止めることはできなかった。彼女の感触はすばらしかった。かつて、こんなに強い欲望に襲われた経験があったかどうか思いだせない。確かなのは、今、自分の体が、駐車場では満たせない欲求に迫られて燃えあがっていることだ。

キスを続けながら、カーリーの腰に腕をまわし、アスファルトの駐車場に停めてある新しいフォードのピックアップ・トラックに向かって急いだ。助手席のドアをあけ、キスを中断して息をついてから言った。「二ブロック先にモーテルがあるんだ。そこに行くかい?」

カーリーは心配そうな眼差しで、ちらっとナイトクラブを見やった。「わたしがいないってわかったら、ベスはきっと心配するわ」

ハンクは反論しようとしたが、口をひらく前にふたたびキスをはじめていた。そして、なにを言おうとしていたのか、すぐに忘れてしまった。ハンクはうしろの助手席側のドアをあけようとした。いくら広くても、後部座席は愛を交わすのにロマンチックな場所とは言えない。だが、カーリーがモーテルに行きたくないなら、ほかに選択肢はなかった。ハンクはカーリーのウエストをつかんで車に乗せ、素早く自分も乗りこんだ。ドアを閉める前に、もうキスをはじめていた。

裸のカーリーを抱きしめれば、窓から丸見えであることは予想がついた。ハンクはカーリーの服の内側に手を差し入れて、肌に触れることにした。カーリーがキスをしながらすすり泣くような声をあげると、ハンクの体もそれに刺激された。ふたりの体は燃えるように熱く、飢えたように互いを求めた。もはや我慢ができなくなったハンクは、カーリーのジーンズのボタンをはずし、ジッパーを下げた。カーリーの肌はまるで日光に温められたベルベットのような感触だった。

「な、なにをしてるの?」震える声でカーリーが訊いた。

ハンクは、避妊具のことを心配しているのだろうと思った。「ちょっと待って」フロント・シートの上に身を乗りだして、いつもダッシュボードの小物入れにしまってあるコンドームの箱を手探りで探した。小物入れの蓋《ふた》をあけて箱を見つけ、やっと指先で箱の蓋をつかんだ。と、そのとたん指がすべって、箱は前部座席の床に転がり落ちてしまった。ハンクは心のなかで毒づいた。フロント・シートを乗り越えて、アルミフォイルのパッケージを拾おうと思った。だが、なぜかそれを実行する前に、またしてもキスをはじめていた。

ハンクは欲情したティーンエイジャー——つねに欲求を抱え、コントロールがきかない——になったような気分だった。今まで、避妊具をつけずにセックスをしたことなど一度もなかった。カーリーのジーンズの内側に手を滑らせ、熱く湿った中心部に触れようとしているときも、頭のどこかで警報が鳴っていた。それから、こう思った。『べつにいいじゃないか?』。ナイトクラブに出入りするような女性は、たいていピルを飲んでいる。妊娠さえしなければ、ほかになんの危険があるというのだ? カーリーは性病をもっているような女性には見えないし、自分もそうではないことは確かだ。

ハンクがクリトリスに触れると、カーリーは泣くような声をあげ、びくっと体を震わせた。ハンクの指先は濡れていた。体の内部に指が侵入すると、カーリーの口から快感の声が漏《も》れた。ハンクはカーリーのジーンズとパンティを引きおろし、自分もジーンズのジッパーをおろして、カーリーの太腿のあいだに身を置いた。片手で自分のものをもって目標地点を探しながら、片腕でカーリーの背中をもちあげてきつく抱きしめ、耳の下の敏感な箇所にキスをした。

「ハンク?」

「なんだい?」ハンクの体は欲求にこわばっていた。堅くなったものを押しつけ、待ちかまえている濡れた入口を探った。と、ふいに、それは放出された。入口を見つける前に、コントロールを失って勢いよくほとばしった。「くそっ、ごめん」カーリーがいやがるような小さな声をあげた。ハンクはうろたえ、カーリーの耳元でささやいた。「だいじょうぶ。心配ないよ。ちょっとだけ待ってくれ」

ハンクは呼吸を整えた。だいじょうぶだ。すっかり酔っぱらっているときでさえ、いつも二回はこなせる。カーリーのために、まだ充分働けるはずだ。ハンクはもう一度、体の位置を直した。強いひと突きで、カーリーのなかに身を沈めた。

カーリーが悲鳴をあげた。

と同時に、薄い膜が破れたのを感じた。ハンクの体は凍りついた。息があがり、自分の荒い息の音が聞こえた。かすれた声で毒づくと、自分のことばがピンポン玉のように鼓膜に跳ね返ってこだました。頭のなかが、フラッシュに照らされたように真っ白く光った。ハンクはまばたきをして、ナイトクラブから車の窓を通して射しこむネオンサインのぼんやりとした光のもとで、カーリーの顔をよく見ようとした。

ヴァージン？　それが、最後に頭に浮かんだことばだった。ひとつ呼吸をして、ハンクは意識をなくした。

2

耳もとで、甲高く耳障りな鳥の声がした。鳴き声がするたびに、頭が痛む。横になったまま、なぜベッドルームに鳥がいて、なぜ居心地がいいはずのベッドがジャガイモの袋のようにごつごつしているのだろうと思った。ハンクはゆっくりと目をあけた。太陽の光がアイスピックのように瞳に突き刺さった。ハンクは思わずうめき、腕で顔を隠そうとした。だが、両肩が狭い場所にすっぽりとはまっていて、動くことができない。いったい、どういうことだ？

明るい光に顔をしかめながら、周囲を見まわした。最初は、自分がどこにいるのか、さっぱりわからなかった。それから、混乱しながらあれこれ考えた末に、自分はピックアップ・トラックの後部座席の床に寝ていて、前後の座席に体が挟まれているのだという結論に達した。頭上にある後部座席の窓を、ぼんやり見あげた。セレナーデを歌ってハンクを目覚めさせた鳥が、あけっぱなしの窓の縁にとまっていた。チュンチュン、ピーピー、チュンチュン。その鳴き声に、ハンクの頭は破裂しそうだった。

まるで、灰色に濁《にご》った脳味噌を鋭いミキサーの刃でかきまわされているようだ。ハンクは体を横に向け、片肘をついて上半身を起こした。とたんに車のなかがぐるぐる回り、吐き気に襲われた。ハンクは灰色の鳥をぼんやりと見つめた。鳥は頭を片方に傾げ、ビーズのように光る小さな目でハンクを見ている。

「シッシッ！」

声を出したのは失敗だった。頭が割れそうだ。ハンクはシートに片腕をのせて痛みがおさまるのを待ち、それから、ようやく座る体勢まで体をもちあげた。どうして車のなかで寝ていたんだろう？　ぼうっとした頭で、昨晩、車で街まできたことを思いだした。だが、その後の出来事は霧のようにかすんでいた。したたかに飲んでいたのはまちがいなかった。普段は、飲みすぎたら、車をロックしてタクシーを呼び、モーテルで寝ることにしている。

首をまわして窓の外に目をやると、そこはがらんとした〈チャップス〉の駐車場だった。ぼやけてごちゃまぜになっている記憶のなかから、昨晩の出来事がゆっくりと頭のなかによみがえってきた。はじめは仲間たちと二十五セント投げをやって、十時になるころにはかなり酔っていた。そのすぐあとに、女性を誘った。ブロンドの女だ。マーリー？　いや、チャーリー。そうだ。大きな青い瞳に天使のような顔、美しい曲線を描く体、形のよい脚を際立たせるぴったりとしたラングラーのジーンズとピンクのブラウス。ふたりは踊って、話をして、二、三杯のビールを飲んだ。それから、ムードを盛りあげ、彼女の緊張をほぐそうとして、それぞれにスラマーを注文した。

なにを考えていたんだろう？　スラマーは、〈チャップス〉でも自殺行為の部類に入るカクテルだ。あれだけビールを飲んだうえに強いカクテルを飲んで、反吐《へど》でも吐くつもりだったのか？　次の日にひどい頭痛がするのも当然だ。店を出たとき、自分もチャーリーも足元がふらついていた。

ふいに、ハンクの体は凍りついた。身震いするような衝撃が背骨を這《は》いのぼった。チャーリーとの記憶はジグソーパズルのピースのように散らばり、ひとつひとつの光景は断片的にしか浮かんでこない。それでも、ひとつだけ残酷なほどはっきりとした真実がよみがえった。自分はチャーリーを車に連れて来て、後部座席でセックスをしたのだ。

グレーのシートに視線を落とすと、自分の体の下に横たわっていたチャーリーの姿が、一瞬、はっきりと頭のなかに浮かんだ。明るいグレーのシートに一カ所、乾いた血の痕が残っていた。すでにむかむかする胃袋に、強い吐き気がこみあげた。なんてこった。ヴァージン。彼女はヴァージンだった。

昨晩、あのときに感じた衝撃と信じられないという思いが、ふたたびハンクを襲った。二十代後半で未経験の女性が、いったい世の中に何人いるだろうか？　そして、ほんのひと握りのそういう女性が〈チャップス〉のような場所に出入りする確率はどれくらいだろう？　たぶん、彼女は生理中だったのだろう——あのとき感じた薄い膜は処女膜ではなく、なにかそういう関係のものに違いない。

落ち着いて考えるうちに、だいぶ頭がはっきりしてきた。彼女が痛みにあげた悲鳴がよみがえった。そのあとのことは、まったく思い出せない。自分はあのとき、意識をなくしたのか？　数えきれないほど何度も酔っぱらったことはあるが、意識を失ったことなど一度もない。だが、それ以外に、記憶がとぎれている理由があるだろうか？

ちくしょう、ヴァージンだったなんて。自分は優しくしようとしなかった――そんな必要があるとも思っていなかった。シートに座ろうとして体をねじると、ボクサーショーツの前側に、シートよりもたくさんの乾いた血がこびりついているのが目に入った。ハンクは、震える手でジーンズのジッパーを上げた。それから、膝の上に肘をついて、両手で顔をおおった。自分はなにをしてしまったんだろう？　彼女のラスト・ネームもわからず、どうやって彼女を見つければいいかもわからない。

かすんだ目で、すでに閉まっているナイトクラブをしばらく見つめてから、ようやくハンクは、惨《みじ》めな気分でここにずっと座っていても、なんの解決にもならないと考えた。おまえはなにを期待してるんだ？　店の壁に、突然大きな字で彼女のラスト・ネームが現われるとでも思ってるのか？

今にも割れそうに頭が痛み、打ちひしがれた気分のまま、ハンクは家に向かうために、這うようにしてフロントシートを乗りこえた。運転席につくと目に飛びこんできた光景に、小さく毒づいた。アルミフォイルのパッケージが床に散らばっていた。いつもはかならず避妊具を使う。それはぜったいに守るべきルールだ。昨晩はなにを考えていたんだろう？　それが問題の根本だ、とハンクは気づいた。酔っぱらった自分はなにも考えていなかった。そういうことだ。

三十分後、家の近くの駐車場に車を停めると、兄のジェイクが馬小屋から手を振っていた。金属の外壁がくすんだ緑色に塗られた、大きな長方形の建物だ。酒場通いについての説教をまた聞きたい気分ではなかった。昨夜はありとあらゆるルールを破った。ジェイクから、いつかそうなるぞと忠告されていたとおりの結果だ。今、満足げにこう言われたくはなかった。『だから言っただろう』。

ブレーキペダルの下に落ちているコードームのパッケージを足で蹴《け》った。三十一年の人生で一度の過ちなら、それほど悪いスコアじゃない。ハンクは自分に言い聞かせた。すると、頭の奥のほうで、からかうようなささやき声が聞こえた。『そのとおりさ、間抜け野郎。一度でも充分に高得点だからな』。

急いで車から飛びおりると、ジェイクに手を振り、二階建てのログハウスの正面階段に向かって大股で歩いていった。ジェイクはたぶん馬を扱うのに手伝いが欲しかったのだろう。無視されて腹を立てているだろうが、今日の午前中は、ハンクは休日のはずだ。今は頭痛薬を飲んで、静かに休む時間が必要だった。お説教も言い争いも、こちらが悪いと決めつけるしかめ面もごめんだ。なにもかも、しばらく眠って、このつらい二日酔いが治まってからにしてほしい。

玄関ホールのつやつやした堅い木の床の上に、子どものおもちゃが散らばっていた。通りすがりに爪先が車のおもちゃに触れ、自動的に声が出るボタンが押されてしまった。「ビッビッー！　車が通ります！」大股でキッチンに向かうハンクのうしろで、おもちゃがうるさく騒ぎたてた。ジェイクの妻モリーが、ハンクの甥《おい》にあたるギャレットを脇に抱きかかえて、ガスレンジの前に立っていた。モリーのうしろに並ぶ窓から斜めに射しこむ太陽の光が赤褐色の髪を輝かせている。絹のように艶《つや》やかなカールした髪は、帽子のようにモリーの頭をおおっていた。片方の耳のうしろに鉛筆が差してあるのを見たハンクは、モリーが一階のオフィスで仕事をしていることをあらためて思い起こした。モリーは妻として母としての務めを果たすと同時に、高額の株式仲買と金融調査コンサルタントの仕事もこなしているのだ。ジェイクはフルタイムの家政婦を雇っていたが、モリーは子どもの面倒は自分でみると宣言していた。

振り向いたモリーは、明るい笑みを浮かべた。「あらあら、猫が一匹忍びこんでるわ」

モリーの声に、ハンクは顔をしかめた。目的の場所である食器棚にまっすぐ向かい、子どもの誤飲防止に付けてある蓋を勢いよくあけて、頭痛薬を三錠、手のひらに落とした。

「ずいぶん具合が悪そうね」モリーが穏やかな声で言った。

ハンクは、水道の蛇口からコップに水を入れた。「おはよう、義姉《ねえ》さん」

「目がすごく充血してるわよ。輸血が必要じゃないかしら」

「からかうのはやめてくれよ」

薬を飲みこみ、つい荒っぽくコップをカウンターの上に置いた。その鋭い音は、赤ん坊を驚かせた。赤ん坊は母親の腕のなかで身をよじり、とたんに用心深くなった大きな青い目で叔父の顔を見た。次の瞬間、小さな顎が震えだした。そして、悲鳴のような泣き声がそれに続いた。ハンクは、頭が粉々に吹き飛ばされそうだった。

「ほら、だいじょうぶよ！」モリーは息子を抱きしめ、責めるような視線をハンクに向けた。

「あなたが、この子を怖がらせたのよ」

けたたましい泣き声に、ハンクはその場から走って逃げだしたくなったが、それでなくても、すでに充分問題を抱えている身だ。「なあ」ハンクはギャレットの小さな背中を撫でた。

「ぼくだよ」反対側にまわって小さな鼻をつまむと、泣き声はやみ、笑った口もとからよだれが垂れて四本の小さな前歯が光った。「いい子だ、おいで」

義姉《あね》は表情を和らげ、赤ん坊をハンクに渡した。それから、叔父の首に抱きついた息子のようすを見て、微笑んだ。

ギャレットの頭ごしに、ハンクとモリーの目が合った。「すまなかった。不機嫌にするつもりはなかったんだ。頭が割れそうに痛かっただけなんだよ」

「飲みすぎたときは、いつもそうなるでしょう」

今回は、それだけではすまなかった。ハンクの心に、一瞬チャーリーの姿が浮かんだ。

モリーはハンクが使ったコップを取って、食器洗い機に入れた。「あなたが心配なのよ、ハンク。賢い選択をしているようには見えないわ」

「男がちょっとした楽しみを見つけるのは、そんなに悪いことかな？」

「正直な答えが欲しくないなら、訊かないでちょうだい」

もっともなことばだと、ハンクは思った。しばらく黙って赤ん坊を抱き、それからモリーに返した。

「ちょっと散歩してくるよ」

「ほんとうに朝食はいらない？　トーストと卵を用意するところだったの。一人分増えても平気よ」

食べ物のことを考えただけで、ハンクの胃袋はひっくりかえりそうになった。「今はいいよ」親子の横をかすめて通り、裏口に歩いて行った。「もしかしたら、あとで」

ハンクが外に出て行こうとすると、モリーは優しい声で呼びかけた。「あなたは大切な家族なのよ、ハンク。そのせいでうるさく口出しして、いらいらさせてしまったら、ごめんなさい」

ハンクは出口で立ち止まり、モリーのほうを振り返った。モリーは、ハンクが知るなかでも最も思いやり深い人間のひとりだ。ハンクを見つめる大きな茶色の目がそれを証明していた。「ぼくにとっても、義姉さんは大切な家族だよ。うるさく口出しされてもね」

モリーは肩をすくめて微笑んだ。「楽しく遊んでいるにしては、最近のあなたはあまり笑わないから」

「忠告はわかった。気をつけるようにするよ」

裏口から外に出ると、ハンクはしばらくポーチにたたずんだ。レモン色の日光が庭をまだら模様に染めていたが、周囲を取り囲む森は暗い影を投げ、五月の朝の冷気を運んでくる。

冷たい風とマツの香りがする空気が、こめかみの痛みを鎮《しず》めてくれた。

ポーチの階段に座ろうかと思ったが、その考えはすぐに捨てた。牧場の雇い人たちはたいてい朝は裏口から入ってくるし、日中も、人の出入りが多い。今欲しいのは、一人になれる時間だった。

ハンクは、所有地を横切って流れる小川に向かった。足首あたりまで伸びている朝露にびっしょり濡れた草がブーツにまとわりつくと、すりきれた茶色い革の色が変わった。ときおり、バッタが隠れ場所から飛びだして、足もとで跳ねまわる。湿った大地の匂いが地面から立ち昇ってくる。ハンクは深呼吸をした。あたりに満ちている匂いや音が、肩の緊張をほぐしてくれた。

ハンクは悩みごとがあると、いつも自然と小川に足が向く。ログハウスから流れをさかのぼっていくと、北側の岸に草地が広がっている場所があった。はじめて、そこでひとりきりになったのがいつだったかは、覚えていない。ただ、子どものときから、そこで水が流れる音を聞いていると、不思議と考えごとに集中できた。

水辺に着いたハンクは、心ゆくまで惨めさにひたるために、湿った草の上に腰をおろした。惨めになっている原因の四分の一は身体的なもの、四分の三は精神的なものだった。心のなかではさまざまな感情が絡みあい、後悔と罪悪感が入り混じっている。『チャーリー』。その瞬間、時計を巻き戻して、昨晩の出来事をなかったことにできるなら、右腕をもがれてもいいくらいだった。チャーリーの瞳に浮かんだ子どものように純粋な輝きを思いおこすと、ハンクは自分を蹴りとばしたくなった。日ごろ、人を見る目には自信があった。それなのに、なぜ一度だけ、それも重要なときに限って、頭のなかに響く小さな声を無視してしまったのだろう？

いつも母親に言われていた警告のことばが、今になって思い浮かぶ。『ハンク、そのままだと、いつか後悔するようなことをしてしまうわよ。悪魔とダンスをしたら、かならず地獄の火に焼かれることになるのよ』。ハンクはいつも母のことばが聞こえないふりをしていた。母の説教をたんなる世代のギャップとして片付け、聖書の読みすぎだろうと考えていた。母の忠告にもっと耳を傾けておけばよかった。ほんの数カ月前、若者のセックスについての記事が書かれた雑誌を読んだ。そこには、二十代の若者の大半は性行為を体験していると書かれていた。どういうわけで、自分は二十代後半でヴァージンの女性に出くわしてしまったんだろう？

ほんの一瞬、ハンクは怒りを感じた。論理的に考えると、すべての厄介の原因は彼女にあって、自分にはない。彼女は自らトラブルを求めて下品なナイトクラブをうろつき、望みどおりにトラブルに遭遇したのだ。彼女が男と付き合ったことがないなんて、わかるわけがない。あんなにぴったりしたジーンズを穿《は》いて男を悩殺していたら、誘ってくれと頼んでいるようなものだ。

ハンクの怒りは、燃えあがったとたんにしぼんだ。ヴァージンの女性は未経験だとわかるように合図をしろという決まりはない。もちろん、いかがわしいナイトクラブに出入りしてはならないという決まりもだ。チャーリーが魅力的なのは、彼女の責任ではないのだ。そして、いくら彼女に責任を押しつけようとしても、自分自身の振る舞いをすべて彼女のせいにはできない。スラマーを注文したとき、心の奥底では、彼女を酔わせたいと思っていた。〈チャップス〉を出たとき、チャーリーはふらついていて、ハンクは彼女を思いどおりにすることができたのだ。

突然、恐ろしい考えがハンクの頭に浮かんだ。ヴァージンの女性がピルを飲むわけがない。ハンクはうめき、草の上に仰向けに倒れた。もし妊娠させていたら？　チャーリーはどこか知らない場所で、ハンクの子どもを身ごもっていることになる。もしそんな深刻な問題が起きているとしたら、なんとかして彼女を見つけださなければ。

そして、もしほんとうに深刻な事態になっていたら、どうするつもりだ？

その答えは、結論を出す前からすでにハンクの頭のなかにあった。コールター家の男は、男としての責任をけっして放棄してはならない。そして、子どもの存在は、もっとも大きな責任のひとつだ。十四歳のころから、ハンクは父親にその教えを叩きこまれていた。『もし女の子を妊娠させたら、どんなことがあっても逃げだしたりするな。きちんと責任を負い、それを果たすんだ。もし、それができなければ、父さんが放ってはおかないからな』

『もし』も、『それで』も、『でも』もない。なんとしても、チャーリーを見つけるのだ。問題は、『どうやって？』だ。

その晩、十時きっかりに、ハンクはふたたび〈チャップス〉にやって来た。十時という時間を選んだのは、〈チャップス〉がいちばん人でごったがえしているころだからだ。いつも遅めに来る客はそろそろ顔を見せはじめ、中心になって騒いでいる連中もまだ帰ってはいない。十一時ごろになると、男女のカップルができはじめ、それから間もなくすると、連れだって姿を消しはじめる。ハンクはできるだけ多くの常連客に会いたかった。そのうちのだれかがチャーリーを知っているかもしれないという、わずかな可能性に賭けていたのだ。

入口の扉を入ったところで立ち止まり、ひょっとしてチャーリーがいないだろうかと期待しながら、人ごみを見まわした。煙草の煙が、テーブル席の上空にブルーグレーの靄となって漂っている。ビールとウィスキー、そして汗の臭いが鼻をつき、客たちは大音量の音楽に負けまいとして、てんでに耳障りな大声を張りあげている。ときおり、下水溝の格子状の蓋から汚水が噴きだすように、騒音のなかからひときわ大きな声で下品なことばが聞こえてきた。

ふたたび〈チャップス〉に来てみると、ハンクの頭のなかで、チャーリーについての記憶がより鮮明によみがえった。昨晩、チャーリーが座っていたテーブルを見て、チャーリーが踊り方を知らないと言ったことを思いだした。そのときは、カントリー・ダンスが未経験なのだと思ったが、もしかすると、ダンスそのものがはじめてだったかもしれない。その考えは、ほかのことにもあてはまる。まず、ほんとうは強い酒にも慣れていなかったのではないかと心配になった。キスをしたとき、チャーリーの反応に恥じらいのような素振りが混じっていたことも思いだされた。その事実に、ハンクは当惑した。いったい、彼女は今までどこで暮らしていたんだろう、修道院か？

ハンクは、昨晩飲みすぎなければよかったと心の底から後悔した。もし素面《しらふ》だったら、どこかようすがおかしいと気づいて、彼女に触れたりはしなかっただろう。

だが、『願っただけで馬が手に入るなら、どんなに貧しくても馬に乗れるだろう』ということわざがある。なんでも願えばそのとおりになるなら、なんの苦労もいらない。自分は酔っぱらって、彼女に手を出してしまった。それが現実だ。

ハンクはまず最初のテーブル、そして次という具合に店じゅうを回った。どのテーブルでも、おなじ質問をくり返した。昨晩、自分といっしょにいたブロンドの女性を思いださせ、彼女を知っている者がいないかと尋ねた。結局、バーテンのゲーリーを含めた全員が、これまで一度もチャーリーを見かけたことはないと言った。チャーリーがまた店にやって来た場合に備えて、ハンクはゲーリーに自分の名前と電話番号を教え、連絡をくれるように頼んでおいた。

店を出るとき、ハンクは扉のすぐ内側で足を止めて振り向き、店のなかを見わたした。ここ数カ月間、この場所はハンクにとって第二のわが家のようなものだった。だが今は、どうしてあんなに足繁《しげ》くここに通っていたのか不思議だった。人間の価値観は、奇妙なほど、いとも簡単に変わってしまうものだ。

店の外に出て、頭上で明るく光るネオンサインの前を通り過ぎ、周囲が暗闇に包まれると、ハンクは立ち止まって空を見上げた。黒いベルベットの上に散りばめられたダイヤモンドのように、数えきれないほどの星が瞬《またた》いている。子どものころ、祖父のマクブライドと並んでポーチに座り、星をながめるのが好きだった。祖父はよく、自分は目をそむけておいて、ハンクに一番明るい星を選ばせ、あとからそれを当てようとした。祖父の挑戦は、いつも失敗に終わった。

もう一度チャーリーを見つけることもおなじくらいむずかしいのではないかと、不安になった。クリスタル・フォールズとその周辺には約十五万人の住人がいる。ラストネームもわからないというのに、これからどうやって彼女を捜せばいいのだろう。さらに悪いほうに考えれば、チャーリーという呼び名は、ただのニックネームかもしれない。

唯一の希望は、チャーリーがまた〈チャップス〉に現われることだが、その可能性はかなり薄かった。ここから先は運に頼るしかない、とハンクは思った。チャーリーを捜すためにできることは、もうなにもない。

3

その夜ハンクは、年老いた自分がまだ〈レイジー・J〉牧場で働いている夢を見た。はじめのうちは、楽しい夢だった。ハンクはフォークを使って干草を馬房に入れていた。外の放牧地から馬小屋のなかまであふれる朝の太陽の光が、背中を温めてくれた。周囲には馬の匂いが満ちていた。馬たちがフーッと息を吐く音や、静かに鼻を鳴らす音に、ハンクの心はなごんだ。

夢のなかではたいていそうだが、過去の人生の記憶はまったくなかった。ただ、自分は年を取っていて、当然のように馬と仕事をし、よき人生を送ってきたという感覚があるだけだった。ハンクの心は穏やかで自信にあふれていた。

外で車が停まる音が聞こえた。仕事の手を止めて体を起こし、耳を傾けた。ハンクのなかに強い恐怖がわきおこった。自分でも理由はわからなかった。フォークを壁に立てかけて、馬小屋の中央の通路を歩きながら、恐怖はさらに増した。心のどこかで、これが夢だということはわかっていた。目を覚ませと自分に呼びかけたが、心は頑《かたく》なに夢の続きを演じたがっていた。

外に出ると、埃《ほこり》をかぶった赤い車のそばに、褐色の髪をした背の高い若者が立っていた。ハンクが足をひきずるようにして歩く音に若者は振り向き、鮮やかな青い目をぎらつかせて、こちらをにらみつけた。コールター家の目。はじめて会う若者だったが、なぜか自分の息子だとわかった。外見から判断して、二十代半ばくらいだろう。〈チャップス〉でチャーリーの処女を奪い、ラストネームも訊かないまま意識をなくした、あの運命の夜からちょうど二十五年がたっていた。

「なにか用かい？」ハンクは言った。

若者は燃えるような視線を、ハンクの履き古したブーツから顔へと走らせた。「ハンク・コールターを捜してる」

ハンクは若者の怒りを感じ取った。そして、自分の名を明かした瞬間に、その怒りが爆発することも悟《さと》った。

「ここにいるよ」

若者は両手を拳に固め、前に踏みだした。「この、くそ野郎が！」

拳が向かってくるのは見えたが、素早くよけることはできなかった。ハンクは勢いよく地面に倒れ、泥の上に転がったまま、瞬きをして相手をよく見ようとした。まるで腑抜《ふぬ》けたように、自分の息子はよいパンチをもっているじゃないかと思った。コールター家の息子は父親に似るというが、そのとおりだ。

「自己紹介をしようと思って来たんだ。おれの名前はハンク。おれの母親を孕《はら》ませておいて、ラストネームも訊かなかった男の名を取って、母親が付けた名前さ」

そこで、ぱっと目が覚めた。まっすぐ仰向けに寝たまま、体が釘付けにされたように固まっていた。夢だ。ただの夢。だが、恐ろしくリアルだった。全身にぐっしょり汗をかいている。まとわりつくシーツを剝《は》ぎとり、ベッドから抜けだした。むさぼるように呼吸をしながら、部屋のまんなかに立ちつくすと、心臓が激しく鼓動した。

周囲の現実が、ゆっくりと戻ってきた。ハンクはベッドの端に座りこみ、両手に顔を埋めた。映画のワンシーンのように、その場面がはっきりと頭のなかに浮かんだ。自分の体の下で横たわっているチャーリー。最後に、彼女がヴァージンだと悟った瞬間、身を引いたが、すでに放出したあとだったことはよくわかっていた。

今のは正夢ではないかという恐ろしい予感がした。昨晩の無分別な行動のせいで、自分は私生児の父になってしまったかもしれない。

眠気でまだぼうっとしながら、カーリーはリビングの安楽椅子に両脚をもちあげて横座りに座っていた。夜明け前の薄闇に包まれたこの時間は、いつも壁や天井を通してアパートの周囲の部屋から漏れ聞こえてくる物音も、ほとんどしなかった。一階の正面玄関のポーチに吊るされているウィンド・チャイムも音をたてない。カーリーとベスがこの部屋を借りてから三週間がたち、カーリーはようやくひっきりなしにチリンチリンと鳴るチャイムの音に慣れてきたところだった。あと数時間もすれば、アパートの人びとが活動をはじめ、ある者は仕事へ、ある者は小型犬を連れて中央公園の草地へと散歩に急ぐだろう。だが今は、この世界で自分ひとりだけが目を覚ましているような気分だった。普段は一日じゅう通りを行きかう車の音すら、まったく聞こえなかった。

暗がりと、さっきそのせいで目が覚めたいやな夢を追い払うために、蠟燭に火をつけた。だが、揺らめく炎も、なぜかカーリーの気分を明るくしてはくれなかった。ハンク・コールターの顔を思い出すたびに、胃がむかむかするほど、屈辱と恥ずかしさが入り混じった燃えるような感情が体の内側に広がった。

胃袋と神経をなだめるのにミルクが効くかもしれないと、カーリーは思った。いつも眠りが浅いベスの目を覚まさないように、爪先立ちでそっと隣りのキッチンに行った。食器棚からコップを取り、ミルクを注ぎはじめた瞬間、ベスの声に驚かされた。

「なにをしているの?」

びっくりした拍子に、ミルクがこぼれた。「ベス、あなたこそどうして起きてるの?」

ベスは天井の蛍光灯をつけた。カーリーは強い光にたじろぎ、目を細めた。「それをつけなきゃだめ?」

ベスは小声で、これじゃ吸血鬼《ヴァンパイア》みたいな生活だわ、などとつぶやき、キッチンをもとの薄暗がりに戻した。「あなたの目が治って、普通の人間らしく電気をつけられるまで、あとどれくらいかかるの?」

「あと二、三日よ。いやなのはわかるけど、明るい光は、まだ死にそうにつらいの」カーリーはまた、ミルクを注ぎはじめた。「起こしてごめんなさい。大家さんに冷蔵庫のドアを直してくれるように言わなくちゃね。扉をあけるたびに音がするわ」

「コップから指を出しなさい。あなたはもう目が見えるんだから」

カーリーは指摘された指を、コップのまわりに巻きつけた。

「わかってるでしょうけど、あなたの大脳にある視覚皮質は使わないと訓練できないのよ」

「機嫌が悪いのね。なぜ、ベッドに戻らないの?」

「あなたのおかげで、もう目が覚めちゃったからよ」ベスはあくびを嚙み殺した。「わたしの質問に、まだ答えてないわよ。どうして、こんなに早く起きてるの?」

カーリーはミルクを冷蔵庫に戻し、カウンターの上を拭いた。「今、何時?」

ベスはちらっと時計を確認した。「まだ五時前。あなたが明け方に家のなかをうろうろするのは、これで続けて二日目よ。いったいどうしたの、カーリー? この前の夜のことで、なにかわたしに話し足りないことがあるなら、喜んで聞くわよ」

軽い不快感がある胃のあたりに片手をあてて、カーリーはミルクが入ったコップをつかんだ。ベスの横をぐるりと回って、リビングの椅子に戻った。そのあとに続いたベスは、安楽椅子の隣りにあるソファに向かった。ベスはクッションの上に飛びのるように座ると、両脚を引き寄せて足首を抱えこんだ。蠟燭の灯りしかない部屋で、ベスの肩をおおう黒っぽい髪が背後の窓から射す夜明けの淡い光に照らされ、光沢を放っている。

普段、カーリーは親友のベスにほとんどの秘密を打ち明ける。だが、ハンク・コールターとのあいだに起こった事件については、なぜか細かいことまでは言えなかった。それは、あまりにも個人的で、もっと言えば、恐ろしく恥ずかしい出来事だった。カーリーはコップを脇に置き、ナイトシャツの縫い目を指でたぐった。「ちょっと心配なの」と、告白した。「ハンクが避妊具を使ってない気がして」

ベスは目を見ひらいた。「使ったかどうか、わからないの?」

カーリーはうなずいた。鎮痛薬を服用しているのにアルコールを飲んだせいで酔っぱらったことは、ベスにもう話してあった。その点に、わざわざもう一度触れるのはやめておいた。「あまりよく覚えていないの。なんだけど、たぶんそれを落としたんじゃないかと思うの——それとも気が変わったとか」

ベスは心配そうに眉間に皺を寄せた。「カールズ」そっとささやいた。「もし妊娠していたら、どうするの?」

それは、まさにカーリーが心配していたことだった。「わたしがヴァージンだってわかったら、彼はすぐに離れたわ。きっと、なかでは射精してないと思う。それなら、たぶん安全でしょう?」

ベスは一瞬、なにも言わなかった。「膣外射精は確実な避妊方法じゃないのよ、カーリー。彼は挿入したんだから。射精していなくても、染み出ている可能性もあるわ。たった一個の精子でも、女性を妊娠させるには充分なのよ」

カーリーの胃袋がゆっくりと回転した。すでに記憶をたどって、その可能性についても考えていた。「だけど、あのときは、そんなに奥までじゃなかったわ。きっと、今回だけはだいじょうぶよ」

「もしだいじょうぶじゃなかったら？　妊娠していたらどうするの？　その男の連絡先も知らないんでしょう？」

いかにも頑固そうに顎を突きだして、カーリーは言った。「彼に連絡しろっていう意味なら、そのつもりはないわ。二度と彼には会いたくないから」

「妊娠していたら、ほかにどうしようもないでしょう？」

「彼はわたしに毒づいたのよ」カーリーはベスに思いださせた。「終わったあと、自分が汚れた気がしたわ——けっして落ちることのない汚れよ。わたしには、彼に対してなにかの義務を負うような借りはないわ、ひとつもね」

「そうね。でも、彼はあなたに借りがあるのよ。それに、彼が子どもの父親なら、それを知る権利があるわ。そして、どの子どもにも父親を知る権利がある。連絡しないわけにはいかないわよ」

「わたしは妊娠してないわ。そんなことありえない」口ではそう言いながら、本心ではないと自分でもわかっていた。「子どもができたら、大学院へ行く計画が狂ってしまうわ。もしかしたら、人生そのものが狂うかもしれない。そんなこと起こるわけがないわよ」

ベスは、目にかかった髪をかきあげた。「なにも起こらないように祈りましょう。もしほんとうに妊娠したら、そのときになって橋を渡ればいいわ」

カーリーは深く息を吸いこんだ。「少なくとも、わたしはひとつ目標を達成したわ。世界でただひとりの二十八歳でヴァージンの女じゃなくなったのよ」

ベスは心配そうな表情を浮かべながらも、カーリーのことばに笑った。「ほんとうね。すぐに、あなたのほうがベテランになって、わたしにアドバイスをしてくれそうだわ」

カーリーは首を横に振った。「一度で充分よ。わたしに言わせれば、セックスの楽しみは過大評価されすぎだわ」

「だんだん楽しくなるわよ」

「あなたがわたしとまったくおなじ経験をしているなら、今のことばを信じるけど」カーリーに本音を言わせれば、死ぬまで二度とセックスをしなくても、ちっともかまわなかった。

4

六日後の朝、カーリーは目が覚めると吐き気に襲われた。バスルームで便器の前に膝をついているカーリーを発見したベスは、冷たい水で絞った布でカーリーの顔を拭き、こう言った。「ああ、まさか！」それはまるで呪文のように聞こえた。

「ただのインフルエンザよ」吐き気の発作の合い間に、カーリーは声をしぼりだした。

「悪阻《つわり》はこんなに早くから始まらないわ。そうでしょう？」

「人によるわよ」ベスは床に尻を落とし、洗面台の扉に寄りかかった。「とても早い時期から悪阻になる人もいるわ」

やっと吐き気が落ち着き、カーリーは便器から顔をあげてしゃがみこんだ。

「用心するに越したことはないわ」ベスが言った。「ドクター・メリックに電話をして、今飲んでいる薬は赤ちゃんに悪い影響がないか、確かめたほうがいいと思うわ」

「赤ちゃんですって？」カーリーは膝の上で拳をぎゅっと握りしめ、まるで目が見えない昼間のフクロウのように、ベスの顔をのぞきこんだ。その顔は、白っぽくぼやけて見える。

「赤ちゃんなんていないわよ、ベス。そんなこと、あるわけがないわ」新たな吐き気の波が襲ってきた。カーリーはふたたび便器の上にかがみこみ、両腕で頭を抱えた。「どうしたらいいの？　熱もないのよ。いつも、インフルエンザになったら熱が出るのに」

ベスは片方の手をカーリーの肩にのせた。「とにかく、パニックを起こしちゃいけないわ」

「そうね」カーリーは、か細い声で答えた。「もしかしたら、なにか食べ物のせいかも」

「そうよ」安心させるように、穏やかな声でベスが言った。「吐き気の原因なんて、いくらでもあるわ。もし生理が遅れて、まだ具合が悪かったら、そのときは家で妊娠検査をすればいいわよ」

カーリーは、こんな事態になっていることが自分でも信じられなかった。

「それでも」と、ベスは続けた。「ドクターに電話をして、胎児があなたの目にどんな影響をおよぼすのか訊いたほうがいいと思うわ。格子状角膜変性症はむずかしい病気なのよ。自分ではそう思ってないかもしれないけど」それから、ベスは急いで付け加えた。「あのね、妊娠したって決めつけてるわけじゃないのよ。ただ、あらゆる場合に備えて、最低限の用意はしておいたほうがいいと思うの」

「そうね」カーリーは慎重に、また体を起こした。視界に映った水を流すレバーの像が揺らいだ。金属のレバーは、明るく光りながら揺れている球体のように見えた。「目の焦点が全然合わないわ」

ベスは身を乗り出し、カーリーの目にかかった髪をどけた。「よくなった？」

「いいえ」カーリーは喉元に指を押しあてて目を閉じ、浅い呼吸を数回くり返した。

「心配ないわよ」ベスが言った。「二、三カ月は視界が急にぼやけることがあるって、ドクターも言ってたじゃない」

カーリーはうなずいた。少なくとも三カ月間は視覚異状が頻繁《ひんぱん》に起こって、きちんとものを見ることができないだろうから、そのあいだは仕事などにつくのはまず無理だろうという、医師のことばを思いだした。それは、『表層角膜切除』または『SK』と呼ばれる手術の第一回目を五月後半にしてもらった理由でもあった。そうすれば、視界がぼやけたりするさまざまな視覚異状は、九月に大学院が始まるころにはほとんど治まっているだろうと考えたからだ。SK手術による効果は永久ではないため、その後は、時期が来たらふたたび手術が必要になるはずだ。

数分後、ベスは先に立ってキッチンに行き、ポートランドの角膜専門医の電話番号を押してから、カーリーに受話器を渡した。電話口に出た医師は、カーリーが妊娠しているかもしれないと聞くと、喜びはしなかった。

「子どもを産む予定があったのなら、一度目のSKを受けるべきではなかったよ」医師は言った。「妊娠は格子状角膜変性症に悪い影響を与えるし、手術の効果が続く期間を短くしてしまう」

さっきの嘔吐《おうと》のせいで、カーリーの目はずきずきと痛み、こう答えるのがやっとだった。

「わかりました」この状況を考えれば、なんとも間の抜けた答えだ。

メリック医師はため息をついた。「妊娠が与える危険について、もっと強く警告しておくべきだったな。前に話したとき、恋愛に関しては積極的ではないし、当分、妊娠する可能性はないと言っていたと思ったものでね。わたしとしては、六週間に一度の検査のときに、もっと詳しく細かい注意事項を説明する心づもりだったんだが」

カーリーは、医師とのその会話を思いだした。医師のことばは正しかった。大学院に通いはじめたら、以前よりも普通に他人と付き合えるだろうし、もしかしたら男性と親しくなるかもしれないので、そのころにまた話をしたいと、自分は言ったのだ。

「状況が変わったんです」それしか言えなかった。「出会いがあるなんて思っていなかったんです、ドクター・メリック。あの——偶然だったんです」

「わかった」電話線の向こうで紙がこすれる音がした。それから、しばらく沈黙があった。

「もし妊娠しているなら、SKの効力は短くなるだろう。二度目の手術を受けるのは子どもが生まれてからにすることを強く勧めるよ」

カーリーの頭はずきずきと痛んで、よく考えることができなかった。「つまり、子どもが生まれる前にまた目が見えなくなる可能性があって、それはどうにもできないということですか？」

「もし、きみが妊娠していて、その結果、一度目のSK手術の効力が早く失われたとしたら、妊娠中はどんな治療をしても、格子状角膜変性症に逆の効果を与える可能性がきわめて高いということだ。表層角膜切除と角膜移植は、何度も受けられるわけじゃない。状態が悪いときに手術を受けて、長い時間をむだにすることはないだろう？　結局は、見えるはずの期間を何年も失うかもしれないんだよ」

医師の論理は、カーリーにも理解できた。ただ、納得するのはむずかしかった。「うまくいかないかもしれないなら、妊娠中に手術を受けたくはありません。最初の手術を今まで待っていた理由もおなじです。今、手術を受ければ、仕事につくときに目が見えているはずだと思ったからなんです。とにかくわたしは、できるだけ長く、目が見える期間を保っていたいんです」

医師は咳《せき》ばらいをした。「今の時点で、妊娠がはっきりわかっているわけではない。それで合っているかな?」

「はい」

「血液検査を受けるのがいいかもしれないな。生理が遅れる前でも、正確に診断できる」電話線の向こうでドサッという音、それから紙がこすれる音がして、医師がなにかの本のページをめくっていることをうかがわせた。「さて」と、医師は言った。「その地区には、セント・ルカ病院がある。今日の午後、申し込みのファックスを送っておくから、月曜日の朝一番で血液検査を受けに行きなさい。そうすれば、この先どうすればいいかが、すぐにわかるはずだ」

「わかりました」カーリーは空《うつ》ろな声で答えた。

「それから、目が見えなくなることについては、あまり心配しないほうがいい。取り越し苦労をしてもしかたがない。妊娠したとたんに角膜に悪い影響を受ける患者さんもいるが、最小限の問題だけですんでしまう患者さんもいるんだ。もし、きみが妊娠していても、きっとラッキーな側に入っているよ」

「目の焦点が合わないんです。はっきり見えるときもあれば、全部ぼやけてしまうときもあります」

「手術のあと、わたしが紹介してあげたクリスタル・フォールズの医師に会って、術後の検査をちゃんと受けたかね？」また、紙をめくる音。「ああ、これだ。報告書がある。彼は、すべて良好だと書いているよ。いつ受けたのかな——十日前？」

「そのくらいです」

「彼は一流の眼科医で、とくに手術によって生じる問題が専門分野なんだ。視界がぼやけるのは、恐らく一般的な症状だろう。たとえ、角膜が治癒して、視力が正常の段階まで進歩したとしても、きみの視覚皮質はまだその状態に適応していないし、目に映るものすべてに対応することはできない。その結果、頻繁に錯覚が引き起こされる。なにかを正面から見ていても、自分の目には見えていないというのも珍しいことじゃない。逆に、そこにはないものを見てしまうと考えてもいいかな。それはたくさんの新しい記憶で、自分ではほとんどコントロールできない——夢のなかで脈絡もなく次々といろいろな場面が現われるようなものだね。きみの場合は、それが目を覚ましているときに起こるわけだ」

存在しないのに見えてしまうもののことなら、カーリーはよく知っていた。ハンク・コールターの瞳にちらりと見えた優しさのことだ。

「視界がぼやける症状は」と、医師は続けた。「徐々に回数が減って、そのうちなくなるだろう。そのころもまだ、細かいものは見えにくいだろうね。たとえば背景の模様のようなものとか。奥行きの感覚もあまりないかもしれない。でも、焦点はよく合うようになっているはずだ。とにかく、視覚皮質が時間をかけて適応するまで、気長に待つことだね」

「もし妊娠していて、角膜に悪い影響があったら、あとどのくらいで目が見えなくなるでしょうか？」

カーリーのことばにはっとしたベスが、隣りに寄り添った。

メリック医師が答えるまでに、一瞬間があった。「正確には、なんとも言えないな。患者さんによるが、まず最初に格子状角膜変性症が悪化して、それからほかのいろいろな面でも厳しい状態になるだろう。数カ月間は何事もなく見えているかもしれない。そのあとで、一気に見えなくなる可能性もある」

「わたしはもう、法的に盲人ではなくなっているんです、ドクター・メリック。もし、また目が見えなくなったら、大学院に通うための特別援助金をもらえるように、もう一度、盲人として認可されるまで、どのくらい時間がかかるでしょうか？」

「手術を受けた時点で、きみの視力は充分か、それ以上回復している。問題を解決するための手術をすべて受けてからでないと、盲人であるという法的な資格を得るのはむずかしいだろうね。つまり、次のSK手術と、そのあとの角膜移植を受けて、両方とも失敗するまでは認可されないだろうということだ」

カーリーは、カウンターにぐったりと寄りかかった。「それじゃ不公平だわ。妊娠のせいで目が見えなくなったら、子どもが生まれるまで次の手術は受けられないんでしょう？　どうやって大学院に通えばいいんですか？　わたしには余分な貯金もなにもないのに」

「法律を作ったのは、わたしではないよ」医師は指摘した。「最悪のシナリオを考える前に、今の時点でするべきことを確認しよう。念のため、わたしが処方した鎮痛剤は、週明けまで飲まないほうがいいだろう。角膜の状態がよくなっていて、鎮痛点眼薬だけで痛みが治るといいんだが」

電話を切るころには、カーリーは頭が痺《しび》れたような感じがしていた。「ものすごく希望がわいてくる会話だったわよ」すぐに、医師と交わした話をすべてベスにも伝えた。「もし妊娠していて、そのせいでSKの効果がなくなったら、赤ん坊が生まれるまで、わたしはまた暗闇のなかよ」

ベスは、カーリーの肩に腕をまわした。しばらくのあいだ、ふたりは体を寄せ合い、その場で立ちつくしていた。とうとうベスが体を離して、言った。「また目が見えなくなるなら、大学院に行くためには補助金が必要よ。二回手術を受けて失敗してからじゃないと認可してくれないなんてひどすぎる」

「しかたないわ。いったん学校をやめて、来年また大学院の試験を受けるしかないわね」

「ああ、カーリー。このために、ずっと働いてきたのに。一度学校をやめたら、もう戻れないかもしれないのよ。子どもを養うことになったら、修士号はますます重要になるわ。修士号があれば、仕事を探すのに有利なだけじゃなくて、収入自体も増えるはずだもの」「学士号はもってるわ。それだけでも、少しは役に立つわよ」頭痛が耐えきれないほどひどくなってきた。「修士号はかならず取るわよ、ベス。どうにかしてね。ただ、思ったより時間がかかるかもしれないけど」カーリーはテーブルに向かって座った。「こんなことになるなんて、自分でも信じられないわ」

翌朝、カーリーはまた気分が悪かった。吐き気は昼ごろには和らぎ、夕方までにまったくなくなった。カーリーはこれをよくない知らせとして受け止めた。ベッドに横になり、片手を下腹にあててみた。赤ちゃん。こんなひどい経緯で命が生まれることが信じられなかった。子どもはだれでも両親に望まれ、愛されて生まれてくるべきだ。失敗の結果としてではなく。

この瞬間まで、カーリーは、お腹のなかにいるかもしれない子どもを、感情をもち世話をしてくれる人間を必要とした小さな命として捉えてはいなかった。だが、今、カーリーはそれを感じた。心のなかに浮かんだイメージを消すことができなかった。わたしの子ども。

赤ん坊をひとつの人格として感じると、その命を消してしまいたいとは思えなかった。まだ小さな子どものころ、いつかは赤ちゃんを産みたいと、いつも願っていた。その後、ティーンエイジャーになって、男の子は目が見えない女の子になど興味がないと知り、母親になる夢を捨てて、視覚に障害をもつ子どもたちの教師という目標をもったのだ。

カーリーは寝たまま横向きになり、両腕でお腹を抱きかかえた。突然、体内で育ちつつあるかもしれない命を守りたいという強い思いに駆られた。

ベスがやって来て、ベッドの端に座った。「なにを考えてるの」

カーリーはごろりと仰向けになった。「これから起こるかもしれないことを考えていただけよ。妊娠しているかどうかもわからないのに、自分の気持ちを見極めるのはむずかしいんだけど、でも――そうよ、もし妊娠していたらね、ベス。わたしには赤ちゃんを幸せにする責任があると思うの。そのせいで、わたしの人生計画が百八十度狂ったから、なんだっていうの？ 世の中には、もっとひどいこともたくさんあるはずよ」

ベスは背後のマットレスに手をついて体を支えた。「賛成よ。暗い面ばかり考えるのは非生産的だわ。あなたが赤ちゃんを産むつもりなら、それについて前向きに考えなくちゃね」

カーリーは天井を見つめた。数日前は、天井の漆喰《しっくい》についている渦巻状の跡を見わけることができた。だが、今はできない。薄暗い灯りのせいでありますようにと、カーリーは祈った。「赤ちゃんはぜったいに産むわ。中絶は、わたしの考え方にも、わたしが信じていることにも、完全に反してる」

「そのことについては話をしてなかったけど、そうするつもりだろうと思ってたわ」

「それ以外に考えられない」カーリーはつぶやいた。「わたしを身ごもったとき、母は四十三歳だった。年齢からすると、両親はきっと中絶も考えたと思うわ。もし中絶していたら、わたしはこの世にはいなかった」

「一生もち歩くには、かなり重い荷物ね」

カーリーは、シェニール織のベッドカバーに指先をすべらせた。「おかげで、物事をいろいろな角度から考えられるようになったわ。十代のころはとくに、生まれつき目が見えないためにつらい思いをしたことが何度もあった。そんなときはいつも二者択一で考えて、自分を励ましたわ。この世に生まれてこなかったのと、どっちがいいかってね。楽なことばかりじゃなかったけど、わたしは人生を楽しんできたわ。そして、この世を去るまでに、視覚障害児のために働くことで、わたしの人生を意味があるものにしたいの。この人生を生きるか否か、どちらを選ぶかと聞かれたら、両親がわたしをこの世に送りだしてくれてうれしいと答えるわ」

「わたしもうれしいわよ。あなたがいなかったら、世界は変わってしまうわ」

カーリーは微笑んだ。「あなたはわたしを愛してくれてるからよ」しばらく黙ってから、言った。「わたしが子どものころ、両親はきっと大変だったでしょうね。目が見えない子とは、公園で散歩もできないわ。だけど、ふたりとも後悔している様子なんて一度も見せなかった。そのことに心から感謝しているわ」

「あなたが生まれたとき、お母さんがそんなに年を取っていたなんて知らなかったわ。それも、あなたの目が見えない原因のひとつかしら？」

「たぶんね」カーリー自身も、以前からおなじことを考えていた。両親のどちらの家系にも、白内障や格子状角膜変性症を患っている者は見あたらない。「なにが原因かは関係ないわ。大事なのは人生の質よ。つらいこともあったけど、楽しいこともたくさんあった。だから、将来のことを思うと、わくわくするの。それなのに、両親がわたしにくれたのとおなじチャンスを、わたしがこの子から勝手に取りあげるなんてできないわ」

「よくわかるわ、カーリー。説明する必要はないわよ。わたしも、中絶をすすめる気持ちはまったくなかったわ」ベスは、茶目っ気たっぷりに横目でカーリーを見た。「前から叔母さんになりたくてしかたなかったのよ。子どもを駄目になるほど甘やかして、あとのことはあなたまかせにするなんて、きっと楽しいでしょうね」

カーリーは笑った。「それがあなたの意見なのね。つまり、わたしたちはそのころまだ、いっしょに暮らしてるってことよね」

「それは思いつかなかったわ。そうね。わたしも自分の立場をよく考えてみなくちゃ」

「そんな必要はないわよ。子どもができたら、甘やかしてくれる叔母さんにいてほしいわ。わたしにはいなかったから。母はひとりっ子だったし、父のたった一人の兄弟はベトナム戦争で死んでしまったの。わたしは両親が年を取ってできた子どもだったから、祖父母のこともほとんど覚えていないわ」

「寂しかったでしょうね」

「最初からいなければ、それほど深刻でもないわよ」

「あなたの赤ちゃんには、わたしとクリケットという叔母さんができるわ」ベスは約束した。

友人のクリケットのことを思うと、カーリーはふたたび微笑んだ。子どものころから、いつもカーリーの片側にはベスが、もう片方の側にはクリケットがいた。三人はおなじ歳だった。幼稚園で大親友になり、それからずっと姉妹のように育った。「クリケットと、もっと電話で話せればいいのにね。彼女が発掘調査のためにコロンビアに行ったのはすごいと思うし、興奮もするけど、声が聞けないのは寂しいわ」

「彼女がコロンビアで幸せいっぱいにやってるのはまちがいないわ」ベスが言った。「きっと土の上に腹ばいになって、この千年でもっとも偉大な考古学的発見を夢見てるわよ」

「まったく、土以外は目に入らないのかしら？」カーリーはあきれたように、首を振った。

「小さいころから、クリケットは土を掘るのが好きだったわね。ミセス・カークパトリックの花壇で見つけた骨を覚えてる？」

「そんなこともあったわね！　クリケットったら、恐竜の骨を掘りあてたと思ったのよ。でも、結局、そこはミセス・カークパトリックが飼っていたグレートデーンのお墓で、わたしたち全員、外遊び禁止の罰を受けたわ」ベスはくすくす笑った。「よく考えたら、わたしたちはかなりへんな組み合わせの三人よね。経営学専攻の学生と教師と考古学者。共通の話題なんてあるのかしら？」

「さあね。でも、もし彼女に電話をしたら、莫大《ばくだい》な料金になることは確かよ。あそこが、そんなに携帯電話の電波状況がひどい場所だなんて、ついてないわ」

「この前、クリケットは三十分もあなたにお説教をしてくれたじゃない。酒場で知り合った男といっしょに店の外へ出たりしちゃいけない理由を、全部挙げてくれたんでしょ。それから、鎮痛剤を服用しているときにお酒を飲んじゃいけない理由も。それが終わったら、ハンクのことをあれこれ聞きたがったのよね」

ハンクのことは考えたくもなかった。だが、もし妊娠したのなら、少なくとも彼に報告をする義務はある。「彼を近くで見た？」

「とても近くで見たわよ。なぜ？」

「ハンサムだった？」

ベスは驚いたように笑った。「わたしに、それを訊くの？」

「わたしが外見のことはよくわからないって、知ってるじゃない。生まれつき目が見えなかったら、外見的な美しさっていう概念を把握するのはむずかしいわ。あなたが就職の面接に行っているときは、映画を見るようにしてるの。それぞれ違う外見の、いろいろな動物やたくさんの人が出てくるから。最初は、主役をつとめる俳優の外見が魅力的なんだろうと思ったわ。でも、主役の俳優もみんな違う顔をしているのね。わたしはまだ、美しいってどういうことなのか、よくわからないのよ」

「たぶん、それは悪いことじゃないわ。わたしたち目が見える人間は、みんな洗脳されてるのよ。エンターテイメント業界が美しさの基準を作りだして、わたしたちは羊のようにおとなしく従っているだけ。外見の美しさについて先入観をもっていないのは、ある意味ではいいことだわ」

「わたしの立場からすれば、ただ混乱するだけよ。少なくともわたし自身は、ハンクの外見が気に入ったわ。そのときは、それが重要に思えたの。でも、赤ちゃんが生まれるかもしれないなら知りたいわ。彼が——あなたはわかるでしょ——ハンサムなのか、不器量なのか」

「じゃあ、彼は犬みたいな顔よって言ったら？」

「すごく心配。わたしの赤ちゃんはよい遺伝子を受け継いでほしいもの」

「彼はハンサムよ」ベスはきっぱりと言った。「とてもハンサムよ。その点では、なんの心配もいらないわ。あなたは魅力的な男性を選んだわ」

カーリーはほっとして、体から力が抜けた。「よかった。それじゃ、五分五分の確率で、わたしの赤ちゃんは魅力的な外見かもしれないのね」

「五分五分？　わかってないのね。あなたとハンクの子どもはまちがいなく美しい赤ちゃんよ」

カーリーは微笑んだ。「そうだといいけど」

「まちがいないわ」

ハンクの顔を思い浮かべると、カーリーは、喉が詰まったような感覚を覚えた。

「だいじょうぶ？」ベスは片方の足を引き寄せて、もう片方の脚の下にはさんだ。「話したいことがあるなら聞くっていう申し出は、まだ有効よ」

カーリーは横向きになり、曲げた腕の上に頭を休めた。「たぶん、わたしが落ちこんでいる一番の理由は、自分が恐ろしく無知で愚かだとわかったからだわ」

「すべての原因があなたにあるわけじゃないわ」ベスが指摘した。「〈チャップス〉にいた男はわたしに、スラマーを一杯飲み干してから自力で店の外に出て、また歩いて帰ってこれたら、そのあとの飲み代は全部おごるって言ったわよ」

「ハンクは、スラマーは強いお酒だって教えてくれたわ。ただわたしが、どれくらい強いかをわかっていなかったの。メリック先生は、処方したのは弱い鎮痛剤だから、ひと晩に二杯までならアルコールを飲んでもだいじょうぶだと言ったわ。ハンクがスラマーを注文したとき、わたしはビールを二、三口しか飲んでいなかった。だから、ゆっくり飲めばだいじょうぶだと思ったのよ」

「たぶん、スラマーにはアルコール度数が高いお酒が入ってるんだわ。しかも、たっぷりと。あなたが立って歩けただけでも奇跡よ」

「わたしは、真面目に考えていなかったの。彼といっしょに店の外に出るべきじゃなかった。だけど、なぜか常識を捨てて、自分に信じさせようとしたの――なぜだかわからないけど――わたしは特別な人に出会ったんだって」

「カーリー」

「もう悲しくはなくなったわ。ほんとうよ」カーリーは無理に笑みを浮かべた。「今はただ、自分が恥ずかしいだけ」

「はじめて男の人とデートをするときは、だれだって無知で愚かなものよ。男も含めてね。そしてみんな、賢くなるまでに二、三回は胸が張り裂けるような思いをするのよ」

「たぶん、そうね」カーリー個人の意見では、ハンク・コールターの胸が何度か張り裂けたことがあるとは思えなかった。ベスのことばがほんとうなら、ハンクは魅力的な外見の持ち主で、生まれてからずっとその恩恵をこうむってきたはずだ。「わかってるのは、二度とあんな経験はしたくないってことだけ」

「いやな経験をしたあとは、みんなそうよ。そのうち乗り越えられるわ」

カーリーには、そうは思えなかった。


月曜日の朝、ベスは日課となっているインターネットでの職探しを終えてから、妊娠検査を受けに行くカーリーを車でセント・ルカ病院まで送ってくれた。カーリーは血液を採取され、後日、検査結果を知らせる電話がありますと告げられた。

その電話は、火曜の正午少し前、ベスが就職の面接に行っているあいだにかかってきた。電話を切ったとき、カーリーは震えていた。妊娠している可能性があるという状況は、もちろんつらいものだった。だが、確実に妊娠していると知るのは、はるかに悲劇的だ。

それから一時間、カーリーは忙しさで不安を紛らわせるために、用事を探して部屋から部屋へと動きまわった。絶望を感じながら、手術を受ける前に、視覚皮質を訓練するためにと注文しておいた本を引っ張り出した。三十分間、ビジュアル百科事典の写真を見つめ、キャプションを読もうとしたあげくに、叫びだしたくなった。自分は妊娠している。まもなく、子どもを育てるという責任を負うのだ。それなのに、こんなところに座って、ばかげた本をながめている。なにかしなければ。でも、なにを？　少なくともあと三カ月間くらいは、仕事につけるような目の状態にはならないだろう。

とうとう、カーリーはサングラスをつかみ、外で積極的に体を動かして視覚皮質を訓練することにした。外にいると、急に動くもの――ブーッと音をたてて通り過ぎる車、木の上から舞い降りてくる鳥、風に揺れる枝など――に対してまだ体がすくんでしまう。生まれたときから目が見えなかったカーリーは、なにひとつ動くもののない灰色の世界で生きてきた。目が見える人間はほとんど気づかないようなさまざまな動きに慣れるのは驚くほどむずかしかった。下を向いて歩くだけでも大変だ。足の下で歩道が動いているように見えて、頭がくらくらしてしまう。

アパートから四ブロック歩いたところで、いつもベスと買い物をするスーパーマーケットと商店街の前を通り過ぎた。ふたりはアパートを探すとき、ベスが車で送れないときにもカーリーが困らないように、徒歩圏内に買い物ができる店があるという条件を最優先にした。スーパーマーケットは大通りに面していた。曲がり角でカーリーは立ち止まり、自分の目を信じて縁石《えんせき》から踏みだそうと、ひっきりなしに車が行き交う大通りの左右を確認した。でも、車がよく見えなかったり、自分の目で判断したよりも近くに車がいたらどうしよう？　メリック医師から聞いた、視覚皮質に騙《だま》されることは多々あるという注意を思いだし、カーリーは用心のために道を渡らず、左に曲がることにした。車の往来が激しい大通りからはずれた脇道なら、それほど危険ではない。

考えごとをしていたカーリーは、どれくらい歩いたかもわからないうちに、気がつくと、高い鉄の柵に囲まれた広い土地の前にいた。柵のなかには芝生が広がり、四角いコンクリートの塊や彫刻をほどこされた岩が点々と散らばっている。こんな場所を見たのは生まれてはじめてだ。だが、たいして驚きはしなかった。カーリーにとっては、なにもかもが生まれてはじめて見るものばかりだった。

好奇心につき動かされ、そこがいったいなんなのかがわかるまでは引き返さないと決めて、歩道に沿って歩きつづけているうちに、大きな門に出合った。アーチ型の入口に取りつけられた文字は〈ローズ・ヒル墓地〉と読めた。カーリーが文字の意味を理解するには、少し時間がかかった。墓地？　たくさんの墓石が散らばっているのだとわかった光景をフェンス越しに見つめながら、両腕で自分の体を抱きしめた。こんなにたくさんの亡くなった人たち。一カ所にこれほど多くの墓が集まっている場所があるとは、想像したこともなかった。

墓地を見たカーリーの心は、なぜか穏やかになった。そう、たしかに自分は大きな問題をいくつも抱えている。妊娠によって生じる数々の困難を思うと、パニックになりそうだ。だが、この世の終わりというわけではない。自分はまだ若いし、目の病気を除けば、いたって健康だ。たとえ、また目が見えなくなり、大学院に行けなかったとしても、学士号を生かすことはできる。いよいよ最悪の状態になったら、ポートランドに戻って教師の仕事を探せばいい。給料は高くなく、切り詰めた生活を強いられるだろうが、仕事を続ければ昇給もあるだろう。それまでは、なんとかしのいでいけばいい。自分と子どもは生きていかれるだろう。

その晩、まだ就職先が見つからないベスは、落ちこんだ顔で帰ってきた。「経営学の専門を生かすキャリア職を探してるわけでもないのに、ベスはアイスティを飲みながら、ぶつぶつ文句を言った。「なんでもやるわよ——受付係でも、簿記係でも。経験がないからだめだって言われたり、能力がありすぎるって言われたり。いったいどっちなのよ。だんだん、永遠に仕事が見つからないような気がしてきたわ」

「見つかるわよ」カーリーは励ました。「最初は希望にかなう仕事じゃないかもしれないけど、どんな仕事でもきっと役に立つはずよ」

カーリーは、ベスの気分がほぐれてから報告をすることにした。夕食を食べながら、とうとう話を切りだした。「今朝、検査結果を知らせる電話があったわ」

「いやだ。わたしったら、仕事のことで頭にきていて、すっかり忘れてたわ」ベスは口を動かすのをやめた。「なんて言ってた?」

「妊娠してるって」

そのことばは、まるで棺《ひつぎ》のように空中に浮かんでいた。カーリーは、皿の縁にインゲンマメを並べはじめた。ベスはフォークを置いた。

「確かなの?」

カーリーはナプキンをテーブルに放り投げ、水を飲みに席を立った。蛇口をひねりながら、両手が震えた。「血液検査はかなり正確だと思うわ、ベス。それが陽性だったのよ」カーリーの心臓はおかしなダンスを踊っているように飛びはね、胃袋はクリケットとはじめてスカイダイビングをしたときとまったくおなじ感じがした。「喜ぶべきことよね」

カーリーは水を飲んだ。それから、カウンターの上にコップを置いて、手を拭こうとした。夕食は、完全に忘れ去られていた。ベスが部屋の向こうから近づいてきて、カーリーを抱きしめた。「ああ、カーリー」と、小声で言った。「なんて言うべきなのか、わからないわ」

体の前でタオルを握りしめたままベスに抱きしめられ、カーリーは友人の肩に顔を埋めた。「言うべきことなんてないわ」震える息を吐いた。「こんなこと言ったら、ばかみたいだってわかってるけど。母が死んでから二年以上もたつんだから。だけど、今、とても母が恋しいの。母に電話したくてたまらない」

「うちの母に電話する？　心拍停止を経験したあとだから、たぶん医学についての話題には詳しいわよ」

カーリーは弱々しく笑った。ベスの母、ノーマ・グレイソンのことはよく知っていた。つねに現実的で、感情の起伏が激しい以外には、なんの個性もない女性だ。「まずクリケットに電話してみるわ。最初のショックが冷めたら、正しい知識をうるさく教えてくれそう」

ベスは体を離し、カーリーの目をまっすぐ見つめた。「最初に電話をするべき人物は、あのカウボーイじゃない？　とにかく、この子は彼の子どもなんだから」

5

カーリーがいちばん話をしたくない人物は、ハンク・コールターだった。自分でも子どもじみているとわかってはいたが、すがるような目でベスを見て、訊いた。「話さなきゃだめ？」

ベスは、カーリーの顎を拳で軽く殴った。「ええ、だめよ。それはぜったいにするべきことよ」

カーリーは両手で下腹をおさえた。「彼になんて言えばいいの？　こんにちは。ところで、わたし妊娠したのよって？　彼が自分の子だと信じてくれなかったら、どうするの？」

ベスはぐるりと目を回した。「ちょっと待って。あなたは二十八歳のヴァージンから、ひと晩でロリータみたいにお盛んな女になったの？　もし彼が自分の子だって信じなかったら、とんでもない馬鹿男ね。あなたも赤ちゃんも関わらないほうがいいわ。重要なのは、彼にも知らせておくってことよ」

電話帳でハンクの番号を探すのは、カーリーの予想よりむずかしかった。数人のコールターがいて、だれもファーストネームをのせていなかった。

「全員にかけてみればいいのよ」ベスがゆっくりと最初の電話番号を読みあげ、カーリーが番号を押した。

「ああ、もう！」カーリーは初めからやり直すために、受話器を置いた。「この忌々《いまいま》しい電話が見えないときは、こんなことなかったのに！」

「わたしにやらせて」ベスが代わりに受話器を取ろうとした。

「いいえ。自分でやらなきゃ。ただ番号を押すだけだもの。頭のなかには番号の並びが浮かぶんだけど、目で見ると逆向きに見えるのよ」

「あなたには、はじめての経験なんだからしかたないわ」ベスが言った。「むずかしいなら、目を閉じればいいじゃない」

「視覚皮質の訓練はどうなるの？　あなたはいつも、うるさく注意するのに」

「ううん、そうね、状況によってはね。例外はあってもいいと思うわ」

カーリーは、早くハンクと話したくはなかった。辛抱強く番号を見つめて、目で見た像と、手で触れて記憶している形とを結びつけようとした。そのうち、番号がぼやけはじめ、次には、いくつもの番号が躍るように跳ねはじめた。カーリーは目を閉じて、ベスに受話器を渡した。「やっぱり、やってもらったほうがよさそう。今、これができるようになる必要はないわ」

「落ち着いて。もし、彼がひどい態度を取ったら、あなたは関わらなければいいのよ。わかった？」

「わかったわ」

ベスは、ひとりのコールターの番号を押してはカーリーに渡すという作業をくり返した。名前のリストが半分ほど終わったところで、ついにハンクの母親だという年配の女性に電話がつながった。

「もしもし、あの――わたしはハンクの知り合いなんですけれども」カーリーは自己紹介をしてから、説明した。「それで、どうしても彼と連絡を取りたいんです。連絡先の番号を教えて頂けませんか？」

「牧場には電話をしてみました？」

「あの――いいえ。ハンクは牧場の話はしていたんですが、名前は言わなかったんです」

「おかしいわねえ」女性はひとり言のように言った。

「ええ、ほんとに。たぶん、たまたま言わなかっただけだと思うんですけど」

「普通は」と、ミセス・コールターは言った。「電話で連絡先を教えるのは気が進まないんだけど。でも、あなたがハンクのお友達ならかまわないわね」

自分がハンクの友人のひとりだと言える自信はなかった。だが、自分たちがどんな関係なのか正確に説明することを思うと、ミセス・コールターのことばを訂正する気にはなれなかった。ミセス・コールターが電話番号を言いはじめると、カーリーはそれを復唱しながら、ベスに書き留めてくれというサインを送った。

「たぶん、ハンクはまだ外で働いてるわ」ミセス・コールターは言った。「この時期は、ほとんど真っ暗になるまで仕事をやめないのよ。今教えたのは、あの子の携帯番号なの。電源が入れてあれば、たいてい入れてあるけれどね、通じるはずよ。もしハンクが出なかったら、メッセージを残すか、〈レイジー・J〉牧場に電話するといいわ」

「〈レイジー・J〉牧場ですね。わかりました。ありがとうございます、ミセス・コールター」

電話を切ると、ベスはカーリーが怖気《おじけ》づく前に、教えられたばかりの携帯番号を素早く押した。呼び出し音が鳴りはじめると、カーリーはベスの手を探して握りしめた。低い男の声が聞こえた。「はい？」

カーリーは息を呑んで、言った。「ハンク？」

「はい、こちらはハンク」

カーリーは絶望的な視線をベスに投げた。「わたし、あの――カーリー・アダムズです」

「だれ？」

カーリーの体に寒気が走った。カーリーは目を閉じ、自分の耳を疑った。この一週間半というもの、何度も夢のなかに彼が現われ、最後の数日間は、彼を責めずにはいられないほどの時間、便器を抱えて過ごした。それなのに、わたしがだれだかわからないというの？　凍りつくような数秒間、カーリーはなにもできずに立ちすくんでいた。それから、激しい心臓の鼓動が、熱い波のように体全体に伝わった。叩きつけるように受話器を置くと、その振動が肘にまで伝わった。

「なに?」ベスが訊いた。「どうしたの、カーリー。彼はなんて言ったの?」

「だれ? って」

ベスはまだ、理解できないという顔だった。「なんて?」

カーリーの胸の奥からすすり泣きがこみあげた。「だれ? って!」叫ぶようにくり返した。「そう言ったのよ。だれ? って。わたしのことを覚えていないのよ」

ベスの顔から血の気が引いた。「なんですって?」

カーリーは感情を表わす術《すべ》をほとんど知らなかったが、体のなかで膨れあがる怒りは捌《は》け口を求めていた。電話帳をつかんで、狭いリビングルームの反対側に力いっぱい投げつけた。

「あんな男、頭を湖に突っこんで、溺《おぼ》れ死んでしまえばいいわ!」

「カーリー、落ち着いて。あなたは妊娠してるのよ。こんなこと、あなたにも赤ちゃんにもよくないわ」

「落ち着かなきゃね。わかったわ」カーリーは両手で顔をおおった。それから顔をあげて、ふたたびベスを見た。「なぜ、こんなに腹が立つのかわからないわ。ほんとうは、これでよかったはずなのに」カーリーは三歩進んでから、くるりと振り向き、指先で自分の胸を指した。「この子はわたしの子よ。わたし一人だけの子どもなの。今、彼はすべての権利を失った。二度と、あんな男と話したくないわ」

ベスはカーリーのあとについて、リビングルームにやって来た。「どうして、彼があなたを覚えてないなんてことがあるの、カーリー? たった一週間半前よ」

「あの男がうぬぼれ屋で、自己中心的な男のくずだからよ！　わたしに近づいて、お酒を飲ませて、それで――それで――」カーリーは惨めな顔でベスを見た。「彼にとってはたいしたことじゃなかったのよ、ベス。わたしは彼のレーダーに映ってさえいなかったの」

「ああ、カーリー」

カーリーは、ベスにまた抱きしめられないように、片手をあげた。「やめて。今一番ほしくないのは同情よ。わたしは大馬鹿者で、彼は最低の男だって言ってくれれば、それでいいわ」

「もし、彼がほんとうにあなたを覚えていないなら、たしかに最悪の男ね」

「そうよ」カーリーは大きなため息をついた。「出会ったことも忘れたいくらいよ。この瞬間から、わたしの赤ちゃんに父親はいないわ。あの男の名前も二度と聞きたくない」

カーリーは寝室に行き、叩きつけるようにドアを閉めて、ベッドに身を投げた。『だれ？』ですって？　なんてこと。カーリーはハンクを憎んだ。いったいどうすれば、ほんの一週間とちょっとで、セックスをした相手のことを忘れられるの？

ハンクは、馬小屋の天井にある灯りをつけて通路に足を踏みだし、携帯電話をじっと見つめた。頭を殴られたように恐ろしい疑念が閃《ひらめ》いた。カーリー。チャーリー。二つの名前はとても似ている。そして、あの夜、自分はかなり酔っていた。あの騒音のなかで、彼女の名前を聞き間違えたのだろうか？　ハンクはその場にたたずんだままゆっくりと記憶をたどり、あの晩、彼女が何度か名前を訂正したことをぼんやりと思いだした。だが、自分はすっかり酔っていて、名前が合っているかどうかなど気にもしなかった。目的を果たせるなら、チャーリーでもかまわなかった――。一夜をともに過ごし、夜明け前にはお別れ。『さよなら、ベイビー』の曲のように。

くそっ。あの晩の自分の考えを思いだしたくはなかった。いつからセックスを娯楽のひとつだと思うようになってしまったかは、覚えていない。両親は自分に、きちんと良識を教えてくれた。ふたりがこのことを知ったら、ひどく悲しむだろう――今、自分自身が感じているのとおなじくらい。

ハンクは、さっきかかってきた電話番号を携帯の画面に呼びだした。表われた数字を記憶して電話をかけ、呼び出し音が鳴りはじめると、携帯電話を耳にあてた。チャーリー――いや、カーリーだ――が出るのを待ちながら、心臓が激しく鼓動し、体じゅうに冷たい汗がどっと噴きだした。あの夜から、すでに二週間近くたっている。その間《かん》、彼女からなんの連絡もなかった。なぜ今になって、電話をかけてきたのだろう？

その質問の答えはすでにわかっているという、いやな予感を覚えた。妊娠したとわかるにはまだ早すぎるが、あの夜のひどい幕切れのあとで彼女が自分から連絡してくる理由はそれ以外に思いつかなかった。

すぐにカーリーが電話口に出た。「カーリー？　さっき電話をもらったハンク・コールターだけど」ハンクは名前を勘違いしていた事情を説明しようとしたが、カーリーはそれを許さなかった。「すまない、じつは――」

「だれ？」皮肉たっぷりの返事が返ってきた。

ハンクはこの事態を予想していた。「聞いてくれ。さっきは、とても失礼なことを言ったけど、それは――」

ガチャッという大きな音をたてて電話が切れた。ハンクは心のなかで毒づき、もう一度番号を押した。今度は呼び出し音が鳴りつづけるばかりだった。明らかに、相手がだれだか知っていて無視しているのだ。

「いいさ、わかったよ」いらだちのあまり、ハンクの口調は投げやりになっていた。「きみは怒ってる。発信者通知サービスに入っていなければ、しばらく待ってから、あとで不意打ちして捕まえられるさ」

ハンクはひとり言を言っている自分に気づき、ちらっと肩越しに振り返った。もぐもぐと餌《えさ》を食《は》みながら面白そうにハンクを見つめる雌馬と目が合った。ハンクは携帯電話にカーリーの番号を登録してから、ベルトに差した。一時間ほどたって、もうかかってこないだろうとカーリーが思ったころに、もう一度かけてみよう。

「ハンク・コールターが、かけなおしてきたんじゃないの？」ベスは腰に手を当てて、カーリーのベッドの脇に立った。

「すばらしい推理ね。どうして、そう思うの？」

「電話が二度目に鳴ったとき、自分で出ないでわたしを呼ぶ理由がほかにある？　彼はなんて言ってたの？」

「なにも」カーリーは答えた。「なにも言わなかったわ」

「なにか言ったに決まってるわ」

「言わせなかったわ」カーリーは反抗的な目でベスをにらんだ。「彼が言ったのとおなじことばを返してやってから、むこうがなにか言う前に切ったわ。そして、もう一度かけてきたときは出なかったのよ。言ったでしょう。二度と話したくないって。わたしは本気よ。彼に子どものことを知らせる努力はしたわ。それ以上、なんの義務もない。あなたがなんと言おうと、わたしの気持ちは変わらないわ」

ベスはベッドサイドのランプをつけた。カーリーは片方の腕で目をおおった。「お願いだから、消してくれない？」

「話をしながら、あなたの顔をよく見たいの。目はすぐに慣れるわよ」

「ナイフで目を突き刺されてるみたい」

「光をまっすぐに見なければいいわ」ベスは壁に寄りかかった。「ねえ、カーリー」

「お説教はやめてちょうだい、ベス。わたしの決心は変わらないわ。あいつは最低の男なのよ」

「その最低の男は、少なくとも電話をかけなおしてきたじゃない。あなたの気持ちはよくわかるわ、カーリー。ほんとよ。あなたを責めるつもりはないわ。だけど、わたしがなにを考えているのか、わかる?」

「いいえ」カーリーは疲れた声で答えた。「でも、なにか意見を言おうとしているのはわかるわ」

「わたしはね、少なくとも彼と話をするべきだと思うの。あなたは彼の子どもを妊娠してるのよ。もし彼が経済的な援助を申し出てくれたら、それを断わるなんて正気の沙汰《さた》じゃないわ」

「経済的な援助?」カーリーはベスの言葉に仰天した。「わたしは、お金が欲しくて彼に電話をしたんじゃないわ。それで、あんなに連絡しろって言ったの? 彼がお金を出すと思ったから?」

ベスは両手をあげた。「この子は彼の子どもなのよ。その質問に対する答えは、単純に『はい』ではないわ。だけど、そうよ、そのとおりよ」

「施しなんて受け取らないわ」

「学校に通っているときも補助金をもらっていたじゃない。なにが違うの? 補助金は政府機関

カーリーは、ベッドからぱっと起きあがった。「なにが違うのって? 補助金は政府機関や民間セクターから出ているのよ。たとえば、研究資金とか、社会的に不利な立場にいる人やシングル・マザーや障害者を援助するためとか。ほかにもたくさんあるわ。わたしは援助を受ける資格を与えられたのよ。わたしに補助金が適用されたら、その書類は、何百、いいえ、たぶん何千件のうちのひとつよ。そこに個人的な要素はなにもないわ。施しを求めたり

違うのよ」

――ひとりの男に、過ちの代償として、これから二十一年間お金を払わせつづけることとは

「あなたが責任を負うのはしかたないわ。だけど、彼だけが罰を逃れるわけ？　どうして、そうなるの？　公平だとは思えないわ」

「妊娠してるのはわたしよ。決めるのはわたしだわ」

ベスは腕組みをした。「じゃあ、わたしからは援助を受け入れて、彼からは受け入れないのね」

「あなたは友達よ。もし、あなたがわたしを必要とするときが来たら、わたしもきっとあなたを助けるわ。彼の場合とは違うわよ。あなただって、わかってるはずよ。わたしはハンクからお金をもらいたくないの。きっと、慈善事業をされてるような気持ちになるわ。それに、もし彼が申し出て、わたしが受けたらどうなるの？　きっと、彼はよからぬ権利を手にしてしまうわ」

「どんな？」

「どんなって――わからない。ただ、大きな借りができた気分でしょうね。それだけよ。わたしは二度と彼に会いたくないのよ、ベス。わかってくれないの？　あの夜のことを思いだすたびに、わたしは死にたくなるのよ」

ベスは、靴の爪先をカーペットにこすりつけた。「カーリー、知能指数が足りない男じゃない限り、彼はあなたが電話した理由を考えると思わない？　考えているうちに、二と二を

足してみるでしょうね。答えが四だとわかったら、ほんの小さな良識のかけらでももっている人間なら、あなたを見つけようとするはずよ」

「良識のかけら？ 彼に良識があるなんて思ってるの？」カーリーはどさっと仰向けにひっくりかえった。「彼は、わたしがヴァージンだとわかったとき、毒づいたのよ。わたしの体を傷つけたことなんて、気にもしてなかった。彼はただ体を離して、下品なことばを言って、それから眠りこんだの。そして、一週間と少したったら、わたしのことを覚えてもいなかったのよ？ 良識の話なんてしないでちょうだい」カーリーはランプの光をさえぎろうとして、顔の上に枕をかぶった。「今はもう、この話をしたくないわ。頭が割れそうに痛いの」

ベスがランプを消す音が聞こえた。「目薬がいる？」

「いいえ、まだいいわ。あの薬はすごく高いから。まず、自然に治まるかどうかようすを見るわ」

「ほんとうは目薬が必要なのに、お金がかかるからって、薬を使う代わりに我慢するの？ あなたがハンクのお金を受け取るにしても、受け取らないにしても、彼には権利があるのよ、カーリー。遅かれ早かれ、子どもに会わせてほしいと言ってくるわ。そうしたら、どうするの？ それも断わるの？」

カーリーはますますきつく、顔の上に枕を押しつけた。「いいえ。万一、彼がそんなことを思いつくほど頭がよくて、万一、わたしを見つけだして、要求をしてきたら、子どもには会わせてあげるわ。だけど、期待しないほうがいいわよ。彼は最低の男なんだから。言ったでしょう。最低の男は、子どもに面会する権利を行使したいなんて思わないし、子どもの暮らしぶりなんて、気にもしないわよ」

カーリーは、ベスが部屋を出て行く音に耳をすませた。ひとりになると、横向きになって体を丸め、両膝を抱きしめた。『だれ?』ハンクのそのことばを思いだすたびに、体が震えるほどの怒りを感じた。もっと悪いことには、自分自身が認める以上に胸が痛んだ。

ハンクは、夜になっても、携帯電話の電源を入れたままにしておいた。この電話番号をカーリーがどうやって知ったのか不思議だった。ごく限られた人間にしか、番号は教えていない。そして、彼女に教えなかったことは確かだった。

十時になると、ハンクはジェイクとモリーにお休みと声をかけ、もう一度カーリーに電話をするつもりで、階段をのぼって二階の寝室に行った。一度目のコールの途中で低い女性の声が答えた。電話の横でずっと待っていたのではないかと、ハンクは疑った。声の主はカーリーではなかった。夕方に電話で聞いたカーリーの声はもっと柔らかく、震えていた。この女性の声は、まるで海兵隊の軍曹のようだ。

「もしもし、あの――」心の準備ができていなかったハンクは、なんと言えばいいのかわからなかった。「ハンク・コールターです。カーリーはいますか?」

長い沈黙があった。それから、女性は言った。「彼女は眠ってます」

この女性はカーリーの友人にちがいないと、ハンクは思った。きっと、男の自尊心を打ち

も重要な話なんだ」

ハンクは、カーリーのときとおなじように電話を切られるのではないかと、なかば予想した。だが、その代わりに女性は言った。「わたしはベス。カーリーのルームメイトよ」

「そう。知り合えてうれしいよ、ベス」

「どうかしら。それに、カーリーとの話がどれくらい重要なのか、あなたがほんとうにわかっているかどうかも怪しいわね」

ハンクは胃袋がねじれるような気がした。そして、またもや氷のように冷たいいやな予感が体を駆けめぐった。

「気の毒だけど」ベスは続けた。「あなたはチャンスを逃したわ。もうあなたとは話したくないそうよ。彼女は、あなたに知らせる義務があると思ったから連絡しようとした。それなのに、あなたは彼女がだれかも覚えていなかった。教えてちょうだい、ミスター・コールター。あなたは、記憶に残らないほどたくさんのヴァージンの女性を車の後部座席で犯してるの？」

ハンクはベッドの端に座りこんだ。自分を弁護するための抗議のことばは、まったく浮かばなかった。

「カーリーは妊娠しているわ」ベスのハスキーな声は怒りに震えていた。「あなたの責任よ。そして、もとをただせば、わたしの責任でもあるわ。ああいう場所に行くのははじめての彼女を、あんな店に連れて行くべきじゃなかった。それに、恐ろしい怪物どもが彼女を狙って忍び寄るような場所で、彼女をひとりぼっちにするべきじゃなかった」

ハンクは、自分は恐ろしい怪物なんかじゃないと言いたかった。だが、ほんとうのところ、多くの物事について以前と違う考え方をするようになったのは、あの晩の経験があってからだった。その意味で、ベスのことばは正しかった。たしかに、あの日ハンクは、仲間と楽しみ、最後は適当な女性と夜を過ごすために〈チャップス〉へ行った。そのことには、なんの言い訳もできない。そして、ハンクにはどうすることもできない偶然によって、たまたまカーリーがハンクの網にかかってしまったのだ。

「わからなかったんだ」ハンクは言った。「もし彼女がヴァージンだとわかっていたら、ぜったいに手を出さなかったよ。でも、彼女はなんのサインも送ってこなかった」

「たぶん、あなたは酔っていたから、彼女のサインに気がつかなかったのよ」

ハンクは、拳が痛むほど携帯電話を握りしめた。いくつもの記憶が頭のなかをよぎった。酒を飲んで、鼻に皺を寄せていたカーリー。踊りながら店の外に出たとき、一瞬、反対したカーリー。キスをしながら、両手をどこに置いていいのか迷っているようすだったカーリー。ベスの言うとおりだ。自分は、彼女のサインを見逃していた。

ベスは、怒りを吐きだすように、ため息をついた。ベスの声は、空ろで悲しげだった。

「もっと悪いことにはね、ミスター・コールター。カーリーはただのヴァージンじゃなかったのよ。彼女は先天性白内障で、格子状角膜変性症という病気ももっているの。二週間半前に、視力を回復させる手術を受けたばかりよ。あなたが彼女に会った、ほんの一週間前。これが、どういうことなのかわかる？」

ハンクは、体の下から突然マットレスが消えてしまったような感覚を味わっていた。「彼女は目が見えないってことかい？　申し訳ないけど、なにがなんだか、わけがわからないよ。白内障と、なんの変性症だって？」

「格子状角膜。角膜の表面が固くなったり、割れてしまったりするの。カーリーのように深刻なケースだと、失明の原因になるわ。唯一の解決方法は、角膜の表面を剝がす手術か角膜移植だけ。カーリーはあなたと会う一週間前に、はじめての表層角膜切除手術を受けたばかりだったのよ」

ハンクは、そんな事実を聞きたくはなかった。けっして、聞きたくなかった。

「だから、彼女の視覚皮質は、生まれたての赤ん坊とおなじなの」と、ベスは続けた。「もっと科学的に説明すると、視覚皮質は脳の一部分で、視覚的なイメージを記憶として蓄積していく場所なの。人間が生まれたとき、視覚皮質は空っぽよ。カーリーは生まれつき目が見えなかったから、視覚皮質にはなにも記憶されていなかった。やっと目が見えるようになった今は、色をおぼえたり、数字や文字を視覚的に理解したり、目に見える周囲の世界に慣れるために必死だわ。たえず刺激にさらされているせいで、ひどい頭痛になるの。だけど、あなたのおかげで妊娠してしまったから、鎮痛剤も飲めないでいるのよ」

ハンクはぐっと唾を呑んだ。胃がむかついてきた。

「あなたがカーリーに会った夜、彼女はただテーブルに座って見物するために〈チャップス〉に行ったの。ダンスってものを見たことがなかったし、男の人を遠くからしか見たことがなかったから。あなたがカーリーに言い寄ったとき、彼女はきっと、あなたのいんちきなお世辞をすべて信じたのよ」ベスはいらだちを声に表わした。「カーリーはそうじゃないって言ってるわ。ほんとうは全部でたらめだとわかっていたけど、そのときは調子を合わせただけだって。でも、わたしは子どものころからカーリーを知ってるわ。きっと、心のどこかで、あなたが言ったうそっぱちを信じていたのよ。そうじゃなかったら、いっしょに車にまで行くはずがないわ」

ハンクの胸はちぎれそうに痛んだ。なんてことだ。カーリーに出会ったとき、ひょっとして修道院から出てきたばかりなのだろうかと思った。だが、その考えがどれほど真実に近いかはわかっていなかった。自分は、彼女が生まれてはじめてすぐ近くで見た男だったのか？彼女に言ったことばが頭のなかで鳴り響いた。『きみは、ほんとにきれいだ。さっき、きみを見つけたときは、心臓が止まりそうだったよ。今まで、どこに隠れていたんだい？』。あのとき、自分はすっかり舞いあがっていたのだ。

非難のことばを浴びせるベスを責める気にはなれなかった。ハンクは惨めな気持ちで、妊娠はカーリーの格子状角膜変性症に悪影響を与えるかもしれないというベスの話を黙って聞いていた。「カーリーが受けた『SK』手術の効果は、妊娠のせいで思ったより長続きしないかもしれない。そして、ドクターは、妊娠中は次の表層角膜切除手術を受けないほうがいいと言ってるわ。どういう意味かわかる、ハンク？　二十八年間待って、やっと目が見えるようになったわたしの親友は、妊娠中にまた失明して、子どもが生まれるまで目が見えないままになるかもしれないのよ。悪いことはもっとあるわ。カーリーは、法的にはもう盲人じゃなくなってるから、大学院に通うための特別援助金をもらう資格がないの。もう一度認めてもらうには、次の表層角膜切除手術と角膜移植を受けて、すべてが失敗しなければだめなのよ。これが、カーリーの学業にどれだけ影響すると思う？　もちろん、経済状態にもよ？」

ハンクは膝の上に片肘をつき、固く握りしめた拳を額に押しあてた。ちくしょう！　ちくしょう！

「赤ん坊を産むのだって、お金がかかるわ」ベスが付け加えた。

「彼女は保険に入ってないのか？」

「カーリーが大学を卒業する前に彼女のお父さんが加入してくれた、眼の疾患に特約がついた医療保険があるわ。でも、それは八割しかカバーしていないの」

「自分名義の保険は？　カーリーはたしか教師だろう」

「教師だったけど、最初から、二年働いたら仕事をやめて大学院に行くつもりだったのよ。教師としての団体保険は、仕事をやめると同時に抜けているわ」

「大学院が始まるまでは、退職した会社の保険に入れる〈コブラ保険〉に加入して、それから学生保険に入ることはできないのか？」

「〈コブラ保険〉の掛け金は恐ろしく高額なのよ。とくに眼の疾患があると。しかも、カーリーの場合は十八カ月間しか適用を受けられないわ」

ハンクにとっては充分な時間に思えたが、ベスは付け加えた。「最初の手術が成功するという保証はまったくないの。もし失敗したら、ドクターはまず、カーリーの目が回復するのを待って、それから、角膜移植をするでしょうね、そうすると、カーリーが大学院に入学して、学生保険に入れる資格を得るのはずっと先になるわ。それに〈コブラ保険〉が既存の病気に対して適用範囲を広げてくれたとしても、そんなに長い期間、高額な保険料を払うのは不可能よ」

「そうか」

「もし、あなたもカーリーのように、将来、何度も手術を受ける必要があって、もっと高度な教育を受けるために何年も安定した仕事にはつかないなら、先のことを考えて、つねに保険に加入しておくべきね。それはぜったいよ。そうでないと、あまりにも多くのことが悪いほうに転がってしまう。もし、いったん保険が失効してしまったら、次に受け入れてくれる保険が見つかる可能性はとても低くなるわ。たいていの場合、保険会社は、深刻な既存の病気をもっている人については検討もしてくれないものよ。カーリーが今の保険に入れた唯一の理由は、彼女が何年ものあいだ、彼女のお父さんの保険に入っていたからなの。大学を卒業して、お父さんの扶養に入れなくなったとき、保険会社はしかたなく、彼女自身を加入させてくれたのよ」

ほとんど話に集中できないまま、ハンクは片手で目をおおい、どこから保険の話題になったのかを思いだそうとした。妊娠だ。落ち着きを取り戻して、ふたたび頭を働かせるまでに、数分はかかった。

「想像してみて、ハンク。目が見えない大学生があなたの子どもを妊娠して、値段が高いからって目薬を使わないでいるのよ。保険会社は、処方箋にも適用できる定額自己負担制には応じてくれないし、電話相談にものってくれないわ」

ベスは長いこと黙っていた。それから、ついに、こう言った。「それで？　なにか言うことはないの？」

ハンクはなにを言えばいいのか、わからなかった。予想していたよりもずっと、事態は深刻だ。自分はいったいなにをしてしまったのだろう？「少しだけ時間をくれないか。よく考えたいんだ」

「なにを考えるの？　あなたの助けがなかったら、カーリーの人生は妊娠のせいで台なしになってしまうのよ」

「わかっている」

「そう？　カーリーは十年かけて、やっとここまで来たのよ。なのに、妊娠が原因で大学院に行かれないかもしれない。どんな女性でも、独身で大学に入ろうとしているときに妊娠したら、もちろん大変でしょうね。それが目の見えない女性だったら、百倍の困難が待っているわ」

ハンクはうなずいた。それから、ベスには見えないと気づいた。

「もしもし、聞いてる?」

「ああ、聞いてる」ハンクは答えた。

「ずいぶん口数が少ないのね。あなたが脳味噌と呼んでいる大きな石がショックを受けたのかしら?」

普段なら、ハンクは相手がだれであろうと、そんなことを言わせてはおかなかったろう。だが、このときは心の底から、自分はそれだけの過ちを犯したのだと思っていた。ハンクがどれだけベスに攻撃されようと、だれよりもひどい打撃を受けているのはカーリーなのだ。『悪魔とダンスをしたら、かならず地獄の火に焼かれることになるのよ』。そのことばが真実なら、どれほどよかったことか。だが実際は、自分の人生を破滅させる代わりに、別の人間の人生を滅茶滅茶にしてしまった。

「今のところ、大きな石の話は悪くない例えだよ。ぼくはまだ、この結果に動揺してるんだ」

「それだけ? あなたの答えはそれだけなの?『動揺してる』?」

「ぼくが毎日こんな経験をしてるとでも言うのか? 今度はぼくの側に立って想像してみてくれ。たまたまヴァージンの女性に出会っただけじゃなく——今の世の中じゃ、それだって滅多にない確率だ——彼女は目が見えないヴァージンだった。いや、訂正しよう。以前は目が見えなかったヴァージンだ。その彼女が、ぼくのせいで妊娠して、失明するかもしれない。

ぼくは今、この状況をよく理解して、自分がなにをすべきか考えているところなんだ」

「なにをすべきかは、ほとんど決まっていると思うけど」

ハンクはベッドの上に仰向けに倒れた。これまでの人生で幾度か大きな失敗はあったが、これほどひどいものではなかった。

「お金を出すとは言えないわけ?」辛辣《しんらつ》な口調で、ベスが言った。「なんとかするっていうことばもなし? あなたは自分のことしか考えてないのよ。そうね、いくつか手がかりを教えてあげるわ。毎朝、ひどい吐き気でもどしてるのは、あなたじゃないわよね。それに、将来の計画がなにもかも駄目になりそうなのも、あなたじゃないわ」

「ベス。ぼくは——」

「カーリーはどうすればいいの? 足りない分を稼ぐために、ハンバーガー・ショップでウエイトレスでもしろっていうの? 彼女はまだ字も読めないのよ。あなたも、ちょっとした原因ですぐに目がぼやけたり、そこにはないものが見えたりする経験をすれば、彼女が今すぐ仕事につくのは無理だって想像がつくかしら?」

「ちょっと待ってくれ、ベス。まだ考えがまとまらないんだよ」

「今度、あなたにお会いするときは、帽子を手にもって財布を差し出してくれるのかしら。一応、そう信じておくわ」

「切らないでくれ」

「自分でなんとかすることね」

「カーリーの居場所がわからなかったら、財布を差し出しようがない」

「ここの住所を教えるわけにはいかないわ。カーリーは二度とあなたの顔を見たくもないんだから。そして、あなたと話をした今は、わたしも彼女と同意見よ。そう言えば、あなたは恋人としても最悪みたいね。あの晩、車のなかでなにがあったのか正確には知らないけど、カーリーにとってすてきな思い出じゃないことは確かみたいよ」

ハンクを打ち砕く一撃とともに、耳元で電話がガチャッと切れた。ハンクはツーツーと空しく響く音を聞きながら横たわり、ベスから聞いたすべてのことに茫然《ぼうぜん》としていた。カーリーを経済的に援助するのはもちろんだ。だが、なぜかそれだけでは不充分な気がした。

毎朝、吐いている？　しかも、ベスの話から判断すると、妊娠中、カーリーの体に起こるトラブルのなかでは、その悪阻《つわり》も些細《ささい》なことにすぎないらしい。自分の良心を慰めるために小切手を切って子どもの養育費を支払い、ときどき子どもに会って、あとは知らん顔などという真似は、ハンクにはできそうもなかった。

6

ハンクはだれかにカーリーの一件を話したかった。だが、どういうわけか、ジェイクに打ち明ける気にはなれなかった。ジェイクはソファにゆったりともたれて、片方の腕を愛する妻の体にまわしていた。幼い息子はジェイクの胸で眠っている。それは、尊敬すべき一人前の男を絵に描いたような姿だった。ジェイクと話す代わりに、ハンクは車で兄のジークの家に行った。ハンクと歳がほぼ二歳しか変わらず、まだ独身のジークなら、男は自らこんな面倒を引き起こすこともあるという事情をわかってくれるかもしれない。兄が新しく買ったばかりの、いかにも牧場主らしい家にまだ灯りがついているのを見て、ハンクはほっとした。それから、砂利を敷いた円形のドライヴウェイに車を停めた。

広いカントリー・スタイルのポーチに続く、踏み石を置いた小道を歩いていると、冷たい夜気が襟元に忍び寄ってきた。二カ月前に兄の引っ越しを手伝ったおり、ジークは夜になったらポーチに座って自分の土地をながめられるようにデッキチェアを何脚か買うつもりだと言っていた。だが、今のところ、それは見あたらなかった。

ドアのところまで来ると、ハンクはベルを鳴らした。すぐに、ブーツの踵《かかと》が玄関のタイルを踏む音が聞こえた。

「よお、ハンク」ジークはそう言いながら、ドアを大きくひらいた。「こんな時間にどうしたんだ?」

いつも兄は、余計な挨拶《あいさつ》をする手間を省く。ひらいたドアの向こうから魚のいい匂いが漂ってきた。たぶん、かの有名な、とびきり美味《うま》い手料理を食べていたのだろう。兄のジークは見かけどおり、たくましくてタフな男だが、料理が得意だった。母は、ジークが結婚したら、こんなすばらしい夫をもつ相手の女性は幸運だと、しょっちゅう言っている。だが、ジークはいつも母のほのめかしを無視していた。

「聞いてほしいことがあるんだよ、ジーク。悪い時間に来たかな」

ジークはちらっと時計を確認した。「明日は朝が早いんだ。でも、少しならかまわないよ」

この話は、少々長くなりそうだった。ハンクは家のなかに入った。テレビでニュースキャスターがしゃべる低い音が聞こえてくる。その内容を聞く限り、地球の回転軸はずれていないようだ。そう感じていたのはハンクだけだったらしい。

「今日はトマトを植えたんだ」ジークはドアを閉めながら言った。「もっと早く来れば、庭を見られたのにな」

今のハンクがもっとも興味のない話題は、庭についてだった。

「ひどい面倒を起こしてしまった」ハンクは兄に言った。

「そうか?」ジークは顔をしかめた。その顔は鏡に映るハンクの顔に、信じられないほどよく似ていた。「ぼくに当てさせてくれ。酒場でだれかと口論をして喧嘩《けんか》になり、だれかを殴ってしまった」

「この二週間くらい、酒場には一歩も足を踏み入れてない。問題が喧嘩くらいのことだったら、どんなにいいかと思うよ。そんなに簡単な話だったら、ありがたい」

「そうかい」

ジークは先に立って、リビングに向かった。ジーク以外に散らかす人間はいないため、きっちりと片付いている。テレビを消してから、さまざまな種類の酒がそろっているホームバーに歩み寄った。「座れよ」ソファのほうを示して、うなずいた。

ハンクがクッションに体を沈めると、バーのうしろの鏡張りになった壁に光が反射して、目にまぶしく映った。

「選んでいいぞ」ジークはカウンターの上にボトルを置いた。「ウィスキーがいいか、それともスコッチにするか？ビールがよければ、ブラックビュートとファットタイヤがある」

ハンクは首を横に振った。「ありがとう、ぼくはいい。酒はもうやめたんだ」

ジークは、大きな手の指をウィスキーのボトルに巻きつけたまま、動きを止めた。「酒場には寄りついてなくて、酒もやめたって？」

「そうだよ」ジークの顔に浮かんだ驚きの表情に、ハンクはいらだった。「喜んでくれると思ったよ。この一年くらい、その二つのことで、いつも小言を言ってたじゃないか」

しばらく沈黙が続いた。それから、ジークはやっとボトルをカウンターに残して、ホームバーのうしろから出てきた。「なにがどうなってるんだ。いったい、なにをしでかした？」ジークの口調は、アイルランド・カトリック教会の敬虔《けいけん》な信者であり、いつも大げさな物言いをする祖父のようだった。「おまえが行動を改める決心をしたなんて、よっぽどとんでもないことをしたんだろう」

ハンクはソファに座ったまま前かがみになり、両の拳を額に押しあてた。「女の子を妊娠させた」

ジークはソファの脇にある安楽椅子にどさっと腰をおろし、両脚を前に投げ出した。ハンクは横目でちらりと兄を見たが、色褪せたブルージーンズを穿いた長い脚と、磨り減ったブーツの底しか視界に入らなかった。

「わかった」と、ジークは言った。それから、また沈黙が流れた。「くそったれ。ぼくは長男じゃないぞ。どうして、その話がぼくに舞いこむんだ？　相談するなら、ジェイクが適任者だ」

「ジェイクは結婚してる。ここに来るほうが、気が楽だったんだよ。どうしてこんなことになったのか、ジェイクよりわかってくれるんじゃないかと思った」

「なにを言ってるんだ。コンドームが破れでもしない限り、女性を妊娠させておいて言い訳なんてできないぞ」

ハンクは片手で顔をこすった。「避妊具は使わなかった。いつもは使ってるんだよ。あのときだけは——」ハンクは肩をすくめた。「兄さんの言うとおりだよ、言い訳なんてできない。ちょっと酔ってたんだ」ハンクはちらっと兄の顔を見た。「わかった、ちがうよ。ひどく酔ってた」

「常識のひとかけらも残らないほど酔ってたのか？　悪いが、そんな話には同意できないね」

「ダッシュボードの小物入れにしまってあるコンドームを出そうとしたんだ。そうしたら、箱ごと落として、中身が全部床にこぼれた。ぼくらは後部座席にいて、それで――」ハンクは唾を呑み、震える声を落ち着かせた。「正直に言って、ぼくはくそがつくほど酔っぱらってた。まともに頭が働いてなかったんだ。わかるかい？　一度くらいだいじょうぶだろうと思ったんだ」

「よくあるセリフだな。おまえの車のなかだったのか？」ジークはぞっとすると言いたげな顔をした。

「彼女が、二ブロック先のモーテルに行きたがらなかったんだよ」ハンクは帽子を脱いで、髪をかきあげた。横にあるクッションの上に、カウボーイ・ハットを放り投げた。「責められてもしかたがないよ。だけど、今はお説教じゃなくて、アドバイスが欲しいんだ。ぼくはひどいことをした。自分でも認める。だけど、今は、なんとか解決する方法を考えなきゃならないんだ」

ジークはため息をつき、指で鼻柱をつまんだ。「妊娠は、そう簡単に解決できる問題じゃないぞ」

「もっと悪いこともあるんだよ、ジーク。彼女はヴァージンだった」

「なんだって?」

「聞こえただろう」

ジークはまっすぐ座りなおした。それから、長身の体を伸ばして立ちあがり、ホームバーに戻った。「なんてこった。彼女は何歳だ?」

「二十八歳だよ。ぼくにだって少しは倫理的な基準があるってことは信じてくれよ。二十一歳以上に見えなかったら、さっさと逃げだしたさ」

ウィスキーのボトルの蓋をあけるジークの青い目に、ちらっと非難の色が浮かんだ。「おまえが倫理的な基準をもってないと言ったつもりはないよ」ジークはグラスにバーボンを注いだ。氷で薄める手間は省いた。ふたたび椅子のところに戻りながら、言った。「ただ、面食らっただけさ。いったいどこで、二十八歳のヴァージンを見つけたんだ?」

「〈チャップス〉で」

「あんな物騒な場所で、彼女はなにをしてたんだ?」

その質問をきっかけに、ハンクは話しはじめた。そして、自分でも気づかないうちに、カーリーの目の病気のことも含めて、なにもかもを吐きだしていた。ハンクが話し終わると、ジークはじっと座ったまま、ブーツの爪先を見つめていた。

「なにか言ってくれないか?」ハンクはうながした。その声は、ストレスと当惑のために、かすれていた。

「なにも思いつかない」ジークは三口でグラスの中身を飲み干した。酒で焼けるような息をふーっと吐き出して、言った。「自分が聞いたことが信じられないよ、ハンク。目が見えない女性だって？　いったい、これからどうするつもりだ？」

「それが聞きたくて、ここに来たんだよ。これは普通の状況じゃない。彼女を経済的に援助して、ときどき子どもに会うだけで、あとは彼女ひとりに任せるってわけにはいかない」

ジークは安楽椅子の背に頭をもたれさせた。それから、ふたたびハンクの顔を見た。「少し飲むといい。手が葉っぱみたいに震えてるぞ」

ハンクがちらっと自分の両手に目をやると、ジークの言うとおりだった。「そうだな。ぼくは、まだショックから立ち直れてないんだと思う。ベスが今度のことでぼくを非難しはじめたとき、頭のなかが痺れた感じがした。今は、だんだん感覚が戻ってきたよ。自分がこんな愚かな真似をしたのが信じられない。しかも、相手がカーリーのような女性だったなんて、最悪だ」

「一杯か二杯ならかまわないさ」ジークは保証した。「きっと気持ちが落ち着いて、物事を整理できるようになる。今夜はこのソファで寝ていけばいい」

「ありがとう。ぜったいに、酒を飲んで運転したりしないよ。今のぼくの運勢だと、かならず事故を起こすだろうからね」

ジークはゆっくりとホームバーに戻った。「こんなことを言っちゃ悪いが、ぼくには、おまえが今までに何度か法律を破ったことがあるように聞こえたぞ」ハンクの訝《いぶか》しげな顔を見て、ジークは付け加えた。「モーテルまで二ブロックの距離。図星か？」

「店とモーテルをつなぐ狭い道があるんだよ」ハンクは説明した。「それに、通るのはいつも遅い時間だ。公道を一本だけ渡るけど、そこは横道だから、その時間はほとんど車が通らない。まあ、たいていは、車をロックしてタクシーを呼ぶけどね」

「それを聞いて、ほっとしたよ。おまえが酒を飲んで、車で大通りを走ってるなんて考えたくもないからな」

「そんなことはぜったいにしてない」ハンクは兄の目をまっすぐに見て言った。「信用してもらえないだろうけど、たいていのときは責任ある行動を取ってるよ。カーリーといっしょにいたときは、どこかがおかしくなってたんだ」

「彼女がヴァージンだとわかっていて、どうして、なにもなしで——なんのことだかわかるよな——そんなことになったんだ？　それに、どこかの時点で、彼女の行動から、そういうことに慣れてないってわからなかったのか？」

「ぼくには、まったく問題ないように見えたんだよ。彼女は——」ハンクはことばを切り、顔をしかめた。「そこでウィスキーを温めてないで、注いでくれないか？」

ジークは二つのグラスに酒を注ぎ、ふたたび椅子に座った。ハンクにグラスを渡してから、言った。「もし、そのカーリーって女性がまた失明したら、補助金や経済的な援助なしにどうやって学校に通うんだ？　学費以外にも金がかかるぞ——医者にかかる治療費とか薬代とか、妊娠のせいで具合が悪くなることもあるだろう。それに、目が見えない女性が、学校に通いながら、どうやって毎日小さな子どもの世話をするんだ？」

ハンクは胸を痛めながら、ただ首を横に振るだけだった。

「おまえがさっき言ったことは正しいよ」ジークは言った。「金銭的にすべてを援助するだけじゃ足りない。それだって、現実的に可能かどうかわからないぞ。数年間、二つの家の生活費を賄《まかな》うとなったら、とんでもない額の負担がおまえにかかる。おまえには無理かもしれないぞ、ハンク」

ハンクもおなじことを考えていた。

「その女性と結婚するほど惚《ほ》れてはいないのか？」

「正直に言って、自分でもよくわからないんだ」ハンクは、空ろな声で白状した。「あの晩、彼女をよく知ろうなんて思ってもいなかった。彼女はかわいかった。だから、気に入られようと思った。ショーウィンドーの飾りつけみたいな会話しかしなかった――男が氷を割るために、よくするような会話だよ。彼女と結婚？」ハンクはふーっと大きく息を吐いた。「ぼくが思いついた唯一の解決方法は、それだよ。ぼくの気持ちなんかには関係なく」

「彼女には、結婚という選択もあると話したのか？」

「いや。カーリーとは、なんの話もしていない。ぼくと話そうとしないんだよ。電話をするたびに切られてしまう」

ジークは眉を吊りあげた。「その女性とセックスしたのに、今度は話もしてくれないのか？」

ハンクはウィスキーをゆっくりとひと口飲み、カーリーの名前を勘違いした経緯を説明した。「ぼくはあの夜、いわゆる王子様じゃなかった。なにが起こったのか、はっきりとした記憶はないんだけど、カーリーが悲鳴をあげたのはおぼえてる。その瞬間、彼女はヴァージンだと気づいた。そのすぐあと——そう、ぼくは意識をなくしたらしい。次の朝、目が覚めたら後部座席の床の上で寝てた。カーリーはとっくにいなくなってたよ。彼女を探そうにも、ラストネームもわからなかった。それから、今日の夕方まで、彼女からはなんの連絡もなかったんだ」

「とにかく、ハンク。これは、相当に複雑な状況だよ。たぶん、彼女の家に行って、ちゃんと顔を見て話したほうがいいだろう。これはぼくの経験だが、男が目の前にいたほうが、女性は冷淡にならないはずだ」

「まず、カーリーがどこにいるのか見つけないと。住所を教えてくれないんだ」ハンクの目の奥にある鈍い痛みは、徐々に刺すような強い痛みに変わりつつあった。「なにかする前に、まずこちらの準備を整えておかなきゃならない。理由はわかりきってるけど、カーリーは結婚っていうアイデアには飛びつかないだろう。だけど、いくら考えても、それ以上いい方法は思いつかないんだ。目の病気を抱えたカーリーが、仕事をして生活費を賄うのは不可能だ。それに、彼女の友達のベスによれば、彼女の健康保険は最小限の医療保険だけで、必要な金額の八〇パーセントしかカバーできていない。ぼくの保険はもっと総合的なものだから、目や歯の病気と、定額自己負担制度で処方箋の負担もカバーできる。ぼくとジェイクは牧場主組合に入っているから、安い掛け金でいい団体保険に加入できたんだ。もしカーリーがぼくの妻なら、カーリーの治療代も自動的に保険の対象になる」

「既存の病気があってもだいじょうぶなのか？」

「家を出る前に、契約書をよく読んできた。新しい配偶者の場合、どんな既存の病気があっても、保険が適用されるまでの待機期間は三カ月だ。家族をもつと掛け金はあがるけど、三カ月なら、彼女が今入っている医療保険とぼくの保険、両方の保険料を払えると思う。待機期間が終われば、ぼくの保険で彼女の医療費はすべてカバーできる。目の手術費も出産費用もね」

「結婚するだけで、大金を節約できるってことだな」

「そうなんだ」ハンクの声は疲れきって、かすれていた。「いっしょに住んだほうが、生活費も安くつく。家賃も一軒分、光熱費も一軒分、その他もろもろ全部一軒分ですむ。小川のそばのログハウスに住んだらどうかと考えてるんだ。リッツ・ホテルほど豪華じゃないが、貸家じゃないし、ぼくが住みやすく改装できる。ぼくも今はかなりのお金を稼いでるし少しは貯金もあるけど、大金持ちというわけじゃないからね」

「ずいぶんつらい形で結婚することになるんだな、ハンク」

「わかってる。でも、ほかに選択肢があるかい？」ハンクはむっつりと、グラスのなかのウィスキーを見つめた。「こんなに早く結婚するつもりなんてなかった。ほんとうだよ。だけど、その子はぼくの子どもなんだ。カーリーの将来はぼくにかかってる。だから、ぼくはなんとかして責任を果たさなきゃならない」

それまで曇っていたジークの顔に、かすかな笑みが浮かんだ。探るようにハンクの顔を見てから、言った。「思うとおりにやれよ、ハンク。なんだか、おまえもやっと大人になったって気がしてきたよ」

ハンクは、胸に野球のボールほどもある塊を抱えているような気分だった。「それがほんとうならいいけどね。ぼくは子どもじみた遊びをやめるのが遅すぎたんだ。そうだろう？」

ジークは安楽椅子に深く腰かけ、足首を組んだ。「まあ、そうだな。ぼくは大学時代に、そういう遊びは全部卒業したよ」

「大学時代の四年間、ぼくは仕事を二つかけもちしながら、授業にもちゃんと通ったんだよ」ハンクは兄に思いださせた。「ぼくが一年生のとき、父さんはベサニーの治療費の支払いで破産しかけてた。そのあと、父さんは牧場を手放したんだ」

「ああ、そうだな」ジークは顔をしかめ、険しい表情になった。妹のベサニーのことを考え、家族のつらい時期を思いだしているのだと、ハンクにはわかった。十八歳のときに事故の後遺症で下半身が麻痺《まひ》してしまったベサニーは、何度にもおよぶ手術と父が払った犠牲も空しく、一生を車椅子で過ごすことになるだろうと宣告された。「遊び歩く暇なんてなかっただろうな。そうだろう？」

「ああ、そうさ。卒業してからも、ジェイクとパートナーになるために必死で働いて貯金をしていたから、馬鹿をやる暇もなかった。状況が変わったのはこの一年くらいだよ。前よりも金を稼げるようになって、ぶっ倒れるまで働かなくてもよくなった。はじめて、自分が楽しむための時間ができたんだ。ぼくは、少し頭がおかしくなっていたのかもしれない。いりもしない物を買ったり、酒を飲んだり。そして、そのツケをカーリーが払うことになった」

ハンクはため息をついた。「こんなことになるなんて、夢にも思わなかった。今は——」ハンクは首のうしろをこすった。「自分がどう感じてるのか、うまく言えない。自己嫌悪に近いけど、もっとひどい気分だ」

「父さんのことばを知ってるだろう。『後悔よりすぐれた教師はいない』」

ハンクは手のなかでグラスを回した。「そのことはもういいんだ。事はもう起きてしまって、いくら自分を責めてもなにも変わらない。ぼくは、カーリーのことを考えなきゃならない。彼女と子どもにとってなにが一番いいのか。自分を責める時間は、あとでいくらでもあるだろう」

「そのとおりだな。生まれてくる子どもが二十一歳になるまで、それとも大学を卒業するまでは、おまえの責任だ」

「今はまだ、すぐ先のことを考えてるよ。ぼくの結論としては、もしカーリーが結婚に同意してくれれば、経済的な問題はすべて解決すると思う。牧場での仕事は時間が完全に自由だから、ぼくも子どもの面倒をみられる。そうすれば、ベビーシッター代はいらないし、カーリーにも勉強するための自由な時間ができる。妊娠中になにかが起きたとしても、おなじだ。ぼくが彼女の世話をすればいい。カーリーの友達のベスもすごく親身になってくれているけど、話の断片から想像して、たぶん彼女もまだ大学生だろう。学校に通って、仕事も勉強もして、おまけに赤ん坊の世話と、カーリーの具合が悪くなったら彼女の面倒までみるなんて無理だ」

「カーリーはこの案に賛成してくれそうか？」ジークは訊いた。「少しは納得してもいい案だと思うが」

カーリーの反応を予想しただけで、ハンクの頭痛はひどくなった。

「一時的な契約ということにしたらどうだ？」ジークが提案した。「二、三年のあいだってことだ。彼女が視力を取り戻すための手術をもう一度受けて、修士号を取って、仕事を見つけて、おまえが経済的に援助すれば自力でやっていけるようになるまで」

ハンクはすぐに、その案について考えをめぐらせた。「二年っていう提案は、一生よりずっとよさそうだ。先を聞かせてくれ」

ジークはうなずいた。「愛してもいない相手と死ぬまでいっしょに過ごすっていうのは、恐ろしい話だ。結婚すれば、おまえは彼女が出産するまで必要な費用をすべて援助して、彼女が学校に行っているあいだは子どもの面倒をみてやれる。彼女が学位を取れたら、新生活を始める資金を渡して、さよならすればいい。彼女は妊娠のせいで人生を駄目にしなくてすむし、子どもはおまえの名前と顔をおぼえてくれて、おまえは自動的に法律で決められた面会権を獲得できる。もちろん理想的な解決じゃないが、今の世の中、離婚した両親をもつ子どもは山ほどいるんだ。すべてが片付いたら、おまえたちふたりはそれぞれの人生を生きればいい」

ベスと電話で話して以来、ハンクははじめてわずかな希望を感じた。「その案なら、カーリーも受け入れてくれるかもしれない。もし、彼女がぼくと話してくれれば、きっとうまくいく」

「ぼくは、その方面には疎いからな。おまえは魅力がある男だよ、ハンク。神様が魅力を配ってくれているとき、ぼくは列のうしろのほうにいたらしい」

「兄さんだって、充分魅力があるじゃないか」

ジークは笑って、ハンクにクッションを投げた。「そうだな。馬はぼくを愛してくれる。女性は——まったく別問題だね。ぼくは思ったとおりのことしか言えない男なんだよ。女性は、ちょっとはうそをつく男が好きらしい」ジークは立ち上がった。「ひとつ質問だ。カーリーが住所を教えてくれなかったら、どうやって彼女を探すつもりだ？」

「電話番号はわかってる。警察署で働いている親切な友人が、電話番号から住所を捜しあててくれるだろう。カーリーを見つけるのは問題ない。むずかしいのは、ぼくと話をしてくれるように説得することだ」

7

カーリーは薬棚に並んでいる瓶の一本一本に指で触れながら、洗眼液を探した。三週間前に手術を受けてから、朝、目が覚めると、ひどい目やにでまつ毛が張りついてしまっていることがよくある。

目当ての容器を見つけると、プラスチックのカップに液を注いで目に押しあて、上を向いて、目やにといっしょに固まってしまったまつ毛の表面を液で溶かした。両方の目をきれいに洗浄したが、視界に映るものすべての輪郭がぼやけていた。

心配になったカーリーは、キッチンに行った。何度かやりなおしてから、やっとポートランドの角膜専門医のオフィスにつながる電話番号を押すことができた。医師が電話口に出てきたとき、カーリーの声は動揺に震えていた。ことばに詰まりながら、視界がぼやけることを医師に説明し、洗浄液を使ってもだめだったと話した。

「妊娠は確実になったのかな?」医師は訊いた。

カーリーの胃袋は不安でねじれそうだった。「ええ。昨日、検査結果の電話がありました」

「きみにうそをつくつもりはないよ、カーリー。この前説明したとおり、妊娠は、格子状角膜変性症に対する抵抗力を弱めてしまう。栄養やビタミンが、目にいく代わりに胎児の栄養に使われてしまうんだ。きみの場合、病気をもっていた角膜にはすでに『ＳＫ』手術が施されている。本来なら、手術をした部分の角膜は、どんどん回復に向かっているはずだ。つまり、視界がひどくぼやけるとしたら、それは妊娠が原因である可能性がきわめて高い。わたしとしては、手術のあと、こんなに早く妊娠しないでほしかったと言わずにはいられないよ」

しばらく前は、カーリーもおなじことを思っていた。だが、今はお腹の子どもが愛しいと思う気持ちが強くなっていた。最悪の結果に備えて自分の体を抱きしめながら、カーリーは訊いた。「こんなに早く視界がぼやけたら、あとどれくらいで、また見えなくなってしまうと思われますか、ドクター・メリック？」

医師が答えるまでに、しばらく時間がかかった。「予測はできない」医師はふたたび、しばらく口をつぐんだ。「前向きに考えよう。いいね？　視界がぼやける原因は、ほかにもいろいろと考えられる。視覚皮質がうまく働いていないからかもしれない。眼瞼炎《がんけんえん》が起きて、まぶたが腫《は》れている可能性もある。きみの目は、手術で角膜を大きく傷つけたばかりなんだからね」医師は一瞬黙ってから、言った。「念のために、わたしが診察をしたいところだが、ここまで来る距離を考えるとね。クリスタル・フォールズにきちんと検査ができる先生がいるのに、わざわざ車で四時間かけて来る必要はないだろう。今日は、診察を受けに行かれるかな？」

ベスはまた就職の面接を受けに出かけていたが、午後の早い時間には戻ってくるだろうと、カーリーは考えた。「午後二時か三時には行かれると思います」

「よろしい。わたしから電話をしておくよ。予約を入れて、きみが何時に行けばいいのか連絡がいくようにしておく」

「ありがとうございます」

「もしかしたら、ただの軽い眼瞼炎《がんけんえん》か、それに似たような症状かもしれない。病院に行っても、抗生物質の点眼薬を続けて、あとはなるべく目を休めて心配しすぎないようにと言われるだけかもしれないよ。精神的に不安定になるのは、きみの目にも赤ちゃんにもよくない」

カーリーは、片方の腕をお腹のまわりに巻きつけた。メリック医師のことばは正しい。自分がまた失明することなど、もはや最優先事項ではない。この体のなかには、守るべき小さな命があるのだ。

メリック医師は会話の最後に、こう言った。「カルテを見たが、きみが最後に受けた六週間に一度の検査は七月七日だ。次は、もっと早く検査を受けたほうがいいだろう」

「視界がぼやけるのが角膜のせいだったら、すぐに先生の診察を受けたほうがいいですか?」

医師はしばらくためらってから、答えた。「もし、妊娠の影響で格子状角膜変性症がまた起こっていたら、子どもが生まれるまで、ぼくにできることは事実上なにもないんだよ、カーリー。今できるのは、その症状が手術後の感染症ではないと確認することだけだ。もし、なにかのきっかけで感染症になっていたとしたら、そちらの医師がぼくと変わりなく治療してくれるだろう」

電話を切ってから、カーリーはトースターにパンを一枚入れ、扉をあけた冷蔵庫の前に立って、棚に並んでいる食べ物を目を凝らしてよく見た。食欲をそそるようなものは、なにもない。この一週間、酸っぱいものが食べたくてしかたがなかった。カーリーは、まだあけていないチョコレート・ミルクの一クォート入りパックをつかんでから、今度は食器棚を探してみた。まんなかの棚に、目当ての品である酢漬け《ザワークラウト》のキャベツの瓶を見つけた。

蓋をあけると、酸っぱい匂いが心地よく鼻腔を刺激した。フォークを握りしめて、中身を確かめるためにひと口試しに食べ、それから、むさぼるように瓶からすくって食べはじめた。なんて、おいしいんだろう。発酵したキャベツを口いっぱいにほおばり、合い間にチョコレート・ミルクを飲みながら、カーリーは思った。理性的に考えれば、ぞっとするような組み合わせだが、なぜかそう感じなかった。それどころか、むかむかする胃袋が落ち着くような感じまでした。

食べ終わると、カーリーはシャワーを浴びて、服を着替えた。バスルームから出てくると、吐き気とめまいはほとんどなくなり、数日を過ごす前の自分に戻ったような気分だった。ザワークラウトとチョコレート・ミルク。これからは、毎日の朝食に好きなだけ食べられるように、この二つの食材を買い置きしておこうと、頭のなかにメモした。芽キャベツもおいしそうだ。そう言えば、妊娠中の偏《かたよ》った食べ物の嗜好《しこう》はビタミンとミネラルを補うためだと、以前に聞いたことがあった。

玄関のベルが鳴ったとき、カーリーはちょうど髪を梳《と》かし終わったところだった。ドアをあけると、ポーチに男が立っていた。一メートル以上離れているうえに、男の背後から射す日の光が黒っぽい頭のまわりに眩《まぶ》しい金色の輪をつくり、男の顔はぼんやりとしか見えなかった。カーリーはぽかんとして男を見つめた。急に目に飛びこんできた光に、針で刺されたように目が痛んだ。

「やあ、また会えたね」男が言った。

その低く響く滑《なめ》らかな声を聞けば、どこにいても声の主がだれだかわかっただろう。胃袋がこわばり、次には膝のあたりまで落ちていくような感覚に襲われた。一瞬、よろけそうになり、ドアノブをぎゅっと握りしめた。驚きのあまり、声も出ない。頭のなかで、答えのない数々の問いがぐるぐる回っていた。どうして、ここがわかったの？　なぜ、わざわざ会いに来たの？　そして、なぜ、まるで最高の時を過ごして別れたふたりのように『やあ、また会えたね』なんて言えるの？

「ぼくがわからないのかい？」男は信じられないというように笑いながら言った。

太陽の光が眩しかったからだと説明するつもりはなかった。男が歩み寄ると、彫りの深い顔が前よりもはっきりと見えるようになった。記憶にあるより背が高く、肩幅の広いがっちりとした体が戸口をふさぐように迫ってきた。その瞳は、背後に広がる空にも劣らない鮮やかな青だ。

最初に感じたのは、男の目の前でドアをぴしゃりと閉め、ベッドルームに駆けこみたいという衝動だった。だが、カーリーはその代わりに、倒れないようにドアにしがみついたまま、こう言った。「こんにちは、ハンク」

ハンクは片足に体重を移し、片脚の膝を軽く曲げ、腰を斜めにして立っていた。色褪《あ》せたジーンズと青いシャツ。カーリーの記憶にあるままの、素朴でたくましい男の典型のような姿だった。ハンクが、白い歯を光らせてにこっと笑うと、カーリーの心臓は肋骨《ろっこつ》にぶつかりながら跳ねまわった。ハンクの口を見つめながら、キスをしたときの感覚を思いださずにはいられなかった。その記憶は怒りを呼び覚まし、カーリーは屈辱感に襲われた。あの夜、わたしはなんて愚かだったんだろう？　あの出会いは、彼にとってはなんの意味もなかった。わたしは彼にとって特別な存在でもなんでもない。きっと彼は、週末のたびに違う女を相手にしているのだ。

「帰って」カーリーは絞りだすように、言った。

ハンクは片手でドア枠をおさえた。「そんなことはできないとわかってるだろう、カーリー。昨晩、ベスと話をした。子どものことは、ぼくも知っているよ」

「ベスが話したの？」カーリーの心は、裏切られたという思いでいっぱいになった。

「だれかが話さなきゃならなかったんだよ。その子は、ぼくの子どもだ。ぼくには知る権利がある」

わたしがハンクに会いたいかどうかベスは知っているはずなのに、とカーリーは思った。

「それで、ベスがここの住所も教えたわけ？」

「いや、違う」ハンクは押しとどめるように、片手をあげた。「ベスは、どうしても教えてくれなかったよ。だけど、ぼくは電話番号を知っていた。ぼくの友人が、電話番号から住所を探しあててくれたんだ」

カーリーは守るように、片手を下腹にあてた。ハンクの目に浮かんでいる、なんらかの決意を示す光が気に入らなかった。大学生のころ、望まない妊娠をしてしまった女子学生を何人も知っていた。そして、彼女たちの恋人の大多数がどんな反応を見せたかも、よくおぼえていた。『堕《お》ろしてくれ』。もし、ハンクがそういう類《たぐい》の説得をするために来たのなら、考えを改めることになるだろう。

「昨晩、電話をくれたときは、きみの名前がわからなくてすまなかった。店ではまわりがうるさくて、チャーリーって聞こえたんだ。二つの名前が結びつくのにちょっと時間がかかって、そのときにはもう、きみは電話を切ってた。きみを覚えていなかったわけじゃない。あの晩の翌日、また店に行って、きみを知っている人がいないか、いろんな人に訊いてまわったよ。信じられなかったら、〈チャップス〉に電話をして、バーテンのゲーリーに訊いてくれ」

「あなたがわたしを覚えていてもいなくても、わたしはどうでもいいわ」そう言いながらも、カーリーの胸は痛んだ。「ただ、ここからいなくなってほしいだけ」

ハンクは、玄関マットの上でブーツの踵をこすった。「きみは、ぼくの子どもを妊娠しているんだ」ハンクの声には、微《かす》かにかすれた音が混じっていた。「知らん顔で帰るわけにはいかない」

「あなたには、なんの権利もないわ」

ハンクの青い目がふいに鋭くなり、刺すような視線でカーリーの目をじっと見つめた。表情を和らげる笑みも、すっかり消え去った。「ぼくたちがこれからどうするべきかを話し合いたいんだ」

カーリーは震えながら言った。「わたしはこの子を産むわ。お金をくれて中絶を頼みに来たんだったら、そんな考えは、わたしを忘れたのとおなじようにすぐ忘れて。わたしの赤ちゃんは修正するべき過ちとは違うわ。そうでしょう？」

「もちろん、そうだ。ぼくは、そんなことを言いに、ここに来たわけじゃない。なかに入って、ぼくの話を聞いてくれないか？」

「ポーチでだって話せるわ」

いやな女だと思われても、カーリーはかまわなかった。あの晩の自分は、信じがたいほど愚かだった。聞き覚えのある甘いセリフがすべて真実に思えた。たくさんの女性のなかから選ばれたことに舞いあがり、とんでもなく馬鹿な真似をしてしまったのだ。

ハンクは顔をしかめて背筋を伸ばし、両手の親指をそれぞれベルトに引っかけた。「きみはほんとうに、このアパートの住人全員にぼくたちの問題を聞かせたいのかい？」

「ぼくたちの問題？　この問題に、『ぼくたち』なんてことばはないわ」

ハンクの目に、また決意を秘めた光が浮かんだ。「言い直そう。きみはアパートじゅうの人にきみの問題を、はっきり言えば、きみがぼくの子どもを妊娠したってことを知らせたいのか?」

「赤ちゃんよ、まだ子どもじゃないわ。それに、わたしの子で、あなたのじゃないわ」

胃袋が回転し、朝食のときにあれほど喜んでむさぼり食べたザワークラウトの酸っぱい味が、喉の奥にこみあげてきた。「もし子育ての援助を頼まれるのが心配なら、五年間はあなたに連絡を取らないようにするわ。あなたは家に帰って、過去のことなんて振り返らず、なにもなかったふりをしていればいいのよ」

「ぼくの望みはそれだと思っているのか――逃げだしたいって?」

「あなたがなにを望んでいるかなんて、どうでもいいわ」

「きみがぼくのことをどう思っていようと、ぼくが子どもの父親であることは否定できないぞ」

「ええ、生物学的には、あなたが父親よ。精子提供者とおなじね」

ハンクの顎がぴくぴく動きはじめた。カーリーは本能的に強い不安を感じた。目が見えない人生を生きるなかで、他人に対するカーリーの第六感は鋭く研ぎ澄まされてきた。それは、相手が発する雰囲気を感じ取るレーダーの役目を果たしている。あの夜、カーリーはハンクの心の奥にある優しさを感じ取り、信頼してもいいと判断した。今は、感情を抑えこんでいるハンクから、力と決意を感じる。カーリーは直感的に、ハンクは一度こうと決めたら、そう簡単にはあきらめない人物だと悟った。

「たしかに、ぼくは単なる精子提供者だ。それでもぼくには、きみと子どもがなに不自由なく暮らせるようにする義務があると思う。ベスがきみの目の病気のことを話してくれたよ、カーリー。それから、妊娠がその病気にどんな影響を与えるかも聞いた。症状の面でも、経済的な面でも。ぼくはできるかぎり、きみの負担を軽くしたいんだ」

ハンクのことばの意味を理解すると、カーリーの顔は固くこわばった。「教えてあげるわ。わたしはあなたに義務なんて感じてほしくないの。わたしに対しても、子どもに対しても。それがあなたの考え？　わたしがあなたにお金をせがむために電話したとでも思ったの？　わたしはただ、あなたにも、もうすぐ父親になることを知る権利があると思ったのよ。あなたからお金を巻きあげるのが目的じゃないわ」

この議論をいくら続けても相手を説得することはできなさそうだと、ハンクは思った。その場に立って考えを整理しようとしながら、少なくともひとつの事実について自分を誉めてやりたくなった。子どもの母親として美しい女性を選んだことだ。昼間の光で容赦なく照らしだされても、象牙色の肌にはしみひとつなく、繊細な顔立ちに表情豊かな大きな青い瞳がひときわ目を惹く。ところどころにハニーブラウンが混じった髪は、ごくナチュラルな色味のブロンドに見え、金色の波のように華奢《きゃしゃ》な肩をおおっている。白いTシャツとぴったりしたブルージーンズは体の線を際立たせ、小ぶりで完璧な形の胸と細いウエスト、丸いヒップとほっそりした脚を強調していた。

そんなふうにカーリーを見つめているうちに、今まで頭の奥にしまわれていた記憶が一気によみがえった。カーリーを両腕で抱きしめた感覚がどれだけすばらしかったか、どれだけめくるめくようなキスをしたか、どれだけ彼女が欲しかったか。過去の体験を思い起こしても、あれほど強くだれかを求めたことは一度もなかった。

カーリーのすべてが愛らしかった。だが、ハンクが一番強く心を打たれたのは、カーリーの目に浮かぶ天使のような純真さだった。あの夜も、ハンクはそれに気づいていた——が、そんなはずはないと、自らの考えを打ち消した。酒場にしょっちゅう通うような女性は、大半が鋭い目つきをしている。カーリーの瞳は、彼女自身の心を映すように明るく輝いていた。

この青い目。あまりにも美しく、病気だとはとても信じられない。しかも、情けないことに、自分がカーリーの体に無思慮な振る舞いをしたために、この目を何カ月も失明させてしまうのだ。自分が援助しなかったら、カーリーはどうやって大学院に行くというのだ？

キーッという音で、ハンクはわれに返った。カーリーが左腕を動かしている。固く握りしめた左手でドアノブをまわすたびに、手首から肘《ひじ》にかけての腱《けん》が浮きあがった。緊張の高まりを示す無意識の動きだろう。ハンクの直感が赤信号を発した。ゆっくりと相手の顔に視線を移し、カーリーの顔の筋肉が固くこわばっていることに気づいた。あの夜も、彼女の顔に浮かんでいたのは、こんな不安の表情だったのだろうか？

その可能性は、ハンクを考えこませた。あの夜、自分がカーリーを無理に従わせたとは思えない。いくら記憶をたどっても、キスをしたときのカーリーは腕のなかでどこまでも柔らかかった。どの段階でも、同意しているとしか思えない反応を見せていた。たぶん問題はそこにあるのだろうと、ハンクは考えた。カーリーは、あの瞬間のすべてに負けて、無防備にハンクに身を任せてしまった。それを踏まえて相手の立場に立って考えると、今のカーリーが、なぜこれほど用心深く身がまえているのかが理解できた。『カーリーはきっと、あなたのいんちきなお世辞をすべて信じたのよ』。

「これから、やることがあるの」カーリーは言った。「ほかにも言いたいことがあるなら、早く言ってちょうだい。昼までここに立ってるわけにはいかないわ」

ハンクは耳のうしろをかき、帽子があればよかったのにと思った。緊張した場面で、カウボーイ・ハットはいつも役に立ってくれる。

「夕食をいっしょに食べに行かないか？」お世辞は抜きで明確に、と自分に言い聞かせた。

カーリーの眉毛のあいだの滑らかな皮膚に、小さな皺《しわ》ができた。「どうしてそんなふうに思えるの？　わたしがあなたといっしょに出かける可能性があるなんて」

「デートっていう意味じゃない。ただ――そう――どこか外で人がたくさんいる場所のほうが、きみが安心できるんじゃないかと思ったんだ。そこで、この問題について話し合って、結論を出したらどうだろう」

「前に会ったときも、人はたくさんいたわ」カーリーは指摘した。

ハンクは、すぐには反論することばが見つからなかった。

「それに、この子のことなら、わたし一人で考えるわ」と、カーリーは付け加えた。「子どもが産まれたら、連絡はします。面会権が欲しいなら、その権利は認めるわ。でも、それ以外のことでは、いっさいあなたと関わりをもちたくないわ」

これは、ハンクが望んでいたような展開ではなかった。

「カーリー、頼むよ。ぼくは──」

美しい青い目が怒りできらきらと輝いた。「あなたが意識をなくす前に言ったことを覚えてる?」

ハンクには記憶がなかった。それが、明らかにハンクの表情に浮かんだのだろう。カーリーは小さな顎を突きだして、言った。「射精の瞬間に最適のことばだったわよ。これで思いだした?」

ハンクがなにか答えるより早く、目の前でばたんとドアが閉まった。射精の瞬間に最適のことば? その言外の意味を察して、ハンクは身がすくんだ。日ごろ、ハンクは女性や子どもの前ではけっして下品なことばを使わない。それは父親から叩きこまれた、なによりも重要な鉄則だった。ハンクは目を閉じ、心から恥じ入った。カーリーはヴァージンという貴重な贈り物をくれたというのに、自分はお返しに汚いことばを口にしたのか?

ハンクはその場に立ちつくし、もう一度あけてもらえるまでドアをノックするか、そのまま立ち去るか、迷っていた。結局、ハンクは後者を選んだ。なにはともあれ、顔を合わせることはできた。カーリーは敵意を抱いているし、そうするだけの理由がある。二、三日たてば、少しは話す気になってくれるかもしれない。

三時間後にベスが帰ってくると、カーリーは朝起きたときに視界がぼやけていたことを説明した。「クリスタル・フォールズにいる専門の先生が、五時十五分に診察してくれることになったの。車で送ってくれる？」

「もちろん、いいわよ」ベスは考え深げに、顔をしかめた。「ドクター・メリックは、あなたの目がまた見えなくなるって言った？」

カーリーはベスと目を合わせないようにした。「もしかしたら、単に軽い炎症のせいかもしれないって言ってたわ。でも、妊娠を考慮に入れると、また格子状角膜変性症が起こりはじめている可能性もあるそうよ」

ベスはカーリーの肩をつかんだ。「こんなに早く？　どうして？」

「先生が言うには、食べたものの栄養の大部分が、目じゃなくて子どもに取られてしまうからですって。かなり早く失明する場合もあるみたい」カーリーは無理に笑みを浮かべようとした。「騒いでもしかたがないわよ、ベス。どうせ、そのときが来たら、いやでも見えなくなるんだから。今は、前向きに考えることにしてるの。ただの感染症かもしれないのに、大騒ぎする必要はないでしょう？　もしかしたら、あと二、三カ月はだいじょうぶかもしれないし、うまくいけば出産までもつかもしれないわ」

その日の夕方遅く、カーリーはベスといっしょに病院をあとにしながら、医師に言われたことをすべてベスに話した。「目やにがひどいのは、まぶたの炎症が原因だって言われたわ」

と、カーリーは報告した。「抗生物質の点眼薬を使う回数を増やして、もっと目を休ませなきゃいけないのよ」カーリーはにやっとした。「好きなだけ食べて、しょっちゅう昼寝をしなくちゃ。お医者さんの命令よ」

ベスは古いトヨタのロックを解除した。車の屋根ごしにカーリーを見て、訊いた。「角膜のほうは？　どんな具合なの？」

カーリーは車に乗りこみ、シートベルトを締めた。質問に答えながら、不安な気持ちのせいで胃袋が痙攣《けいれん》しているような気がした。「少し状態が悪くなってるけど、今のところ、そんなに深刻ではないそうよ。あとでドクター・メリックに電話をして相談すると言ってたわ。それで、どちらかが明日電話をくれて、もっと詳しいことを教えてくれるって」

アパートに車で戻る途中、ベスはほとんど口をきかなかった。家につくと、キッチンに行き、自分にはアイスティーを、カーリーにはジュースを用意した。リビングに戻りながら、心配そうな顔でカーリーをじっと見つめた。「ほんとうは、また目が見えなくなるんだって思ってるんでしょう？」

「わたしが生まれたときから見えなかったことを忘れたの？　もし見えなくなっても、なんとかなるわ」

ベスはまだ心配そうな顔をしていたが、それ以上はその話題に触れなかった。カーリーはほっとした。もしまた失明するとしても、それほどすぐではないかもしれない。実際にそのときが来るまでは、考えたくなかった。そして、そのときがきたら、自分はなんとかやっていかれるはずだ。もともと、なんとかするのは得意なほうだった。生まれつき目が見えなければ、だれであれそうなるものだ。

翌日、ベスは就職の面接をキャンセルしたため、メリック医師から電話があった時間にはアパートにいた。カーリーが話を終えて電話を切ったとき、ベスはキッチンの椅子にじっと座っていた。茶色い目が気遣わしげに曇り、口は緊張で固く引き結ばれていた。

「ドクターはなんて？」ベスは訊いた。

カーリーは髪をかきあげた。「角膜はまちがいなく悪くなってるって。クリスタル・フォールズのドクターは、角膜の傷がひどくなってるのを確認したそうよ」

ベスは目を閉じた。

「明るい話は」カーリーは続けた。「妊娠中に見えなくなるかどうかは、まだわからないのよ。格子状角膜変性症は不思議な病気なんですって。短期間で急に悪くなって、そのあとで急にまたよくなることもある。逆に、妊娠初期にはほとんどダメージを受けなかったものが、数カ月後には一気に悪くなって、数日間や数週間単位で目が見えなくなることもあるらしいわ。感染症にはかかっていなかった。今のところ、角膜のダメージは最小限に抑えられている」カーリーは肩をすくめた。「つまり、これはじっとようすを見るしかないゲームってわけ。今のところ症状はあまり進んでいないんだから、あと二、三カ月は見えているといいんだけど」

「どうして、そんなに落ち着いていられるの？　わたしは頭がどうにかなりそうよ」

カーリーはぐるりと目をまわした。「叫んだり、髪を引っ張って暴れたらどうにかなるとでも言うの？　来るものを受け入れるしかないわ。わたしのために祈ってね、ベス。もしかしたら、失明しなくてすむかもしれない。目が見えていれば、予定どおりに大学院へ行くのもずっと簡単になるわ」

月曜の夜、ハンクは勇気をかき集めて、カーリーに電話をした。二度目の呼び出し音でカーリーが電話口に出た。

「やあ、カーリー。ハンクだけど」

話の流れは念入りにリハーサルしておいた。ことばを続けようと息を吸いこんだその隙に、がちゃんと音がして、電話が切れた。

「カーリー？」

答えはなかった。ハンクは電話機を耳から離して、じっと見つめた。会話をすることさえ拒否されたら、どうやって気持ちを伝えればいいんだ？　カーリーの望みは明らかに、ハンクが黙って立ち去り、カーリーの存在も子どもの存在も忘れてしまうことなのだ。だが、これだけは確かだ。どんな子どもも、父親を知らずに育ったりしてはならない。そして、子どもの母親が困っているときに知らん顔をすることなどぜったいにできない。

ハンクは机に向かって、カーリーに長い手紙を書いた。出会った夜に自分が取った言い訳もできないようなひどい態度を丁寧にあやまり、妊娠しているあいだ、経済的にも精神的にも支えたいと、再度申し入れた。金曜日までに手紙でも電話でも返事がなかったら、謝罪による消極的な攻撃は効力がなかったという結果を甘んじて受け入れなければならないだろう。最後の手段として、ハンクは、古きよき作戦である花を贈るという方法を試すことにした。ときには、すべての作戦が失敗に終わっても、一ダースの薔薇《ばら》の花のおかげで計画がうまくいくこともありうる。

カーリーはテレビの前の床に寝そべって、顔をしかめながら、パズルを組み合わせようとしていた。涙が出るほど退屈な遊びだが、視覚皮質が異なる形を認識し、組み合わせられるように訓練をするためには必要なものだった。小さな子どもがするようなパズルがむずかしくてなかなかできないのは、恐ろしく惨《みじ》めだった。カーリーは、価値がない人間よりもっと情けないごみくずにでもなったような気分だった。

ちょうどそのとき、うれしいことに、ドアのベルの音にじゃまをされた。口のなかにあった最後のピクルスのかけらを飲みこんでから、勢いよく立ちあがった。まっすぐに立つと、一瞬、部屋全体が回り、ベージュのカーペットがゆっくりと波打って見えた。カーリーは動きを止めて、視覚皮質の混乱が収まるまで待ち、それから、ゆっくりとリビングを横切った。

ポーチに立っている痩せた男の赤みがかった顔が、ゆらゆらと揺れながらぼやけて見えた。男は両腕に細長い箱を抱えている。たぶん薄いピンク色だとカーリーは判断を下した。さまざまな濃淡の色があるピンクは、いつもカーリーを惑わせる。最近は、ピンクの種類をすべて判別するのはあきらめはじめていた。

「カーリー・アダムズさんですか?」男が訊いた。

「ええ」

男は前に進み出て、カーリーの両腕に細長い箱をもたせた。男が近づくと、やっと顔立ちがはっきりと見えた。まだ若く、赤い髪をして、顔全体に茶色のおかしな小さい点が散らばっている。そばかす。そばかすについて聞いたことはあったが、実際に見たのは、はじめてだ。男の顔に温かな笑みが浮かんだ。「あなたにですよ、ミス・アダムズ。贈り主からのカードがなかに入ってます。楽しんでくださいね」

カーリーは当惑しながら、大股で歩き去る男を見送った。カーリーにはゆらゆら揺れる緑の背景にしか見えないが、じつはアパートの住人が共有する芝生である場所を横切っていく。その姿は、最後には、ゆがんだ形のぼやけた塊にしか見えなくなった。芳《かぐわ》しい香りが鼻をつき、カーリーの視線は細長い箱に戻った。薔薇の花? この香りはきっとそうだ。

ドアを閉めてから、キッチンのテーブルに行った。緑色の薄いパラフィン紙を剝ぎ、美しい赤い蕾《つぼみ》の束が現われると、喜びに息を呑んだ。薔薇の花。

テーブルの上の花束をじっと見おろしながら、心のどこかに、箱をもちあげて近くで花をよく見たくてしかたがない自分がいた。前から薔薇の香りは大好きだったが、間近で見る機会はまだなかった。想像していたよりずっと美しい。ゆるくカールした花びらはベルベットのように柔らかだ。でも、いったいだれが贈ってくれたのだろう？　アリゾナに住んでいる父には定収入がある。赤ちゃんを妊娠したお祝いにカードを送ってくれたのかもしれない。だが、薔薇の花束は、父が買うには高価すぎた。

ふいに、カーリーは花の贈り主がだれだか気づいた。ハンク。まず最初に、ただの手紙をもらったのとおなじように、花束をごみ箱に突っこみたいという衝動を覚えた。だが、なぜかそれはできなかった。これほど美しいものは、だれかが楽しまなければ。カーリーは長い茎《くき》がついた花束を箱のなかから抱えあげ、そっと鼻先で花弁に触れた。これを捨てるなんてできない。どうしてもできない。

たぶん、ハンクは電話で注文して、クレジットカードで代金を支払ったのだと自分に言い聞かせた。ハンクはこの花を実際には見ていない。そう考えると、花を手元に置く罪悪感が薄らいだ。

ベスが家に帰ってきたとき、カーリーはちょうど、ザワークラウトの空き瓶に最後の薔薇を挿《さ》しているところだった。それは、カーリーが思いつく限り、一番手近にある花瓶だった。

「面接はどうだった？」

ベスはソファの上にバッグを放り投げた。「わたしは、五十人以上いる候補者のひとりよ。可能性もないかもしれないわ」

「来週は、きっとうまくいくわよ」カーリーは励ました。

「まあ！」花を見たベスが叫んだ。「すごくきれい！」

「そうよね？」カーリーはうしろに下がって、自分の作品に満足した。空き瓶は充分な高さがないため、花は瓶の口から四方八方に広がり、テーブルの上で存在感を増していた。

「だれが贈ってくれたの？」

「そんなことを訊いて、台なしにしないでちょうだい。最初は全部捨てそうになったわ」

「ハンクね」ベスは、カーリーが読まずにパラフィン紙の束のなかに放っておいた金色の小さなカードを手に取った。ざっとメッセージを読むと、ベスは考えこむような表情を見せた。

「ふーん」

カーリーはその言い方が気に入らなかった。「なんて書いてあるの？」

「たいしたことは書いてないわ。ただ、あなたにとても申し訳ないと思っていて、電話をしてほしいって書いてある」

「するわけないわ」

「長い茎がついた一ダースの薔薇を花屋に届けさせたら、ずいぶん高くつくわよ、カーリー。ハンクは、あなたと仲直りするために、できるだけの努力をしてるのよ」

「かわいそうなハンクってこと？　悪いけど、その意見にはのれないわ」

ベスは、お決まりの午後のアイスティーを飲むために、冷蔵庫に歩み寄った。「これはわたしの意見だけど、おわびのしるしに薔薇の花束を送ってきた男性は、個人的に話をする機会を与えられるべきよ。話を聞いてあげるくらい、なにが悪いの？」

カーリーはテーブルに戻って、花をいじろうとした。傾いた茎に手を伸ばすと、目標を誤って空き瓶をひっくりかえしてしまった。そこらじゅうに水が飛び散った。

ベスがタオルをもって、救援に駆けつけた。「目はそんなに悪くなってるの？」

カーリーは黙って肩をすくめた。

「答えて、カールズ。先週より目は悪くなったの？」

カーリーはベスにうそをつきたくなかった。だが、同時に、声に出して真実を言いたくない自分に気づいていた。「少し悪くなったわ。眼瞼炎《がんけんえん》のせいならいいと思ってるんだけど」

「ドクター・メリックに電話した？」

「なぜ？　抗生物質の目薬はちゃんと使ってるわ。あとは、効くか効かないか、どちらかになるだけよ。メリック先生はわたしにはっきりと言ったわ。これが格子状角膜変性症のせいなら、できることはなにもないって。病状は決められたとおりに進むだけよ」

ベスは両手でグラスを抱えて、どさっとソファに腰をおろした。一瞬、薔薇の花をじっと見つめた。「ねえ、カールズ。ほんとうに、少なくともハンクと話をするべきだと思うわ。それで、なんの害があるというの？」

「あなたもそのことばを言うなんて面白いわ。わたしも、正気を失ったあの夜、何度もそう思ったのよ。『なんの害があるの？』って。そして、なにが起きたか知ってるでしょう？　害があったのよ。感情的なことはもういいわ。彼はわたしの体を傷つけたのよ。二日間くらい、まっすぐ立っているのもつらかったわ」

「それは、彼が酔っぱらっていて、注意が必要なことに気づいていなかったからよ。彼は悪かったと思ってるのよ、カーリー。だれにだって過ちはあるわ」

「わたしの過ちは、最初に彼を信じたことね。わたしは二度と彼に会いたくない。話もしたくない。わたしのなかでは、彼はもう存在しないのよ」

カーリーのことばを聞いたベスは、しばらく考えこんでから、言った。「まだ彼に惹かれてるのね」

カーリーは吐きそうになる真似をした。「冗談はよして」

「ほんとうのことよ。あなたの顔に書いてあるわ。だから、また彼に会うっていうだけで、そんなに大騒ぎするんでしょう。彼に優しいことばをかけられたら、最初にどんなひどい目にあったかも忘れて、またおなじ状況になるのが怖いのよ」

「ぜったいに違うわ」ベスがまたなにか言いはじめる前に、カーリーは両手をあげた。「もうやめて！　どうして、わたしが彼に惹かれてるなんて思うの？　一度愚かなまちがいをしたからって、知能指数がブラのサイズ並みに下がったりはしないわよ」

「彼には、一度のまちがいが許される資格もないの？」

「本気で、これが彼のはじめてのまちがいだなんて思ってるの？　ちょっと待ってよ。わたしは、彼のベッドでの初得点じゃなかった。それに、わたしと彼の出会いは、普通よりずいぶん不愉快な終わり方だったわ」

「そうかもしれないわね。でも、反論させてもらえば、だからって彼が自分の過ちに気づかないって法則がある？　彼の場合、その疑いについては有利に解釈されていいと思うわ。自分の責任を果たすために努力を惜しまない男なんて、なかなかいないわよ」

カーリーはそこで会話を打ち切り、ベッドルームに引っこんだ。マットレスの端に座り、両手に顔を埋めた。心のなかでは、ベスのことばが正しいとわかっていた。ハンク・コールターが怖い。その恐怖は、アパートの玄関で、ひとりきりでハンクと顔を合わせたときに、カーリーを襲った。あの朝、ポーチに立っていたハンクは、実際よりさらに大きく見え、全身から力強さを発していた。ハンクには、カーリーを混乱させるなにかがある。もしそうだとしたら、カーリーのなかにある女としての直感が、彼には近づくなと警告しているのかもしれない。

8

ハンクはリクライニング・チェアにもたれて、うたた寝をしていた。テレビ画面から、悪い夢を見て目を覚ましたギャレットをもう一度寝かしつけるためにモリーがつけた、くまのプーさんのビデオの音が聞こえている。電話が鳴る音をぼんやり耳にしながら目をあけずにいると、ジェイクの声がした。「もしもし」それからすぐに、義姉《あね》に揺り起こされた。

「あなたによ」モリーがささやいた。

ハンクは子機を手にもち、足のせを蹴《け》り倒して立ちあがった。「もしもし」うるさいビデオの音から逃れようと、キッチンに向かいながら言った。

「こんにちは、ハンク。ベスよ。携帯に電話したんだけど、出なかったから」

ハンクは手でベルトを叩いた。「すまない。きっと車に置き忘れたんだ」眠気を追いはらうために、目をこすった。「どうしたんだい？　カーリーはだいじょうぶ？」

「いいえ。正確に言えば、だいじょうぶじゃないらしいから、心配なの」

そのことばで、ハンクははっきりと目を覚ました。「どうかしたのか？」

「目が見えなくなってきたんだと思うわ」ベスは手短に、カーリーがものをひっくり返したり、なにかを見るときに目を細めたりしていることを説明した。「たぶん、どんどん悪くなっているのよ。それに、悪阻《つわり》もあるし、頭痛もひどいの」

「医者には電話をしたのか？」

「ドクターは、なにもできることはないと言ったそうよ。今日の夜、インターネットで格子状角膜変性症の患者が妊娠した場合について調べてみたの。見通しはかなり厳しいわ。妊娠初期に失明してしまう女性もいるの。たった三週間の場合もあるのよ。最近のカーリーを見ていると、カーリーもそのうちのひとりなんじゃないかと思って心配だわ」

ハンクは片手でまた目をこすった。「三週間？」

「彼女の目が見えている時間は、すでに借り物のようなものよ、ハンク。カーリーは、視界がぼやけたり距離感が狂ったりするのはまぶたの炎症のせいかもしれないって期待してるみたいだけど、そう言い聞かせて自分をごまかしているだけよ」

ハンクは、カウンターの縁に片手をついて、体を支えた。「すべてぼくのせいだ。ほんとうにすまないと思ってる」

「そのことばが本心に聞こえてきたわ」ベスは優しく言った。

「カーリーはまだぼくと話をしてくれないんだ。電話はしてみた。それに、この前の朝、アパートにも行ったんだ。結局、目の前でドアを閉められたよ」

「聞いたわ。それから、薔薇の花はとってもきれいだったわよ。カーリーは普段こんなに意地悪じゃないのよ。ただ――そうね、あまりにも厳しい状況に置かれているから。それに、あなたのことを少し怖がってるんじゃないかしら」

カーリーを表現することばなら、たくさん思いつく。だが、そのなかに『意地悪』という単語は含まれていなかった。「ぼくも、カーリーに警戒されている気がしたよ。なにが原因なのかは、よくわからない。ぼくがひどい失敗をしたあの夜も、彼女を無理に車に押しこんだわけじゃないんだ」

「わたしにも、よくわからないの。そのときのことは、あまり話してくれないのよ」

「なにか心当たりはあるかい？」

「はじめての経験がつらい結果になったことと、あなたのお世辞にまた騙されるかもしれないと思ってるんじゃないかしら？ 昔、ある男の子がいたの。詳しく話すつもりはないけど、彼はカーリーをとても辱《はずかし》めたのよ。カーリーは彼を信じてた。そして、あなたのことも信じた。たぶん、自分の判断に自信がもてなくなってるのよ」ベスは弱々しいため息をついた。「プライドが傷ついたせいかもしれないわね。わたしも理解しようと努めてはいるのよ。でも、正直に言って、よくわからないわ。きっと、いくつかの原因が重なってるんでしょうね。女は複雑な生き物なのよ」

「ぼくとしては、少なくとも経済的な援助はさせてほしいと思ってる」

「そのことで答えをもらおうとするのは、やめたほうがいいかもしれないわ」

ハンクは片方の眉を吊りあげた。「どういう意味だい？」

「わたしの友達は妊娠した。そして、本人が認めようと認めまいと、失明する。毎朝、悪阻《つわり》に苦しんでいて、視覚皮質が急に刺激されると起こる頭痛もずっと続いてる。もちろん、それに加えて、普通の妊娠した女性が抱えるのとおなじ、いろいろな問題もあるわ。九月になったら、わたしはMBAを取るために大学に行って、毎日仕事もする。カーリーが病気になったり、急に目の状態が悪くなったら、だれが世話をしてあげるの？　それに、今以上にお金がかかりはじめたら、いったいどうやって食べていくの？」

ハンクはなにも言えなかった。

「カーリーは追い詰められてしまうわ、ハンク。大学時代に貯めた貯金も春までには生活費と医療費に消えて、二回目の手術に必要なお金もなくなってしまう。次の『SK』手術を受けるための費用ができるまで、目が見えないまま、どうやって暮らしていけばいいの？」

ハンクはなにか言おうとしたが、ベスは息もつかずに、また話しだした。「新米教師だったこの二年間、カーリーは毎年二万九千ドルを稼いでいたの。税金を払ったら、そんなには残らなかったけど。わたしたちは共同生活をして大学の学費を捻出《ねんしゅつ》していたんだけど、生活は厳しかったわ。もし、カーリーがポートランドに戻ってまた教師の職につくとしても、なんとか食べていかれれば幸運よ。簡単に言えばね、ハンク。カーリーには助けが必要なの。しかも大きな助けが。あなたがそうしたいと思っているなら、実行に移すべきよ。今すぐに」

「だけど、カーリーが話もしてくれないのに、どうやって助けられるんだ？」

「そこで、最初の話に戻るのよ。答えを得ようなんて考えは捨てて。女は——」ベスはことばを切り、大きく息を吐き出した。「ああ、こんなことを言ってる自分が信じられないわ。でも、女はときどき、感情に惑わされて判断を誤るものよ。カーリーはとくに普通よりその傾向が強いの。目が見えない多くの人は自分の限界を受け入れて、制約された人生に甘んじる。カーリーは違ったわ。もうひとりの友達のクリケットとわたしにできるなら、自分もできる限り他人の助けなしでやるべきだし、やると決めてしまうの。自転車に乗るのも、スケートボードに乗ってジャンプするのも。クリケットとわたしが大声で方向を教えると、カーリーは、停まっている車にぶつかったり、縁石に乗りあげたりするまで、どこまでも走って行ってしまったわ。子どものころは、いつも膝や肘をすりむいていたものよ。でも、彼女はぜったいにあきらめなかった。ひとりでなにかをやりとげることが、彼女にとってはとても大事なことなのよ」

そのことと今回の件がどう関わっているのか、ハンクにはわからなかった。

「今、彼女は妊娠してるわ」ベスはわかりきった事実を口にした。「あなたはいかにも強くて頼りがいのある男という役まわりで、カーリーを助けにやってきた。カーリーは他人にすべてを頼らなければならないという今の状況を、受け入れようとはしなかった。理解できる？」

「あまりわからないな」ハンクには、目が見えない少女が自転車に乗る光景など想像できなかった。カーリーの両親はなにを考えていたんだ？「だれでも、他人の助けが必要なときはある」

「カーリーは生まれてからずっと助けが必要だったのよ。彼女はそれを例外と受け止めるんじゃなくて、押しつけられた規則だと感じた。彼女はつねに選択をしていたわ。目が見えないことを理由にあきらめるか——それとも、目が見える人と同等になるために闘うか。その傾向はどんどん強くなった。沈むか泳ぐか、やりとげるか死ぬかっていう具合よ。まだ小さな子どものころから、彼女は特別扱いをいやがったわ。小学校では、自分ひとりで教室まで行って、ランチのお盆も自分で運んだ。体育館のロープだって登ったわ。高校生のころは、トラックを歩いてハードルのあいだの歩幅を測っていたことがあったわ。そして、次の日の午後にはちゃんと跳んだの。転んだら、自分でハードルを起こして、またやり直したわ」

「驚いたな」ハンクはささやいた。

「うつむいていると目が見えないと思われるとわかってから、頭をまっすぐに起こして歩くようになった。目が見えないせいで人と違って見えることに、我慢がならなかったのよ」

「言い換えれば、カーリーは恐ろしく頑固だってことか」

「頑固よ。気むずかしいときもあるわ。でも、彼女を見てちょうだい。ひと月と少し前まで、まったく目が見えなかったなんて信じられる?」

カーリーと出会った夜、ハンクはまったく予想もしなかった。「いや」ぶっきらぼうに認めた。「それで、結論はどういうことなんだい、ベス?」

「カーリーはあなたの助けを借りたがらないでしょう。でも、実際は助けが必要なの」

「きみはすばらしい友人だよ、ベス」

「今のわたしは、裏切り者のユダよ」ベスの声は震えていた。「わたしがどれだけいやな気持ちか、わからないでしょうね」

「きみはカーリーを助けようとしている唯一の友人じゃないか」

「そして、そのために、あなたにいろいろなことをしゃべったわ。どれも、カーリーはぜったいにわたしを許してくれないようなことよ」ベスはそこでためらったが、それからまた、話を進めた。「この妊娠は、カーリーにとって、これから跳ぶべき新しいハードルのコースのようなものよ。あなたのことを警戒しているし、これをひとりで乗り越えられるかどうかは、彼女の自尊心と完全に結びついてるわ。目が見える女性なら、妊娠して、結婚生活の枠に囚《とら》われずに子どもを産むことができる。ひとりで子どもを育てながら、なんとか食べていくこともできる。普通の女性なら、愛していない男とは結婚せずに、自由に生きる道を選べる」

ハンクは首のうしろをこすった。「カーリーは、ぼくらの子どもの幸せを考えなきゃ」

「わかってる。でも、カーリーにとってそれは、言うは易《やす》し行なうは難しよ。彼女は自分の息子か娘に、いつか母親を誇りに思ってほしいと願ってるわ。カーリーの考え方だと、尊敬に値する人物っていうのは、自分自身の足でしっかり立って自立している人のことなのよ」

「それで、あなたの答えは？」しばらくたって、ベスが訊いた。ハンクは肩越しにちらっとうしろを振り返り、キッチンにだれもいないことを確かめた。それから、兄のジークと話した内容についてベスに説明した。「もしぼくと結婚するようにカーリーを説得できたら、すぐにでも実行するよ。これは、ぼくが提案できる、唯一の現実的な解決策だ。あくまで一時的な取り決めで、カーリーが次の手術を受けて修士号を取るまでの間に合わせの手段だと考えればいい。すべてが落ち着いた時点でカーリーが自由を求めたら、新しい人生をはじめるための資金を彼女に渡して、離婚するよ」

「もし、カーリーが自由を求めたらですって？　つまり、彼女がそれを求めなかったら、あなたは結婚生活を続けるという意味？」

ハンクは体の向きを変えてカウンターに腰をもたれさせ、ドアを見張った。「そういう可能性もあるさ。ぼくたちがうまくいって、二枚貝の殻のように幸せに暮らせないとは言いきれないだろう？　子どもにとっては、両親がいっしょにいたほうがずっといいに決まってる」

長い沈黙があった。それから、ベスは言った。「それを進めて」

ハンクは顔をしかめた。「なにを進めるって？」

「彼女との結婚よ。あなたとお兄さんは正しいわ。それが最良の解決策よ。二軒の家を維持しながら、そのほかのたくさんの費用も負担したら、あなたは破産してしまうわ。結婚は一時的なものだと言えば、カーリーも最後にはその案を受け入れるでしょう。その点では、わたしを信じていいわよ。女の子にレモンを渡せば、レモネードを作るものよ」

「まだ問題はある。カーリーがぼくと話もしてくれないのに、どうやって結婚できる？」

「あなたは馬鹿な男じゃないでしょう、ハンク。もっと想像力を働かせて」

「どうやって？　結婚を強要することはできないぞ。そういう行為を禁止する法律もある」

「父親に与えられる権利というものもあるわよ。今のカーリーは、法のもとで子どもを養育できると証明する条件をまったく満たしていないわ」

ひりつくような痛みが、ハンクの背骨を這いのぼった。「きみはなにを言おうとしてるんだ？」

「あなたはいい人間として振る舞おうとした。それでうまくいった？」

「いや」

「じゃあ、次はどうする？　たぶん、今度は汚れ役を演じる番よ。カーリーは子どもを手放すことになるような危険は冒さないわ。わたしにはわかる」

ハンクは、この会話が向かう方向に気乗りしなかった。「カーリーには、ほかに頼れる家族はいないのかい？」

「アリゾナにお父さんがいるだけよ。カーリーはご両親が中年を過ぎてから生まれたから、お父さんはだいぶん年を取っているの。カーリーはお父さんと暮らすこともできるけど、今お父さんがいるところは、夏は気候が厳しいから毎年四月には閉鎖される、季節限定の高齢者向けコミュニティなの。学校もないし、わたしが知ってる限りでは公共の交通機関もないわ。つまり、カーリーが近くの街で教師の職につくのはほぼ不可能よ。カーリーはもうすぐ目が見えなくなることを忘れないで。目が見えなかったら、車の運転なんてできないわ。カーリーのお父さんはできるだけの努力はするでしょうけど、今までもうまくいかなかったのよ。カーリーが働いているあいだ、子どもの面倒をみられそうにもないし、日常の移動でお父さんを当てにするのも無理だわ」

「それでも彼女は、生活費と健康保険のために仕事をしなきゃならないだろうな」

「そのとおりよ」

「それで、ほかにはだれもいないのかい?」きわめて絆《きずな》が強い大家族で育ったハンクには、信じられなかった。「兄弟や姉妹は?」

「カーリーはひとりっ子なの。お父さんは七十三歳よ。お母さんは二年前に卵巣癌《らんそうがん》で亡くなったわ。もちろん、わたしはカーリーのそばに付いているつもりだけど、仕事をして学校に通いはじめたら、ぎりぎりの状態まで追い詰められてしまうと思う。学校をやめることもできるけど、それでも一日に八時間か十時間は働かなきゃならないわ。もうひとりの友達のクリケットはコロンビアで発掘調査の仕事をしているの。もしカーリーを助けるために帰ってきたら、彼女のキャリアは危うくなるでしょうね」

「わかったよ」ハンクは言い、そのことばどおりに悟っていた。これは自分の問題だ。ほかの人間にすべてを捨てさせて、カーリーのもとに駆けつけてもらうわけにはいかない。自分がカーリーをこの困難に陥《おとしい》れたのだ。そして、彼女を救えるかどうかは、すべて自分にかかっている。

翌朝、カーリーは目を覚まし、ザワークラウトと芽キャベツがなくなっていることに気づいてがっかりした。ベスはもう獣医事務所での面接に出かけていたので、車で買い物に連れていってもらうのも無理だった。ザワークラウトと芽キャベツがあれば、むかむかする胃は落ち着きそうだったので、急いで服を着て髪を梳かし、四ブロック離れたスーパーマーケットに出かけた。

四十五分後、カーリーはもと来た道を引き返していた。両手にひとつずつ提げたビニール袋に入っている食べ物のことを思うと、口のなかが湿ってくる。食料品の重みで袋の取っ手が手に食いこみ、かなり前から指もしびれていた。

縁石に停まっている青いピックアップ・トラックに気づいたのは、アパートのすぐ手前まで来てからだった。共用部分の芝生を横切る小道に曲がったちょうどそのとき、男が車から飛び降り、ばたんとドアを閉めた。ぼやけた青いデニム色の塊にしか見えなくても、しなやかな歩き方とブーツが歩道を踏む音で、ハンクだとわかった。

カーリーの心臓の鼓動が激しくなった。もう二度と会いたくないと、あんなにわかりやすい英語で伝えたはずなのに。なぜ、放っておいてくれないの？

しだいに大きくなる靴音で、ハンクがどんどん追いついてくるのがわかった。カーリーは危うく走りだしそうになったが、プライドの力がそれを押しとどめた。怯《おび》えたうさぎのように逃げだす姿を見せて、彼を満足させたりしないわ。

玄関のポーチにたどりつく前に、小道を歩いているカーリーの隣りにハンクが並んだ。

「ぼくが荷物をもとう」

カーリーは足を止めなかった。「けっこうよ。帰ってちょうだい」

「いや、帰るわけにはいかない」

ハンクはカーリーが握りしめている食料品の袋に手をかけた。カーリーの指が固く巻きついているにもかかわらず、一度大きく引いただけで、ほとんど袋を奪われた。横取りに抗議して袋を取り返そうとも思ったが、ハンクのがっしりした肩をちらっと見ただけで、力比べをしてもむだな労力で終わるだけだと悟った。

カーリーの心のなかを見透かしたように、ハンクの顔にゆっくりと笑みが浮かんだ。「調子はどうだい？」

カーリーは、ハンクと挨拶を交わすつもりなどなかった。ハンクはさらに、先にポーチに立つという不当な行為で、カーリーを侮辱した。「どこか外で話をしよう、カーリー」ハンクの声に流れていた、からかうような優しさは消え、きっぱりとした冷たい口調に取って代わった。「この前も言ったように、レストランで話をしたほうが、きみが安心できるなら、そうしよう。ただ、どちらにしても、話をする」

「安心？」

カーリーはつまずかないように、階段の高さを予想しながらのぼった。それは容易な動作ではなかった。ドアに近づきながら、カーリーは言った。「あなたを怖がってなんかいないわ」

「じゃあ、警戒していると言おう」

「警戒もしてないわ」

震える両手をポケットに入れて、カーリーは家の鍵を探した。ハンクから視線をそらし、どうか運よく鍵穴に入りますようにと願いながら、真鍮《しんちゅう》のデッドボルトに鍵を差しこんだ。だめだった。いらだちが限界を越えそうになりながら、数回努力したが、まだ鍵穴を探りあてることはできなかった。

ハンクは片方の手に食料品袋をまとめてもち、カーリーの手から鍵を取りあげた。それから、最初の一回で、鍵を鍵穴に差しこんだ。

カーリーは玄関のなかに入り、素早くハンクの目の前でドアを閉めようとした。ハンクはドアの隙間にブーツを挟み、鍵と食料品袋を高く掲げて、またにこっと笑った。「なにか、忘れてないかな？」

なんて厚かましくてうぬぼれやの、耐えがたい男だろう。こんな男に出会わなければよかったとカーリーは後悔した。ちらっと食料品袋に目をやった。そこには、胃のむかつきを治してくれるものが入っている。それを手に入れるために往復八ブロックを歩いたというのに、袋をもち逃げされるつもりはなかった。

ドアの隙間から腕を差しだした。「袋を渡して」

ハンクは微笑んだ。「そして、ぼくの顔の前でドアを閉めるのかい？　できれば、鍵穴に向かって大声で話をするのはやめておきたいな。取り引きをしよう。ぼくをなかに入れてくれたら、袋を返すよ」

カーリーは歯を食いしばり、文字どおりうなるように言った。「その袋を渡して。さもないと」

「さもないと、なんだい？」

口先だけの脅しのことばは子どもじみていると、カーリーにもわかっていた。そこで、大声で言った。「さもないと、警察を呼ぶわ！」

ハンクは袋を下げて、中身をのぞきこんだ。「冷凍の芽キャベツと――」頭を傾けてラベルを読んだ。「ザワークラウト？　これで立派な窃盗《せっとう》罪になるとは思えないな。どうなるか、やってみよう」

息をする間もないくらい一瞬で、カーリーの怒りは、たんなる怒りから最高の段階まで燃えあがった。「あなたって、ほんとに最低の男だわ」

ブーツを履いた片足でまだ戸口をふさいだまま、ハンクは二つの袋を脇にさげ、リラックスしたようすで立っていた。見るからに、必要とあれば一日じゅうでもそこに立っていそうな態勢だ。「いっしょに朝食に行く栄誉を与えてくれないか？　二、三ブロック行ったところに〈インターナショナル・ハウス・オブ・パンケーキ〉がある。最高に旨いパンケーキとおいしいコーヒーを出す店で、いつも人でいっぱいなんだ。あそこなら、目立たないで話ができる」

パンケーキを食べることを想像しただけで、カーリーは吐き気を感じた。「お断わりするわ。わたしはただ、袋をもらって、あなたに帰ってほしいだけ」

「そう言うんじゃないかと思ったよ」

ハンクがなにをしようとしているのかカーリーが気づいたときにはもう、ハンクは壁に肩を押しつけて体を差しいれ、玄関のなかに入っていた。ハンクがドアを閉めて鍵をかけると、カーリーはよろけながら後ずさり、茫然としてハンクの顔を見あげた。

「出てって！」カーリーは叫んだ。「勝手に人の家に入るなんて、許されないわよ」

ハンクはまるで援軍を探すかのように、部屋のなかを見まわした。「きみとどんな軍隊が、ぼくを止めるのかな？」ハンクはカーリーのポケットに鍵を返し、食料品袋をカーリーの両腕に抱えさせた。「ぼくは礼儀正しくしようと努力したんだよ、カーリー。でも、もっと強引な方法を取ることにした。そうすれば話ができる」

「もう一度だけ言うわ。出ていって」

「すまないけど、それはできないな。最初に会ったときは、きみがそんなに頑固だとは思わなかったよ」

カーリーは、ザワークラウトの瓶が入った袋でハンクを殴りつけたいという、罪深い願望を抱いた。「こんなふうに、わたしのアパートに無理矢理入ってきて、いい結果になるなんてどうして思えるのかしらね？　こんなことをして、わたしがあなたと話す気になるなんて本気で思ってるの？　いったいなにを証明したいわけ？　あなたがわたしより大きくて強いとか？」

「ぼくのほうが大きくて強いことを証明するような事態になったら、ぼくたちはふたりとも面倒なことになるだろうね」

どういう意味なのか、カーリーは不審に思っただけだった。ハンクも自分から説明はしなかった。たくましい腕を曲げて腕組みをしてから、言った。「きみの意向という点では、きみがぼくと話をする気があろうとなかろうと、もうどうでもいい。ぼくのほうは、言うことがある」

カーリーは、ハンクの口調にいやな予感がした。

「遠慮せずに、食料を片付けたらどうだい」ハンクは親切そうに申し出た。「手を止めなくていいよ。きみが片付けているあいだも、ぼくは話せる」

カーリーは心のなかで忙しくほかの選択肢を探してみたが、すぐに選択の余地はないという結論に達した。断固とした態度の大男がリビングに立ちはだかり、唯一の出口をふさいでいるのだ。男の横を通らなければ、ドアにはたどりつけない。さらに、あの晩、ハンクがいかに軽々とカーリーの体を抱きあげて車の後部座席におろしたかも、苦々しいほど鮮明に思いだした。本気で彼と力比べをはじめたいかどうか自分に問いかけた。

答えは『いいえ』だ。避けられる限り、そんなことはしたくない。

カーリーはくるりと踵《きびす》を返して、キッチンに行った。背中を向けていても、うしろからハンクがついてくるのがはっきりとわかった。カウンターの上に袋をどさっと置くと、なかから食料品がこぼれ出た。

「じゃあ、話して。五分だけあげるわ。五分で出て行かなかったら、警察に電話するわよ」

カーリーは怒りに燃えた目で、電話を見た。「実行はしないだろうなんて思わないほうがいいわよ。あなたに対する我慢は限界ぎりぎりまで来てるわ」

ハンクは、リビングとキッチンを分ける壁の端に肩をもたれさせ、壁にかかっている電話にゆっくりと目をやった。それから、カウボーイ・ハットを脱いで、リビングの奥にあるソファめがけて放り投げた。帽子を脱ぐと、ハンクの背は数センチ低くなったが、カーリーを安心させるほどではなかった。

ハンクは帽子の跡がなくなるように、指で髪を梳《す》いた。「はじめに戻って、新たな気持ちで話し合いをはじめる方法はないかな？」

「ないわ。べつにいいじゃない？　どうせ、これ以上最悪にはなりようがないわ」

カーリーは冷凍芽キャベツを袋から出し、凍った野菜の塊をボウルにあけて、一部をお湯で溶かしてから電子レンジに入れた。それから、ほかの食品を取りだしにかかった。カウンターの上に、ザワークラウトの瓶とチョコレート・ミルクのパックを置いた。

「それが朝食かい？」

「わたしの食習慣を放っておいてくれるなら、あなたがこの部屋に入ったやり方も放っておいてあげるわ」

ハンクはため息をつき、壁に寄りかかりながら体をずらして足首をくんだ。このアパートがこれほど小さく見えたのは、カーリーにとってははじめてだった。人の身長を目で測った経験はなかったが、ハンクはおそらく優に一八〇センチ以上あるだろうと、カーリーは当たりをつけた。がっしりとしているが引き締まったハンクの体と比べると、自分自身と室内のすべてがミニチュアのように見えた。古い冷蔵庫についている大きな冷却タンクさえもだ。カーリーはザワークラウトの瓶をあけ、フォークを手にもって食べはじめた。しかたがない。早く胃を落ち着かせなければ、午前中いっぱいバスルームに膝をついて便器を抱きかかえている羽目になるのだ。

口いっぱいに頬張る合い間に、カーリーは訊いた。「それで？　早く話して。時間がむだよ。五分間。五分たったら、結果がどうでも、ここから出て行ってちょうだい」

ハンクは、自分の腕から数センチの壁に掛けられている電話に、またちらりと目をやった。「これは、ぼくときみ、ふたりが共有する問題だ」穏やかな声で言った。「ふたりとも満足できる方法で解決できるなら、そのほうがずっといいだろう」

カーリーはフォークでさらにザワークラウトを口に詰めこみ、嚙《か》み砕きながらハンクをにらんだ。「あなたとなんて、なにも共有したくないわ。もしかしたら、もうなにかをうつされたかもしれないわね」

ハンクは不敵な笑みを浮かべた。「その危険はないよ。ぼくはいつも、ちゃんと避妊具を使ってる」カーリーの怒った目で、自分が言ったことばの意味に気づき、ハンクは顔をしかめた。「あれは、ぼくのたった一度の過ちだ」

「あなたの言い分ではね」

「もし、本気でエイズの可能性を心配してるなら、検査を受けに行って、結果を見せるよ」

じつは、カーリーはその可能性も心配していたのだが、ハンクの前ではぜったいに認めたくなかった。それを白状したら、自分があの夜について何時間もあれこれ思い悩んでいたことがハンクにわかってしまう。できれば、あれからハンクのことは思いだしもしなかったと思わせておきたかった。

「あのときは、エイズのことなんて考えもしなかったわ」ザワークラウトを頬張るたびにことばを切りながら、そう言った。

「わかってるよ。だから、あのときは、長い時間、楽しい会話ができたんだ」

電子レンジのタイマーが鳴った。カーリーは芽キャベツを取りだし、ザワークラウトを口いっぱいに詰めこむのと交互に、むさぼるようにがつがつと食べはじめた。数回口を動かすたびに、チョコレート・ミルクのパックをつかんで、がぶっとひと飲みした。上唇にミルクがついていても気にしなかった。心のなかでは、ハンクがうんざりして立ち去ってくれることを願っていた。

だが、そんな幸運は訪れなかった。ハンクはただ、驚愕《きょうがく》と好奇心が入り混じった表情で、カーリーを見守っているだけだった。「それじゃ、毎朝、気分が悪くなるのも無理はない」

「実際は、これで少しよくなるのよ」芽キャベツで頬を膨らませながら、カーリーは言った。「だけど、どうしてわたしが毎朝気分が悪いって知ってるの？」

その質問に、ハンクは一瞬どぎまぎしたような顔をした。それから、すぐに普通の表情に戻り、こう答えた。「妊娠した女の人は、たいていそうだからさ」

カーリーは、さらに追及したい誘惑に駆られたが、あまり会話を交わさないほうが賢明だと思いとどまった。それでも、こう言わずにはいられなかった。「どうしても話がしたくて来た人にしては、言うことがないみたいね」

「今、話す準備をしているところさ」

カーリーはシンクに歩み寄り、ペーパータオルを水で湿らせた。ハンクから遠ざかると、その顔は褐色のぼやけた塊に見えた。口を拭いてから、また食事に戻った。「五分の持ち時間が、すぐになくなってしまうわよ」

ハンクはうなずいた。顎《あご》の筋肉がぴくぴくと動きはじめた。小説の朗読テープで聞いて以来、顎の筋肉が動くというのはどういうことか、ずっと不思議だった。今、やっとそれがわかった。それは怒っているように——断固としたようすにも——見え、かなり威圧的な印象を与える。ハンク・コールターには計画があり、それを成し遂げるまでけっして引き下がらないだろうといういやな予感がした。

ついに、ハンクは口をひらいた。「カーリー。今日は、きみをあることに誘う提案があって来たんだ」

「あることに誘う提案?」カーリーは燃えるような怒りの目で斜めにハンクを見あげ、新たなザワークラウトを口に放りこんだ。

「きみが想像するような、おかしな誘いじゃない」ハンクはジーンズの前ポケットに指を突っこんだ。その姿勢は肩幅をさらに大きく見せ、カーリーを不安にさせた。「状況を論理的に考えてみよう。いいかい？」

「わたしが論理的に考えてないと言いたいの？　ミスター・コールター？」

「いや、きみが非論理的だと言ったつもりはないよ」ハンクは冷静に答えた。「ことばの使い方が悪かった。ぼくが言いたいのは、この状況をあらゆる角度から考えて、問題を解決するための手段と、起こりうるさまざまな問題を比較検討したうえで、きみとぼくの子どもにとって一番いい結論を出そうってことだ」

「わたしの子どもよ」カーリーは訂正した。

ハンクの青い目が光りはじめた。「ぼくたちの子どもだ。父親はぼくだ」

「あなたの言い分ではね」

「簡単な血液検査で、すぐに証明できる。そこまでするのは、やめにしようじゃないか。きみの協力があろうがなかろうが、ぼくは、ぼくの子どもの人生できちんと役割を果たすつもりだ。きみが協力してくれたほうが、きみにとってもずっといいはずだと言っておくよ」

カーリーは肩をすくめて芽キャベツを呑みこんだ。一瞬、恐ろしいことに息が詰まりそうになった。「わたしを脅してるの？」

「好きなように言ってくれ。ぼくは子どもの父親で、法的に確固とした権利と責任がある。アメリカの法律は、その二つをぼくに与えてくれるはずだ。きみの一番の関心事は、ぼくと争うことじゃないだろう」

明らかに脅しだわ。カーリーの猛烈な野菜への食欲は突然消え失せた。ザワークラウトの瓶のなかにフォークを落とすと、カチンという音が響いた。

「これが現実だよ」

それからハンクは、カーリーには援助が必要な理由をひとつずつ挙げていった。そのなかには、カーリーと親しいだれかが教えなければハンクが知りうるはずのない事実も含まれていた。ハンクが話し終わるころには、カーリーの体は震えていた。

「どうして、そんなことを知ってるの?」

「少し調査をしたんだ。そうしていないとは、一度も言ってないだろう?」

カーリーは黙ってハンクを見つめた。

「ぼくの立場を説明すると」ハンクは寄りかかっていた壁から離れた。「ぼくは金持ちじゃないが、今はかなりの収入がある。きみに出会ったあの夜、ぼくは自分自身のルールを破ってしまった。その結果、きみの将来も含めた人生を台なしにしてしまったんだ」

「わたしの将来は、わたしだけの問題よ」

「普通なら、その意見に賛成だ。でも、きみはぼくの子どもを妊娠している。だから、ぼくにも関係がある。子どもの幸せを経済的にも精神的にも守るのは、ぼくの責任だ。そして、きみが成功するか失敗するかは、子どもの幸せに直接影響する」

「酒場に通う遊び人にしては、ずいぶん真剣に父親としての役割を考えてるみたいね」

カーリーに確証はなかったが、ハンクの唇が白くなったように見えた。「たぶん、だんだん自覚ができてきたんだろう」ハンクの喉仏が、まるで冷凍芽キャベツの塊を呑みこんだように大きく動いた。「ちょっとでいいから、ぼくの怪しげな過去の話は脇に置いて、この問題の解決に集中してくれないか」

カーリーは、それは自分だけの問題だと言いたかったが、その話はすでに言い尽くされていた。

「今の状況で、ぼくの側の現実を言うと」ハンクは続けた。「きみの目の手術代と出産費用と、そのほかの子どもにかかる費用、それにきみの学費と生活費全部をぼくの収入で賄うのは無理だ。二つの家に分かれて住んでいる限りは」

ハンクが言った最後のことばが、カーリーの頭のなかで鳴り響いた。「『分かれて住んでいる限りは』って言ったの？」

「ぼくの話が終わるまで、興奮しないでくれ」

「まさか――？」カーリーは息を呑み、落ち着くために大きく息を吸いこんだ。「まさか、いっしょに住むっていうの？」カーリーはヒステリックな笑いに襲われそうになった。「正気とは思えないわ」

「いたって正気だよ。だけど、いっしょに住もうと提案してるわけじゃない。ぼくと結婚することを提案してるんだ。早ければ早いほうがいい」

カーリーは耳を疑った。「なんですって？」

「聞こえただろう？　それから、きみが断わる前に付け加えさせてほしい。ぼくたちの結婚は、基本的に一時的なもの――言わば、間に合わせの解決策だ。きみが修士号を取るまでの。

それまでは、結婚していれば、きみは家族としてぼくの保険に入れて、すべての医療費がカバーされる。きみの生活費もぼくがすべて払うし、子どもの面倒もみてシッター代を節約できる。それから、大学のキャンパスまで車で送り迎えもする。もしきみの目が見えなくなったら、大学に通うために必要になる補助金の分の費用も、ぼくが出せる」

カーリーは片手をあげてハンクを黙らせようとしたが、ハンクは話しつづけた。

「きみが修士号を取得して、手術を受けて視力が回復したら、新しい生活のための準備金を渡すよ。ぼくらは離婚して、それぞれ自分の人生を生きればいい。もちろん、子どもには会わせてほしいと思っている。法律で決められたガイドラインに沿った回数でかまわない。毎月の養育費も送るよ。額は、ぼくの収入を考慮して法律に従って決まるだろう」

カーリーの喉に酸っぱいものがこみあげてきた。「どうかしてるわ。よくも、わたしがあなたとの結婚を承諾するなんて思えたものね？」カーリーは自分のウェストを抱きしめた。

「ベスに、こんなことをあなたに話す権利はないわ。ぜったいにない」

「ベスを責めないでくれ。ベスと話していないなんてうそをつくつもりはないよ。話はした。でも、さっき言ったことは、全部彼女から聞いたわけじゃない。彼女はきみの忠実な友達だよ」

「ほんとうに忠実な友達なら、なぜ、わたしの保険は八〇パーセントしかカバーできてないってことまで、あなたが知ってるの？　それから、わたしの父がアリゾナに住んでることも？」

「ぼくはインターネットの名人なんだ。目的に合ったソフトを使えば、なんでもわかる。どんなビデオを借りたかなんてことまで」

カーリーはハンクのことばをまったく信じなかった。ハンクは、ベスしか知らないような詳しい事情に、あまりにも通じている。ああ、なんてことだろう。ベスに裏切られたと思うと、心が激しく痛んだ。

カーリーの思いを感じ取ったように、ハンクが言った。「ベスはきみの友達だよ、カーリー。彼女は心の底からきみを心配してる。もしかしたら、少しだけ口を滑らせたかもしれないけど、それはきみと子どものためを思ってのことだ」

「持ち時間の五分は過ぎたわ」カーリーは張り詰めた声で言った。

ハンクの顎がまたぴくぴく動きはじめた。「この問題に決着がつくまで、帰るわけにはいかない」

「あら、そうなの。わたしの子どももわたしも、あなたの問題とはなんの関係もないわ」

「そこが、きみの間違っているところだ。ぼくから見たら、きみがぼくの子どもにきちんとした暮らしをさせられるとは、とても思えない」

カーリーは受話器をつかんだ。「出てって。出て行かないなら、警察を呼ぶわ」

ハンクは一歩も動かなかった。

「わたしは本気よ、ハンク」カーリーは目を細めて電話機の番号を見つめた。九一一に電話をしなければ。だけど、九はどこにあるの？

カーリーが目を閉じて指の感覚で番号を押すより早く、ハンクは受話器を置くフックを押した。「ぼくは、分別のある大人どうしとして、きちんと話し合ってふたりで結論を出したいと心から願っていたんだ」

カーリーの怒りは、ますます膨れあがった。「この世の中で、毎年何人の女性が妊娠して相手の男と結婚しなかったか考えたことはある？　だれも彼女たちのことを非論理的だなんて言わないわ」

「その女性たちが、みんなきみとおなじ状況にあるわけじゃない。きみは、また目が見えなくなるかもしれないんだよ、カーリー」

目が見えなくなったら、まともな人間扱いはされないってこと？　一番の親友にまで裏切られるなんて。カーリーの目に涙がこみあげた。

「ぼくはただ、きみの負担を減らして、ぼくたちの子どもを幸せにしたいだけなんだ」

「前にも言ったけど、もう一度言うわ。あなたの助けは必要ないし、欲しくもない」

カーリーが電話をかけられないように、ハンクの手は受話器のフックに置かれたままだった。「こんなことをしたくはなかったが、きみがそう言うならしかたがない」

カーリーは不安そうな視線をハンクに投げかけた。

「自分の子どもが、目の見えない母親のもとで貧しい暮らしを強いられるとわかっているのに、ぼくが黙って引き下がると思っているのか？　きみはぼくと結婚して、ぼくが原因を作ったこの厳しい期間を乗りきるまで、ぼくといっしょに暮らす選択ができる。それがいやなら、ぼくは裁判で子どもの親権を争うつもりだ」

カーリーの顔から血の気が引いた。突然体が冷たいゴム製の人形に変わったような感覚をおぼえた。電話にかけていた手が感覚を失って、滑り落ちた。両腕はまるで血が通っていないかのように重くなり、だらんと脇にぶらさがった。「本気じゃないに決まってるわ」

「試してみればいい」

実際は自分が親権を取れる望みはほとんどないことを、ハンクは知っていた。さっきのことばは、はったり以外の何物でもない。それをカーリーに悟られませんようにと、心のなかで祈るだけだった。

「あなたを憎むわ」カーリーはささやくように言った。

そのことばが本心であることは間違いなかった。カーリーの蒼白《そうはく》な顔を見たハンクは、自分が極悪人になったような気がした。カーリーの表情は、脅しが効いたことを物語っている。ハンクは後悔を感じる反面、ほっとしてもいた。だれかがカーリーをこの事態から救いださなくてはならない。自分はその役に選ばれたのだ。

ハンクをじっと見あげるカーリーの目には、すべての感情が映しだされていた。大きな驚きとショック、急激に弱まる怒りに反して強まっていく恐怖。「出て行って」カーリーは、小さなかすれた声で言った。

ハンクは電話機のフックをおさえていた手を離した。リビングを横切りながらカウボーイ・ハットを手に取った。「ぼくが本気で親権を取ろうとはしないなんて思わないほうがいい。きみの答えしだいでほかに選択肢がなければ、すぐにでも行動する」ドアのところまで来ると、カーリーのほうに振り返った。「二、三日、考える時間をあげよう。そのころ、また連絡する。要するに、ふたりで結婚許可証に署名するか、ぼくが弁護士を雇うかだ。きみが好きなほうを選んでくれ」

「行って、弁護士を雇いなさいよ！」カーリーは、ハンクに向かって怒鳴った。「かまうもんですか。わたしから子どもを取り上げるなんて、できっこないわ。そんなことができる根拠はどこにもないし、わたしは息がある限り、あなたと闘うわ」

ハンクはポーチに足を踏みだした。背後でドアを閉める前に、こう言った。「ぼくに根拠はあるかもしれないし、ないかもしれない。決めるのは裁判官だ。それに賭《か》けてみたいなら、そうすればいい。だけど、結論を出すときに忘れちゃいけないことがひとつある。弁護士を雇って法廷で親権を争うには、かなりの費用がかかる。ぼくにはそれができる。きみはどうかな？」

ハンクはドアを閉め、ドアマットの上に立って、良心と闘っていた。子どもを取り上げると言ってカーリーを脅すなんて、なんて卑劣な真似だろう。自分のなかのすべてが、そのやり方を嫌悪している。もう一度なかに戻って、本気ではないとカーリーに言いたい。だが、もしそうしたら、どんな道が残されているだろう？　自分だけが面白おかしく生き、カーリーにはどんな手段を使ってでも生きていけと言うのか？

その場にたたずんで躊躇《ちゅうちょ》していると、アパートのなかからすすり泣きが聞こえてきた。

それからすぐに、部屋のなかのドアが勢いよくばたんと閉まる音がしたかと思うと、さらに大きなすすり泣く声が聞こえた。泣き声の出どころは、どうやら玄関ポーチの右側にある寝室らしい。ハンクは、ベッドに倒れこんで枕に顔を埋めているカーリーを想像しながら、厳しい顔で寝室の窓を見つめた。

なぜだろうと、ハンクはいぶかしんだ。自分は正しいことをしようとしているのに、なぜ、この女性に対してはこんなにも罪悪感を覚えるのだろう？　ドアノブをつかんで、ほとんど回しかけた。だが、最後の瞬間に、腕をおろした。結婚は一番よい解決策――いや、唯一の解決策だ。今、なかに入って、さっきの言葉をすべて撤回したら、また振り出しに逆戻りだ。カーリーは一セントたりとも援助を受け取らないだろうし、何度電話をかけても切ってしまうだろう。

そんなことをさせてはいけない。カーリー自身が認めようが認めまいが、彼女には助けが必要だ。そして、ハンクは、カーリーの気持ちにかかわらず、そばにいて支えるつもりだった。その過程でカーリーに憎まれるなら、それもしかたがない。

9

三時間後、ベスが昼食を食べに帰ってきたとき、カーリーはベッドルームにいた。玄関のドアがひらき、また閉まる音で、ベスが帰ってきたとわかった。泣いたせいで目が腫れ、鼻は詰まっていた。カーリーはベッドの上で横向きに丸くなり、自分で自分の体を抱きしめて、これから始まるベスとの言い争いを恐れていた。

「ヤッホー！　カールズ？　びっくりするニュースがあるわよ！　仕事が決まりそうなの！　それも、なんと歯医者のオフィス！　わたしが探してたとおりの仕事よ！」

ベスは勢いよくドアをあけて、ベッドルームに飛びこんできた。だが、カーリーの顔を見たとたんに、ぴたりと足を止めた。「どうしたの？」

カーリーは両脚をベッドの脇に垂らして、起きあがった。急に動いたため、頭に血が昇って、こめかみが破裂しそうになった。しばらく黙ってベスを見つめてから、カーリーは言った。「ハンクが来たわ」

ベスはカーリーに近づいた。「カーリー、ひどい目だわ。きっと、また頭痛がしたんでしょう。すぐに、氷をもってくるわ」

「やめて。お願いだから」カーリーは立ちあがった。「言わなきゃならないことがあるの」

「なに?」

「わたしたちは五歳のときから親友だったわ」カーリーは言った。「わたしは、あなたを心から信じてた」

「信じていいわよ」

「あなたはわたしを裏切って、ハンクにすべてを話したのね――わたしの目が見えなくなることも、体調が悪いことも、保険の補償範囲も、経済状態や父のことも――なにもかも。そのうえ、それを全部、わたしに対抗する手段として使うように吹きこんだでしょう」

ベスの顔は青ざめた。

「ハンクはご立派だったわよ」カーリーは続けた。「あなたをかばおうとしていたわ。だけど、あなたから聞いたことを、たくさん話しすぎたわね」カーリーは、ふたたび涙がこみあげるのを感じた。まばたきをして、涙を振り払った。「ハンクは、あなたがわたしの忠実な友達だって言った。彼は正しいわ。あなたは忠実な友達だった」喉が強く締めつけられ、ぐっと唾を呑まなければ、その先を口に出せなかった。「今までは」

「ああ、カーリー」

「最初は腹が立った。今は――」カーリーは途方にくれたように、両手をあげた。「なぜなの、ベス? どうして、こんなことができるの?」

ベスの目には涙が光っていた。両脚から力が抜けたように、ベッドに腰をおろした。「わたしは、やらなければならないと思ったことをしたのよ。そして、正確に言えば、ただそれをしたわけじゃない。あなたのためにしたのよ」

カーリーは壁に寄りかかった。「ハンクは、わたしから子どもを取り上げると脅したわ。もし、わたしが彼と結婚しなかったら、親権を取るために裁判を起こすと言うのよ」

ベスの顔に罪悪感がよぎった。

「知ってたのね？」それは質問ではなかった。

「具体的なことは話さなかったわ。でも、わたしが彼に、あなたの答えを求めることはないと言ったのよ。親権のことは、思いついたのはわたしよ。そして、彼は実行に移したのね」

カーリーは胸が張り裂けそうだった。「あなたがハンクに、わたしから子どもを取り上げろって言ったの？」

「そうならないように願ってる。提案したかどうかと訊かれれば、答えはイエスよ。そう言ったわ。ほかに方法がある？　あなたには彼の助けが必要なのよ、カールズ。それなのに、頑として受け入れようとしない。あなたのそういうところを、いつも尊敬してたわ。ほとんどの目が見えない人は挑戦もしないことを、あなたはやり遂げてきた。すばらしい女性だと思うわ。だけど、今回は、自立することに、あまりにもこだわりすぎてるんじゃないかしら」

「それは、あなたが決めることじゃないわ。わたしの人生なのよ」

「いいえ、今はもう違うわ。あなたと子どものふたりの人生よ。その点では、賢い選択をしているとは思えないわ」

「あなたにそんなことを言う権利なんて——」

「あるわよ」ベスは立ち上がった。「わたしには権利があるわ。あなたを愛してるからよ、カーリー。そして、生まれてくる赤ちゃんも愛するわ。それに、時と場合によっては、あなた自身よりもあなたのことをよく知ってる。あなたがなんでも自分ひとりでやろうとしているのは理解しているし、同情もするわ。だけど、いいかげんにしなさい。頑固さは棚の食料品を増やしてくれないわ。あなたが病気になっても、子どもの面倒もみてくれない。大学院の月謝も、毎月の保険料も、これからどんどん増える、保険じゃカバーしきれない医療費だって払ってくれない。それに、来年の夏に受ける次の手術費用もあるわ。そういうことを全部、ちゃんと考えてる？　倹約して次の手術代を貯めるまで、何年も目が見えないままで、どうやって暮らしていくつもりなの？」

カーリーは、胃のあたりに刺すような痛みを感じた。

「胎児検診の予約もまだしてないでしょう」ベスが非難した。

「違うわ」カーリーは言い返した。「妊娠がはっきりわかった日に、電話で病院に予約を入れたわ。すぐに予約は取れなくて、そのことを話すのを忘れてたのよ」

「そう。それならよかったわ。だけど、それはいいとしても、ほかにも赤ちゃんのために考えるべきたくさんのことを、今のあなたは考えていないわ」ベスは容赦なく続けた。「ほんとうの意味でってことよ。それに、現実を見ていないわ」

「ひとりで子どもを育てている女の人はほかにもいるわよ」カーリーが反論した。「ほかの女性たちは、あなたとおなじ問題を抱えてはいないわ。目を覚ましなさい、カーリー。あなたはもう、両手を挙げてゴールに立ってはいないのよ」

ベスは背を向けて、部屋を出て行こうとした。その背中を、カーリーは見つめた。傷つき、茫然として、必死で涙をこらえていた。「これは、わたしの子どものことなのよ！」

ベスは戸口で立ち止まった。「そのとおりよ。だから、もっと母親らしく物事を考えなさい」

カーリーは怒りに駆られ、リビングに行くベスのあとを追った。「愛のない結婚のために身売りする気はないわ」

ベスはソファに座り、両脚をもち上げて横座りになった。「そんなことを気にしてたの――ハンクが体を求めるかもしれないって？」

カーリーは両腕で自分の体を抱きしめた。「だって、結婚するのよ。彼が、お金を援助する代わりに、なにか見返りを求めてきたらどうするの？　わたしは、あんなこと二度と耐えられないわ！」

ベスは眉を吊りあげた。「楽しめないって、どうしてわかるの？」

「楽しむ？」あの痛みにまた耐えると想像しただけで、カーリーは胃が締めつけられる思いだった。「どうかしてるわ。ぜったいに無理よ。わかった？　ぜったいによ」

「そうすれば、子どもを手放さずにすむとしても？　あの夜は、きっと強い化学反応かなにかが働いたのね。そうじゃなければ、あなたが自分で自分をこんな境遇に追いこむわけがないものね」

「やめて。今朝のハンクは、ほんとに最低だったわ。力ずくで部屋に入ってきて、帰ってと頼んでも無視して、それから、わたしを脅したのよ」

「それはだれのせい？　ハンクは話し合おうと、努力していたわ。それなのに、あなたは冷たく拒否しつづけたのよ」

「彼の味方をするなんて、ひどいわ！」

「わたしはあなたの味方よ、カーリー。あなたの子どもの味方でもあるわ。わたしに言わせれば、ハンクは最後の頼みの綱よ。彼の申し出を断わって、どうするつもりなの？　生活保護を受けて、お父さんにお金を借りて、ハンクと裁判で争うの？」

「この件で、わたしが父を頼るつもりはないってことはわかってるでしょう。もし、わたしが子どもを失うかもしれないって知ったら、父はすべてを売り払って借金をしてでも止めようとするわ。今だって、父はわたしのために、多くのことを犠牲にしているのに」

「子どものためなら犠牲を払うのが、親ってものよ」ベスは優しい声で言った。「たぶん、あなたもお父さんを見習って、少しは大人になることを考えたほうがいいわ」

ハンクは、ジークの家のビリヤード台で体をかがめてキューを構えていた。慎重に狙いを定めてショットを打とうとしたそのとき、携帯電話が鳴った。ハンクは驚いて、びくっとした。玉は目標に向かう代わりに左へそれて8番ボールに当たり、8番ボールはコーナー・ポケットに沈んだ。

「ちくしょう」

ジークは笑いを噛み殺した。「電話の音に救われたよ。もうちょっとで、こてんぱんにやられて、十ドルもっていかれるところだった」

ハンクは腰のベルトから、携帯電話を引き抜いた。「はい、ハンクです」

「ハンク？」女性の震える声が、そう言った。

ハンクはジークに意味ありげな視線を送ると、背中を丸めてビリヤード台に背を向けた。

「カーリー？」

「ええ。わたし、あの——少し話をしてもいいかしら」

カーリーが電話をかけてきた理由は、ひとつしか思い当たらなかった。申し出を受け入れる決心をしたのだろう。ハンクは歓声をあげて喜びたくなると同時に、カーリーの弱々しく震える声に不安を感じた。明らかに、これはカーリーにとって容易な結論ではないのだ。

ハンクは、テレビの音を遠ざけ、好奇心むきだしのジークの視線から逃れるために、ガラス製のスライディング・ドアに近づいた。「もちろん、いいさ。なんの問題もない。どんな話だい？」

「なんだか、忙しいみたいね。あとでかけなおしてもいいのよ」

カーリーの口調は、どちらかと言えばそうしたがっているように聞こえた。ハンクは携帯電話を握りしめた。いまいましい電話はハンクの手には小さすぎて、自分の丸めた指が目に映ってしまう。「忙しくなんかないよ、カーリー」愛情をこめて名前を呼ぶと同時に、ハンクは顔をしかめた。今、もっとも避けたいのは、カーリーを警戒させることだ。「ちょっと、兄のジークの家に来てるんだ。かけなおす必要はなにもない、ほんとうだよ」

「そう」続いて、沈黙が流れた。「もう、こんなに遅い時間だわ」

ハンクはちらっと時計を確認した。十時半。夜中と言うにはまだ早いだろう。「どんな話だい？」もう一度、訊いた。

「わたし――どこから話せばいいか、わからないわ」

ハンクは、カーリーの当惑を理解していた。「ぼくだって、きみとうまく会話を進めることなんてできなかったさ。思いついたことを言って、そこから話をはじめればいい」

電話の向こうからでさえ、カーリーの張り詰めた緊張感は、ハンクに伝わってきた。

「わたし、あの、いろいろと考えてみたの――あなたの提案について」

ハンクもおなじように、あれこれと思い悩んでいた。ハンクの体が緊張でこわばった。

「それで？」

「検討している最中なの――言っておくけど、検討しているだけよ――あなたに同意するかどうか」

ハンクの背骨から一気に力が抜けた。カーリーが検討していると言うなら、提案を受け入れるのも時間の問題だろう。「わかった」満足げな口調にならないように気をつけながら、答えた。

電話の向こうで、紙がこすれるような音が聞こえた。「わたしからの条件が二つあるの」

ハンクには、カーリーが膨大なリストを作っているように聞こえた。

「どんな条件だい？」

「まず、あなたが援助してくれたお金は、できるだけ早く返すという取り決めにしてほしいの。あなたから、お金を貰《もら》うわけにはいかないわ」

返済ができるほどカーリーの経済状態がよくなるときが来るだろうか、とハンクは疑った。それに、援助した金を返してもらうつもりなど、まったくなかった。だが、そんな小さな行き違いは、時間がたってからでも解決できるだろう。いつかハンクに金を返すと思うことでカーリーの気持ちが軽くなるなら、反論する理由はなにもない。「わかったよ。いいとも。そういう条件にしよう」

「あなたが使ったお金はたとえ一セントでも記録しておいてちょうだい」カーリーは強調した。「わたしたちが離婚するとき、それまでの期間にあなたが養育費として払うはずだった金額を差し引いて、残りをあなたから借りたことにするわ。毎月の支払額――わたしが払える額――を決めて、いつかかならず全部返すわ」

これはまちがいなく、カーリーが考えに考え抜いた結論だろう。特別扱いは受けない。その頑固さにいらだつと同時に、ハンクは尊敬の念も覚えた。多くの人びとは、ただでもらえるものにはなんでも手を差し出しながら生きている。カーリーはたとえ口のなかに押しこまれたものでも、他人から無償で受け取ることを拒むだろう。

「わかった。それでいいよ」ハンクは少し待った。それから、言った。「次は？」

「次って？」

ハンクはかすかに微笑んだ。「条件が二つあるって言っただろう？　もうひとつはなんだい？」

カーリーが、ハンクには聞き取れないようなくぐもった声でなにかを言った。ハンクは反対の耳を手でおさえて、テレビの音をさえぎろうとした。「なんだって？」

「セックスはしないこと」カーリーはくり返した。電話から聞こえてきたそのことばの衝撃に、ハンクの首のうしろの毛が逆立った。「この不公正な契約を続けるあいだ、わたしに近づかないでほしいの。セックスはしないこと。結婚している期間ずっと」

ハンクは鼻の横を指でこすり、咳ばらいをした。この瞬間まで、結婚という契約に含まれるその条項については考えてもいなかった。カーリーを同意させるのに必死になっていて、ほかのことにはまったく重要性を感じていなかったのだ。

「わかった」ハンクは答えた。

もともと小さかったカーリーの声は、ますます消え入りそうなほどになった。「あまりうれしそうじゃないわね」

ハンクは窓の外に目をやり、物悲しい気分で、庭のテラスをおおっている暗闇をじっと見つめた。「正確に言えば、うれしくないっていうことばは違うな。心配というほうが当たってる」ハンクは、ちらっとジークのほうを見た。ジークは音をたてないように注意しながら、ビリヤードのボールをポケットに落としては、ラックに溜めていた。「普通だったら、きみがこんな契約結婚に賛成しないことはわかってる。きみの主張も理解できるよ。でも、ぼくたちの子どものために、少なくとも可能性は残しておきたいんだ」

「なんの可能性？」

ハンクはふたたび、ジークをちらっと見た。兄はボールを片付け終え、ハンクが話している内容に対する好奇心を、今や隠そうともしていなかった。

「ぼくはただ、ぼくたちが新しい生活にうまくなじんだら、それが将来も続けられるかどうか、少なくとも試してみたいと思ってるんだ」ハンクは説明した。「もし、ぼくたちがずっといっしょにいられたら、そのほうが子どもにとってずっといいってことは、きみも認めるだろう」

「今朝は、そんなことひと言も言ってなかったわ」カーリーは鋭い声で反論した。「わたしが学位を取って、目の手術が終わったら、すぐに自由になって自分の道を生きればいいと言ったわ」

「きみは自由になって、好きな道を生きられるよ。それはもう決まったことだ、そうだろう？　ぼくは可能性について言ってるだけさ。可能性も考えられないくらい、きみはぼくが嫌いなのかい？」

「ええ」

ああ、くそっ。ハンクは冷たいガラスのドアに額を押しあてた。深くゆっくりと息を吸いこんだ。落ち着いて、適切なことばを選ばなければ。それでも、間髪入れずに返ってきたカーリーの答えと、怯えたような声は、ハンクにとって重大な懸案だった。「カーリー、正直に答えてほしい、いいね？　きみにとってあの夜の出来事は、ぼくともうセックスをしたくないと思うほどいやな思い出なのかい？」

「ええ」カーリーは小声で答えた。

突然、テレビの音が静まった。肩越しに振り向くと、ジークがテレビのリモコンを脇のテーブルの上に置いていた。明らかに、兄はこの会話をひと言も漏らさず聞きたがっているのだ。ハンクはガラスのドアに、ごつんと額を強く押しあてた。

「あの夜のことは、ほんとうに悪かったと思ってるよ」ハンクは、声を低めて言った。「ぼくがどれだけすまないと思っているか、きみにはわからないよ、カーリー。時計を巻き戻せるなら、右腕をもがれてもいいくらいだ。そうできたら、今度は、きみにふさわしい態度で接するよ——けっしていやな思いをさせないように」

「アーメン」ジークが穏やかに唱えた。

ハンクは、兄に口を閉じていてほしかった。どこかに消えてくれれば、もっとありがたい。

「あの夜のことは話したくないの」カーリーの声は、いらだっていた。「セックスをしない条件にあなたが同意しないのはわかってたわ」

「同意しないわけじゃない」ハンクは、きっぱりと言った。「あの夜のことは忘れて新しくやり直すのが無理なら、もちろんセックスはしない。ぼくはただ、その約束のせいで、ぼくたちの結婚がうまくいく可能性まで失われてしまうのが心配なんだ。それだけだよ」

「セックスをしない?」ジークがほとんどささやくような小声で言った。「なんてこった。そんな約束を簡単にするもんじゃないぞ、ハンク。二年間は死ぬほど長い」

「じゃあ、これもわかってちょうだい!」ハンクのもう片方の耳には、カーリーの大声が聞こえた。「わたしは、この契約がひどい結末になるのが心配なのよ。だから、基本的なルールを決めておきたいの」

ハンクは心のなかで一歩後退し、カーリーの側に立って考えようとした。公平な視点で考えれば、カーリーには不安を感じるだけの理由がある。カーリーはハンクのことをほとんど知らない。もし、ハンクが本物の悪人だとしたら――そうではないとわかってもらえる根拠はほとんどない――まちがいなく、カーリーは肉体的に弱い立場にある。

「じゃあ、そうしよう」ハンクは静かに言った。

「どうするの?」

「基本的なルールを決める。約束するよ。ぼくたちのあいだにはなにも――完全になにも――起こらない。きみが望まない限り」

「それならいい」ジークが賛成の票を投じた。

「あなたが約束を守るかどうか、どうしてわかるの?」カーリーが訊いた。

ハンクの神経はすり減り、緊張も限界に達していた。ハンクは片手で顔をこすった。「ぼくのことばが信用できないなら、ぼくが今までにした約束を守るという保証もどこにもない」

「わたしがそれに気づいてないとでも言うの?」カーリーが叫んだ。

カーリーの本音にハンクはわれに返り、この契約にカーリーがどれほど不安と恐れを感じているのかを思いだした。カーリーの声が震えているのも、無理はない。

ハンクは、スライド・ドアの枠に肩をもたれさせた。ジークが聞き耳を立てていることが忌々《いまいま》しかった。こんなふうに興奮するのは、カーリーの体によくない——お腹にいる子どもにも。

「カーリー、ねえ、きみ。頼むからよく聞いてくれ。いいかい?」またしても愛情をこめた呼びかけをしてしまったことに気づき、ハンクは自分を罵《ののし》った。物心ついてからというもの、父親がそういった類《たぐい》のことばを使うのをつねに耳にしてきた。女性をなだめるそのことばは、女性のためにドアをあけたり椅子を引いたりするのとおなじくらい自然に、ハンクの口をついて出たのだ。それは、もしハンクが用心深くことばを選んで自分を隠しているうちは、カーリーが本来のハンクを知ることができないという、避けがたい事実も示していた。「聞いてるかい?」

「ええ」カーリーの小さな声が答えた。

「ぼくの家族では、男が口にしたことは、それだけでぜったいなんだ。ぼくは軽々しく人に約束をしたりしない。とくに女性には。もしそんなことをしたら、ぼくの父と四人の兄貴が順番にぼくの尻を蹴飛ばすだろうからね」

「一番はぼくだ」ジークが笑いながら、重々しい声で横槍《よこやり》を入れた。

「まあ」カーリーがつぶやいた。

カーリーが信じるかどうか、ハンクには自信がなかった。コールター家の家族に会って、もっとハンクをよく知るまでは、この契約すべてにカーリーは不安を拭えないだろう。なにか不安を減らす方法があればとハンクは願った。だが、物事には、一朝一夕ではなしえないことがある。人と信頼関係を築くのも、そのひとつだ。

一方、心の奥底では、自分の両手を縛るような約束をしたくはなかった。たぶん、カーリーの言葉は正しいのだろう。この結婚がうまくいく可能性は限りなくゼロに近いのかもしれない。それでもハンクは、あの夜、店の外でキスをしたとき、カーリーがどんなに甘くそれに応えたかを思いださずにいられなかった。あのとき、ふたりのあいだにはたしかに情熱が存在していた。必要なのは、ふたたび火をつけることだ。そうだとしたら、ふたりが永遠にともに生きる可能性はないと、どうして言いきれる?

「信じてもらえるような材料があまりないことはわかってる。だけど、ぼくは、ほんとうはそんなに悪い男じゃないんだ」

ジークがくすくす笑った。ハンクの宣言に、電話の向こうのカーリーは沈黙——非難の沈黙だ——で応えた。

ハンクは体をずらして、ドア枠に寄りかかった。「ぼくは、きみが望まない限り、ぼくたちのあいだにはなにも起こらないという誓いをきみに立てたんだよ、カーリー。きみがそう思えば、きみのひとつ目の条件とおなじくらい確かなものになるんじゃないか？　方式はおなじで、内容が違うだけだ。きみが望まない限り、セックスはしない」

「確実な約束とは思えないわ」カーリーが弱々しい声で言った。

「もし、ぼくが約束を守らない男なら、ほかの条件だって、なにもかも確実じゃない。たとえ、ぼくを身動きひとつできないほど約束でがんじがらめにしても、そこにはなんの保証もないってことになる」

「ぼくなら、そのことばは取り消すな」ジークがつぶやいた。「おまえも思ったより口がうまくないんだな、ハンク。ぼくだって、もう少しうまくやれるぞ」

ハンクは、片手で携帯電話の通話口をおおった。「黙っててくれないか？」

「なんですって？」カーリーが驚いた声で小さく言った。

「きみのことじゃないよ」ハンクは急いで説明した。「兄がここにいて、さっきからうるさいんだ」

「お兄さんが聞いてるの？」

しまった。ハンクは額に拳を押しつけた。緊張を強いられる会話のせいで、頭痛がした。

「おなじ部屋にいる。だけど、話を聞いてるわけじゃないよ」うそつきめ。

「悪かったな」ジークが顔をしかめて、肩をすくめた。

「どこまで話したかな？」ハンクは訊いた。

「なんの保証もないって言ったわ」

「ぼくのことばに意味がなければばってことだ。反対に、ぼくのことばが信用できるなら、ぼくの条件に同意すればきみは安全だ。ぼくがきみのひとつ目の条件に同意すれば、きみが約束を果たすのとおなじだよ」

ハンクはカーリーの答えを待った。返事はない。電話を切られるのではないかと不安になってきた。いよいよになったら、一番優先するべきなのは、カーリーを結婚に同意させることだ。セックスはしないという約束を書面にすればいいだろうと、ハンクは決心した。そのうえで、将来カーリーの気持ちが変わることを期待すればいい。

ハンクがそれを口に出そうとしたとき、カーリーが言った。「そのとおりだと思うわ」その声は悲しげだった。

カーリーの声にあきらめの混じった絶望を感じ取ったハンクは、喉元に不思議な痛みに似た感覚を覚えた。この瞬間、カーリーのそばにいられたらと、ハンクは願っていた。なぜだかはわからない。自分が横にいて、カーリーが喜ぶかどうかも疑わしかった。「カーリー、ぼくを信じるんだ」ハンクは優しく言った。「ぼくは神に誓って約束を守る。きみに後悔はさせないよ」

「そうあってほしいと願うわ」

「じゃあ、これで契約成立かな?」

「わたしには選択肢がないわ」カーリーがごくりと唾を呑む音が聞こえ、一瞬、息を止めた気配が伝わった。「もし裁判にもちこまれたら、裁判官はどう見るかしら？　もうすぐ目が見えなくなる可能性があって、職につける希望もなく失業手当で暮らしている妊婦をどう思うかしらね？　子どもの親権がかかった賭けをするなんて、わたしにはできないわ」

ハンクは心の底から、その話をもちださずにすめばどんなによかっただろうと思った。ほんとうは、カーリーから子どもを取り上げようなどと考えてもいない。カーリーが自分の生活が苦しくなるにもかかわらず子どもを産む決心をした事実は、彼女が献身的で愛情豊かな母親であることを物語っていた。

「わたしは疲れたの」声の語尾は、ほとんど消え入りそうなほど小さかった。「あなたと争うことにも、ベスと争うことにも。子どもといっしょにいられるなら、ほかのことはもうどうでもいいわ。二年間、わたしはどうにか生き抜けるでしょう」

ハンクは、そのことばをどう受け止めていいのか、わからなかった。どうにか生き抜ける？　いったいなにをされると想像しているのだろう？　指輪をはめられたとたん、押し倒されるとでも？

「約束を書類にしてほしいわ」カーリーが付け加えた。

ハンクは、はっとして会話に引き戻された。「なにを書いてほしいんだい？　ぼくがセックスを強制しないこと？」

「離婚したあとで親権を請求しないことよ」

「ああ、もちろん。それなら、なんの問題もなくサインするよ」

「セックスを強制しないっていう書類にサインするのは問題があるように聞こえるけど」そのとき、なぜか、ハンクはくだらない思いつきで危うく笑いだしそうになった。ひどい災難のことを『処女喪失』とは、まったくうまい例えだ。だが、そう思いながらも、心の底では笑えなかった。カーリーがそんなふうに考えるようになったのは、ハンク自身のせいなのだ。「いや、もちろん、そんなことはないさ。きみがそうしたいなら、サインをするよ」

「ええ、そうしたいわ」沈黙が訪れた。それから、カーリーは不安そうな声で訊いた。「書類は、あなたが作る?」

ハンクは考えこんだ。なぜか、その種の書類を弁護士に作らせる気にはなれなかった。

「ああ、ぼくが作るよ」

カーリーがため息をつくと、疲れきった気配が伝わってきた。この面倒な取り決めがすべて片付いたら、あとのことは自分が引き受け、何事もカーリーにとって楽に進むように気を配ろうと、ハンクは思った。穏やかな気持ちで暮らせれば、頭痛も治まり、悪阻《つわり》も軽くなるかもしれない。

「あとはどうするの?」ふいに、カーリーが訊いた。「あなたは——あの——すぐに結婚したい?」

「ぼくの保険は、既存の病気がある場合、三カ月の待機期間があるんだ。申し込みの書類に、きみができるだけ早くサインしたほうがいい。もしサインする前になにか起こったら、すぐに定額自己負担金が二〇パーセントアップして、毎月の掛け金も高くなってしまうんだ」ハンクは頭のなかで考えを整理しようとした。「最初の事務的な手続きは、結婚許可証を申請することだな。ぼくたちは裁判所に行って、書類を書かなきゃいけない。ぼくは人前結婚を考えているけど、それでいいかい？　もし教会での式がよければ、それでもかまわないよ」

「いいえ、宗教的な式は必要ないわ。一生に一度の式みたいになってしまうでしょう。これは一時的な契約なのよ。それに、教会での式はお金もかかるわ。なるべく費用を節約しないと、あなたにお金を返すのに一生かかってしまうわ」

警戒警報だ。ハンクは、カーリーに倹約させるつもりもなければ、カーリーが借金を増やしたがらないからといって出費を抑えるつもりもなかった。それを言おうとしたが、ベスに聞いたハードルの話を思いだして、口をつぐんだ。このことは、またいずれ話し合えばいい。

「わかった。費用はなるべく安く抑えよう。でも、立会人は必要だ」

「だれか、心当たりはある？」

「ぼくの家族は喜んで来てくれると思うよ。かまわないかな？」

「いつかは、あなたの家族に会わなければいけないわ。早くすませたほうがいいかもしれないわね」

ハンクは、結婚式が終わったら、家族と親戚一同が礼儀正しくカーリーと握手をしてその場から立ち去る光景を想像しようとした。だが、それはありえそうもなかった。コールター家の家族は、たとえ人前式でも、結婚を一大セレモニーと見なすだろう。そして、ハンクがカーリーの指に指輪をはめた瞬間から、カーリーを家族の一員として扱うはずだ。早くすませることなど不可能だ。少なくとも、彼らが相手では。

「ベスも招待するだろう?」ハンクは訊いた。

「あの――ええ、あなたさえよかったら」カーリーの声はまだびくびくして、不安そうだった。なにかカーリーを安心させるようなことばが言えたらと、ハンクは思った。「ベスはわたしにとって姉のような存在なの。今は腹が立ってるけど、彼女を呼ばないなんて考えられないわ」

「お父さんは?」

「父に、飛行機のチケットを買うお金の余裕はないわ。この結婚には、なんの意味もないのよ。わざわざ招待状を送って、出席するべきだと思わせたくはないの。全部すんだら、わたしから電話で報告するわ」

なんの意味もない結婚? その言葉は、ハンクが両親に教えられ、信じてきたすべてに相反している。だが、それはハンクが抱えている悩みであると同時に、ハンクがみずから招いた結果でもあった。この罪深い計画を思いついたのはほかでもないハンク自身なのだ。「そうだな。子どもが生まれたら、お父さんはきっと飛んで来るだろう。きみが言うようにすれば、飛行機代を二回使わなくてもすむ」

「そうよ。それに、なるべく大騒ぎにならないほうが、わたしは助かるの」

ハンクは、その点について母を説得できますようにと祈った。メアリー・コールターはパーティーをひらくのが大好きだ。きっと、結婚披露パーティーをひらくと言い張るだろう。

「どんなふうに進めればいいか、月曜日にあちこち電話してみる」ハンクは言った。「それから、きみに報告をしにアパートに寄るよ」

「あの——わかったわ。来るときに電話をしてくれるとありがたいわ。月曜日ね？」

すべての段取りをつけるのにどれくらいかかるかは、ハンクにもわからなかった。だが、状況を知らせることはできるはずだ。「ああ。月曜日に」

カーリーはさよならも言わずに電話を切った。ハンクは携帯電話をベルトに戻した。ジークはホームバーのカウンターの向こうにいて、ふたり分の飲み物を作っていた。

「それで？」

ハンクは部屋を横切って、カウンターの前にあるスツールに座った。「カーリーは結婚に同意した」

「あんまりうれしそうじゃないな」

ハンクは、ジークが差し出したグラスを受け取った。グラスについた水滴を親指で拭った。

「ぼくは彼女を脅して、そうさせたんだ。極悪人になった気分だよ」

「男には、選択を迫られるときがあるものなんだよ、ハンク。今すぐに助けを必要としている女性がいるとしたら、それは彼女だ」

「カーリーは、『誓います』と言ったとたんに、ぼくが襲いかかるんじゃないかと心配してる」

「所詮《しょせん》、おまえもただの人間だからな」

ハンクは、ジャック・ダニエルのコーラ割りにむせそうになった。「ぼくは、女性に無理強いしたことなんて一度もないよ。カーリーにそんなことをするつもりもない」

「おまえが無理強いなんてしないのはわかってるさ、ハンク。でも、セックスは男にとって重要だ。二年、もしかしたら三年も、いったいどうするんだ？　ほかの場所で埋め合わせをするのか？」

ハンクは軽蔑したように鼻を鳴らした。「そんなことはできない。ぼくは妻をもった男になるんだから」

ジークはうなずいた。「そうだ。おまえは、そんなことはしないだろう。つまり、もし彼女が近寄らなかったら、おまえはおあずけの状態になるんだぞ」

「ぼくは彼女と寝ることを期待して、この結婚をするわけじゃない。彼女にセックスを強制しないと約束したからには、ぜったいにそれを守るよ」

「もちろん、おまえは約束を守るだろうよ。だけど、男には好むと好まざるに関係なく、肉体的な欲求がある。それが長い期間満たされなかったら、もともと穏やかな男だって——おまえはそうじゃないだろう——怒りっぽくなったり、乱暴をはたらいたりすることがある」

「ぼくは短気じゃないよ」ハンクは反論した。

「だけど、子猫みたいにおとなしい男でもないだろう。女性といっしょに暮らすのは——それも、四六時中近くで——恐ろしく厄介だろうし、同じ屋根の下で暮らしたら、どんな関係の男女でもつねに緊張してなきゃならないぞ」

「なんとかするさ」ハンクは両手で挟んだグラスを手のなかでまわした。「冷たいシャワーを浴びてもだめなら、カーリーにそれをぶつける前に、急いで馬小屋に行ってへとへとになるまで働くよ。彼女はぼくのせいで、もう充分苦しんでるんだ」

ジークは、鋭い視線をハンクに向けた。「おまえは彼女に親愛の情を抱くようになってるのか？」

「親愛の情？　そんなものはないな。カーリーは驚くべき女性だからね」

「わかるよ」

「そうかな」ハンクは面白くもなさそうに笑った。「彼女は今までに会ったどの女性ともまったく違うよ。気むずかしくて、短気で、それから――」ハンクはことばに詰まり、口をつぐんだ。

「それから、なんだ？」

「魅力的だ」ハンクは小声で言った。「彼女に触れたくてたまらなくなるほど、魅力的なんだ」

「魅力的だって？」ジークが満面に笑みを浮かべると、鋭い頬の線から口の端にかけて見える皺《しわ》が深くなった。「驚いたな」

兄のうれしそうな顔に、ハンクはむっとして訊いた。「どういう意味だ？」

ジークはグラスを掲げた。「おめでとう、ロミオ。きみはもうおしまいだ」

10

月曜日の午前十時十五分前、カーリーがハーブティーをひと口飲んだところで、電話が鳴った。たぶんハンクからだとわかっているカーリーは、まるでピンに刺されたように、キッチンのテーブルから立ちあがった。それから、その場に立ったまま両手をジーンズにこすりつけ、電話に出るのを渋っていた。

五回目の電話の音で、ついにカーリーは勇気を振りしぼった。「もしもし？」

「やあ」ハンクの低い声は温かく、あの夜のゆっくりと微笑む表情が目に浮かぶようだった。その記憶に、カーリーの心は痛んだ。名前を名乗る面倒は省いて、ハンクは訊いた。「今朝は胃の調子はどうだい？」

普通の相手なら、体調について訊かれたからといって、わずらわしく感じたりはしなかっただろう。だが、ハンクに言われると、その質問は押しつけがましくプライバシーを侵害し、なによりも、まるで所有物として扱われているように感じた。これはわたしの消化器官なんだから、大きなお世話よ。「調子はいいわ」カーリーはうそをついた。

「吐き気もないのかい？　それはいいニュースだな。頭痛はどう？」

頭痛はほとんど慢性の状態になっていた。ずきずきとひどく痛むときだけは、しかたなく横になって休んだ。「頭痛もだいじょうぶよ」

「よかった、よかった」なにかを叩くような音が、電話口の向こうから聞こえてきた。硬い表面をペンで叩いているのだろうと、カーリーは想像した。「さっき、裁判所に問い合わせの電話をしたところなんだ。オレゴン州では、血液検査も健康診断も今は必要ないそうだ。今日か明日に結婚許可証を申請して、治安判事に婚姻の立会いの予約をすればいいだけだ。金曜の午後はどうかな?」

「結婚式の日ってこと?」カーリーは、そんなに早いとは予想していなかった。「まあ」なぜ、そんなに急ぐのだろう?「それじゃ——あの——あと四日しかないわ」

「そうだね。だけど、先に延ばす理由もないよ。早く片付けてしまうほうがいいだろう」片付ける? たしかに自分も洗濯物は片付ける。家事も片付ける。だが、法的にひとりの男に縛りつけられることもおなじ範疇《はんちゅう》に入るのかどうかは、よくわからなかった。

「だいじょうぶかい?」

「ええ」たとえだいじょうぶではなくても、カーリーはそう答えただろう。本音を言えば、死ぬほど不安だった。心臓が狂ったように鼓動し、皮膚が裏返ってしまうほどの不安だ。金曜日? あのとき、あっという間にカーリーの服を剝《は》ぎ取り、太腿《ふともも》の上に射精したハンクの性急さを思いだした。一刻も早くカーリーを自分のものにしようとするあまり、正確に目標を捉えることすらできなかったのだ。今また、ハンクは全速力でゴールに向かおうとしている。結婚式が終わっても、ハンクはほんとうに約束を守ってくれるのだろうか？「わたしは、ただ――それでかまわないわ」

ハンクは一瞬、なにも言わなかった。「結婚の手続きのことは、あまり心配しないほうがいい。いいね？　ストレス性の頭痛が起きたらよくない。専門家に任せておけばいい」

なぜ、ハンクは頭痛のことを知っていて、それをストレスのせいにしているのだろう？　出どころはベスだ。それに、いったいどんなつもりで、結婚の手続きを専門家に任せろだなんて言えるのだろう？　彼と結婚するのは、このわたしなのに？　結婚したら、街からどのくらい離れているのか見当もつかないどこかの牧場に縛りつけられてしまう。自分で車を運転することはできない。なにもかも、ハンク・コールターに頼らなければならないだろう。それを思うと、カーリーは歯噛みするほど悔しかった。カーリーはなんでも自分ですることに慣れていた。だが、今後は、すべての主導権を手放さなければならないのだ。ハンクの牧場の近くには公共の交通機関はなにもなく、歩いて行ける範囲に店もない。自分は世の中から隔絶されてしまう。携帯電話を与えてもらえるかどうかさえ、わからなかった。

「ところで、書類を作ったよ」

カーリーの意識は、即座に会話に引き戻された。

「サインするときは、兄のジークが証人になってくれた。きみが望まない限り、セックスはしない。離婚したあとで親権を申し立てない。前に約束した、新しい生活に必要な資金を渡すという条項も加えておいた。ほかにも付け加えたい条件があったら、言ってくれ。パソコン上で変更するのは簡単だし、サインするときにもう一度証人を頼むのも、ちっとも大変じゃないから」

ほかにも要求を付け足すことにハンクがなぜそんなに積極的なのか、カーリーは不審を抱いた。ほんとうに書類に拘束力があると思っているなら、これ以上条項を増やすのは気が進まないのが普通だろう。

「条件と言えば、あなたは、あの問題をどんなふうに解決するの？」

「なんの問題？」

わざと鈍感なふりをしているに違いないと思い、カーリーは歯を食いしばった。「二年か三年のあいだ、禁欲することよ」緊張のあまり、胃袋がジェットコースターに乗って急降下しているような感覚に襲われた。「つまり、どうやって――わかるでしょう――やっていくつもりなの？」

「毎週、週末になるといなくなるのかって訊きたいのかい？」

それが礼儀正しい対処方法だろうと、カーリーは思っていた。「ええ。そうするつもりなの？」

「ぼくは結婚するんだ」ハンクは、それがすべてを言い尽くしているかのように切り返した。「外でなんとかしたりはしない。結婚の誓いを破ることになってしまう」

すばらしい。彼は完全にわたしのものなのだ。性生活の欠如もなにもかも含めて。「じゃあ、どうするの？」

また沈黙が流れたあと、疲れたようなため息が聞こえた。「それはぼくの問題だよ、カーリー。自分でコントロールするから、信用してくれ」

いいえ、それはわたしの問題よ。そして、カーリーは、すべてを委ねるほどハンクを信用していなかった。カーリーの経験では、ある状況でうしろ暗いことを企《たくら》む人間は、機会さえあれば、いつでも汚い手を使うはずだった。

カーリーの考えが伝わったかのように、ハンクが言った。「カーリー、ぼくはきみが望まない限り結婚は形だけのものにすると約束した。書類を作って、サインもした。ほかになにをすれば、きみは安心するんだい？　言ってくれれば、それをするよ」

「今、言ったことは忘れて」カーリーは、空ろな声で言った。「わたしは、ただ――なんでもないの。わたしが言ったことは忘れて」

金曜日。彼がほんとうは、ぞっとするような男だったらどうしよう？　アルコール中毒だったら？　それとも、妻に暴力を振るう男だったら？　可能性はいくらでもある。〈チャップス〉で出会った夜、ハンクはよい人間に見えたし、ベスも今は彼を信用しているらしい。だが、自分もベスも、ハンク・コールターについてなにを知っているというのだろう？　なにも知らない。もし、ハンクが週末以外も毎晩酒をあおっているとしても、結婚するまで、カーリーにはなにもわからない。

カーリーの物思いは、ハンクの質問で破られた。「ところで、今日の午後は空いてるかい？」

カーリーの心臓が、また不規則に鼓動しはじめた。「なにをするの？」

「結婚許可証は、申請してから待機期間があるんだよ。確か、三日間。金曜に結婚するなら、今日か明日には書類に記入しないといけないんだ」

「そうなの」カーリーは着ている古いTシャツを引っ張り、寝起きでくしゃくしゃの髪に手をやった。

「午後の何時？」

「二時はどうだい？」

それなら、まだ四時間近くある。「あなたがほんとうにそうしたいなら、二時でかまわないわ」

「ぼくは、そうしたい」ハンクはきっぱりと言った。「よかったら、そのときに、ぼくの経済状態についてもゆっくり説明しようか？」

「そんな必要はないわ」

「ほんとうかい？ きみも全体の事情をよく知って、これ以外に選択肢はないと納得できたほうが、気が晴れるんじゃないかな」

気が晴れることなどあるのだろうかとカーリーは疑った。この結婚について理性的に考えられるかどうかさえ、わからない。ベスはそうではないらしい。たぶん、自分は妊娠のせいで女性ホルモンが不安定になり、わけもなく気むずかしくなっているのだろう。

「わたしはだいじょうぶよ」カーリーは、なんとかハンクを安心させた。

「じゃあ、二時に。電話を切る前に、ひとつ試してみないか？」

「なにを？」

「普通の人とおなじように、切る前に『さよなら』を言ってみたらどうかと思うんだ。今までは、最後はかならずきみが電話を切って終わってた」

ハンクのからかうような口調にカーリーは驚かされ、危うく微笑みそうになった。そこでわれに返り、唇を引き結んだ。二度と、彼の魅力に惑わされたりはしない。ハンク・コールターに対する警戒ラインを下げるのは危険だ。「先に切るのが楽しみなのよ。とっても意地悪な満足感があるの」

しばらく沈黙があった。答えたハンクの声はふたたび笑いを含んでいた。「ぼくはいつも、女性を満足させるのが好きなんだ。試しにやってごらん」

『さよなら』を言わずに受話器を置いたカーリーの顔は、自然とにやりとしていた。


ハンクは、二時ぴったりにカーリーのアパートの玄関の前に到着した。手の甲でゆっくりと三回ノックをしてから、カーリーの返事を待つあいだ、ドアマットに靴の踵《かかと》をこすりつけた。なかから、がたがたという音が聞こえ、それから、カーペットの上を裸足で歩きまわるような音がした。

いきなり、ドアがぱっと開いた。戸口にカーリーが立ち、ハンガーにかかった三枚のブラウスを片手にしっかりと握りしめていた。ぶかぶかの白いTシャツに、赤とピンクの花模様がついた青いギャザースカートという格好だ。一瞬のうちに、ハンクの目は形のいい骨格をした裸足の足と可憐《かれん》な爪先、優美なカーブを描く足首とわずかに膨らんだきれいなふくらはぎを捉えていた。それから、急いで視線を顔に戻した。妊娠のせいでやむをえずする契約結婚は、男には試練だとハンクは確信した。まったくもって、試練が山積みだ。

「ごめんなさい」カーリーは言った。「出かける準備をしておくつもりだったんだけど」美しい髪をかきあげた。「すっかり困ってしまって。ベスはいないから、あなたが手伝ってくれるんじゃないかと思ったの」

「なにに困ってるんだい?」

「わたしはまだ、色を合わせるのが下手なの」カーリーは、ハンクによく見えるように、三枚のブラウスを高く掲げた。「どれがこのスカートに一番合うか、教えてくれる?」

一枚は、鮮やかなオレンジに紫と緑の星が散りばめられている。それを花模様の上に着ようとすることが、ハンクには信じられなかった。選んだブラウスを指差しながら、ハンクは言った。「ファッションには詳しくないけど、ぼくなら白いのを合わせるよ」

カーリーはすぐに玄関をあとにした。「二分で仕度するわ」

ハンクはなかに入って、ドアを閉めた。「ぼくのことなら気にしないでいいよ。ゆっくり着替えるといい」

カーリーは廊下の角を曲がりながら、もうTシャツを脱ぎはじめた。素肌の背中と細い腕がハンクをじらすように、ちらりと視界に映った。それから、ベッドルームのドアがばたんと閉まり、その光景は目の前から消え去った。ハンクはソファに腰をおろし、カーリーを待った。

二分後、カーリーがベッドルームから急ぎ足で出てきた。顔を上げたハンクは、賞賛の笑みを抑えきれなかった。カーリーが鼻先を指でこすると、そこがほんのりピンクに染まった。

「手伝ってくれてありがとう。これで、ちゃんとして見える？」

カーリーは、すばらしく美しかった。とても愛らしく、自信なげだったので、ハンクは大げさに誉めちぎりたくてたまらなかった。だが、それはよからぬ思いつきだ。

「とても、ちゃんとしているよ」ハンクは立ち上がった。「今日はおめかしして出かけるとわかっていたら、ぼくもシャツを着替えてきたのに」

カーリーは、ほっそりとした手を胸に当てた。それから、一歩うしろに下がった。「ほんとうね。このスカートだと着飾りすぎているわ。スラックスのほうがいいわね。悪いけど、ちょっと待ってくれたら、着替えて――」

ハンクはさっと手を出して、カーリーの手首をつかんだ。「そのままで完璧だよ」と、保証した。「さっきのは冗談だ」

カーリーは、ハンクに触れられて身を固くした。ハンクはすぐに手を離した。沈黙が流れた。ハンクはなにかほかに言うことはないかと懸命に頭をめぐらせた。気の利いたことばはひとつも思い浮かばず、結局、こう言った。「じゃあ、いいかな？　出かける準備はできた？」

カーリーは、まるで汚れを落とそうとするように、さっきハンクが触れた手首をこすった。

「いつでもいいわよ」

「バッグがいるんじゃないかな」

「ほんとだわ。身分証明書をもっていかなくちゃ。出生証明書もいるの？」

「今日はなくていいよ。写真付きの身分証明書だけでいい」

カーリーはキッチンに行き、すぐに、やっと財布が入るくらいの小さな黒いクラッチ・バッグをもって戻ってきた。ハンクが今まで会った女性たちは、みんなもっと大きなバッグをもち歩いていた。ひとつ言えるのは、カーリーは化粧をしていないということだ。おそらく、その違いが理由なのだろう。

「身軽に旅行に行かれるだろうな」

「なに？」

ハンクは首を横に振った。「なんでもない。じゃあ、出かけて、用事をすませてしまおう」

外に出ると、カーリーはドアの鍵を閉めようとして格闘した。ハンクはベスが言ったハードルの話を思いだして、手伝おうとは言わなかった。そこに立って見守っていると、いやでもカーリーの両手がひどく震えているのが目に入った。神経質になっているのだろう。その原因が自分だとわかっているハンクは、思い悩んだ。あの夜の出来事――とりわけ最後のほう――を思いだそうとした。頭のなかをぐるぐると回る光景はぼやけて、どうしようもなく混乱し、最後は空白で終わっている。父親が好んでよく口にするように、『事実はプディングのなか』だ。覚えていようがいまいが、自分は明らかに、この女の子が死ぬほど怯えるようなことをしてしまったのだ。

すぐにハンクは、はっとした。女の子？　彼女は二十八歳なんだぞ。それから、頭のなかで自分の考えを寛大に受け止めた。たとえ二十八歳だとしても、一生懸命ドアに鍵をかけようとしているカーリーの姿を見ていると、ティーンエイジャーとおなじようにはにかみ屋で自信がない女の子のようだと思わずにはいられなかった。

三回目の挑戦で、やっと鍵が鍵穴に入った。そのすぐあと、ピックアップ・トラックに乗りこむときにハンクが手助けしようとすると、カーリーはハンクの手を拒み、ひとりで乗ろうとした。カーリーがシートに体を落ち着けると、ハンクは助手席のドアを閉め、カーリーが自分でシートベルトを締めるまで待った。ハンクが運転席に乗りこんだときには、カーリーは背筋を定規のようにぴんと伸ばして座っていた。ハンクは、なにが原因で、カーリーの不安がさらに一段階増してしまったのか、わからなかった。一瞬、それから、前回、カーリーがこの車に乗ったときに、ふたりのあいだになにが起きたのかを思いだした。

道路に出ると、ハンクの両手のひらは緊張でじっとりと汗ばみ、ハンドルの上で滑った。ちらっとカーリーのほうを盗み見て、なにか言ってくれないだろうかと願った。

ついに、カーリーが沈黙を破った。「今日は美しい日ね！」

どんな話題でも話ができることに大いに感謝し、ハンクはばからしいほどほっとしながら、会話のきっかけに飛びついた。「クリスタル・フォールズのいいところのひとつだね。ありあまる太陽の光。一年のうち、平均三百日は晴れなんだよ」

「まあ、ほんとに？　面白いわね。ポートランドでは、おなじくらいの確率で雨よ」

思わず、ハンクも言いそうになった。「まあ、ほんとに？」滑稽《こっけい》というより、ばかげた雰囲気を作り出しかねないやり取りが現実になる前に、ハンクはそのことばを呑みこんだ。

「オレゴンの住人は、よく、こう言われる。あいつらの皮膚は、日焼けというより赤錆《あかさ》びだってね」

カーリーは神経質そうに甲高い声で笑った。「ここでは、そんなことないでしょう」

「いや。ここでも、ぼくらはオレゴン州のほかの住民と変わらないくらい日焼けして、あげくの果てには皮膚癌になるんだ」

車が赤信号で止まった。カーリーはまだ緊張で張り詰めたまま、それを見せまいとして、助手席の窓から外をながめた。

「ここの空が好きよ」カーリーは言った。「ほんとうに真っ青ね。わたしが見たなかで、中央オレゴンの空は一番美しいもののひとつだわ」

「最初の手術を受けたときは、もうここに住んでいたのかい？」

「手術の一週間前にあのアパートに引っ越して、車でポートランドまで手術を受けに行ったの。ちょっと大変だったけど、ベスは就職の面接を受けるために、できるだけ早くここに落ち着きたかったのよ。ベスは夏休みの残りをフルタイムで働いて、学校がはじまったら授業のあとアルバイトをしようと思っているの」

ハンクは、カーリーとベスの友情が壊れていないと知って、うれしかった。ベスがハンクにすべてを打ち明けたのが原因で、ふたりのあいだに決定的な亀裂《きれつ》ができてしまったのではないかと心配していたのだ。カーリーがベスの裏切りを許したという事実は、カーリーについて、彼女自身がわかっているより多くのことをハンクに告げていた。

数分後、ハンクは車体の長いピックアップ・トラックが停まれる駐車スペースをメイン通りに見つけた。カーリーは、ハンクを待たずに裁判所に向かって歩きだした。ハンクは急いで追いつき、カーリーの両肩をつかんで自分が左側に回り、通りに並ぶ店の入口と自分のあいだにカーリーを置くようにした。

カーリーの物問いたげな視線に、ハンクは言った。「ごめん。男はかならず外側を歩くものなんだ。ぼくの父によれば、それが紳士の取るべき行動なんだよ」

「お父さんは、女性解放運動を知らないのかしら?」

「なんのことだい?」

カーリーはくるりと目玉を回し、太陽の光にも劣らない輝くような笑顔を、ハンクに見せた。「ポートランドに比べれば、ここが地方社会だってことはわかってるわ。でも、そんなに世の中の中心と考え方がずれているなんて驚きね」

「どの社会で生きているかによるさ。ぼくの父は、三代続く牧場主の家系なんだ。ぼくら牧場で働く男たちは、独自の考え方をもってるんだよ。とくに女性に対してはね」

「そうなの?」

ハンクは、自分のことばを説明するために、忙しく頭を働かせた。「ほとんど知られていないけど、女性解放運動をはじめたのは牧場で働く女性たちなんだ」

「ほんとに?」カーリーの目は、興味深そうに輝いた。「どんなふうに?」

「彼女たちは、平等の権利を勝ち取るためにプラカードを掲げてデモ行進をしたりはしなかった。一世紀も前から、額に汗して働いて権利を手にしてきたんだ。たとえば、ぼくの母もそうだ。あんなに淑女らしい女性はいないけど、牧場主の妻としても立派に働いていた。家事をこなし、ぼくら子どもたちの世話をしながら、父に助けが必要なときはいつでも駆けつけた。母が獰猛《どうもう》な雄牛と向き合ったり、男たちと並んで干草を運んでいるところを、ぼくは見てきた。そうやって働きながら、ぼくたちの面倒もみて、一日の終わりには二十人の雇い人たちの食事を用意していた。父は母のことを驚くべき女性だと言うけど、ぼくもそう思うよ。母はいつも父を助けているから、父はぜったいに『おれの牧場』とか『おれの金』とかいうことばを口にしない。もちろん、お互いの主な役割っていうのはあるけど、父は牧場から家に帰ってきたら、すぐにエプロンをつけて台所の仕事をする。母が、なにかあったらすぐにジーンズとブーツを履いて、牧場で父を手伝うのとおなじようにね。『必要に応じてやる』が、ふたりのモットーなんだ。すべての仕事を分担してるんだよ」

「なんだか、すてきね」

「ああ。ぼくの母はとてもいい人だよ。父もだ——きみも、もうすぐ会えるよ。父は、現代的な考えと古風な礼儀正しさを兼ね備えた面白い人なんだ。父は、女性の出世にはあまり賛成じゃないけど、出世の階段を昇っている女性個人には大いに敬意を払うんだよ」

裁判所の入口の階段に着くと、カーリーは言った。「心配で胃痙攣になりそう」

「結婚許可証を申請するのが？」

カーリーは片手にもった小さなバッグを、もう一方の手にもち替えた。「ほんとうに、ほかに方法があればよかったのにって思うわ」

ハンクは、カーリーの顔がよく見えるように、カウボーイ・ハットの縁をもち上げた。カーリーがふたたび顔を上げると、ハンクは優しく微笑んだ。「だいじょうぶ、うまくいくさ。ぼくが保証する」

カーリーはうなずき、背筋を伸ばした。「そうよね。これが、問題を解決する一番現実的な方法なのよね。わかってるわ」

ハンクは、少しでもカーリーをリラックスさせたかった。身振りで、カーリーを広い階段のほうにうながした。

カーリーは裁判所のほうを向き、階段をのぼりはじめた。ハンクは、カーリーが顔をしかめて集中していることに気づき、階段がよく見えないのだと思い当たった。

「視覚皮質のせいよ」ハンクの視線を感じて、カーリーは説明した。「奥行きの感覚があまりないから、段差と端がよく見えないの」

「そうだったのか」

階段の上に着くと、ハンクは観音開きのドアを押しあけ、一歩下がってカーリーを先に通した。それからカーリーの肘に手を添えて、エレベーターに向かわせた。

「階段で行かれるわ」カーリーは反対した。

「今朝は仕事がきつかったんだ」ハンクはうそをついた。

エレベーターの金属製の扉が閉まると、ハンクは三階のボタンを押した。それから手すりに尻をもたれさせ、腰のあたりで腕を組み合わせた。カーリーはずっとエレベーターのまんなかに立ったまま、バッグや髪をそわそわといじっていた。カーリーの両手が震えているのが、ハンクの目に留まった。

「たいした手続きじゃないよ。五分もあれば終わる」

カーリーはうなずいた。それから、おずおずと微笑みを浮かべた。ハンクには、まるで雲のうしろからふたたび太陽が顔を出したように感じられた。微笑んだカーリーの唇は、とても愛らしかった。上唇が完璧なカーブを描き、下唇は柔らかくふっくらとしている。「すごく変な感じなの」カーリーは言った。「結婚するのははじめてだから」

ハンクは思わず、小声で笑った。「そういえば、ぼくもはじめてだ」

エレベーターが衝撃とともに止まり、扉がひらいた。ハンクは先に立って事務官のオフィスに行き、ドアをあけて、カーリーをなかに入らせた。そのすぐあと、ふたりは書類の指定された箇所を埋めようとしていた。小さな活字で書かれた書類を読むために、カーリーは鼻先から数センチのところまで紙を近づけた。なぜだろうと、ハンクはいぶかしんだ。じつはカーリーは文章を理解する前に、まずひとつひとつの文字を判読しなければならなかったのだ。

「どうして、文字の書体ってこんなにたくさんあるのかしら?」カーリーは、こぼした。「あるときはAが渦巻きになっているのに、別のときはそうじゃないなんて。頭がどうかなりそうだわ」

ハンクは文字をよく見た。すると、カーリーのことばが漠然と理解できた。カーリーは、はじめてその書体の文字を見て、指先の感覚で覚えている基本的な文字の形と結びつけようとしているのだろう。

カーリーに無用なストレスを与えないように、ハンクは声に出して文章を読んで聞かせはじめた。書記官ににらまれたが、気にしなかった。ここに三時間もいたくはない。

「とても一般的な申請書だよ」ハンクは小声で言った。「この細かい字を全部読む必要があるかな?」

「どんな内容にサインするのか、きちんと知っておきたいの」

ハンクは自分がなにに取りつかれたのかわからなかった。だが、次の行を読みはじめたとき、内容を変えて読んでいた。「なん月なん日、わたしはここに誓います」わずかに抑揚をつけて読みあげた。「無条件で、法のもとに結婚した夫のセックスの奴隷となり、たとえ夫が犯罪となるような不当な暴力を働いたとしても、すべてにおいて夫に従います」

カーリーは、大きく目を見ひらいた。「なんですって?」ハンクから書類をひったくった。その瞬間、ハンクはカーリーをからかったのは大失敗だったのではないかと恐れた。だが、カーリーは息を詰まらせながら笑いだし、くるりと目をまわした。「信じられない人ね。そんなこと書いてないわよ」

「ぼくの勝ちだな。これはほんとうに一般的な書類だよ」

カーリーはため息をついた。「わかったわ。どこにサインすればいいのか、教えてちょうだい」

ハンクはその箇所を指差し、そのあと、ちらっとよそ見をするという失敗を冒した。視線を戻したときには、カーリーは証人の欄に署名をしていた。おっと。ハンクは書記官に合図をした。「すみません。新しい用紙をもらえますか?」

カーリーは目を細めて、自分のサインを見た。「どうして? わたしがなにか間違えたの?」

「たいしたことじゃないさ」ハンクは新しい用紙をカーリーの鼻先に差し出し、正しい欄を指差した。「ここにサインして」

カーリーはわずかに舌先を突きだし、唇をすぼめてサインに集中した。ぎゅっとペンを握りしめ、力をこめて名前を書くと、プラスチックのペン先が紙の上で音をたてた。そのときハンクは、書類のことなど完全に忘れていた。あの唇。彼女にもう一度キスできるなら、〈レイジー・J〉牧場の所有権でさえ喜んで差しだそう。

書き終えたカーリーが、小声でささやいた。「行のとおりに、まっすぐ書けてる?」

厳密には、そうとは言えなかった。「うまく書けたよ」ハンクはそう言って、すばやく自分の名前を書き足した。終了だ。愛しいセックスの奴隷は紙に包まれ、誓いのリボンで結ばれた。

そのあと、ふたりそろって書記官に写真つきの身分証明書を見せて、すべてが終わった。エレベーターのほうに歩きながら、カーリーは頰をふくらませて息を吐きだした。「終わって、ほっとしたわ」

ハンクも同様にほっとしていた。なぜだろう。ただの書類仕事だというのに。車に向かうあいだ、カーリーは黙っていた。今回は、ハンクも助手席に乗りこむカーリーを手伝おうとはしなかった。エンジンをかける前に、ハンクはカーリーの顔を見た。「よかったら、ランチにでも行かないか?」

カーリーは、ハンクの誘いに驚いた顔をした。「もう食べたわ」

「じゃあ、コーヒーでも?」ハンクは、結婚式の前に少しでもふたりでいっしょに過ごしたほうがいいと感じていた。カーリーが自分のことをもっとよく知ってくれれば、少しでも気が楽になるだろうという望みを抱いていたのだ。

「いいえ、けっこうよ」カーリーは、断わりのことばを和らげるために、微笑みながら言った。「コーヒーは禁止されてるの。赤ちゃんに害があるかもしれないから」

ハンクは、レストランにありそうな妊婦に害のない飲み物をあれこれと思い浮かべたが、この話題は打ち切ることにした。とにかく、カーリーはいっしょに行くのをいやがってはいなかった。

アパートに戻るドライブは、沈黙のまま過ぎた。ハンクは縁石に車を停め、エンジンを切った。「それじゃ、金曜日に会えるね?」

カーリーはうなずいた。神経質そうにブラウスのボタンを指でもてあそびながら、言った。「裁判所に行く途中、迎えに寄ってもらえるかしら? ベスは今日、歯医者のオフィスで二回目の面接を受けているの。うまくいきそうなのよ。もし、面接に合格したら、ベスは金曜日の午後は仕事に行ってるはずだわ」

「もちろん、ぼくが車で迎えにくるよ」ハンクは約束した。「三時半でいいかな?」

「いいわ」カーリーは一瞬、そのまま座っていた。明らかになにか言うべきことばを探している。それから、ため息をついた。「それじゃ、また。金曜日ね?」

「ああ」

カーリーが車からおりるあいだじっと座っていることは、ハンクにとって苦痛だった。日ごろから、紳士として振る舞うことに慣れていたからだ。だが、手を出したくなる衝動を抑えた。

助手席のドアを閉める前に、カーリーは不安げな笑みを浮かべて、言った。「さよなら」

ハンクは、アパートの玄関に続く小道を歩いていくカーリーの背中を見つめた。金曜日。四日後には、自分は既婚者になるのだ。それを実感すると同時に、おなじくらい不安も感じていた。そして、カーリーはもっと不安なのだということもわかっていた。ハンクは、カーリーを安心させるためになにかしてやりたいと思った。

だが、どんなに考えても、なにをすればいいのかわからなかった。

11

その晩、ハンクは両親に会いに出かけた。両親が住む郊外の家には慣れているはずだったが、楕円形《だえん》のテーブルに向かって座ったハンクは、まるで非現実的な空間にいるような気分だった。母が向かい側に座っている。父は右隣りの椅子に腰かけていた。

「ほんとうに、なにもいらないの？」メアリーが訊いた。「紅茶はすぐにできるし、コーヒーはまだ淹《い》れたてよ」

ハンクの神経は、すでにぴりぴりしていた。それをさらに緊張させるようなカフェインの刺激は必要なかった。ハンクは、オーク材の椅子の上で座りなおした。

メアリーは、普段使いのカップの波型になった金色の縁に口をつけ、紅茶をひと口飲んだ。

「寄ってくれて、とてもうれしいわ。最近は、なかなか会えなかったから」

「今は忙しい時期なんだよ。春に生まれた子馬にまだ刷りこみをしている最中だし、今週は、調教をしなおす馬が新しく四頭来たんだ」ハンクの視線は、窓の横の壁に向けられた。そこには、六つの手形が押してある古びた石膏《せっこう》が、ケースに入れて飾られている。コールター家の子どもたちのものだ。自分の手形を見たハンクは、それがあまりにも小さいことに驚いた。

そのうちに、自分自身の子どもの手形をキッチンに飾る日が来るかもしれない。「すぐに、もう少し楽になるよ」

「そう願うわ。あんたもジェイクも働きすぎよ」

ハンクは心のなかで、なるべく両親を動揺させないような言い方を考えていた。ひとつ思いついてはその考えを捨てていると、背後の壁に掛かっているティーポット型時計のカチカチという秒針の音がしだいに大きく聞こえた。

「話さなきゃならないことがあるんだ。たぶん、ふたりともショックを受けると思う」

メアリーはまっすぐに座りなおした。ハーヴは顔をしかめ、子どものころからハンクを落ち着かなくさせる、なんでも見通していそうな輝く青い目でハンクをじっと見つめた。

「自分でもどんなふうに説明すればいいのかわからないから、単刀直入に言うよ」ハンクは一瞬間を置いてから、爆弾を落とした。「金曜日に結婚することにした」

両親は、信じられないという表情でハンクを見つめた。小柄でふっくらとして、まだほとんど白髪の混じっていない褐色の髪をした母は、ティーカップを慎重にソーサーの上におろし、ちらっと夫に目をやってから、ためらいがちに微笑んだ。

「ごめんなさい」微笑みを浮かべたまま、言った。「最近、耳が遠くなってきたのよ。結婚するって言ったように聞こえたんだけど」

ハンクはうなずいた。「母さんが聞いたとおりだよ」

「あんたが特定の人とデートしてるなんて、知らなかったわ」

子どものころから両親にうそをついたことはなく、今もそれはしたくなかった。「ときどき、物事はあっという間に進むんだよ」

「金曜日って言ったの？」メアリーは片手を喉元にあてた。その目は優しく輝いていた。「ずいぶん急なのね」

「そう思うのは当然だよ。もっと早く話さなくて、すまないと思ってる」

ハーヴは、四年前にやめた煙草を探してポケットを叩いた。「その女性といつごろ知り合ったんだ？」

「かなり前だよ」ハンクは答えをぼかした。

「彼女を愛してるの？」母が訊いた。それから、笑いだした。「ばかな質問よね。愛していない人と結婚するわけがないわ」

両親が事情を知っていれば、そうは思わないだろう。母が自分の質問に自分で答えてくれて、ありがたかった。できることなら、カーリーとの特殊な関係について両親に説明したくはない。

メアリーの眉間に皺が寄った。「金曜日って言ったわよね？　今週の金曜日？」ハンクがうなずくと、メアリーは言った。「なんですって。あと三日しかないわ」

「ぼくらは、なにもかも簡単にすませるつもりなんだよ、母さん。彼女の家族は、この土地にひとりもいないしね。派手なことはなにもなしで、人前式だけをするつもりだよ」

メアリーは、がっかりした顔を見せた。「だけど、披露パーティーをしてもかまわないでしょう。ここですればいいわ。式のあとにお祝いの会がない結婚式なんて、聞いたこともないわ」

「カーリーとぼくは、ほんとうに披露パーティーをしたくないんだよ。ぼくらは——そう、突然のことだからね。なるべく騒ぎたてたくないし、それに——」

そこで、父がことばを挟んだ。「結婚式は花婿《はなむこ》と花嫁だけのものじゃない。家族のためでもあるんだ。母さんがささやかなお祝いパーティーをひらきたいなら、それを止める理由はない」

この議論で勝利を収めようという決意のもと、ハンクは、両親を説得できることばを探した。だが、ひとつも思いつかない。それから、ハンクはちらっと母の顔を見るという過ちを犯した。母の目は涙でいっぱいだった。

「結婚は一度しかできないのよ」母の声は震えていた。

かならずしもそうではない。だが、ハンクはそれについても両親には言いたくなかった。

「だから、記念になるような特別なことをしたいの。あなたは、わたしたちの息子なんだから」

母親が今にも泣きそうだというのに、頑固に主張を貫ける男がどこにいるだろうか? ハンクはカウボーイ・ハットを脱いで、横の椅子の上に置いた。やれやれ。男が相手なら、いくらでも我を通せる。だが、なぜか相手が女性となるとそう簡単にはいかない。そして、今や自分には、喜ばせなければならない女性がふたりいるのだ。

「人前式っていうだけでも、ほんとうはよくないわ」メアリーは話を続けた。ひと言口に出すごとに、口調が厳しくなった。「だけど、式のあとのパーティーまでいやなの？　わたしたちには、家族として、なんの記憶もすばらしい思い出も残らなくなってしまうわ」

テーブルの下で、父のブーツがハンクを軽くつついた。ハンクは負けを悟り、片手をあげた。「母さん？」メアリーは話しつづけている。「母さん？　ねえ！　ぼくにも話させてくれないか？」

メアリーは口をつぐんだ。その顔には非難の表情が浮かんでいた。ハンクはまちがいなく、母の心を傷つけた唯一の息子としての栄誉を勝ち取っていた。

「もし、パーティーをしてもいいと言ったら、なるべく、とてもシンプルにすると約束してくれるかい？」

メアリーはうなずいた。「シンプルはいいことよ。きっと、そうするわ」

「じゃあ、わかった」ハンクはしぶしぶ、承知した。「だけど、家族だけを招待する小さなパーティーにしてほしい。賛成してくれる？」

メアリーの顔が、ぱっと明るくなった。「小さなパーティーはいいわよね。そうするわ」

メアリーは目を瞬いて涙を振り払い、頬をぬぐった。「そのほうがずっとくつろげるパーティーになるわ」鼻をすすり、一方の目の下をこすった。「ごめんなさい。わたしたちの息子が結婚するのは、毎日のことじゃないんですもの！　それをほかの日とおなじように過ごすなんて、考えられないわ」

ハンクにも、母のその気持ちは伝わった。いやというほどはっきりと。メアリーが簡単なものにすると約束してくれるなら、パーティーもそれほど悪くはないだろう。

「カーリーって言ったかしら？　かわいらしい名前ね」メアリーは、また鼻をすすった。

「いつ、彼女に会えるの？」

ハンクは顎をこすった。「彼女は荷造りをしたり、式の準備をしたりで、今週ずっと忙しいんだ。結婚式の日まで会えないと思うよ」

「情けない話ね」

ハンクも同意見だった。だが、一度にたくさんの課題をカーリーに与えたくはなかった。結婚式のあとで、家族が彼女を知る時間はいくらでもあるだろう。

ハンクは、テーブルの中央を飾っている豆で作ったモザイク画を指でいじった。遠い昔、ハンクが母の日のプレゼントに手作りしたものだ。ブラウン・ライスで作られた尖った鶏冠《とさか》をもち、目を閉じている不格好な雄鶏の絵柄が壊れないように、父はそれをファイバーグラスでコーティングしてくれた。哀れな鶏は、まるで小さなハンマーでうっかり叩かれてしまったような姿をしている。

「彼女はどんな感じの人なの？」メアリーは訊いた。

ハンクはちょっと考えこんでから、答えた。「ブロンドの、きれいな人だよ」父の視線が鋭くなるのを感じた。「派手なタイプの女性じゃないんだ。髪はハニー・ゴールドに近い自然なブロンドで、もっと暗い色の髪も少し混じってる。近くで見ても、化粧はまったくしてないよ。簡単なことばで言うとしたら、教会でよく見る天使みたいな感じなんだ――教会の天井に書いてある絵みたいな」

ハーヴの緊張が解けた。メアリーの顔が輝いた。「きっと、すてきな人ね」

メアリーは電話台からペンと紙を取って、メモを取りはじめた。ハンクの顔をちらっと見あげて言った。「ケンドリック家の人も招待しなくちゃね」

ハンクは、両親の家のリビングが人であふれかえる光景を想像した。「ライアン以外は、ケンドリック家の人はほんとうの家族というわけじゃないよ、母さん」

「ほとんど家族のようなものよ。ベサニーはもうケンドリック家の人間なんだから。きっと、ライアンから結婚のことを聞くにちがいないわ」メアリーはリストを作りはじめた。それは、ハンクが見守る前でさえ、危険な大きさに膨れあがっていった。「それから、モリーのご両親も呼ばなきゃならないわ」

ハンクは、すがるような目で父を見た。ハーヴの口元が、にやりとした。「モリーのお母さんと義理のお父さんは無理かもしれんな。ポートランドからはるばる車で来ないといけないし、日ごろからあまり付き合いもない」

ハンクは、父の意見が通りますようにと祈った。五十人もの人間が結婚式に現われたら、カーリーになんと説明すればいい？「近い身内だけを招待するのがいいと、ぼくも思うよ。それでなくても、四人の兄と妹がひとりいて、そのうちふたりは結婚して子どももいるんだ。判事のオフィスにはそんなにたくさんの人は入れないよ。義理の関係の家族や遠い親戚は除外しておこう」

「心配しないで」メアリーは言った。「細かいことは、わたしに任せてちょうだい」

それこそ、ハンクが心配している点だった。細かいこと。どうして、女というやつは、物事を複雑にしないと気がすまないんだ？

メアリーはちらっと夫のほうを見た。「スライとヘレンもぜひ招待しないとね」

ハーヴは横目でハンクをうかがった。「いや、それは無理だろう」

メアリーが微笑むと、頬にえくぼが浮かんだ。「わたしたちのハンクが結婚するのよ。信じられる、ハーヴ？　話があると言われたときは、こういうことだなんて夢にも思わなかったわ」

「そうだな、たしかに驚いたよ」ハーヴはキッチンのテーブルから立ち上がった。「母さんが招待客のリストを作っているあいだに、ちょっと外のガレージまで来てくれないか？　見せたいものがあるんだ」

ハンクは父のことばに含まれた意味を悟り、尋問に備えて心の準備をしながら、父のあとについて外に出た。ハーヴは、ハンクを失望させなかった。ガレージの防火扉が閉まると同時に、声を低めて言った。「いったい、どうなってるんだ？」

「どうもしないよ、父さん。ぼくは結婚しようとしてるだけさ」

「わたしが知っている限りじゃ、おまえは特定の女性とデートなんてしていなかったはずだ。それが、今日いきなり現われたかと思ったら、結婚の発表か？」

「それはね、父さん――」

「母さんには、そういうことにしておけばいい。母さんはおまえの話を信じてる。わたしはほんとうのことを聞きたい」

ハンクは、カーリーを脅して結婚するように仕向けたことも含めて、すべてを包み隠さず父に話した。話の半ばで、ハーヴは木製のスツールに力なく腰をおろした。ベサニーが習っているトール・ペイントの作品のひとつだ。話が最後に向かうにつれて、父の顎の筋肉がぴくぴく動きはじめた。歯を食いしばっているしるしだ。青い目に怒りが閃《ひらめ》いた。

「ごめんよ、父さん」すべてを話し終えたハンクが言った。「父さんをがっかりさせたね」

「父親として誇らしいとは言えんな。もう少し立派な男に育てたはずだが」

「なにかいい点があるとすれば、ぼくは苦い教訓を得たよ。母さんはずっと、いつかだれかが傷つくことになるって警告してくれていた。母さんは正しかったよ。ただ、傷ついたのは、ぼくじゃなかった。この先、カーリーとの関係がどうなろうと、ぼくは二度と酒場の舞台で演じたりはしない」

「最近はそんなふうに言うのか？」父が居ずまいを正した。「『酒場の舞台』？ 酒を飲んで騒いで、ピックアップ・トラックの後部座席でことにおよぶには、ずいぶんと洒落《しゃれ》た呼び名だな」

ハンクは弁解のことばをひとつも思いつかなかった。父の鋭い視線に向き合うと、ハンクの目はひりひりと痛んだ。「一番最悪の事実がなにか、父さんにはわかる？」

「いや、なんだ?」ハーヴが訊いた。

ハンクは喉が絞めつけられるような気がした。「カーリーは、もしぼくにまともな頭があったら、妻になる女性に求めるすべてをもってるんだ。彼女は優しくて、きれいで、ぼくが振りまわされてしまうくらい、生意気で意地が悪いんだよ」ハンクはため息をつき、晩秋の庭から飛んできた乾いた木の葉を足で蹴飛ばした。「彼女を見るたびに、どうして彼女のことを酒場の常連客だなんて思ったのか、不思議になるよ。彼女がヴァージンだとは知らなくて、優しくしようなんて考えもしなかった。ぼくは、確実に彼女を傷つけた。今じゃ、彼女はぼくを死ぬほど怖がってるよ」

「おまえが神経質な子馬といるときのようにうまくやれば、心配いらないさ。そのうち、彼女を落ち着かせる方法が見つかる」

ハンクは自信がなかった。「たぶんね」

ハーヴは疲れたようすで立ちあがった。ハンクは、父のことばを待った。「だから言っただろう」と言われるか、それとも、しばらく大声でお説教をされるか。だが、その代わりに、ハーヴはハンクの肩をつかんでじっと目を見つめ、それから、悲しげではあるが微笑んだ。

「おまえが、二度とかわいそうな若い娘さんをこんな目にあわせないように願うよ。それは否定できない。だが、話をすべて聞いた今は、自分の責任を果たそうとしているおまえを誇りに思うよ」

それは、ハンクが予想もしなかったことばだった。「ぼくの子どもなんだよ、父さん。それはまちがいない。ぼくがなんとかしなければ、この妊娠のせいで、彼女の人生は台なしになってしまうんだ」

「それでも、とっとと逃げ出す男は山ほどいるさ」

「ぼくは厳しくしつけられたからね」

ハーヴはうなずいた。「普通なら、彼女を脅して結婚させるなんて誉められたことじゃないが、彼女の状況はまったく普通じゃない」

それは、カーリーの状況を表わすには、かなり控え目な表現だった。

ハーヴはため息をついた。それから、ハンクの腕を軽く叩いた。「これから、彼女には手助けする家族がたくさんできる」

ハンクは、キッチンにつながるドアのほうをちらっと見た。「ああ。たくさんね」

それほど遠い昔でもないころ、ハンクは、コールター家が強い絆で結ばれた大家族であることを恨めしく思っていた。だが、今はそれがうれしかった。母はその翼の下にカーリーを庇護《ひご》し、すばらしい存在になってくれるだろう。ジェイクとモリーも、きっと喜んで牧場にカーリーを迎えてくれる。カーリーは、最初は圧倒されるかもしれないが、すぐにハンクとおなじように家族たちを愛してくれるに違いない。

「それに、彼女の隣りにはよき夫がいる」ハーヴは穏やかに言った。

そのことばに、ハンクは驚いた。問いかけるような目で父親を見た。

ハーヴは下を向いて、今度は自分が落ち葉を蹴った。「息子を育てるときに、男親は自分を実際よりよく見せようとしがちだ。自分の失敗をよい例に置き換えたりしてな。わたしもたくさんの過ちを犯した。おまえたちの前で話したことは一度もないが」ハーヴは少しばつが悪そうに、ちらっとハンクを見あげた。「数えきれないほどのスカートに手を出して、放《ほう》蕩《とう》の限りを尽くしたものさ。結婚なんてしたくなかった。何人もの子どもの世話をする自分なんて、想像もできなかったよ。まっぴらごめんだってね。それから、おまえの母さんに出会った」ハーヴはウィンクをした。「彼女をひと目見て恋に落ちた。それから二、三カ月は冷たいシャワーを浴びながら過ごしたよ。彼女は真面目な女性で、指輪も贈らずにスカートをまくりあげていいようなタイプじゃなかった。だから、彼女と結婚する以外に道はなかったのさ。母さんの父親は癇癪《かんしゃく》もちだった。わたしのことを、娘に悪さをする役立たずのならず者だと言った。わたしたちふたりを祝福してはくれなかった。わたしたちがふたりで逃げだして結婚してしまったときは、かんかんになって怒っていたよ」

「マクブライドおじいちゃんは、父さんのことが好きじゃなかったんだ？」ハンクは信じられない思いで訊いた。

　ハーヴは笑った。「好きとは、ほど遠かったよ。おじいちゃんは正しかった。わたしは役立たずのならず者だったんだ」ハーヴは、年を取りこわばった指でハンクの胸をこづいた。「よき女性と結婚して、わたしはまともな人間になった。それ以来ずっと、彼女の歌に合わせて踊りつづけている。マクブライドおじいちゃんも、わたしを認めてくれるようになった。ジェイクが産まれるころには、おじいちゃんとわたしは仲良くなっていたよ。それから、おじいちゃんが亡くなるまでずっとな」ハーヴは唇を引き結んだ。「おじいちゃんの最後のことばはこうだったよ。『メアリーをちゃんと扱うんだぞ。もしなにかあったら、かならず墓から舞い戻って、おまえの尻を蹴り飛ばしてやる』」

ハンクは笑った。父がかつては遊び人だったという事実が、まだ信じられなかった。

ハーヴは目を狭めてハンクを見た。「カーリーのお父さんがここにいたら言うことを、代わりに言おう。彼女をちゃんと扱うんだぞ。もしなにかあったら、おまえの尻を蹴り飛ばしてやる」

「心配ないよ、父さん。ぼくの遊び人時代は終わったんだ。もうすぐぼくも子どもを育てて、きっと今よりまともな人間になる」

「そう思ってるよ」ハーヴは、うなずいた。「おまえはわたしが育てたんだからな。そうだろう？」

背中を向けて家に入ろうとする父を、ハンクは呼び止めた。「父さん？　もうひとつあるんだけど」

ハーヴはくるりと振り向いた。「もし悪い知らせなら次にしてくれ。ひと晩のうちに聞くには、もう充分だ」

「悪い話じゃないんだ」ハンクは口をひらく前に注意深く考えながら、首のうしろをこすった。「こんなことを頼むのはいやなんだけど。父さんが母さんに隠しごとをしないのは知ってる。でも、今回は、カーリーの妊娠のことを二、三日黙っていてくれないかな？」

ハーヴは顔をしかめた。「あまりうれしくない頼みだな」

「知ってる。それに、よくわかってる。正直に言うよ。理由は——もし母さんに話したら、母さんはすぐにベサニーに話すだろう。そうしたら、気がついたときには、家族全員がその秘密を知ってることになる。ぼくはただ、だれかがうっかり口を滑らして、結婚式でカーリーを辱めるようなことを言うんじゃないかと心配なんだ」

ハーヴは、ついにうなずいた。「わかったよ、ハンク。そのことは黙っておこう。だけど、早いうちに、自分で母さんに話すんだぞ。一週間待とう。それだけだ。母さんとわたしは、お互いに隠しごとはしない主義なんだからな」

「一週間もかからないと思う」ハンクは約束した。「ほんの二、三日だよ。ぼくのためじゃなく、カーリーのためなんだ。もしかしたら、カーリーもたいして気にしないかもしれない。今の世の中、結婚前に妊娠する女性はたくさんいるしね。でも、もしかしたら、すごく気に病むかもしれない。彼女の人生経験は普通とは違うんだ」

ハーヴは顎をこすった。今では褐色よりも銀色が多い無精ひげに指先が触れ、粗い音をたてた。「母さんは、赤ん坊のことを聞いたら喜ぶさ。そういう理由で、人を批判したりはしないはずだ」

ハンクは頬を膨らまして息を吐き出した。「それは、ちっとも心配してないよ。ただ、カーリーは父さんと母さんにまだ会ったことがないからね。母さんがお祝いのことばを機関銃のように浴びせたり、ベビー用品をプレゼントしたりする前に、カーリーが慣れる時間が必要だと思うんだ」

ハーヴは笑い、ハンクをドアのほうに押しやった。「母さんが街の半分の人間を招待しないうちに、戻ったほうがいいぞ」

ハンクは父のことばが冗談だと思いたかった。だが、キッチンに戻ってみると、メアリーはすでに電話でベサニーとぺちゃくちゃしゃべっていた。「そうなの」メアリーがうれしそうに言った。「金曜の四時よ！　今日までなんの予告もなかったの。なんにもよ。彼女の名前はカーリーですって。そう、あんたもハンクがどんな性格だか知ってるでしょ。ハンクは一度も『はいはい』をしなかったのよ。七カ月でいきなり立ちあがって、すぐに歩きはじめたの。昔からちっとも変わってないわ」

電話口から、ベサニーの声が小さく漏れ聞こえてきた。ハンクは、妹が電話台の脇で、夫のライアンが特注したハイテクの車椅子に座って、茶色の瞳を喜びに輝かせているようすを思い浮かべた。

メアリーは娘がなにか言ったことばに笑い、ハンクに向かって受話器を突きだした。「ベサニーが、なにもかも聞きたいんですって。それも雄馬本人の口から」

金曜日の三時半きっかりに、ハンクはカーリーのアパートの玄関でベルを鳴らした。返事を待つあいだ、ループ・タイをチェックし、肩を動かしてウエスタンふうのツイードのジャケットをまっすぐに直してから、ベルトのバックルを触って、ちゃんとまんなかになっているかどうかを確認した。ハンクは緊張していた。全身にうっすらと汗をかいているせいで、自分がつけているコロンの匂いが鼻をつく。結婚式に慣れている男など、この世にはいないのだ。

ドアノブが、がちゃがちゃと音をたて、ハンクの注意を引きつけた。ハンクはブーケを背中に隠し、できる限り親しげな笑みを顔に浮かべた。だが、ドアがひらいたとたんに、その笑みはハンクの唇に凍りつき、無言で見つめる以外なにもできなくなった。教会の天井に描かれた天使は、ポルノ映画の主演女優としか言いようのない姿に変わっていた。

カーリーは、体にぴったりと張りついた、光る素材でできた白いドレスを着ていた。襟元が、Vネックということばの概念を完全に覆すほど深くえぐれている。きらきらしたニット地は魅力的な体の曲線をくっきりと浮き立たせ、太腿《ふともも》のなかほどまで切れこんだスリットから、形のよい片脚のほぼ全体がのぞいている。化粧は、まるでパレットナイフで塗りたくられたようなありさま。髪はくしゃくしゃに丸めた固い金色の塊になって頭の両側に突っ立ち、クリスマスツリーのオーナメントにでも使えそうだ。

「こんにちは」カーリーの声はいらだっていた。

ハンクは驚きのあまり、ことばが出なかった。

カーリーは、片手でドレスの尻のあたりの皺を伸ばした。「ベスがドレスを出しておいてくれたんだけど、ボタンが取れてしまったの。縫いつけようとしたら、針で自分を刺してしまって、ドレスの上のほうに血がついたわ」カーリーの声はしだいに震えはじめた。「白いドレスは、これしかもってないのよ。ベスのドレスなんだけど。クロゼットの奥にあるのを見つけたの。わたしは服を選ぶのが下手なのよ。これでだいじょうぶかしら?」

カーリーがこの服装にピンヒールを履いて登場したら、どんな男でも淫《みだ》らな妄想に駆られるだろう。代わりに、足元には、以前にも見たことがあるシンプルな白いサンダルがあった。それは、控え目に言っても尻すぼみな印象を与えた。

ハンクは、まだ茫然としながら、アパートのなかに入ってドアを閉めた。カーリーの美しい目の上に掛かっている、ひっくりかえった緑色の三日月から目をそらすことができなかった。まつ毛にくっついている分厚い黒のマスカラからも。

「お化粧をしているんだね」と言うのが精いっぱいだった。

カーリーは自分の頬に触れた。「もう、お化粧をしても赤ちゃんに害はないんですって。ドクター・メリックに電話をして確認したの」カーリーはハンクの顔を見た。その不安げな目は、ほとんどアイシャドーの陰でおおわれている。「お化粧をしたのは生まれてはじめてなの。三回もやりなおさなきゃいけなかったわ」

カーリーは、明らかに膨大な時間を費やして化粧をしたのだ。はじめて化粧に挑戦した努力の成果として、貴重な汚れや塗り損ねの跡が残されている。ふっくらとした唇を彩《いろど》っている真っ赤な口紅を見て、ベスに借りた物に違いないとハンクは見当をつけた。その色は、黒っぽいブルネットの髪の女性にもっとよく似合うはずだ。

その瞬間、ハンクの心は時間をさかのぼり、妹のベサニーが高校最後のプロム・パーティーに出かけた晩を思い出していた。ベサニーがダンスパーティーに出かける用意をしている最中、母が急に馬小屋に呼び出されてしまった。そのとき、獣医からの連絡を待って家に残っていたのは、家族のなかでハンクだけだった。ベサニーは、今のカーリーのように飾り立てた姿でベッドルームから現われた。けばけばしい色で顔を塗りたくり、髪は下手くそなカールとヘアスプレーの使いすぎのために、悪夢のような塊と化していた。唯一の違いは、ベサニーは自分がひどい格好をしていると自覚していたことだ。

カーリーは明らかに気づいていなかった。

ハンクは、臆病者のやり方で切り抜けようと考えた。カーリーの感情を傷つけたくはない。だが、なにも言わないまま、こんな格好のカーリーを結婚式に出席させることもできない。いつか、このドレスも化粧も今日の場にはふさわしくなかったと悟ったら、カーリーは自分の結婚式を思い出すたびに恥ずかしい思いをするだろう。

どうやら、ハンクの気持ちは顔に出てしまったらしい。カーリーは片手を胸に当てて、言った。「わたし、ひどい格好をしてるんじゃない?」

「ひどくなんかないよ」ハンクは小さなブーケをソファの上に置き、振り向いて、カーリーの表情をうかがった。「ただ、そのドレスは結婚式には派手すぎるかな。髪も自然にしているほうがすてきだよ。それから、お化粧がちょっと濃すぎるんじゃないかと思うんだ」

カーリーは、ショックで打ちのめされたように見えた。「ああ、どうしよう」なにかをしようとするようにうしろを向いたが、それからまた、くるりと振り向き、助けを求めるようにハンクを見つめた。「ドレスを選ぶのを手伝ってくれる？」

ハンクは、それ以上のことをするつもりだった。カーリーのあとについてベッドルームに向かいながら、ジャケットを脱ぎ、袖《そで》をまくりあげた。ベッドの上いっぱいに箱が積み上げられ、カーリーがすでに牧場に引っ越す準備をしているのがわかった。幸運なことに、何着かの服は、まだハンガーに掛かっていた。カーリーがクロゼットをあけると、ハンクはすぐにシンプルな淡いブルーのドレスに目を留めた。

「文句なしにこれだ」と言い、ドレスを取り出した。

「髪の毛とお化粧はどうすればいいの？」

「偶然だけど、ぼくは髪形とお化粧の専門家みたいなものなんだ。妹のベサニーがデートに行くときは、いつも身支度を手伝っていたよ」ハンクはちらっと時計を確かめて、結婚式に遅刻してしまうのはしかたがないという結論を下した。それを避ける手立てはない。「そのドレスを脱いで、化粧ローブを着てバスルームにおいで、いいね？」

カーリーは、すぐにバスルームの入口に姿を見せた。ハンクはすでに洗面台にお湯を張って温度を調節していた。ハンクが濡らしたタオルをもって近づくと、カーリーは不安げな顔をした。ハンクは見つけておいたクレンジング・クリームを使って、素早く化粧を落としにかかった。洗面台のほうに引っ張られると、カーリーはびくっとして小さな声をあげた。ハンクは優しくカーリーの頭を下げさせ、髪をお湯に浸しはじめた。

「人生で一番恥ずかしい経験のひとつだわ」カーリーがつぶやいた。

「きみが髪型や化粧に詳しくないのは、きみのせいじゃないよ——ドレスのスパンコールがよく見えなかったこともね」

ハンクはカーリーの髪を洗いながら、目に石鹸が入らないように細心の注意を払った。それから、史上最高の速さで髪をすすいだ。カーリーの柔らかなヒップがハンクのズボンの前に押しつけられた。その接触は、『セックスはなし』という契約を思いださせ、カーリーの気持ちを変えてみせるというハンクの決意にあらためて火をつけた。

「さあできた」ハンクは、カーリーの頭をタオルで包んだ。「化粧道具はどこだい?」

カーリーは、化粧台の上にある小さなバッグを身ぶりで示した。ハンクはバッグをあけ、ざっと中身を検分してから、三つのものだけを取り出した。マスカラと頬紅と薄いピンクの口紅。ハンクにメイクをほどこしてもらっているあいだ、カーリーは大きく目をみひらき、緊張した面持ちで立っていた。ハンクに言わせれば、カーリーの顔立ちは非の打ちどころがないので、ほんとうは化粧をする必要などなかった。だが、精いっぱい着飾ってハンクの家族の前に出たいというカーリーの願いもよくわかった。控え目なメイクなら問題ないだろうし、もしかしたら、それがカーリーの自信になるかもしれない。

「メイクの一般的な法則は、つねに控え目なほうがいいってことだ」カーリーの長く艶《つや》やかなまつ毛にほんの少しマスカラを塗りながら、ハンクは言った。「なるべく自然に見せるっていう意味だね」

「時間に間に合わなくなってしまって、ごめんなさい」カーリーが小さな声で言った。

ローブの前がわずかにはだけて、ブラジャーのレースと、丸みを帯びた胸の上部がのぞいた。ちらっとそれを見てしまったハンクは、即座に視線をカーリーの顔に釘付けにした。ハンクの自己コントロールが限界まで試されていた。

「きみのせいじゃないよ。ぼくが、もっと早く来るべきだったんだ」

「あなたのご両親は怒ってるかしら?」

ハンクは、カーリーの唇に軽く口紅をのせた。「そんなことはないと思うよ」カーリーに向かって、ウィンクをした。「もし、待っているあいだに少々いらいらしたとしても、新しくできたかわいい義理の娘に会ったとたんに吹き飛ぶさ」

カーリーの頭からタオルをはずすと、湿ってカールしたブロンドの髪が肩にかかった。ハンクは指で髪を軽く梳き、カーリーの美しさに息を呑んだ。「これで完成だ」ハンクは言った。「急いでドレスを着れば、出発できる」

カーリーは心配そうに、ちらっと鏡を見た。「髪を乾かさなくちゃ。このままじゃ行かれないわ」

「向こうに着くころには、ほとんど乾いてるよ」安心させるように、ハンクが言った。「それに、すごくすてきだよ」カーリーの疑わしげな顔を見て、こう付け加えた。「ぼくが酒場の遊び人だってことを思いだしてごらん。女性の服装にはくわしいんだ」

カーリーはハンクの横をすり抜けて、ベッドルームに戻った。数分後に戻ってきたカーリーは、シンプルなドレスと白いサンダルを身に着けた美しい姿だった。ハンクはブーケを手に取った。

「文句のつけようがないよ」そのことばが口をついて出たとたん、ハンクは自分が心の底からそう感じていることを知った。彼女は完璧な花嫁だ。美しく、少し神経質になっていて、不安な表情で震えている。「きみと腕を組んで裁判所に入って行くぼくは、アイルランド一鼻が高い男だろうな」

ハンクはカーリーに花束を差し出した。「きみが式を簡単にしたがっているのはわかってたけど、せめてブーケはもったほうがいいと思ったんだ」

小さな花束を受け取ったカーリーの目は、うれしそうに輝いた。「まあ、ハンク。こんなことしなくてもよかったのに。すてきだわ」カーリーは花束に鼻を埋めて、胸に深く香りを吸いこんだ。「カーネーションね？　大好きな花よ」

ハンクは、カーリーが香りでしか花の種類を区別できないのだと悟った。カーリーが別の花に指先でそっと触れると、ハンクは急いで教えた。「それはデイジーだよ」ハンクは花屋に、野に咲く花でブーケを作ってほしいと頼んだ。そして、カーリーは香りによって知るという自分なりの方法で、すぐに花の種類をあてていった。ハンクは、ラベンダー色の繊細な花びらに触れた。「こっちは野生の蘭」次に、小さな鐘の形をした青い花。「これはブルーベル。まんなかが黄色と黒の紫色の花は、ただのありふれたパンジーだよ」

「ただの？　ほんとうにありがとう。花をもらったことは一度しかないの――あなたがくれた薔薇《ばら》の花」頬紅でもとの肌の色が隠されていても、カーリーの頬が喜びでピンク色に染まっているのがわかった。「お花は、昔からこの世で一番好きなものなの——きっと、とてもいい香りがするからだわ。目が見えないときから大好きだったのよ」

ハンクは、これからは、忘れずにたびたびカーリーに花を贈ろうと頭のなかにメモした。

ハンクはポケットに手を入れた。「それから——指輪も買ったんだ」

カーリーは、驚きの表情を浮かべた。

「結婚式のときに指輪が必要だったんだよ。宝石店に行くときは、なにも飾りのない金の指輪を買うつもりだった。でも、いろんな結婚指輪のセットを見たら、我慢できなくなったんだ」

ハンクは、手のひらの上で青いベルベットの箱をあけた。

「きみがどんな指輪が好きなのかわからなかったから、ぼくがきみのイメージに合うと思ったものを選んだよ」ハンクは婚約指輪をつまみあげた。中央できらきら光る小さな石のまわりに、細かいダイヤモンドがぐるりと上品に散りばめられている。カーリーのほっそりとした指に指輪をはめてみて、ハンクは自分の選択に満足した。指輪はカーリーの美しい手によく似合った。派手すぎず、かと言って小さすぎず、繊細なデザインがカーリーにぴったりだ。

「サイズは予想するしかなかったんだ。ちょうどよくてよかった」

カーリーはとまどった表情で、片手を上げて指輪をしげしげと見た。「こんな必要はなかったのよ、ハンク。きっと、とても高かったでしょう」

「それほどでもないよ」カーリーを見守りながら、ハンクは自分が願っていることに気づいた……なにを願っているのか、自分でもよくわからない。ふたりの願いはまったく違うものなのだろうか？　自分は、もっと普通にプロポーズをして、彼女に受け入れてもらうという手順を踏みたかったのだろうか？「結婚するなら、こういうことはちゃんとしたほうがいいと思ったんだ。もし、悪い結果になったら、いつかぼくらの息子か娘にあげてくればいい」

カーリーは、とたんに不安げな目をした。「悪い結果になったら？」

まずいことばを使ってしまった。そう思いながら、ハンクはちらっと腕時計に目をやった。

「だいぶ遅れてるな。急いで出かけたほうがいい」

「きれいな指輪ね、ハンク。どうもありがとう」

カーリーは、指輪をはめても、ちっとも幸せそうではなかった。指輪はカーリーを悩ませている問題を象徴しているからだろうと、ハンクは想像した。婚約指輪は、正式には永遠の約束を意味する。そして、結婚指輪は束縛のしるしだ。男は女の指に指輪をはめながら、所有権を主張しているのだ。

ハンクにとっては、そのとおりだった。カーリーにとってどうなのかは、わからない。だが、カーリーが、今までに出会ったどの女性に感じたものとも違う特別な感情をハンクに抱かせたのは、確かだった。

12

ハンクとカーリーは自分たちの結婚式に遅刻をした。ほんの三十五分だったが、きちんと時間どおりにやってきた招待客にとっては、長い待ち時間だった。たくさんの親族たち――ハンクの親族――は定員オーバーの小さな部屋で、隣りの人の肩に触れるほど混雑しているなか、晴れ着の下に汗をかきながら、立ちっぱなしでいらだちを募らせることになった。治安判事も、同様にいらだちを隠せなかった。奥の壁の前に置かれた小さなテーブルの横に立っている治安判事は、西部劇に出てくる切れ者ロイ・ビーン判事を思わせるような、人を裁く人間特有の鋭い目つきをしていた。

ハンクが扉を押しあけると、カーリーは片手でハンクのジャケットをつかんで、ぴったりと寄り添った。もう片方の手には、しっかりとブーケを握りしめている。ハンクは、そんなに心配しなくてもだいじょうぶだと言おうとしたが、両親を目にした瞬間、両親から直接カーリーにことばをかけてもらうのが一番だと判断した。どんなときでも頼れるものがあるとすれば、それは母と父の思いやりだった。

すっかり緊張したカーリーは、ハンクの横でまるでロボットのようにぎこちなく歩いていた。ハンクはとっさにカーリーの肩に腕を回して近くに引き寄せ、部屋のなかに入れて、扉を閉めた。ハンクはカーリーの肩をさすり、無言のうちに、ここにいるのは両腕をひろげてきみを迎えいれてくれる親切な人たちだと伝えようとした。

治安判事のにらむような視線は、これから大勢の親族に挨拶《あいさつ》してまわるのはやめてほしいと告げていた。だが、ハンクは、急いでカーリーに『誓います』と言わせることを拒んだ。せめて、式の証人となる人びとにカーリーを紹介するまでは。ハンクは式が遅れることに対するお詫びの代わりに、帽子をちょっともちあげて判事に挨拶をした。

「母さん、父さん、こちらがカーリー。カーリー、両親を紹介するよ。メアリーとハーヴ・コールターだ」

その瞬間、ハンクは生涯でもっとも、コールター家の一員であることを誇らしく思った。母は喜びの笑顔を浮かべ、大きく両腕を広げて前に進み出た。「よろしく、メアリーよ。でも、お義母《かあ》さんと呼んでくれたら、うれしいわ。やっとあなたに会えて、ほんとに感激だわ！」

緊張しているにもかかわらず、カーリーは本来の自分を取り戻したように見えた。〈チャップス〉での運命の夜に一瞬でハンクを虜《とりこ》にした、あの輝くような笑顔を見せた。「わたしも、お会いできてうれしいです！　ハンクはいつも、お母さんはすばらしい人だって話してくれていました」

メアリーの顔が、うれしさに輝いた。ハンクはメアリーの背後に、人ごみのなかから現われたベスの姿を目にした。ベスはぱっと笑顔になったが、じゃまをしたくないと思ったらしく、すぐにうしろに下がった。ハーヴは満面に笑みを浮かべて、両腕でカーリーを抱擁した。カーリーのブロンドの頭越しにハンクに向けた視線からすると、息子の好みのよさを心から賞賛しているらしい。

「ハンクにそっくりなんですね！」ハーヴが腕をほどくと、カーリーは驚いて言った。

ハーヴは楽しそうに笑った。「コールター家のしるしだよ。わたしの息子たちは、みんな呪われてるんだ」

メアリーがハンクを抱擁した。「美しい人ね、ハンク。とても美しいわ」

「ありがとう、母さん。彼女は、すばらしい女性だよ」

その時点で、コールター家の人間は全員、カーリーの目の病気のことと、結果として起こる視覚の問題について知っていた。約束どおり、ハーヴは妊娠のことは黙っていたが、ハンクから聞いたそれ以外の内容について家族に話すことには、なんのためらいもなかった。

「彼女には驚いたわ」メアリーがささやいた。「外から見る限り、少し前まで目が見えなかったなんて、ちっともわからないわよ」

ハンクがカーリーの横に戻ろうとすると、ちょうど父がジークを紹介しているところだった。ジークはカーリーを抱擁して頬にキスをし、今度は双子の兄、アイザイアとタッカーに引き合わせた。ハンクはすぐに、たくさんの人を肩で押しのけてカーリーの隣りにたどりつき、兄に紹介するタイミングに間に合った。ハンクがカーリーの腰に腕をまわすと、カーリーはまるで熱い石炭に触れたかのようにびくっとした。

ハンクはしっかりと腕をまわしたまま、タッカーの明るく輝く目と向き合った。「カーリー、兄のタッカーに紹介するよ。タッカー、こちらはカーリー・アダムズ」

カーリーは目を細め、双子をよく見ようとして顔を前に突きだした。「どうしよう」カーリーは、心底がっかりした声でハンクにささやいた。「わたし、物が二重に見えはじめたわ」

タッカーは褐色の頭をうしろにそらせて、大声で笑いだした。ふたりのなかではより物静かで控えめなアイザイアは、ただ微笑んだ。

「二重に見えているわけじゃないよ、カーリー。アイザイアとタッカーは一卵性双生児なんだ」ハンクは説明した。「ぼくだって、ときどき見分けるのがむずかしい」

「そうなの？」カーリーは好奇心いっぱいで、ふたりをじっと見つめた。「もちろん、一卵性双生児の話は聞いたことがあるけど、本物を見たのははじめてだわ」カーリーは、ハンクを見あげた。「ふたりとも、あなたにそっくり」

「父さんが言ったように、ぼくらはみんなよく似てるんだ」

タッカーは、楽しそうな視線をちらっとハンクに向けた。「次は、きみのことを話してくれないか、カーリー」背の高い相手を見上げるカーリーの顔にふたたび視線を戻したとき、タッカーの目は温かかった。「母が、きみは先生だって言ってたけど？」

「ええ、そうです。大学院に入るために、今は仕事を休んでいるの」

その話題は、たちまちアイザイアに、会話に加わりたいという気持ちを起こさせた。「ほんとに?」アイザイアは言った。「どんな分野で修士号を取る予定なの?」

ハンクの家族がすでに目のことを知っているとは気づかずに、カーリーは格子状角膜変性症について説明した。「盲人として生きていくなかで一番最初に知ったのは、目が見えない子どもが公立の学校で学ぶのはいかにむずかしいかってことでした。だから、特殊教育の分野で学んで、視覚障害がある生徒たちに教える仕事がしたいんです」

「それは、すばらしいね」タッカーがことばを挟んだ。「そういう分野の教師は、きっと不足していると思うよ」

「すぐれた教師は、まちがいなく不足しているでしょうね」カーリーは同意した。「わたしにとっては、そのほうがいいんです。大学院を卒業したあと、職を探すのが楽になりますから。大学で取った学位だけだと、安定した職を得るのはむずかしいんです。わたしは卒業して一年たってから、やっと運よく職につけましたけど、それも前の教師が病気でやめたからでした。でも、定職に就くことだけが、大学院で特殊教育について学ぶ理由じゃないんです。わたしもずっと目が見えなかったから、目が見えない人たちになにかをしてあげたいと思うのも、正直な気持ちなんです」

会話は数分間続いた。それから、タッカーはカーリーを妹のベサニーのところに案内した。ベサニーはつい最近、障害がある子どもたちのために乗馬教室をひらいたばかりだ。そのことは、ふたりの若い女性にとって共通の話題となった。未来の花嫁と双子の兄のようすを見守りながら、ハンクは、すべてが順調に運んでいることに安堵《あんど》のため息をついた。今日一日が終わるころには、カーリーは好むと好まざるとに関係なく、コールター家の大家族を好きになっているだろう。

カーリーはタッカーに任せておけばだいじょうぶだと判断したハンクは、治安判事と最後の細かい打ち合わせをすることにした。

ところが、ハンクの考えとは裏腹に、カーリーはちっともだいじょうぶではなかった。カーリーは、結婚式の出席者はごく少数だろうと思っていた。だが、実際は二十人、もしかしたらもっと大勢の出席者がいた。見知らぬたくさんの顔が海のように並ぶ光景に、頭がくらくらした。彼らの名前をすべておぼえるのは、ぜったいに無理だろう。そして、一番いやなのは、ハンクの親族も友人も、明らかに、これが永遠を誓い合う本物の結婚式だと信じていることだった。真実を知っているカーリーは、ひどい罪悪感にさいなまれた。

カーリーは日ごろからうそをつくのが大嫌いだった。そして、これは人生最大のうそだった。ほとんど知りもしない男を愛しているふりをしているのだ。カーリーとハンクが共有しているのは、ふたりの子どもだけだ。二、三年後には離婚して、それぞれ別の人生を生きるだろう。それなのに、どうしてこの人たちと目を合わせて微笑んだり、今日が人生で最良の日だというふりができるだろう?

こんなことはできない。書類にサインをして、金銭的な理由で結婚するのはしかたがない。だが、そのことと、みんなを騙《だま》して、この結婚が本物だと思わせ、家族の一員として心から歓迎されることとは大違いだ。ベサニーは親しみやすく、話も面白いので、カーリーはすぐに大好きになった。ベサニーの夫のライアン・ケンドリックはハンクによく似て、まるでコールター家の一員のようだった。背が高く、濃い色の髪に明るく輝く青い目と人なつこい笑顔をもったカウボーイだ。実際、コールター家の家族がみな、あまりにもよい人ばかりなので、カーリーは困惑していた。この結婚は茶番だとわかっているカーリーは、彼らを大好きになりたくもなければ、自分のことを好いてほしくもなかった。

ベサニーとは失礼にならないくらい充分に会話をしたと見なしたカーリーは、ベサニーのそばを離れ、どこにも姿が見えないハンクを必死で捜した。カーリーの気持ちの変化を感じ取ったように、突然ジークが隣りに現われ、カーリーの腰に腕をまわした。「怖気《おじけ》づいたのかい？」

カーリーは哀れっぽい視線をジークに投げた。「怖くてたまらないわ」

「ハンクがちゃんとやってくれるさ」人ごみを縫ってカーリーを誘導しながら、ジークは言った。「結婚式では、だれでも不安になるものだよ。普通のことさ。だけど五分もあれば、全部終わる」

カーリーに言わせれば、五分たったそのときは、始まりにすぎなかった。先週の金曜日にハンクと電話で話をしたときにジークも横にいて、このとんでもない計画に賛成したことを知っているカーリーは、本音を口にした。「こんなふうに、みんなを騙すことなんてできないわ。みんな、これはほんとうの結婚だと思ってるのよ」カーリーはジークの手をつかんだ。

「ここからわたしを連れだしてくれない？　ジーク、お願いよ？　こんなこと耐えられないわ」

ジークは驚いた顔でカーリーを見おろした。それから、カーリーの手をきつく握って、怒鳴った。「ハンク？ おい、ハンク！」ジークは弟の注意をひくために、大きく手を振った。「会議の時間だ。花嫁が呼んでるぞ」

カーリーは死にたいくらいの気分だった。部屋じゅうの人間がこちらを見つめている。ジークはカーリーの指にこめた力を抜いて、普通に握った。「心配ないさ。きみがハンクとなにを話したいのかは、だれも知らない」

カーリーは、自分がまるで迷子のようにジークの手をしっかりと握っているのに気づいた。だが、手をほどこうとすると、ジークはきつく握って離さなかった。「逃げないでくれよ」ジークがささやいた。低い声は、気味が悪いほどハンクにそっくりだった。「今、ハンクが来る。逃げだした花嫁になる前に、少なくともハンクと話くらいはしてやってくれ」

ふいにカーリーの目の前に、ツイードのジャケットのぼんやりとした模様が現われた。

「どうかしたのかい？」

ハンクの声だ。カーリーはハンクのほうに身を乗りだし、ジークが手を離してくれたことに、ほっとした。「こんなことはやめようって決めたの」弱々しい声で言った。「これはみんなうそなのよ。とても大きなひどいうそよ。わたしにはできないわ」

ハンクはカーリーの肩に腕をまわし、体をかがめた。ハンクの存在を感じ、抱きしめられると、鎮静剤を飲んだように神経がなだめられた。それは、カーリーにとって、なによりも自分が常軌を逸している証拠だと感じられた。

「落ち着いて」ハンクは言った。「なにも変わっていないよ。これは便宜的な結婚なんだ」

「あなたのお母さんにとっては、そうじゃないわ。わたしに、お義母《かあ》さんと呼んでちょうだいと言ったのよ」

ハンクはカーリーの肩を優しくさすった。「彼女は生まれながらの母親なんだ。近所の子どもたちだって、お義母さんとかおばあちゃんとか呼んでるよ。落ち着いて、カーリー。ぼくらがこんなことをする理由をおぼえてる？」

カーリーは感覚が麻痺《まひ》したようにうなずいた。

「ぼくらは、子どものことを一番に考えなきゃいけないんだ。いいね？」

カーリーはもう一度うなずいた。心のなかで、子どものことを話すハンクのことばはいつも分別があるように聞こえるのに、自分が思いつくことばはいつもばかげて聞こえるのはなぜだろうと考えていた。

「二、三日だ」ハンクは約束した。「そうしたら、家族にも正直にぼくらの計画について打ち明けよう。それでいいかい？」

「きっとご両親は、わたしがあなたを利用したと思って軽蔑するわ」

「そんなことはないよ。両親は、きみをすばらしい女性だと思うさ。孫を守るために最善の努力をしてくれた女性だ」

そのとき、ちょうどベスがふたりのところにやって来た。ハンクは手短かに、カーリーが計画を変更したがっていると話した。

「今さら、引き返せないわよ」ベスは主張した。「あなたはもうここまで来てしまったのよ、カールズ。あとはやるだけよ。余計なことは気にしないで、赤ちゃんのことだけ考えなさい」

ちょうどそのとき、治安判事が静かにするように呼びかけ、だれが花嫁を新郎に引き渡す役目をするのかと尋ねた。ベスは手を上げた。「わたしです！」と、大声で答えた。

会場の全員がベスのほうに顔を向けた。

「カーリーの父親は今日、この場に来ていないんです」ベスは肩をすくめて説明した。「わたしたちは生まれてからずっと、一番の親友です。ですから、わたしが彼女を引き渡す役目を務めるのが、唯一の正しい手段だと思います」

その宣言に笑いが起こった。ベスは笑い声を無視して、カーリーがもっているブーケの花を直した。ひとつひとつの花を優しく整えながら、穏やかな声で言った。「やりとげるのよ、カールズ。考えちゃだめ。ただ、あそこにハンクと並んで立って、セリフを言うの。それは、なんの意味もないことばなのよ」

「いつ、そうなるの？」

「あなたとハンクが意味はないって決めたとき」

招待客たちが道をあけた。ハンクは治安判事のところに行き、その左側に立った。背筋をまっすぐに伸ばして立っているハンクは、遠くから見るとジークにそっくりだ。カーリーは胃袋がひっくり返りそうになり、気分が悪くなったらどうしようと心配になった。このとんでもない会にはおあつらえ向きの事件だろう。花嫁がゴミ箱に吐いてしまう。この距離からだと、カーリーには兄弟の区別がつかなかった。この際、どちらでもかまわない。ジークでもハンクでも。正直に言えば、どちらのほうが好きなのかもわからなかった。勘定を払ってくれる夫なら、結婚相手がだれであろうとおなじことだった。醜い考えだ。すべての神聖なものを冒瀆《ぼうとく》し、あざ笑う行為だ。自分がここまで地に落ちるとは、夢にも思っていなかった。

「こんなふうにハンクの家族や友人を騙す権利は、わたしにはないわ」カーリーの心臓は肋骨からはみだしそうなほどに、激しく鼓動した。「みんなとてもいい人たちで、わたしによくしてくれるのに」

ベスは別の花をそっと直しながら、微笑んだ。「ラッキーじゃない？　こういう人たちだったら、あなたがこんなことをした理由を理解して、きっと喜んでくれるわ」

そのとき、突然、褐色の頭が視界に飛びこんできた。カーリーは思わず飛びあがりそうになった。ジークだ。ジークは片手でカーリーの肩に触れた。「きみの友達は正しい。今、一番優先するべきなのは、ぼくの甥《おい》か姪《めい》のことだ。ほかのやつなんて、気にするな。もし、この結婚の必要性が理解できないやつがいたら、ぼくが個人的に説得するよ」

ベスは微笑んだ。「大変。盗み聞きされてるなんて知らなかったわ」

ジークはにやりとした。「ぼくは、聞いてはならないことを聞いてしまう才能があるんだ」

親しげな視線をカーリーに戻したとき、ジークの表情は和らいでいた。「いくら真剣に考えても、きみにはこうする以外に選択肢はない。これが大きなうそだなんて考えなくていいんだよ。子どもが無事に生まれれば、どこに気にするやつがいる？」

カーリーはその理屈を自分に言い聞かせながら、招待客たちの前に進みでて、どんな人間なのかほとんど知らないというのに、もうすぐ自分が法的な妻となる男の隣りに立った。

まず最初に、ハンクが誓いのことばを述べた。ハンクは指示されたとおりに、カーリーの両手のひらを上に向けて自分の手で支え、治安判事のあとについて誓いのことばをくり返した。「今日、この瞬間から、この手はあなたのものであり、あなたが悲しいときはあなたを慰め、あなたが困難なときはあなたを支え、あなたが危険なときはあなたを守ります。あなたの助けを借り、この手であなたの夢をかなえます。あなたがくじけそうなときは強さを与え、あなたが不安なときは勇気を与えます。そして、神と証人の方々の前で、たとえ怒りをおぼえたときでも、あなたに対してけっしてこの手をあげないと誓います」

カーリーの視界が涙でぼやけた。それは、カーリーにとってよいことではなかった。ほとんどハンクが見えなくなったからだ。だが、彼の両手はそこにあり、しっかりとカーリーの両手を握ってくれている。その手は、すでに自ら立てた二つの誓いを実行し、カーリーが弱っているときには強さを、不安なときには勇気を与えてくれている。そのあとの誓いのことばはカーリーの頭に入ってはきたが、辻褄《つじつま》の合わないことばの断片として聞こえるだけだった。

それから、判事が言った。「カーリー・ジェーン・アダムズ。わたしのあとについてくり返してください」判事は式を進めた。短い文を読みあげてはカーリーに合図をすると、カーリーがおなじことばをくり返し、死がふたりを分かつまでハンク・コールターを愛し、敬うことを誓った。復唱させられた誓いのなかに、『従う』ということばはなかった。だが、カーリーはすっかり動転し、緊張もしていたので、まるで、かの有名なリンカーンのゲティスバーグ演説を暗誦《あんしょう》しているような気分だった。

カーリーはどうにか式での役割をこなし、ハンクに指輪をはめてもらい、次にハンクの助けを借りて、彼の指にも指輪をはめた。判事がふたりは夫婦になったと宣言すると、カーリーは脚の力が抜けて座りこみそうになった。だが、ハンクの腕がそこにあった。力強くしっかりとカーリーの腰を抱き、支えてくれた。花嫁にキスをするように言われると、ハンクは儀礼的な軽いキスにとどめた。羽根が触れたようにそっと唇が触れると、カーリーはこれが現実ではなく、夢のなかの出来事であるような錯覚に陥った。

すべてが終わった。カーリーとハンクは、招待客のほうに顔を向けた。判事がふたりをハンク・コールター夫妻として紹介した。だれもがお祝いのことばをかけるために、ふたりのまわりに押し寄せた。

そのあと、カーリーは、よく見えない書類にサインをして自分の役目を果たし、ハンクの腕にしっかりつかまって裁判所をあとにした。ハンクの両親の家に向かうドライブで、カーリーの視界はぼやけて揺れていた。いざ家に到着すると、またしても花嫁としての役割を果たさなければならなかった。まるで、悪夢にとらわれてしまったようだ。さまざまな声が周囲にあふれている。その絶え間ない雑音は鼓膜を破らんばかりに頭のなかで鳴り響き、まったく意味など聞き取れない。だが、なんとか最後まで切り抜けられるだろう。切り抜けなければならないのだ。

ハンクは、カーリーのそばをけっして離れなかった。ハンクの手が触れるたびにカーリーは緊張して体をこわばらせたが、ハンクはカーリーを励まさなければという気持ちに駆られ、何度となく守るように腕をまわした。

お客たちのあいだを回って、ひととおり会話を交わしたあと、暖炉のそばでベスがふたりに加わった。「すてきなパーティーね」ベスは言った。「こんなに短期間で準備したメアリーはすごいわ」

「母にはたしかに驚かされるよ」ハンクは答えた。「彼女は人を楽しませるのが大好きなんだ。たぶん、そういう才能をもってるんだろうね」

「すべて完璧よ」カーリーが口を挟んだ。「お母さんの苦労を思うと、自分が情けなくなってくるわ。こんなに立派なパーティーだとは思わなかった」

ハンクはすでに、招待客の多さと、母がどうしてもパーティーをひらくと言い張ったことを、カーリーにあやまってあった。メアリーは、オードブルがのった皿をもって、客のあいだをまわりはじめていた。メアリーがやって来ると、カーリーは礼儀正しく小さな皿を受け取り、しかたなく数種類の食べ物を選んだ。

「おいしい!」詰め物をしたマッシュルームをつまんだベスが声をあげた。「すごくおいしいわ!」

自分の皿に食べ物を取ったハンクは、これだけのパーティーの準備をするのは大変だったろうとお世辞を言い、あらためて母の骨折りに感謝を表した。

「これくらい、なんでもないわ!」メアリーは反論した。「わたしをよく知ってるでしょ。こういうことをするのは大好きなのよ」明るい笑顔をカーリーに向けた。「今日は特別な日ですもの」

メアリーはハンクとカーリーのそばを離れると、招待客たちのようすを確認するために、しょっちゅう部屋のなかをみまわした。そして、そのたびに、ハンクとカーリーのほうも振り向かずにはいられないようだった。

「食べたくなかったら、無理に食べなくていいよ」ハンクは、カーリーにささやいた。「今のきみがすぐに気分が悪くなることはわかってるからね」

カーリーは微笑み、首を横に振った。「わたし、式の準備のことばかり考えて、お昼を食べるのを忘れたの。胃のためには、なにか食べたほうがいいのよ。お腹がすくと、いつも気分が悪くなるから」

カーリーは、特製チーズを塗って緑のオリーブを飾りにあしらった小さなクラッカーを食べはじめようとした。しばらくして、ハンクはカーリーがほんの少ししか食べていないことに気づいた。

「しつこすぎた?」ハンクは訊いた。

カーリーは、わからないほどわずかにうなずいた。ハンクは急いで自分の皿を空にして、カーリーの皿と取り替えた。カーリーは感謝の目でハンクを見た。

「ありがとう、ハンク。料理に手をつけないで、あなたのお母さんをがっかりさせたくないの」

ハンクもすでに、そうならないようにしようと決心していた。そして、カーリーが優しく思いやりあふれる女性であることを改めて確信していた。数分後、ハンクの確信は、メアリーが自分で焼いてデコレーションをしたケーキにカーリーが捧げた惜しみない感嘆の声によって、ますます揺るぎないものとなった。

「どれも、ほんとにかわいいわ」カーリーは、かわいらしいウェディング・ナプキンを指先でそっと触った。「こんなにすばらしいパーティーははじめてです、メアリー。いろいろと面倒をおかけしてすみませんでした」

「お義母《かあ》さんと呼んでと言ったでしょ」メアリーは言った。「それに、ちっとも面倒なんかじゃないわ。わたしはうれしいのよ」

ケーキ・カットになり、ハンクとカーリーはテーブルの前に立った。シャンパンで乾杯する段になって、ハンクは困った。妊婦の体にアルコールはよくないはずだ。

「だいじょうぶ」ハンクの耳元で、ジークがささやいた。「ぼくが瓶を空にして、代わりにサイダーを入れておいた」

ハンクは兄を抱きしめたくなった。「ありがとう、ジーク。ひとつ借りができたな」

ジークはカーリーに目を向けた。「調子はどうだい?」からかうように、にやっと笑って言った。「ぼくらは騒々しい家族なんだよ。圧倒された?」

カーリーは笑った。「あなたたちは、ほんとうに大家族なのね。だけど、みんないい人たちばかりだから、ちっとも圧倒されてる気はしないわ」

それは、ある点では真実だった。カーリーはハンクの家族が好きだった。こんな人たちを嫌いになれるはずがない。だが、それはカーリーがくつろいでいるという意味ではなかった。結婚式が終わってから、ハンクはしょっちゅうカーリーの体に触れ、所有権を主張しているかのような態度を取っていた。ハンクに腕をまわされるたびに、カーリーの心臓は肋骨からはみでそうなほどに鼓動した。ハンクの手が肋骨をおおい、指先がもう少しで胸のふくらみの下側に触れそうになると、カーリーは普通に呼吸をするだけで精いっぱいだった。結婚前の契約について、ハンクの気が変わっていたらどうしよう?　今のところ、約束どおり作ったとハンクが話していた書類を渡されてはいない。

結婚披露のパーティーが進んでいるあいだ、カーリーにはそのことについて考える余裕がほとんどなかった。だが、心の奥にはつねに不安があり、ハンクが当然のように体に触れるたびに、なにかあったらすぐに跳びのく用意をしていた。

ハンクは、細い首の部分にリボンが飾ってあるグラスにシャンパンを注いだ。それから、カーリーとグラスを合わせて乾杯してから、ふたりの将来のために、そろってグラスの中身を飲み干した。サイダーを飲みながら、新たに芽生えた誇らしさをもって、かたわらの花嫁に目をやらずにいられなかった。まちがいなくつらい状況にもかかわらず、カーリーはこの午後じゅうずっと上品で魅力的な振る舞いを続けている。ハンクは数えきれないほどの親族や友人から、こんな女性を射止めるとは、なんて幸運な男だと言われた。そして、ハンクもその意見に全面的に賛成だった。あの酒場で、自分がどうやってカーリーのような女性を選びだせたのかは、自分でもまったくの謎だった。

ハンクは、ケーキ・カットのためにカーリーに手を差しだした。客たちはいっせいに拍手をした。ハンクは、銀のリボンと花で飾られた小さな紙皿の上に、ケーキをひと切れ取り分けた。昔からの慣わしで、まずカーリーが、砂糖衣をハンクの口のまわりにつけないように注意しながら、ひと口食べさせた。それから、ハンクが自分のフォークで小さくケーキを切り取って、カーリーの口に入れた。

その場にいる全員が歓声をあげ、ふたりの幸せを願って乾杯した。乾杯がはじまってから、ハンクはずっとカーリーの肩に手をまわしていた。ハーヴが話しはじめると、客たちは静まった。ハーヴは、自分とメアリーは心から喜んでカーリーを家族として迎えると言い、新郎新婦の幸せを願うことばを口にした。

みんなのグラスがもう一度満たされると、今度は長兄のジェイクが父のあとを引き継いだ。

「ここに立っているのは、とても妙な気分です」ジェイクは言った。「ぼくは弟をずっと見守ってきました。弟の鼻をふいてやり、擦りむいた膝にバンドエイドを貼ってやり、ティーンエイジャーのころは、弟が喧嘩《けんか》をするとき背中を守ってやりました。そしてずっと、弟はいつまでも小さな末の弟で、それはけっして変わらないと思っていました」目に涙を光らせながら、ジェイクはグラスを掲げた。「ぼくらの家族にようこそ、カーリー。おめでとう、ハンク。ふたりの幸せを祈って」

次にジークが前に進み出た。「小さかった弟が大人になって結婚したとは、いまだに信じられません。今日、ぼくは弟が首に縄をつけられるのを見守りながら、式のあいだじゅう、神様に感謝していました。結婚するのがぼくじゃなくてよかった」みんなが笑った。ジークは視線をカーリーに向けた。「大部分について、そう思います。ただ、花嫁を見ると、弟がねたましくなると白状しなければなりません。弟はそれだけ価値のあるものを射止めたのです。こんなに美しい花嫁は見たことがありません」

女性客たちはささやきあった。「すてきなお祝いのことばね」男たちは怒鳴った。「乾杯、乾杯！」

ジークはシャンパンをひと口飲み、ふたたび、新郎新婦のほうを向いた。「さて、おまえがまだここにいるのが不思議だよ、ハンク。ぼくがこんなに美しい花嫁と結婚したら、さっさと彼女を車に乗せてハネムーンに出発したくてたまらないだろうな。なんだって、こんなところでぐずぐずしてるんだい？」

メアリーが叫んだ。「まだケーキも食べてないし、プレゼントもあけてないのよ！」

ハンクは心の底から、カーリーとふたりで早くこの場から逃げだせたらと願った。カーリーが、あとどのくらい、にこやかな態度を続けられるのか、予想はつかなかった。ハンクは、この結婚が一時的な取り決めだと知っている父とジークのふたりが、ちらりとも真実を漏《も》らさずに挨拶をしてくれたことに感謝していた。だが、一方では、カーリーにとってふたりの将来の幸せを願うことばは苦痛だろうということもわかっていた。ふたりの結婚を完全なものにするためにハンクが早くこの場を立ち去りたいだろうとほのめかすお祝いのことばなら、なおさらだ。

カーリーがケーキをひと切れ食べたのを見て、ハンクはうれしかった。デザートと飲み物がふるまわれたあと、客たちは新郎新婦がプレゼントをあけるところを見物するために、リビングに戻った。これほどたくさんの小さな家庭用電気製品が一カ所に集まっている光景を、ハンクは見たことがなかった。そして、すぐにだれがなにをくれたのかおぼえきれなくなった。義姉《あね》のモリーがメモを取っているのを見て、ハンクは胸を撫でおろし、あとで忘れずにモリーにお礼を言おうと思った。

プレゼントをすべてあけ終わると、ハンクは妻を腕に引き寄せ、招待客たちのあいだをまわってパーティーに来てくれたお礼を言った。カーリーは男性客とは上品に握手を交わし、女性客には抱擁を返した。メアリーにお礼を言うときは、とりわけ優しく感謝の気持ちを表わした。

ハンクは、ライスシャワーやブーケ・トスなど、どうでもよかったが、メアリー・コールターは細かいところまでこだわる性格だった。ライスシャワーを浴びながら、ハンクは通りに停めてある車へと花嫁を急がせた。縁石のところで、カーリーはブーケを投げるために振り返った。

「ここよ！」ベスが叫んだ。「受け取れたら、幸運に恵まれるわ！」

カーリーは笑った。「行くわよ！」と、声をかけた。

ブーケは宙を飛んだが、カーリーが狙ったようにベスのところへは行かなかった。代わりに、ブーケは左にそれて、ジークの真正面に飛びこんだ。ジークはとっさに、地面に落ちる前にブーケをつかんだ。それから、ひどいしかめ面をしたので、みんながどっと笑った。

「そんなばかな」ジークは言った。「次はぼくじゃないぞ。ぼくは独身のままでいい」

ジークはベスにブーケを渡そうとしたが、ベスは首を横に振った。「いらないわ。あなたが受け取ったんだから、もう逃げられないわよ」

ハンクが妻を手助けして車に乗せようとしているときも、みんなはまだ笑っていた。ハンクはなにも考えずに、カーリーの膝の向こうに手を伸ばしてシートベルトを締め、胸の前に交差して長さを調整しようとした。その拍子に、ハンクの手の甲がカーリーの胸に触れた。カーリーは鋭く息を吸いこみ、ハンクは凍りついた。緊張が一気に高まった瞬間、ふたりはお互いを見つめあった。ハンクは、わずかに触れただけでカーリーの乳首が堅くなった感触をはっきりと認識した。

ハンクはすぐに気を取り直し、助手席側のドアを閉めた。車の前をまわって運転席に乗りこむと、カーリーは両腕で自分の細い腰を抱きしめ、できるだけドアに近づいて小さく縮こまっていた。その姿勢はこう叫んでいた。「わたしに触らないで！」

結婚のはじまりとしては最悪だ。ハンクはそう思いながら、アクセルを踏んで車を発進させた。

13

ハンクは〈レイジー・J〉牧場の敷地を横切り、小川のそばのログハウスに向かって車を走らせた。ヘッドライトの金色の光が、マツの立ち並ぶ風景を闇のなかから切り取って行く。揺れる光の効果で、おてんばなバレリーナたちの黒いシルエットが幹のあいだで飛びはねている影絵のような映像が生まれた。ライトの光が届かない森のなかは、不気味な暗闇に包まれている。

カーリーは助手席側のドアに寄りかかっていた。軽い吐き気を覚え、気分が悪くなりませんようにと祈るばかりだった。窓の外のぼやけた景色を見つめ、これからアパートに帰って自分のベッドで眠れたらどんなにいいだろうと思った。この日のイベントは、カーリーを心底疲れ果てさせた。数えきれないほど何度も微笑んだせいで、顔の筋肉が痛かった。

「だいじょうぶかい?」ハンクが訊いた。

ええ、だいじょうぶですとも。なにしろ、ほとんど知りもしない男と結婚して、今日は結婚初夜なんだから。ハンクが約束をきちんと守ると信じたかった。だが、約束どおりにサインをした書類はまだ渡されず、ハンクの気が変わったのではないかと不安をおぼえずにはいられなかった。もっと前に、書類のことをハンクに訊いておけばよかった。だが、頭が変になりそうなくらい忙しい一日を過ごすうちに、すっかり忘れてしまい、今さら訊くこともできなかった。

「だいじょうぶよ」カーリーは答えた。「ちょっと疲れただけ」

「ぼくもだ。大変な午後だったね」

これからはじまる夜は、午後よりましなのだろうかと、カーリーは本気で疑った。自分は結婚した。それを思うたびに、カーリーは息苦しさを感じた。

ハンクは、四角い影のように見える建物のそばで車を停めた。ギアをパーキングに入れ、ヘッドライトを消してエンジンを切った。「わが家へようこそ」ハンクは言った。「小さなログハウスだけどね。ベッドルームが二つあるだけで、なんの飾りもないんだ。だけど、ぼくらで整えればいいよ。母屋よりこっちのほうが、きみは気楽だと思ったんだ。このほうが、プライバシーが保てるだろうから」

カーリーはそこがどんな場所でもかまわなかった。ただ、適度に清潔で平らな場所で、できればひとりきりになって眠りたいだけだった。

「そのまま座っていてくれ」ハンクが指示した。「ぼくがそっちにまわる。外はタールみたいに真っ暗だし、地面はでこぼこしてるんだ」

ハンクはうしろの座席に身を乗り出して、カーリーの小さめの旅行かばんをつかんだ。運転席側のドアがあくと、室内灯がぱっとつき、まぶしい光がカーリーのずきずきと痛む目に突き刺さった。冷たい夜の空気が車のなかに押し寄せ、むきだしの両腕に鳥肌が立った。ハンクがドアを閉め、車内がふたたび暗闇に包まれると、カーリーはほっとした。

数秒後、ハンクが助手席側の窓を叩いた。その合図に、カーリーは体をまっすぐに起こし、シートベルトをはずした。そのあいだに、ハンクはドアをあけた。ハンクの手が肘に触れると、カーリーは、車を降りるときに片手を差し出して手助けしてくれるものと思って振り向いた。だが、代わりにハンクは片手をカーリーの腰にまわし、軽々と地面に抱きおろした。体が触れたその短い時間に、カーリーはハンクの肩や腕のたくましさを感じた。ウールのジャケットの下で、強靭《きょうじん》な筋肉が脈打っていた……。

ハンクはカーリーの腰に腕をすべらせ、大きな手で脇を支えた。「地面に穴があいていて、ごめんよ。このログハウスはほとんど人が住んでいなかったから、地面の手入れをしていなかったんだ。気をつけて」

ハンクがフロント・バンパーの上に置いてある旅行かばんを取ろうとして身をかがめると、カーリーの腰にまわした手の力が増した。「かなり深い穴もあるんだ」

ログハウスの玄関ポーチにつくと、カーリーはほっとした。ハンクはドアをあけてカーリーから手を離し、うしろに立って、カーリーを先になかに入らせた。暗い室内に入ると、周囲の空気の暖かさにかかわらず、カーリーの体は震えた。ハンクがフロア・ランプをつけると、淡い金色の光が部屋に広がった。

「ベスが、まぶしい照明はきみの目を痛めるって教えてくれたんだよ」ハンクは言った。

「それで、全部の灯りを四十ワットの白熱灯に替えておいた。助けになるといいんだけど」

それは、大いに助けになった。部屋のなかは、ぎらぎらとした光ではなく、柔らかな金色に照らしだされている。ハンクにこんな思いやりがあったことが、カーリーを驚かせた。

「とても助かるわ、ハンク。気をつかってくれて、ありがとう」

「キッチンと洗面所の電灯はそのままなんだ。もしまぶしすぎたら言ってくれれば、替えておくよ」

ハンクはドアを閉め、ジャケットを脱いで、居心地がよさそうな茶色い革張りの椅子に放り投げた。まだ震えていたカーリーは、両腕をさすりながら小さなリビングに足を踏みいれた。正面が美しい石組みになっている暖炉が、右側の壁を飾っている。革張りのソファと椅子が何脚か、炉辺《ろへん》に向かうように配置されていた。カーリーの脳裏に、冷えこむ晩に勢いよく燃える炎の前で時を過ごす光景がありありと浮かんだ。ソファの向こうには、古びた木のテーブルと椅子が置かれていた。

「すぐに火がつくように用意してあるよ」ハンクはカーリーに言った。「部屋が暖まるまで、よかったらぼくのジャケットを着るかい？」

実際、部屋のなかはそれほど寒くなかった。カーリーは、寒気がするのは自分の神経が過敏になっているからではないかと疑った。「だいじょうぶよ」

ハンクは暖炉に歩み寄った。遠くに離れると、ハンクの顔はぼやけ、背の高い輪郭がにじんで見えたが、それでも、体全体が小さく見えることはなかった。カーリーの横にあるフロア・ランプの上にハンクがかがみこむと、カーリーの視界で白いワイシャツのシルエットが揺れ、胸と肩がさらに幅広く見えた。

ハンクは暖炉の前にしゃがんで、火をつけた。琥珀《こはく》色の炎がぱちぱちと音をたてて燃えあがり、ハンクの引き締まった体を金色に染めた。カーリーの心臓が喉元まで跳ねあがった。息が速く、浅くなる。今ここで、ふたりが出会った夜を思い起こすのは愚かな行為だったが、カーリーは自分を止められなかった。骨まで溶けるようなキス。大きな手から伝わってきた、体がうずくような温かさ。そして、耳元でささやいてくれた甘いことばの数々。いつものように、そのあとの苦痛を思いだすと、胃のなかに冷たい塊があるような感覚を覚えた。

カーリーは、車から降ろされたときに感じたハンクの腕や肩のたくましさを思いだし、もしハンクが夫の特権を行使しようとしたら、自分には止めようがないことを悟った。その可能性に気づいたとたん、一気に緊張が高まり、それに続いて、吐き気が強くなった。

「すぐに暖かくなるよ」ハンクが言った。

ハンクは体を起こし、カーリーのほうを向いた。近くにいなくても、ハンクの鮮やかな青い目はカーリーを落ち着かなくさせた。カーリーは心を空っぽにしようとした——が、自分を裏切るような想像が頭のなかから離れなかった。善かれ悪しかれ、ハンク・コールターが約束を守る男かどうかが、これから明らかになる。

ハンクは両手を腰にあてて、ゆっくりと部屋のなかを歩いていた。余計な贅肉《ぜいにく》のない尻と強い筋肉でできた長い脚の動きは、いかにも男らしかった。カーリーの前に来ると、ハンクは微笑んだが、カーリーとおなじくらい緊張しているように見えた。その表情からは、なにも読み取れなかった。

「よかったら、家のなかを案内しようか？」

「ええ。それはうれしいわ」

ハンクは小さなリビングとキッチンを分けている壁の向こう側に、カーリーを案内した。

「さあ、ここがキッチンだ」カーリーの視線を受け止めたハンクの目は笑いを含んで、明るく輝いた。ハンクは片手を振って、テーブルを指した。「遊戯室と朝食ルームとオフィスの機能が備わった、余分な装飾のない完璧なダイニング・スペースだよ」次に、ダイニング・セットの向こう側にあるドアを指した。「あそこが、奥の寝室だ。ぼくの荷物は全部あの部屋に詰めこんでおいた」それから、頭を少し傾《かし》げて付け加えた。「表側の寝室は――表側にある」

カーリーは不安を感じながらも笑った。ハンクは先に立ってひらいたドアのなかに入り、手を伸ばして頭上の灯りのスイッチを入れた。柔らかな光は、ハンクが事前に天井に取り付けられている電球のワット数を下げておいたことを物語っていた。カーリーは、ハンクのあとについて部屋に入るのをためらった。それから、臆病な自分を叱《しか》った。もしハンクが約束を破ってセックスを強要しようとしても、なんとかして逃れられるはずだ。今までのところハンクは、配慮が足りなかったり自己中心的なところはあっても、暴力的な振る舞いをしてはいない。

「さっきから言ってるけど、なんの飾りもないし、あまり広くはないんだ」カーリーが小さなベッドルームのなかに立つと、ハンクはあやまった。

「きれいなベッドね。真鍮《しんちゅう》なの？」

ハンクはうなずいた。「モリーは、アンティークだから価値があると言っていた。これは、ずっと昔からコールター家にあったベッドなんだよ。小さいけどね。昔の人は、今のぼくたちよりずっと背が低かったんだ。そこに寝たら、ぼくの足は、はみだしてしまう」

カーリーはそのベッドで眠っているハンクを想像した。足の部分の真鍮の枠を突き抜けて、長い脚がマットレスの端からぶら下がっている。広い肩はマットレスの幅の半分以上を占めるだろう。

「ここがわたしの部屋になるの？」

「ああ。家政婦さんを頼んで、大掃除をしてもらった。引き出しも棚も全部きれいにしてくれたはずだ。収納スペースはそれほどないんだよ。きみの荷物が全部収まるといいが」

「わたしはあまり服をもってないのよ」カーリーは体をかがめてマットレスを軽く手で叩いた。「ずっと目が見えなかったから、服装とか、そういう類のこととは無縁だったの」

ハンクは顎をこすった。「流行を追わないことについてあやまってるなら、その必要はないよ。当分のあいだは、ぼくが買い物の勘定を払うんだから、どうして服を買わないんだってぼくに文句を言われたりはしないさ」ハンクは、ふと顔をしかめた。「きみが服を買うと困るって意味じゃないよ」

なにからなにまでハンクに勘定を払わせるのは、カーリーにとって憂鬱《ゆううつ》の種だった。「もちろん、わかってるわ。そんな意味だなんて思ってないわよ」

「バスルームは、寝室を出てすぐ左だよ。シャワーを浴びたかったら、洗面台の向かいにある戸棚に新しいバスタオルや浴用タオルが入ってる」

「シャワーを浴びたら、気持ちよさそうね」

ハンクはリビングに戻って、カーリーがもってきた、ひとつだけの荷物を手に取った。

「お腹はすいてない？」旅行かばんを手渡しながら、訊いた。

食べ物のことをちょっと考えただけで、カーリーの胃袋はひっくり返りそうになった。

「いいえ、いいの。今はなにも食べたくないわ」

ハンクは片手で髪を梳いた。それから、咳払いをした。「ええっと」ハンクはかすかに微笑んだ。「わかりにくい質問には、寂しい答えしか返ってこないものだね。ぼくはこれから、ベーコンと卵を料理するつもりだ。ほんとうにいっしょに食べないかい？　母のオードブルとケーキだけじゃ、ぼくの腹はもたないよ」

カーリーは首を横に振った。「いいえ。どうぞ、あなただけで食べて。わたしはシャワーでさっぱりして、寝る準備をするわ」

とうとうハンクが部屋を出て行くと、カーリーはほっとした。すばやく旅行かばんをつかんで、シャワーを浴びる準備をした。急いでシャワーをすませてベッドに入り、できれば、ハンクが料理を作り終わるころには眠ったふりをしていたかった。

バスルームの照明をつけると、天井からまぶしい光が降り注ぎ、しばらく目の前が真っ暗になった。まばたきをして視界の黒い点を追い払いながら、ドアを閉めた。と、問題が生じた。鍵がないのだ。ハンクがいつ入ってくるかわからないままシャワーを浴びるのは不安だった。だが、どうしようもない。ここで快適に暮らすには、ハンクが家にいるときにシャワーを使うことは避けられないだろう。

バスルームの白い磁器が、明るい光に照らされて輝いていた。旅行かばんをトイレのうしろ側に置き、敏感な目を細めて光をさえぎりながら、頭上の換気扇のスイッチを入れ、服を脱いだ。

シャワーの栓をひねってバスタブのなかに入ってから数分後、気分が悪くなるような強烈な匂いがカーリーの鼻孔に流れこんだ。ベーコンだ。以前からベスはコレステロールを気にして豚肉を食べなかった。そして、妊娠してからは、自分も普段とは違った朝食を食べていた。つまり、この数週間、カーリーは一度もベーコンを炒《いた》める匂いをかいでいなかった。

それは幸運だったのだと、匂いがますます強くなるなかでカーリーは痛感した。周囲の空気全体に油が染みこんだように感じ、息をするたびに舌や喉に油がまとわりついた。古びた換気扇は、閉じたドアの下からも、炒めた肉の匂いをバスルームに招き入れているようだ。妊娠した女性は油の匂いをかぐと気分が悪くなるという話を聞いたことはあったが、これほどひどいとは思わなかった。胃袋がぐるぐる回っているようだ。カーリーは胃の中身を抑えこもうとして、必死に息を呑んだ。さっきまで少しだった吐き気が、刻一刻と強くなっていく。我慢できない。今にも吐きそうだ。

ほとんど髪をすすぐ暇もなく、猛烈な吐き気の波がカーリーを襲った。シャワーカーテンを押しのけ、よろめきながらバスタブを出てタオルをつかむとほぼ同時に、胃袋が裏返りはじめた。

ハンクは、ベーコンを炒めているあいだに、急いでばかげたスーツを脱いだ。ワークシャツのボタンもまだ留めずに、フライパンに卵を割りいれようとしたとき、妙な物音が聞こえた。ハンクは頭を少し傾げて耳をすませた。まるで、カーリーが吐いているかのような音だ。ガスの火を消し、急いでリビングに行った。バスルームに近づいて、声をかけた。「カーリー、だいじょうぶかい?」

「入って——来ないで。だいじょうぶ。だいじょう——ぶよ」

ちっともだいじょうぶには聞こえなかった。ハンクはドアノブに手をかけた。また、吐くような音が聞こえた。それ以上ただ立ちつくしていられなくなり、ハンクはドアを少しあけた。カーリーは体にタオルを巻いて、便器の横に膝をついていた。細い手が縁をぎゅっとつかんで上半身を支えている。ハンクはこの光景をひと目見るなり、バスルームのなかに入った。カーリーは視界の隅でハンクの姿をとらえると、便器を握っていた手を離し、タオルで胸をおおった。

「出て行って。わたし、服を着ていないの」吐き気の発作がカーリーを襲った。しばらくして、それが少し治まると、カーリーはすすり泣きながら言った。「お願いだから、出て行って。わたしをひとりにして」

そんなことができるものか。ハンクはシンクのそばにあった洗面器のなかからきれいなタオルをつかみ、冷たい水で濡らした。それから、カーリーのうしろで片膝をついた。

「だいじょうぶかい」ハンクはカーリーの腰に片方の腕をまわした。

カーリーの両手に、ハンクの手首と腕がかぶさった。胸をおおっていたタオルが滑り落ちはじめ、カーリーは弱々しい声で抵抗した。

「だいじょうぶ、だいじょうぶだよ」ハンクは濡らしたタオルを脇に置き、カーリーが旅行かばんから出して洗面台の横に置いたナイトガウンをつかんだ。「安心していいよ。すぐに着せてあげるから」

ハンクの手首の下で、カーリーの胃の筋肉が固くなった。次の瞬間、カーリーの体は新たな吐き気の波に突き上げられた。だが、吐くものはなにもなかった。ハンクは、大酒を飲んだあとで、吐き気はするのになにも吐けないというおなじような体験をしたことが何度かあり、それがどんなに苦しいものかを知っていた。さらに、治まったあとで疲れきってぐったりしてしまったことも思いだした。

吐き気の発作が少し弱まると、ハンクは片腕でカーリーの体重を支えて、頭からナイトガウンをかぶせようとした。カーリーの片手をもってガウンの袖に通そうとすると、カーリーは必死にタオルを胸に押しあてて抵抗した。

「タオルを取ったりしないよ。ほら、いい子だから。手を貸してごらん」あれこれ骨折ったあげくに、ハンクはやっとカーリーにガウンを着せることができた。「ほら、できただろう?」ゆったりとした木綿のひだは、カーリーとタオルの両方を包むようにおおった。「これで、ちゃんと隠れたよ」

カーリーがハンクの肩に頭をもたれさせると、ハンクは息が止まりそうになった。カーリーの濡れてくしゃくしゃになった髪が裸の胸に触れ、冷たく感じた。ハンクはガウンの下からタオルを引っ張りだして、ガウンが濡れないように片手で髪を拭いてやった。そうしているあいだ、カーリーはぐったりとハンクにもたれかかっていた。

「すごく気分が悪かったの」小声で言った。「ベーコン。匂いが」

「そうだったのか。ごめんよ」妊娠しているときに近くでだれかがベーコンを炒めると吐き気がしたと、母が話していたのをハンクは思いだした。「ちっとも思いつかなかったよ」

「わたしもよ」カーリーが力なく答えた。「こんなに気分が悪くなるなんて、知らなかったわ」

ハンクは、できることなら自分が代わりたいと願った。カーリーは、吐き気の発作で完全に消耗しているようすだった。ハンクは、カーリーの体が震えているのを感じた。「ぼくがここにいるよ。妊娠した女性を介抱するのには慣れていないけど、これからだんだん身につけるようにするよ」

ハンクはバスタオルを脇に置き、ふたたび小ぶりなタオルを手に取った。蛇口をひねって、冷たい水でタオルを濡らし、上向きになっているカーリーの顔を拭いた。目の下をそっと叩くと、カーリーは鼻に皺を寄せ、顔をしかめた。小さな顔に、地図のような黒い筋がついた。今日、出かける前にハンクが塗ったマスカラのせいだ。頬もきれいに拭ってから、ハンクは顎を引いて、カーリーの青白い顔をじっと見つめた。完璧だ。肩に垂れた髪が湿って束になっていても、カーリーは美しかった。ハンクが父に説明したとおり、まさに教会の天井に描かれた天使だ。ただし、驚くべきことにカーリーは本物の人間で、それゆえ、ますますその美しさは信じがたいほどだった。まるで、生まれてからずっと大きな泡のなかにいて、たまたま通りかかったハンクがその泡を破って夢のように美しい女性を救いだしたとでもいうようだ。

「冷たいタオルは気持ちがいいんじゃないかな。ぼくはいつも、それで気分がよくなるんだ」

「うーん」カーリーは小さくつぶやき、ハンクの腕に完全に体重を預けた。

ハンクは、カーリーの弓なりになった喉にタオルを当てた。カーリーはため息をついた。柔らかなヒップがハンクの太腿の上のほうに押しつけられた。ハンクの体のある部分が堅くなった。そんなふうに反応する自分の体を嫌悪して、ハンクは歯噛みした。カーリーは、男の体はこういう場合にコントロールが効かないということを理解できないかもしれない。カーリーを警戒させたくはなかった。

「治まったら、ベッドに連れて行こう。たぶん、眠れるよ」

なんの前触れもなく、カーリーはまた吐き気をもよおした。その発作が通り過ぎるまで、ハンクはずっとカーリーの両肩をつかんでいた。吐くものもないのに続く激しい吐き気の発作に、ハンクは心配になった。カーリーにも赤ん坊にも悪い影響があるかもしれない。少し落ち着くと、カーリーの震える喉に濡らしたタオルをあてた。冷たいタオルは気持ちがいいらしかった。カーリーは震えながらため息をついた。

「こんな恥ずかしい思いをするなんて。いっそ、死にたいくらいよ」

カーリーの声ににじむあきらめきった響きに、ハンクは胸をつかれた。カーリーの頭のてっぺんに、顎を乗せて言った。「ばかなことを言うなよ。だれだって、気分が悪くなることくらいあるさ」

カーリーは身震いをして、唾を呑んだ。しばらくのあいだ、ハンクはただカーリーを抱きしめていた。それから、腕に抱えて少しよろけながら立ちあがり、ベッドルームに運んだ。右腕の内側にカーリーの太腿の裏側が触れ、湿った温かな肌の感触が伝わった。正しい向きでベッドに横たえるには、向こう側にぐるりとまわらなければならなかった。

頭が枕に触れると、カーリーはうめいた。それから、脚を隠そうとして、力なくガウンの裾《すそ》を下のほうに押しやった。ハンクも手伝い、腰のまわりに絡まっている木綿の生地を引っ張った。手の甲が柔らかい素肌に触れ、ハンクの脳裏にあの夜の記憶が閃いた。ジーンズを引きおろしたとき、カーリーの肌がどれだけ絹のように滑らかだったか。

「わたし、バスルームにいなくちゃ」カーリーが訴えた。「吐き気。また吐き気がするかもしれないから」

ハンクは急いでバスルームに戻り、新しく中袋を入れたばかりのくずかごをもってきた。それをカーリーに渡すと、カーリーは横向きになって片方の腕でくずかごを抱き、縁に顎をかけた。ハンクはカーリーの横に座って顔にかかった髪をはらい、どうしていいのか教えてほしいと神に祈った。

「母さんのところでちょっと食べた以外に、朝からなにも食べていないんだね。そうだろう?」

カーリーは、ほとんどわからないくらい微かにうなずいた。

ハンクはちらっと時計に目をやった。今は夜の九時だ。もしカーリーが朝の八時からなにも食べていないとしたら、十三時間も食べ物を胃袋に入れていないことになる。ときたま、胃が空っぽになると少し吐き気を感じた経験はある。だが、自分は妊婦ではないのだ。ハンクはカーリーの脚にシーツをかぶせた。

一瞬後、カーリーの体が吐き気に襲われ、痙攣《けいれん》した。カーリーの引きあげた両膝が、ハンクの尻にぶつかった。繊細な顔立ちが苦しそうにゆがんでいる。バスルームから漏れる光で、カーリーのまぶたに赤い点が浮きあがっているのが見えた。極度の緊張状態で、毛細血管が切れたに違いない。これでは、カーリーにも子どもにもよくないに決まっている。

ハンクは新しいタオルを濡らして、カーリーの喉にそっと押しあてた。それから、キッチンへ行き、母の家の電話番号を押した。こんなときにどうすればいいのか知っている人物がいるとすれば、それはメアリー・コールターだろう。彼女は六人もの子どもを産んでいるのだ。

電話に出たとき、メアリーは笑っていた。ハンクは、結婚パーティーがまだ大いに盛り上がっている最中だと知った。「母さん、ハンクだけど。カーリーがすごく具合が悪いんだ。吐くものもないのに吐き気が止まらないんだよ。ちょっと心配なんだ」

メアリーは舌打ちをした。「それはきっと、吐き気にくるインフルエンザよ。胃に効く薬をなにかもってる？」

ハンクは小さく息を吐きだした。「インフルエンザじゃないんだよ、母さん。カーリーは妊娠してるんだ。子どもに悪い影響があるかもしれないから、薬はなにも飲ませられないんだよ」

長い沈黙があった。それから、メアリーは言った。「そうなの。わかったわ」

ハンクは、できればもう少しショックが少ない形で、この事実を母に明かしたかった。いくつか、一番よさそうな方法を考えてあったのに。カーリーがまた吐き気に襲われている音が聞こえ、ハンクは震える手で髪を梳いた。「ひどい吐き気なんだ。ほんとに、ひどいんだよ。どうしていいのか、ぼくにはわからない」

「わたしが気分が悪くなったときは、塩味のクラッカーとセブンアップがいつも効いたわ」

「カーリーがそれを食べられるかどうか、わからないな」ハンクは、ベッドルームのほうに、またちらりと目をやった。カーリーは、今は静まっていた。「こんなに具合が悪いと、流産かなにかの原因になるんじゃないかって心配なんだ」

「わたしだって、このまま死ぬんじゃないかと思うくらい具合が悪かったけど、わたしも子どもも無事だったわ。もし、吐くものもなくて気分が悪いなら、胃になにか入れたほうがいいわ。塩味のクラッカーはある？」

「いや。でも、母屋をのぞいてみるか、急いで買いに行くよ」

「それとセブンアップね」メアリーは付け加えた。「常温が一番いいわ。飲む前に、炭酸を少し飛ばしなさい。クラッカーをひと口かじって、セブンアップを少し飲むの。あまりたくさん、急いで胃に入れたら、また気分が悪くなるだけよ。もし、それでもだめだったら、救急に電話をして、病院に行くべきかどうか訊いたほうがいいわ。わたしは医者でもなんでもないんだから」

「ありがとう、母さん」

メアリーはため息をついた。「いいのよ、ハンク。朝になったら、カーリーとわたしの孫がどんな具合なのか、電話で知らせてくれるわね」

ハンクはその声音に、母の気持ちを読み取った。「こんなふうに知らせることになって、ごめんよ。すぐに話すつもりだったんだ。ただ、結婚式の前には言いたくなかったんだよ」

「赤ちゃんですって？　いったいどうして、そうなったの？」

ハンクは答えようとした。が、なんと言っていいのか、どうしてもわからなかった。昔から、メアリーの純真さは家族のあいだで冗談の種になっていた。メアリーは、子どもたち全員に、おまえたちはベッドの横にあった父さんのブーツのなかにコウノトリが置いていったのよと話していた。もちろん、子どもたちのだれひとりとして、それを鵜呑《うの》みにはしなかった。だが、メアリーが、あまりにも自分のことばに確信を抱いているように見えたので、心のどこかでは信じていた。大人になった今はハンクも真相を知っていたが、いまだにその手の話を母親とするのは苦手だった。

「たまたま、そうなったんだよ、母さん」結局、ハンクはそう答えた。

メアリーは舌打ちをした。「まあね、うれしい驚きだわ。そうなると、シャンパンが足りなくなってきたわ。これは断然、乾杯に値するニュースよ。コールター家に新しい小さな家族が増えるんですもの」

ハンクは鼻筋をつまんだ。父が猿ぐつわでもはめない限り、母は電話を切ったとたん、このニュースを全員に発表するだろう。いや、いいんだ。どちらにせよ、そう長く秘密にしてはおけなかったろう。母は、みんなに説明するという苦労から自分を救ってくれたのだ。結局は、このほうが、カーリーもあまりばつが悪い思いをせずにすむだろう。

「愛してるよ、母さん」

「わたしもよ」メアリーは一瞬、間を置いた。「母と息子の会話をするべきかしら?」

「なんのことだい?」ハンクは用心深く訊いた。

「若い娘さんが、あいだを置かずに次々と子どもを産むのはあまりよくないわ。こういうことは、あなたがちゃんと計画しなさいね」

この女性は機関銃を撃ちまくるように次々と六人の子どもを産んだというのに、そんなお説教をするのか?「わかってるよ」

「そう。次のときは、リズムがいい音楽をかけるようにしてごらんなさい。そうすると、計画的にいくらしいわよ」

音楽? ハンクは耳を疑った。「そいつは新しい方法だね」

「そうでもないわ。何年も前から、みんなやってるわよ。リズム療法って呼ばれてるの」

ハンクのこめかみが、空気を求めてがんがん鳴りはじめた。ハンクはさっきから息を止めて、懸命に笑いをこらえていた。最高のジョークだ――もし、メアリーが冗談を言っているなら。もし冗談ではなかったら、ずいぶん危険な方法だ。「ふーん」

「それでだめなら、くつ下を試してみて」

頭のなかに飛びこんできたイメージに、ハンクはたじろいだ。

「ぼくのくつ下?」

「そうよ」メアリーはくすくす笑った。「寝る前にブーツを脱いだら、くつ下を詰めておくの。そうすれば、コウノトリは配達物を入れられなくて、しかたがないから隣りの家に行くわ」

メアリーが電話を切ったあと、ハンクは惚《ほう》けたように笑みを浮かべながら、その場にしばらくたたずんでいた。

それから、カーリーが眠っているベッドルームに戻った。起こしたくはなかったが、カーリーが目を覚まして、ハンクがいないことに気づくというのもいやだった。

ハンクは、カーリーの肩に触れた。「きみの胃に効くものを、買いに行ってくるよ」カーリーが目をあけると、付け加えた。「ほんとうは、きみをひとりにしたくないんだけど。三十分くらいならだいじょうぶかい？」

カーリーは、聞き取れないことばを何事かつぶやいた。ハンクはカーリーが凍えないように、ベッドカバーを引っ張りあげた。「急いで帰ってくるよ。いいかい？」

カーリーはうなずいた。

カーリーをひとり残して出かけたくはなかったが、しかたがない。金曜の夜は、牧場の雇い人たちも街に出かけている。モリーとジェイクは両親の家にいた。母屋にクラッカーとセブンアップがなければ、車でスーパーマーケットまで買いに行かなくてはならない。明るい光はカーリーの目を傷めることを思いだしたハンクは、部屋を出るときに、天井の電気を消した。

カーリーは眠りたかった。だが、吐き気の発作が頻繁に襲ってくるため、まどろむことさえできなかった。仰向けになってみた。なにも変わらない。どうやっても、胃袋の動きは止まらなかった。ああ、神様。死にたくなるほど、気分が悪かった。次の吐き気の波に襲われたカーリーは、どうか死なせてくださいと祈りたくなった。

波が去ると、カーリーはくずかごの縁に頭をのせて、ぐったりとした。まるで繭《まゆ》のように顔のまわりにかぶさっている白いビニールの中袋に焦点が合わず、ぼやけて見えた。ハンクはなにを買いに行ったのだろうと不思議に思った。なんであれ、吐き気に効果があって、赤ちゃんに害がないものでありますようにと、カーリーは祈った。今が何時なのかもわからない。かなり遅い時間なのは確かだろう。こんな時間に、胃に効くなにかを買うためだけに、ハンクが服を着替えて出かけたことに驚いていた。なんて親切なんだろう。もしかしたら、彼は思っていたほど自己中心的な人間ではないのかもしれないと、ぼんやり考えた。

まるで、カーリーの気持ちが呼びよせたかのように、ハンクの車が帰ってきた音が聞こえた。すぐに、ヘッドライトの光が部屋を照らし、エンジンの音が止まった。それから、ばたんというドアの音に続いて、ポーチを歩くブーツの靴音がした。ハンクは変わった歩き方をした。足音は強いが、ゆったりとした大きな歩幅。一歩進むたびに、片足を少しひきずる癖。足音でだれかを知る名人でもあるカーリーは、ハンクの情報も頭のなかにしまっておいた。いつか完全に目が見えなくなったら、ハンクの足音を聞き分ける必要もでてくるだろう。

ハンクはずいぶん慎重に、ほとんど音をたてずに家に入ってきた。きっと、カーリーが眠っていてほしいと思っているのだろう。ああ、そうだったらいいのに。カーリーは目を閉じて、ハンクがベッドに近づく足音に耳をすませた。

「起きてるわよ」そう言った声は、自分のものではないようにかすれていた。

「胃の具合はどうだい？」ハンクの低い声には、優しい気配りがにじんでいた。

「おなじよ」

「そうじゃないかと思ったんだ。すぐに戻ってくるよ。いいね？」

ハンクは部屋を出て行った。今度は、静かにしようとする気遣いはなかった。紙袋がガサガサという音、それから、ハンクがキッチンに向かう足音が聞こえた。まもなくベッドルームに戻ってきたハンクは、言った。「さあ、コールター家伝統の悪阻《つわり》に効く薬だ。塩味のクラッカーとセブンアップだよ」

カーリーは、くずかごにしがみついた。「無理よ。きっと、また吐き気がするわ」

ハンクがテーブルの上にもってきたものを置き、コップがカチンと音をたてた。ベッドサイドのランプをつけると、琥珀色の優しい光が部屋に広がった。ハンクがカーリーの横に腰をおろすと、重みでマットレスが大きく沈んだ。柔らかな光に照らされた彫りの深い顔立ちが、カーリーの目にもはっきりと見えた。

「きみの胃のなかは空っぽなんだ。だから、吐くものもないのに、吐き気がするんだよ」カサカサと音をたてながら、ハンクはクラッカーの小袋をあけた。「ひと口かじって、少し飲むといいよ」ハンクは、カーリーが弱々しく抱きしめているくずかごを取りあげて、床の上に置いた。「まず、炭酸のほうから試してごらん。きっと口が渇いていて、いきなり食べ物を呑みこめないだろう」

「無理よ」カーリーは言い張った。

ハンクはカーリーの肩の下に腕をすべりこませ、大きな手でうしろから頭を支えた。カーリーの口元にコップを近づけて、言った。「少しだけだよ」

カーリーは言い争うには、あまりにも疲れきっていた。ほんの少しだけ、それを飲んだ。驚いたことに、おいしく感じた。ハンクはわずかにコップをもちあげて、もう少し飲ませた。それから、カーリーの頭を枕の上に戻し、クラッカーを一枚渡して、ひと口かじれと急《せ》かした。「舌の上にのせて溶かしてごらん?」と、提案した。「体のなかにこっそり食べ物を忍びこませるんだ。どうだい? きみの胃袋はきっと気がつきもしないさ」

カーリーはその理論に納得できなかったが、ハンクは譲らなかった。カーリーはクラッカーの角をちょっぴりかじり、溶けてどろどろになるまで舌の上にのせておいた。それから、ついに呑みこんだ。また胃袋が裏返るだろうと思ったが、その代わりに、胃はぐーと音をたてた。

ハンクは小さく笑った。「ほらね、わかっただろう?」ハンクは時計を確認した。「三分。それから、もう一度試してみよう」

　ふたりのあいだに沈黙が流れた。どのくらい時間がたったのか、カーリーにはわからなかった。わかったのは、おそらく三分おきに、炭酸飲料を五口ずつ飲んだということだけだった。そして、少し気分がよくなりはじめたとき、ハンクがふいに、こう言った。「ぼくらに必要なのは会話だ。きみは話をしたくない気分だろうから、話すのはぼくの役目だな」ハンクは立てた膝に両腕をのせた。「はじめての経験だな。なにを話していいのか、わからないよ」茶目っ気いっぱいに、横目でカーリーを見おろした。「こういうことに慣れていればいいんだけどね。女性とベッドにいるときは、たいてい会話をしようなんて考えもしない」

カーリーは、ハンクのことばをどう受け取っていいのか、わからなかった。ハンクが指をぱちんと鳴らして、カーリーの注意を引いた。「思いだしたぞ」ポケットに手を入れて、なにかを引っ張りだした。「ぼくらの契約だよ」と、説明した。「『親権を求めない』、『ハンクのおふざけはなし』の紙だ」

ハンクは、テーブルの上の、炭酸飲料が入ったコップから離れた安全な場所に紙を置いた。「アパートで渡すのを忘れて、すまなかったね。ブーケと指輪といっしょに渡そうと思っていたんだよ。でも、きみがドアをあけて、それから――」ハンクはことばを切り、耳たぶを引っ張って、微笑んだ。「ぼくらは、なんて言うか脱線してしまった」一瞬、そこで間を置いた。「あのときは大急ぎだったけど、ぼくがドレスやほかのものを全部取り替えたほうがいいと言って、きみの気持ちを傷つけてなければいいと思ってるよ。きみは、きれいだった。ほんとうだよ。ただ、昼間の結婚パーティーにはちょっと豪華すぎたんだ」

カーリーは、月の光が射しこむ窓をじっと見つめた。ハンクのお世辞を聞くのは決まりが悪い思いだった。それは、ふたりが出会った夜に、自分がどれほどばかげた振る舞いをしたかを残酷なまでによみがえらせた。ハンクは、わたしのことをきれいだなんて思っていない。一度も思ったこともない。それなのに、愚かな自分は彼に連れられて車まで行ってしまった。

突然、ハンクが髪に触れ、カーリーはぎょっとした。用心深く、ちらっと視線を向けると、ハンクは心配そうに顔をしかめて、こちらの顔を見つめていた。「わかった、正直に言ってくれ。なにか、きみを怒らせるようなことを言ったかな」

「なんでもないわ」結局のところ、べつに重要ではない。二度と、あんなことは許さないの

だから。

ハンクは褐色の眉を片方、吊りあげた。「なにを言ったか、ひとつひとつ振り返って、自

分で見つけなきゃいけないかな？」

「たいしたことじゃないわ」

「ふーむ」その声音は、カーリーのことばを真に受けてないことを示していた。ハンクはカ

ーリーの頭を枕からもちあげて、セブンアップをひと口飲ませた。それから、クラッカーを

手渡した。カーリーが横になったまま、舌の上でクラッカーを湿らせているあいだに、ハン

クはさっき話した内容をくり返しはじめた。「まず、今日の午後、書類を渡さなくてすまな

かったと言った」そこで話を止めて、カーリーの顔を探るように見つめた。「いや、これじ

ゃないな」にこりとして、また話しはじめた。「それから、ブーケと指輪の話をした」そう

言いながら、カーリーに顔を近づけて、じっと見つめた。「ひどい打率だな。もうひとつス

トライクを取られたら、ぼくはバッターアウトだ。その次に言ったのは……」

カーリーは、クラッカーのかけらを呑みこんだ。「もう、やめてくれる？　こんなの、ば

かげてるわ」

ハンクはまた、眉を吊りあげた。「やっと命中。きみのことをきれいだと言ったから、怒

ってるんだな」

カーリーは、シェニール織のカバーに、神経質そうに指を滑らせた。そんなふうに見つめ

ないでと、心のなかで思った。「お世辞を言われるのは好きじゃないの。それだけよ」

「わかった」しばらく、ふたりは押し黙っていた。ついにハンクが沈黙を破った。「どうしてなのか、教えてくれないか?」カーリーが黙っていると、ハンクは次の質問を放った。

「ぼくがきみのことをきれいだと思っているのが、きみはいやなのかい?」

カーリーはこの話題で議論をしたくはなかったが、ハンクはけっして途中でやめないだろうとわかっていた。「わたしはただ、あなたが思ってもいないことを言うと、落ち着かない気分になるだけよ」

「どうして、ぼくがそう思ってないとわかる?」

カーリーは、いきなり部屋の空気が薄くなったように息苦しさを感じた。いったい、なんと答えればいいのだろう? ハンクに出会う前は、自分に振り向いてくれる男性はひとりもいなかったからだと打ち明けたくはなかった。一刻も早くハンクから離れなければと感じて、ベッドの上で身を起こした。とたんに、頭がくらくらした。

「おいおい」ハンクがカーリーの肩をつかんだ。「静かに寝ていないと、きみの小さなかわいい頭を、また、くずかごに突っこむ羽目になるぞ」

「そういうのを、やめてくれない?」ハンクがカーリーをふたたび枕の上に寝かせている最中に、カーリーは叫んだ。

「今度はなにを言ったかな?」

「わたしの『小さなかわいい頭』って言ったわ。まず、わたしの頭は小さくないし、ちっともかわいくないわ。わたしは、かわいくなんてないのよ。生まれてから今まで、かわいいときなんて一度もなかった。だから、あなたに、かわいいなんて言われたくないの。わかった？」

カーリーがまた起き上がらないように、ハンクは両手をカーリーの肩に置いていた。「落ち着いてくれよ。また気分が悪くなるといけないから」カーリーの肩をつかむ手は優しかった。ハンクは長袖のガウンの上から、軽く肩を揉《も》んだ。「それはたしかにいやな気分だろうな。あやまるよ。そのことは、またあとで話し合おう。いいかい？」

「あとで話し合いたくなんかないわ。ただ、そういうことを言わないでほしいだけ」

ハンクの顔を見あげながら、カーリーはあの夜のことばを思い出していた。『きみはとびきりきれいだって、もう言ったっけ？』。そして、ああ、なんてことだろう。自分はそのことばを信じた。どうしてこれほど心が痛むのか、カーリーにはわからなかった。だが、それはまるで刃が鈍ったナイフのように、じりじりとカーリーの心を切り刻んだ。「とにかく、言わないで」

ハンクはカーリーから手を離して上半身を起こし、髪をかきあげた。帽子をかぶったせいで髪はくしゃくしゃになり、カールした髪の房が額にかかっていた。カーリーは、ハンクの反論を期待した。真心のこもったことばで、カーリーは今まで出会ったなかで一番美しいと断言してほしかった。そうすれば、ハンクはうそをついていることが明らかになる。だが、ハンクはにやっとして、言った。「ぼくらのはじめてのスクラップかな？」

その質問は、カーリーの不意をついた。「なんのこと？」

「またしても、ことばの壁か？『スクラップ』。都会のことばに訳したら、口喧嘩とか、口論とか、戦いとか、いざこざとかいう意味さ。ポートランドでは『ディベート』とでも言うかい？」

ハンクはカーリーを笑わせたかったのだが、カーリーはますますいらだつだけだった。

「ポートランドでは、あまり『ディベート』とは言わないわ。でも、『スクラップ』の意味はちゃんと知ってるわよ」

「よかった。もし戦うなら、何カウントでダウンになるのか決めてくれ」

「あなたと口喧嘩をするつもりはないわ」

「きみは、ぼくがどんなことばを使うべきか命令しようとして、ぼくらは口論をはじめたんだ。ほかに道はないさ」

「あなたがどんなことばを使うか命令するつもりはないわよ」

「そうかい？」

「そうよ。ただ、あなたに思ってもいないことを言われてもうれしくないだけよ。それに、あなたがわたしのことをきれいだと思っていないのは確かだわ」

「驚いたな」ハンクは鼻の横を指でこすった。「今度は、ぼくがどう考えるかまで命令するつもりかい？　ぼくはずいぶん威張り屋の女性と結婚したらしい」

カーリーは片方の腕で目をおおった。ハンクの顔を見ているだけで、胸が苦しかった。いったいなぜ、こんなふうに感じながら、同時に笑いだしたくなるのだろう？「向こうに行って。もう眠りたいの」

「ぼくは、きみにセブンアップとクラッカーを与える公式管理係なんだ。あと五枚のクラッカーがきみの口に入るまで、どこにも行かないよ」

カーリーは残りのクラッカーを受け取ろうと、手を差し出した。「わかったわ。それをわたしにちょうだい。自分で食べるから。お給仕の必要はないわ」

「母は、ゆっくり食べなきゃだめだと言っていたんだ。いてもいなくてもおなじなら、ここにいるよ」

「おなじじゃないわ。いなくなってほしいの」

「それは、ぼくらの契約には入ってなかったな」

カーリーはハンクの顔を見るために、腕をおろした。「ぼくらのなんですって？」

ハンクは、ベッド脇のテーブルに置いてある書類を示した。「ぼくらの契約だよ。きみにセックスを強要しないことと、気持ちを変えて子どもの親権を要求しないことが書いてある。だけど、ぼくの居場所をきみが命令していいとは、ひと言も書いてない」ハンクはカーリーのほうを向いて、ゆっくりと微笑んだ。「本音を言えば、もし、これがきみの条件のひとつだったら、ぼくはぜったいにサインしなかったよ。きみがぼくをどこに追いやるかは、よくわかってるからね」ハンクはことばを切った。「きみを責めてるわけじゃないが」

カーリーは、自然と微笑んでいた。それから、思わず飛びあがりそうになった。ハンクの指先が、唇の端に触れたのだ。「ほら、それだよ。すてきな笑顔だ。きれいとは言わなかったことに気づいてほしいな。ぼくひとりだけで頑張っても意味がないからね」

「もう眠りたいわ」

「それは、さっき聞いたよ。きみはまだ、三枚目のクラッカーをひと口かじっただけだ」

「あなたって信じられないわ」

「その話も、もう終わった。なにか新しい話題が必要だね。牧場の話なんてどうかな?」

ハンクはカーリーの返事を待たずに、〈レイジー・J〉牧場についてのさまざまな話を、穏やかに語りはじめた。まず、ジェイクがモリーと結婚したすぐあとに起こった、母屋が全焼した火事のことを話した。それから、どんなふうに家を建て直したかについて説明した。今、ジェイクとモリーが住んでいる二階建てのログハウスを建てるために、自分とジェイクが、どうやって所有地の木を伐《き》りだしたか。

「丸太って、使う前に乾かさなきゃいけないのかと思ってたわ」カーリーが、眠そうに言った。

「そうだよ。ぼくらは、炉で乾燥させる機械を、お金を払って借りたんだ」

ハンクは話を中断して、カーリーにもうひと口炭酸を飲ませ、クラッカーをかじれと急かし、それからまた話しはじめた。今度は〈レイジー・J〉牧場の広大な土地について。

ハンクの話を聞いているうちに、低く滑らかな声の響きにカーリーの神経は和らぎ、しだいに眠くなってきた。ハンクは牧場の雇い人のことを話した。砂色の髪をした、ずんぐりした体格の小柄な男、ショーティ。この世で一番の親友は、餌《えさ》をくれた人間の手に嚙みつく、不細工な雑種犬だ。それから、レヴィの話もした。陽気に輝く緑の目をした、針金のように細いが強靭な男だ。母音を伸ばして発音する強い南部なまりで話し、ハンガーと梱包用の針金で修理した、マンディというあだ名の古いピックアップ・トラックに乗っている。

説明の合い間に、ハンクはカーリーの頭をもちあげてセブンアップを少し飲ませては、顔の前にクラッカーを差し出した。すぐに、五枚のクラッカーはなくなり、カーリーは眠くて目をあけているのがやっとになった。

「大好きなのね？」カーリーは寝ぼけた声で言った。

「クラッカーが？」

一生懸命目をあけながら、カーリーは静かに笑った。「違うわ。ショーティとレヴィよ」

「ああ、そうか」ハンクは肩をすくめて、首のうしろを揉んだ。「大好きっていうのは言いすぎだな。ショーティは、ちょっと怒りっぽい。それから、レヴィは、そうだな、自分のやり方にこだわるタイプだから、かなりいらいらさせられるよ。だけど、ふたりとも、とことん誠実な人間だ」

ハンクは次にダンノの話もした。モップのような赤い髪をした、痩《や》せてひょろ長い若者。顔には、たくさんのそばかすが飛び散っている。恐ろしいほどの大食漢で、北を向いたくそったれロバの南側の端を食べられるほどだ。

「なにの南側の端ですって？」その単語をわざと口のなかでもごもご発音しながら、カーリーが訊いた。

ハンクはにやっとした。「失礼。ぼくも妻をもったんだから、上品なことば遣いに改めないとね。雄のロバのことだよ」カーリーの当惑した顔を見て、ハンクの笑みはますます大きくなった。「もし、雄のロバが北を向いていて、反対の南側の端を口に入れるとしたら、どこに嚙みつくことになると思う？」

カーリーは首を横に振った。「うしろ脚しか浮かばないわ。わたしが理解できなくても勘弁してね。それは、視覚的な話でしょう。わたしは、くそったれロバを一度も見たことがないし、ロバの南側の端なんて想像もつかないわ」

「見たことがないって？」ハンクの目が楽しそうに輝いた。「ぼくに言わせれば、きみは一頭の女たらしのロバに、さんざん付き合わされたことがあるじゃないか」ハンクの顔から笑みが消えた。それから、黙ってベッドカバーを直しはじめた。「胃の具合はどうだい？」

カーリーはまだ、『女たらしのロバ』の部分にこだわっていた。ハンクは明らかに、自分自身のことを言っていた。そのことばから想像すると、ハンクが〈チャップス〉であの晩とった行動を後悔しているのはまちがいない。だが、これまでのハンクのことばを思い返してみても、『もう一度すべてをやり直せれば、今度はちゃんとする』ということば以外に、きちんとした謝罪はなかった。

「だいぶん、よくなったわ」ついに、カーリーは答えた。

「よかった。コールター家秘伝の治療法は効いたみたいだな」

ハンクは、カーリーにもう一枚クラッカーを渡し、今度は牧場の日々の生活について話しはじめた。ハンクの話に興味はあったが、それに負けないほど、目をあけておくのもむずかしくなっていた。ある時点でついに、少しかすれた低い声の響きは意識の遠くに消え、カーリーは深い眠りに落ちた。

ハンクは口を閉じ、眠っている妻の顔をじっと見つめた。すっかり乾いた髪が枕の上に扇のように広がっている。ぼんやりとした灯りのもとで、ところどころに銀色の交じった波打つブロンドの髪が、溶けた金のように輝いていた。長いまつ毛が青白い頬に、くっきりとしたクモの脚のような影を落としている。柔らかな唇はキスを誘っているようだ。

きれいじゃないだって？　冗談じゃない。自分はいったいいつ、彼女がそんなふうに思いこむようなことを言うかするかしてしまったんだろう？　カーリーを妊娠させた罪は銃殺刑にも値する。そのあとずっと彼女を不安にさせたのは、頭に弾丸を撃ちこまれる前にむちで打たれても当然の罪だ。だが、彼女に自分は美しくないと思いこませてしまったら？

それは、どんな刑罰でもけっしてつぐなえない罪だ。

ハンクにとって、カーリーは謎だらけだった。今までに付き合ったどんな女性とも違っている。それが不満だという意味ではない。ただ、どう扱っていいのか、わからないのだ。カーリーといっしょにいるあいだじゅう、半分の時間は、彼女を責めたり、怖がらせたりしないように、ひとつひとつのことばに注意することに費やしている。残りの半分は、ほんとうのことだけを言おうとする努力に費やしていた。

ハンクはため息をつき、肩の筋肉をほぐした。自分も眠りこんでしまいそうなほど、疲れていた。奥のベッドルームで待っている自分のベッドにもぐりこみたくてしかたがなかった。ベッドは小さすぎて端から足がはみでるだろうがかまわない。今なら、どんな寝場所でもすばらしく快適に感じるだろう。だが、ハンクは、カーリーを残してベッドルームに行くのをためらった。カーリーが目を覚ましたとき、そばにいたほうがいいかもしれない。ログハウスの内部の壁は丸太で作られているので、音を吸収してしまう。奥の部屋で眠りこんでしまったら、カーリーが呼んでも聞こえないだろう。

結局、ハンクは、カーリーの脇のベッドカバーの上で横になることにした。暖炉の火の熱で暖かいだろうし、もしカーリーが目を覚ましても、すぐ近くにいられる。しばらくのあいだだけだと自分に言い聞かせて、ベッドサイドの灯りを消した。カーリーの隣りで体を伸ばし、真鍮の枠の空いた部分からブーツを突きだして、脚を伸ばした。なんの問題もない。普段、たびたび馬小屋で眠るような仕事をしている人間は、寝る場所にうるさくないものだ。

ハンクは、頭が枕につくとほとんど同時に、眠りに落ちた。

それから、何時間かがたち、目を覚ましたカーリーは、傍《かたわ》らにハンクを発見した。部屋はすっかり冷えきっていて、ハンクはカーリーの近くに体を寄せていた。窓から射しこむ月の光に照らされたハンクの寝顔は、まるで少年のようだった。頑固そうな口がゆるみ、いつも頬の線を際立たせている筋肉もまったく見えない。

ハンクとおなじベッドで寝ていることをどう受け止めていいのか、カーリーにはわからなかった。眠りながら、こちらに触れてきたらどうしよう？　軽くつつくことも考えた。だが、それにはもう遅すぎる。ハンクを起こすのはいやだった。カーリーはため息をつき、ベッドカバーの端をめくってハンクにかけてやった。ハンクの顎の下にシェニール織のカバーをたくしこむと、ハンクはなにかをつぶやき、もぞもぞと身動きをした。それから、ふいに目をあけて、数秒間、ぼうっとカーリーを見つめた。

相手がだれだかわかると、ハンクは眠そうに微笑んで、言った。「やあ、チャーリー」それから、また眠りこんだ。

カーリーは枕を抱きしめて、ハンクの顔をじっと見つめた。チャーリー。ハンクはうそをついていなかったのだと、カーリーは悟った。酒場でのあの晩、カーリーが二度も訂正したにもかかわらず、ハンクはほんとうにカーリーの名前を正しく聞き取れていなかったのだ。ハンクが〈チャップス〉へ行ってカーリーを探しまわったと話したとき、カーリーは心の底ではそれを信じていなかった。ところが今、ハンクはうそをついていなかったという証拠を耳にした。

それでも、なにも変わりはしない。自分は長い戦利品リストのひとつ――彼が金曜の夜にものにした女のひとり――にすぎないのだ。だが、奇妙なことに、ハンクがあれからすぐに自分を忘れてしまったわけではないと知って、カーリーの気持ちは明るくなった。

カーリーはその事実をしっかりと胸に抱きしめながら、ふたたび眠りのなかへと漂っていった。

14

次の朝、ハンクは朝の最初の光とともにベッドから滑りおり、急いでシャワーを浴びて、そっとバスルームを出た。湿った髪を手櫛《てぐし》で梳《と》かしながら、ベッドの脇に立って、カーリーをじっと見おろした。カーリーは、ぐっすり眠っていた。昨晩のひどい吐き気の発作のせいで、まだ顔が青白い。だが、それでも美しかった。片方の手が優雅なポーズで枕の上に投げだされている。ハンクは身をかがめて、カーリーをキスで起こしたかった。

ばかなことを考えるな。彼女はまだその準備ができていない。そして、そのときが来るまで、ハンクはけっして彼女に手を出すまいと心に固く誓っていた。ベッドルームをそっと抜けだし、コーヒーを沸かすためにキッチンに行った。一分後、湯気のたつマグを片手に家を出て、ポーチから外におりたところでひと口コーヒーを飲んだ。ああ、すばらしい。広々とした牧場をながめ、見わたす限りピンク色に染まった風景に見とれた。すぐに太陽が空高くのぼるだろう。金色の光が、牧草地を取り巻いて天高くそびえる木々の梢《こずえ》を滑るように広がっていくはずだ。

ハンクは馬小屋に向かった。いつもの朝の仕事が終わったら、街まで車でカーリーの荷物を取りに行くつもりだった。結婚式の前にカーリーは荷造りをすませ、荷物が入った箱はアパートの部屋であとは運ぶばかりになっているはずだ。昨晩あれほど具合が悪かったカーリーを、いっしょに連れて行きたくはなかった。自分ひとりで充分用は足りる。もし、ベスが仕事に出かけていても、カーリーの鍵がある。カーリーが朝食に起きてくる前には家に戻っていたいと、ハンクは思った。

ハンクは八時二十分に家に着いた。ちょうど最初の箱をリビングに運びこんだとき、体に白いタオルを巻きつけたカーリーがバスルームから現われた。

「きゃー！」カーリーは悲鳴をあげると同時にバスルームに駆けこみ、大きな音をたててドアを閉めた。

「次の箱を取りに行ってくるよ。ぼくがいないあいだに、急いで服を着るといい」

ドアが少しだけひらき、青い目が片方のぞいた。まだにやにやしたまま、ハンクは家を出た。次に戻るとき、カーリーの朝食を準備するために、荷物の箱を運ぶのはあとにした。

家に戻って数分後、ブルージーンズにピンク色のトップスというかわいらしいいでたちでカーリーがバスルームから出てくると、ハンクはテーブルについてゆっくりコーヒーを飲んでいた。

「朝食の用意ができてるよ」

「あら。わたし、あの――この時間は普通の食べ物を食べないのよ」

ハンクは頭を傾げて、テーブルの上を示した。「ぼくを信用してほしいな。この朝食は、まったく普通じゃないよ。瓶から直接食べるザワークラウトと、芽キャベツと、チョコレート・ミルク。なかなかの記憶力だろう」

カーリーは並べられたボウルのなかをのぞいて、おずおずと微笑んだ。「こんなことしなくてもよかったのよ」

ハンクはブーツの爪先で、向かい側の椅子を押した。「そうだな。でも、してしまったんだ。だから、座って、食べたらどうかな」

カーリーが腰をおろすと、ハンクはカーリーの髪がきれいに撫でつけられ、ポニーテールに結いあげられているのに気づいた。ハンクは、髪をおろしたスタイルのほうが好きだった。美しくカールした髪を隠してしまうのは罪な行為だ。あらためて、カーリーの顔を観察した。これまで、『ひとつの傷もしみもない完璧な象牙色の肌』について聞いたことはあっても、実際に見たことは一度もなかった。まぶたに残った毛細血管が切れた痕《あと》をのぞけば、カーリーの卵形の顔の肌にはひとつの欠点もなく、泡立てたばかりのクリームのように青白くて滑らかだった。

ハンクは、いくらカーリーの顔をながめても飽きなかった。小さくてまっすぐな鼻。繊細な頬骨。優美なカーブを描く金色の眉。表情豊かな瞳。きれいじゃないだって？　カーリーのことばを思いだすたびに、ハンクは心を痛めた。普通なら、女性にそう言われたら、男にお世辞を言わせたいだけだと感じるだろう。たいていの女性は、自分が美しいかどうかを知っているものだ。だが、カーリーは違う。鏡に映る自分の姿を見るとき、カーリーの目には、ほかの人間とおなじもの――男を虜にするような瞳の、最高に美しい女性――が映っていないのかもしれない。

ハンクは、カーリーが食事をむさぼり食べることを期待した。そうする代わりに、カーリーは膝の上にナプキンを広げ、そわそわと食べ物をつついた。あまりにもこちらの目を意識しているように見えたので、テーブルを離れようかとも思った。だが、それはやめようと決意した。カーリーが少しでも早く、ハンクがまわりにいても自然体でいられるようになったほうがいい。いつも周囲を遠巻きに動きまわっているようでは、身のまわりの世話などできないだろう。

「芽キャベツにはバターも塩もつけていないよ」と、ハンクは注意した。

カーリーは、芽キャベツにフォークを突き刺した。「平気よ。いつも、なにもつけないで食べてるの」

最初に食べはじめたとき、カーリーはしょっちゅうナプキンを口にあてながら、上品に口を動かしていた。だが、一分後には、欲求に負け、ザワークラウトを口いっぱいに詰めこんで、さもおいしそうな音をたてながら嚙《か》み砕いた。

そんなふうに自分を求めてほしいと、ハンクは心のなかで願っていた。それから、一度はカーリーがそうしてくれたことを思いだした――それを、自分が台なしにしたのだ。

カーリーがふいに嚙むのをやめて、輝く大きな目でハンクを見つめた。「どうしたの?」

ハンクはカウボーイ・ハットを少し引き下げた。「なんでもないよ。おいしそうに食べるね」

カーリーはフォークで芽キャベツをひとつ刺して、ハンクに差しだした。

「いや、いいよ。朝食は〈逆さ目玉焼き《オーバー・イージー》〉と〈スクランブル〉から、もらうことにしてるんだ」

「なんのこと？」

「うちのめんどりさ。卵料理にちなんだ名前をつけてあるんだ。〈スクランブル〉と〈目玉焼き《サニー・サイド・アップ》〉と〈メレンゲ〉」ハンクは肩をすくめた。「ばかばかしいだろう？　モリーは情に厚い人でね。卵を産まなくなっためんどりを、馬とおなじように牧草地に放してやってるんだ。ぼくらがフライドチキンを食べられるのは、めんどりのどれかが心臓発作で急死したときだけさ」

カーリーは、当惑した顔でハンクを見た。「鶏の首を絞めたりはしないの？」

「よっぽどモリーに嫌われてるやつ以外はだめだね。どのめんどりにも一度は、腕をばたばたさせたり帽子を振ったりして脅かして、心臓発作を起こさせようとしてみたよ。どれも成功しなかったけどね」

カーリーは、芽キャベツを口に放りこんだ。口を動かして呑みこみながら、満足げな表情が顔に広がる。それから、チョコレート・ミルクをごくごく飲んだ。上唇についた口ひげをナプキンで軽くおさえてから、言った。「とってもおいしいわ。気をつかってくれて、ありがとう。これが、悪阻《つわり》の特効薬なのよ」

「特効薬?」ハンクは椅子の背に寄りかかって、ブーツを履いた足を片方の膝にのせた。「ほんとうに、それが原因じゃないのかい?」

カーリーの頬は、すでに次の芽キャベツでいっぱいだった。「ふーむ」

ハンクはくすくす笑い、ブラック・コーヒーをひと口飲んだ。

普段、ハンクは母屋でもっと平凡な朝食を食べている。モリーは、新しく雇った料理人が皆に食べさせるメニューに怒り心頭で、全員のコレステロールは一気にはねあがるに違いないと言いきっていた。だが、もしそれが真実だとしても、自分は幸福な人生を送った人間として死ねるだろうと、ハンクは思っていた。

「きみは健康食品が大好きじゃないだろうね、カーリー?」ハンクは尋ねずにはいられなかった。

カーリーは恥じいったように、ちらっとハンクの顔を見た。「健康的な食べ物も好きだけど、それが大好きってわけじゃないわ」

カーリーの朝食を見る限りでは、彼女の「大好きな」食べ物の定義とハンク自身のものが一致するかどうかは疑わしかった。ジェイクの妻モリーは、人一倍、健康にうるさかった。最初にジェイクがモリーを牧場の料理係として雇ったときは、みんなが飢え死にしそうになったものだ。ハンクの人生で、あれほど肉に飢えた経験はほかにない。「きみはベジタリアン?」

「まったく違うわ」

「それなら、話が通じるな」ハンクはその話題を打ち切ろうとしたが、もうひとつ心配の種を思いついた。以前にポートランドに行ってレストランで食事をしたときに、都会の人間が恐ろしく高いお金を払って食べていることに驚いたメニューがあった。「野菜サラダは好きかい？」

「ええ。大好きよ」

大変だ。「タンポポは食べる？」

「花は食べないわ。花の部分が高級ワインになるっていう話を聞いたことはあるけど」

ハンクは、このご婦人が肉を食べるだけでも幸運だと思うことにした。

「ところで、教えてくれないか」カーリーがむさぼるように食べる勢いが弱まったころに、ハンクは訊いた。「どうして、その食べ物の組み合わせが胃を落ち着かせるとわかったんだい？　なにかのアイデア？」

カーリーは、チョコレート・ミルクをひと口飲んだ。「いいえ、とくにそういうわけじゃないのよ。ただ、すごく食べたかったの」

「妊娠する前から、それが好きだったのかい？」頼むから、違うと言ってくれ。

カーリーは、鼻に皺を寄せた。「ときどきなら、フランクフルトといっしょにザワークラウトを食べるのも好きだったし、芽キャベツも食べてたわ。そんなに、しょっちゅうじゃないけど」

ハンクは、それを聞いてほっとした。それから、興味をかきたてられた。「それじゃ、ある朝起きたら急に、ザワークラウトと芽キャベツとチョコレート・ミルクがいいってわかったのかい？」

「厳密には違うわ。最初は、ディル風味のピクルスをひと瓶食べたの」

ひと瓶？　ハンクは身震いをおさえた。「一度で？」

「まさか。二、三日かけてよ」

それでも、かなりの速さで信じられない量のピクルスを食べたことになる。

「それを食べたらきみの胃が落ち着くなら、ぼくに異論はないよ」カーリーが、お腹いっぱいという顔で椅子の背に寄りかかると、ハンクは訊いた。「具合はどう？」

「いいわ」カーリーは、上品にげっぷを押し殺し、顔を赤らめた。「失礼」

ハンクは、にやりとせずにはいられなかった。「ぼくのために我慢することはないよ。遠慮なくどうぞ」

カーリーの頰が、さらにピンクに染まった。カーリーは、皿を片付けはじめた。「ほんとに、ありがとう。こんなことを覚えていてくれるなんて、優しいのね」

『優しい』。おかげで、一ポイント獲得だ。ただし、カーリーの声には、ハンクを不安にさせるような苦い響きが含まれていた。カーリーは、キッチンに行こうとして、立ち止まった。

「昨夜のクラッカーとセブンアップもありがとう。あんな遅い時間に、わざわざ車で買いに行ってくれるなんて思わなかったわ」

「それが役に立ったんだから、よかったじゃないか」

カーリーは、ためらうように微笑んだ。「そうね。でも、とても親切だわ」

二ポイント、獲得。ハンクは、皿を洗おうとしているカーリーの姿を見守った。つい最近、ジェイクが手伝ってくれて、キッチンにいくつかある蛇口をごく一般的なものに変えたのだが、シンクの端にある古い手押しポンプだけはまだ使われていた。カーリーが、そのハンドルに触れると、ハンクは注意した。「それは、すごく古いものなんだ。泉から直接水を汲みあげてる。婆さんの乳首より冷たい水だよ」カーリーは、当惑した視線をハンクに向けた。自分がなにを言ったかに気づいたハンクは、舌を嚙み切りたい気分だった。「井戸掘り屋のケツよりもっと冷たい。これでどうだい？」

カーリーはハンドルを二、三回動かし、水が勢いよく噴きだすと、慌ててうしろに飛びのいた。「水を汲むポンプを見たのは、はじめてよ」

カーリーには、見たことがないものが山のようにあるのだという考えが、ふいにハンクの頭に浮かんだ。それは、ハンクが予想もしていなかった事実だった。カーリーはおそらく、手術が終わってからさまざまな体験をすることを心待ちにしていただろう。それなのに、ふたたび盲目になろうとしている。もちろん、いつそのときが訪れるのかは、カーリーにもまだわからない。それがよいことなのかどうか、ハンクには確信がもてなかった。もし自分なら、限られた一瞬一瞬を有効に過ごすために、いつそれがやって来るのかを知りたいだろう。

カーリーがキッチンを片付けているあいだに、ハンクは残りの箱を運んだ。最後の荷物をもって家に入ると、カーリーがあけたばかりのダンボール箱から顔をあげた。「わたしのものは、どこに置けばいいかしら？」

ハンクは荷物を床におろした。「どこでも好きなところに。ここはもう、きみの家なんだ」

カーリーは小さな枕を手に取り、目を閉じて、大切そうに布地に指を滑らせた。カーリーの口元に浮かんだ微笑みを見て、思わずハンクも微笑みたくなった。「特別なもの？」と、ハンクは訊いた。

カーリーはうなずいた。「小さいころに、母が作ってくれたのよ。わたしが指で触ってわかるように、粗い糸で『アイ・ラブ・ユー』って刺繍《ししゅう》してくれたの」

ハンクは、指先でそのことばをたどる幼い少女を想像しようとした。目が見えない人の人生が、どれだけ普通の人の人生と違うのか、今まで考えたこともなかった。ハンクは身をかがめて、別の箱をあけた。「ぼくが中身をソファの上に並べて、きみが片付けたらどうかな？」と、提案した。「そうすれば、きみはなにがどこにあるのかよくわかる」

カーリーがうなずき、ふたりは作業に取りかかった。間もなく、ハンクはすべての箱をあけ終わった。そのあとは、カーリーが片付けるのを手伝ったが、かならず最初に、どこに置きたいかをカーリーに尋ねた。いっしょに立ち働きながら、ハンクの頭のなかでは、古い歌がくり返し流れていた。『あなたをもっと知りたくて《ゲッティング・トゥー・ノウ・ユー》』。

ハンクは、カーリーのどんな動きや表情も見逃さないようにした。一度ならずも、刺繍がほどこされた枕をそっと撫でるようす。ずっと昔に父親がくれた、両耳がぼろぼろにすり切れている小さな熊のぬいぐるみを抱きしめている姿。彼女の宝物、彼女にとってとても大切なものは、触れたり抱きしめたりできるものばかりだった。

「写真が一枚もないんだね」ふと、ハンクは気づいた。

「そうね。一枚もないわ」カーリーは、ごちゃごちゃに散らばっている衣類やそのほかの物をちらりと見まわした。「父に頼めば、二、三枚送ってもらえると思うわ。母がどんな顔をしているのか見れたらうれしいでしょうね。もちろん、父の顔も」

両親の顔を見たことがないのか？　ハンクは手を止めて、カーリーを見つめた。そして、見たことがないに決まっていると気づいた。カーリーは、ついひと月前まで目が見えなかったのだ。

「変だと思うでしょうね。自分の家族がどんな顔をしているのか知らないなんて」ハンクはソファのそばにしゃがんで、ブーツの踵《かかと》に尻を落ち着けた。「変とは思わない。理解するのがむずかしいだけだよ。ことばのうえでは、盲目の人の目にはなにも見えないってわかってる。ただ、それが毎日の暮らしのなかで具体的にどういう意味をもつかを考えてみたことはなかったんだ。お母さんの顔を見たことがない。簡単には想像できないよ」

カーリーの目に涙が光った。カーリーは、素早く目をそらした。「わたしは母を見たわ。ほかの人とおなじやり方じゃなかったけど。母はわたしを膝に乗せて、顔に触れさせてくれた」カーリーの唇に微笑みが浮かんだ。「母は美しかったわ」

その声は震えていた。ハンクは、カーリーがどれだけ母親を恋しく思っているかを知った。

なんとことばをかけていいのかわからず、荷物をよりわける作業に戻った。すぐに、結び目を三つ作ってある、ぼろぼろの古いリボンの輪に行きあたった。「これは必要かな。それとも捨てておこうか？」

カーリーは、当惑した顔でみすぼらしい絹のリボンをしげしげと見た。ふいに、その顔に明るい笑みがぱっと浮かんだ。「そうだわ、友情の輪よ。洋服の横に置いておいて。あとで、特別な場所にしまうわ」

「友情の輪ってなんだい？」ハンクは質問せずにはいられなかった。

「その輪は永遠の象徴なの。結び目は、クリケットとベスとわたしよ。わたしたちがいつも友達だってことを忘れないためのリボンなの。わたしが大学に行く直前に、クリケットが作ってくれたのよ。大学一年になるとき、わたしは特別な学校に行くことになったの。家族や友人と離れるのは、生まれてはじめてだったわ」カーリーは立ち上がり、ハンクに近づいてリボンを受け取った。目を閉じて、三つの結び目に指先で触れた。それから、擦り切れた絹地を頬に押しあてた。「最初の数カ月はホームシックになったわ。これに触れると、いつも気持ちが明るくなったものよ」

「ふたりはきみの親友なんだね？」

カーリーはうなずき、衣類の山の上にリボンをそっと置いた。「姉妹のようなものね。わたしたちは最強の三人組なの。クリケットとベスは、大人になるまでずっと、わたしの『目が見える案内人』をつとめてくれたわ」

ハンクは笑った。「きみの『目が見える案内人』？」

「彼女たちがいなかったら、わたしは子ども時代を生き抜けなかったでしょうね」カーリーの頬にえくぼが浮かんだ。「ふたりに方向を叫んでもらいながらスケートボードで滑るっていう無茶もやったわ」

それを想像すると、ハンクは喉に固い塊が詰まったような気がした。「ベスに、きみは自転車やなんかにも乗っていたって聞いたよ。きみのご両親は、どう思っていたんだい？」

「わたしは、目が見えないってこと以外、すべての面で普通の子とおなじに育てられたわ」

「ほんとうに、スケートボードをしたのか？　怖くなかったのかい？」

「なにが？」

「なにかに衝突するとか。土手から飛びだしてしまうとか。いや、わからないけど、なにもかもだよ」

カーリーは笑った。「それは、目が見える人の考え方ね。わたしは生まれたときから見えなかったのよ。土手なんて見たことがないの。自分の前にあるものも、なにも見えない。今は怖いかもしれないけど、そのときはまったく怖くなかったわ」カーリーは上を向いて、目を閉じた。「どきどきするようなスピード感と、顔に風を感じるのが大好きだったわ。最高だった」ふたたびハンクの顔を見て、付け加えた。「あれに近い経験は、大学に入る直前にクリケットといっしょにやったスカイダイビングだけだわ」

「スカイダイビング？　飛行機から飛んだのか？」

「わたしには高さっていう感覚がないから、ちっとも怖くなかったわ」

ハンクは考えただけで、ぞっとした。「強風が吹く可能性もあったんだぞ」

カーリーは不思議そうな顔でハンクを見た。「あなたも飛んだことがあるの?」

「あるとも。きみは自殺志願者か、頭のねじがはずれてるかのどちらかだ。友達の声が風にさらわれて、タイミングよくコードを引いてパラシュートをひらけなかったら、どうするつもりだったんだ?」

「ひとりでは飛ばなかったわ。インストラクターの人といっしょに飛んだの」

それを聞いて、ハンクはほっとした。だが、カーリーの体を思わず揺さぶりたい気持ちが消えるほどは安心できなかった。「危険なスポーツなんだぞ」

「バンジー・ジャンプだって危険だけど、それでもみんなやるじゃない」

「きみは、やらなかったんだろう」

「ええ。だって、橋から飛ぶのよ。ひもが切れたら水に叩きつけられると思うと怖くて」

カーリーの表情に緊張が走ったのを、ハンクはみとめた。「水に落ちるのは怖いのに、飛行機から飛びおりて、地面に叩きつけられるのは怖くないのかい?」

カーリーはうつむいて、ソックスを丸めるのに没頭しているふりをした。「水が怖いのよ。耳に水が入ると音が聞こえなくなって、わたしは方向を知る感覚を失ってしまうわ。水のなかにいたら、どっちが上だかわからない。水面にいても、どこに岸があるのか知りようがないわ。ベスとクリケットといっしょに何度か泳いだことはあるけど、あまり楽しくなかった」

カーリーは、ひとまとめにしたソックスを片付けに、ベッドルームに行った。しばらくしてハンクが顔をあげると、カーリーは窓から、馬がいる囲いのほうをじっと見つめていた。ハンクがカーリーに歩み寄って背後に立つと、カーリーは腕をこすりながら言った。「馬って、想像していたよりずっと大きいのね」

「馬を見たのは、はじめて?」

「写真では見たことがあるけど。テレビの西部劇でも、そんなに大きくは見えなかったわ」

一度も馬を見ずに過ごす人生など、ハンクには想像もつかなかった。カーリーと会話をしていると、たびたび、目が見えないとはどういうことなのかわかってきたような気になる。だが、次に彼女の話を聞くと、やはり自分にはまったく理解できないと感じた。つねに暗闇のなかにいて、日の出を見たこともなく、太陽が沈む光景をながめたこともなく生きるということが。

カーリーを見おろしながら、ハンクは、彼女がどんなふうに感じているのか理解しようと努めた。だが、それは不可能だった。この世界も、そこにあるすべてのものも、カーリーにとっては初対面なのだ。

窓枠に肩をもたれさせながら、ハンクはカーリーの顔を見た。「なんでもはじめて見るっていうのは、どんな感じなんだい?」

カーリーは、落ち着かなげに、ガラスに指先を滑らせた。カーリーがほんの少し体を動かしてふたりのあいだに距離を置いたのを、ハンクは見逃さなかった。「混乱するわ」爪でガラスをこつこつと叩いた。「ガラスがここにあるのはわかるけど、わたしには見えない。ベスが、ほんとうに存在するように、太陽の光と、それがガラスに反射するようすを話すけれど、わたしの目にはそんなふうには見えない」

ハンクはガラスをよく見た。子どものころ、テラスのガラスドアに気づかずに家のなかに入ろうとして、危うく鼻の骨を折りそうになったことがある。「窓ガラスには、だれでも騙されるよ」

「そうでしょうね」カーリーはため息をつき、考え深げに顔をしかめた。「わたしには逆さまに見えるものもあるの。それはとても厄介なのよ。ドクターに予告されたのとはまた違う厄介さなの」

「どんなものが逆さまに見えるんだい？」

「つまらないものよ」カーリーは肩をすくめた。「わたしがずっと手で触れて覚えてきたもの――それは、みんなどこかが間違っているらしいの」

「例えば？」

「電話をかけるときの文字パッド。水とお湯が出る蛇口。文字や数字全部。それは――」カーリーは途方にくれたように首を振った。「わたしの頭のなかには、そういうものの絵があった。だけど、それはみんな、暗闇のなかで思い描いたものだったの。理解できる？」

できなかったが、ハンクは先を続けてほしくて、うなずいた。

「今、わたしは目で見ることができる。いろいろな物はわたしの外側にあって、わたしを見つめ返してくる」

ハンクはまだよくわからなかったが、カーリーを勇気づけるために、微笑んだ。

カーリーは、ますますしかめ面になった。「たとえば、電話をかけるとき。目を閉じれば、普通にかけられる。でも、目をあけていると、完全に混乱して、1と押したいときに3を押してしまうの。文字のときもおなじ」カーリーは、指先をガラスにそっと這《は》わせた。「点字を読むときは、小さな突起をたどっていくの。指先で想像した文字が、腕をたどって、脳に取りこまれる。自分の頭のなかにある暗闇に、それをしまっておくの。文字は見るものじゃない。自分の内側にあるものだったのよ。それが、突然、外側に現われた。わたしの目には、裏返っていたり、逆さまになっているように感じるの。ほかの目が見えない人もおなじ体験をしているかどうかはわからないわ。もしかしたら、わたしが変わっているだけかもしれない」

「まるで失読症みたいだね。きみは、空間の関係を把握するのが苦手なんじゃないかな」

「それは失読症っていうの？　わたしはまず、病気について勉強したほうがよさそうね」

ハンクは笑った。「失読症かもしれないと、ぼくは思うよ。つまり、頭のなかでは理解できているんだろう？　鏡に映った文字のようなものだ。それは、いつも裏返しに映る。目がどんなふうに働くかを考えたら、きみが抱えている問題の原因が少しはわかるんじゃないかな。網膜には鏡のような反射膜があって、視覚神経で捉えた像を脳に伝えてるんだ。もし、きみの視覚神経が今はまだ混乱しているなら、伝達する段階の像は裏返しになっているはずだ」

「そう思う?」カーリーは希望をこめた口調で訊いた。

カーリーに触れるべきではないとわかってはいたが、ハンクは我慢できなかった。かわいらしい小さな鼻先を優しくねじった。「思うよ」安心させるように言った。「心配するのはやめにしよう。もしきみが失読症でも、きっとそうじゃないかと思うけど、べつにたいしたことじゃないさ」

カーリーの表情は、そうは思わないと言っていた。

その晩、鍋《なべ》で夕食を煮こんでいる最中、ハンクはカーリーに、父親に電話をかけたらどうかと提案した。カーリーの答えはこうだった。「遠距離通話の料金をあなたに払わせるなんてぜったいにいやよ」

ハンクはベルトから携帯電話をはずして、カーリーに手渡した。「ぼくは、遠距離も含めたパック料金で契約してる。たしかひと月に三〇〇分だけど、いつも半分しか使っていない。だから、きみが使っても、ぼくは一セントも払わなくてすむんだよ」

カーリーは目を細めて電話をにらんでから、ハンクに返した。「数字が小さくて、よくわからないわ。あなたがかけてくれる?」

カーリーが番号を暗唱し、ハンクはその数字を押した。それから、ハンクはリビングに行ってテレビをつけ、カーリーが父親と話しているあいだ、ニュースを見ているふりをした。

「お父さん?」という震える声が、会話の最初だった。それから、カーリーは落ち着きを取り戻し、ハンクとの契約結婚について、アート・アダムズに説明した。「彼はこうすることで、わたしを助けようとしてくれたのよ」カーリーは、途中、何度もことばに詰まりながら話していた。「説得されて、わたしも断われなかったの。お父さんを招待することもできたんだけど、形だけの結婚式のために飛行機代を使わせるのは無意味だと思ったのよ」

説得? 脅して承知させたんだ。ハンクは話を聞きながら心のなかで言った。

「わかってる」カーリーは穏やかに言った。「彼がいっしょにいてくれて、わたしは幸運よね」長い沈黙があった。「いいえ。そういうことじゃないのよ。わたしたちは、なんていうか、契約を結んだの。彼も納得してるはずよ」また、沈黙。「わたしは傷ついたりしないわよ。これは、ただの便宜的な契約なの。彼が、わたしと赤ちゃんのためにしてくれたことよ。ふたりとも、なんの期待もしてないわ。わたしが自力でやっていけるようになったら、結婚は解消することになってるの」

話題がそのことから他愛のない近況報告に移ると、カーリーはすぐに笑い声をあげた。「ジルバを踊った? お父さんを踊らせることができるなんて、その人はきっとすてきな女性なのね」そして、ため息。「ところで、ジルバってどんなダンスなの?」父親の答えは、カーリーのくすくす笑いを誘った。「わたしもうれしいわ。お父さんがそっちで楽しく暮らしてることがわかって」

ハンクも、カーリーが父親と仲がいいとわかってうれしかった。そのほうが、家族に対する考え方が自分と近いことになる。ハンクには早すぎると感じるタイミングで、カーリーは父親に、もう電話を切らなければいけないと告げた。「あんまり長いあいだ話すと、ハンクに悪いわ」カーリーは説明した。「彼の携帯電話を借りているの」

ハンクはもう少しで、好きなだけ話していいと口を出しそうになった。だが、そうすると、盗み聞きをしたのがわかってしまう。大切なことは全部話せただろう。あとであらためて、長距離電話の通話割り当て時間についてカーリーを納得させればいい。

「ありがとう、ハンク」電話を返しながら、カーリーは優しく言った。「父と話せてよかったわ」輝くような笑みと、美しい瞳に浮かんだ喜びの光が、父親との会話を楽しんだことを証明していた。「お父さんは、どんな人だい？」

「とても楽しい人よ」カーリーは肩をすくめた。「すばらしい人なの。父はつねにわたしの支えだったわ」

ハンクは、ひどく理不尽な怒りを感じた。カーリーに頼られるのは、自分でありたかった。こんな考えはどこから生まれたんだろう？　カーリーにこの結婚を続ける気はないということを、肝に銘じておかなくては。もし、永遠などということばが自分の頭に浮かびはじめたら、いずれ胸が張り裂ける思いをすることになるだろう。

気分を変えるために、ハンクはカーリーを馬小屋に案内して、馬たちに会わせることにした。歩いていく途中、カーリーはずっと言いつづけた。「心の準備ができているかどうか、わからないわ」

ハンクは笑った。「きみはスケートボードにだって乗ったじゃないか。安心していいよ。ぼくの馬のほうが、ずっと安全だ」

「あなたはそう思うでしょうけど」

馬小屋の入口で、カーリーは足を止めた。壁のすぐ内側にいて馬房から首を突きだしている雌馬を、じっと見つめた。「だいじょうぶだよ」ハンクは言った。

ハンクは、気が進まなそうなカーリーをうながして、馬に近づいた。カーリーが警戒しているのは自分なのか、馬なのか、ハンクにはわからなかった。

「すごく大きいのね」

「女の子だよ」ハンクは手を伸ばして、雌馬の耳のうしろを掻いてやった。「名前はシュガーっていうんだ。栗毛だよ」

「あなたはクォーター・ホースっていう種類を育てていると思ってたわ」

「栗毛っていうのは、種類じゃなくて色なんだ」ハンクは、通路の奥にいる、鼻面が灰色の雄馬を指さした。「あの年取った馬は黄灰色《バックスキン》だ。最近、人に嚙みついたから、しつけをやり直すために、飼い主に連れて来られたんだよ。その隣りの馬房で、黒い雄馬といっしょにいる赤茶色の馬は鹿毛《かげ》だ」

カーリーは、途方にくれたように首を振った。「わたしはまだ、いろんな色合いのピンクを覚えるのに苦労しているのよ。馬の色を理解するなんて、とても無理だわ」

「だからって、馬は怒ったりしないよ」ハンクはカーリーの手を引っ張って、馬に近づけた。「シュガーは安全だ」それに、ぼくも。「だいじょうぶだよ。きみを噛んだりしない」

カーリーは手を伸ばしたが、素早く、またひっこめた。「歯があるんでしょう?」

「もちろん。でも、きみの手を噛んだりはしないよ」

「ほんとうに?」

ハンクは、雌馬の鼻先に手を差しだした。おやつをもらえると思ったらしいシュガーは喜んで鼻を鳴らし、ハンクの手のひらを舐《な》めた。「どうだい? ぼくの手はまだくっついているだろう?」ハンクはカーリーの手首をつかみ、細い指を雌馬の鼻先に突きださせた。「怖がらないで」

「ああ、どうしよう」緊張に体をこわばらせたカーリーは、ぎゅっと目を閉じた。明らかに、腕を半分なくすのではないかと恐れているらしい。一瞬後、カーリーは目をあけて、馬の唇が肌に触れるくすぐったさに、くすくす笑いだした。それを見ているハンクは、自分がカーリーをくすぐりたいと願った。「とっても柔らかいわ」カーリーがささやいた。

「ベルベットのようだろう?」そう相槌《あいづち》を打ちながら、ハンクは昨晩触れたカーリーの脚がどんなに柔らかかったかを思いだしていた。ハンクは、カーリーの手を離した。「前に行って、撫でてごらん。体は大きいけど、とても優しい子だよ」カーリーがためらっていると、ハンクは笑った。「きみが怪我をするようなことを、ぼくがさせるわけないだろう。この馬はほんとうに優しくて、生まれたばかりの子馬を足元に置いても平気なくらいなんだ」

カーリーは前に進み出た。それからすぐに、安心してシュガーの耳に触れ、ほっそりとした手で馬のたてがみを撫でていた。「すてき」と、何度も言った。「ほんとうに優しい子だわ」

その気持ちは、人も馬も同様だったらしい。シュガーはカーリーの優しい心を感じ取ったように、いななないたり、軽く突いたりして、もっと撫でてほしいとせがんだ。

「わたしを好きになってくれたみたい」カーリーは笑いながら言った。

どうして嫌いになれるだろう？ ハンクもカーリーが好きだった。たぶん、賢明だとは言えないくらい。カーリーを見ているとかきたてられる感情をどうしていいかわからず、ハンクは目をそむけた。

「この馬は、ソノラ・サンセット。モリーの馬だ」ハンクは隣りの馬房に目を向けた。「かわいそうに、ここに来たときは、むちで打たれて、死ぬ一歩手前の状態だった。モリーは、ある日、大きなトレーラーを引いたトヨタ車に乗って、この牧場に現われた。トレーラーにはサンセットがいて、悲鳴のようにいななきながら暴れていたよ。それが、モリーとジェイクの出会いだ」

カーリーは馬房の扉のそばに立ち、悲しそうな目で、まだ傷痕が残る黒い体に視線を走らせた。「なんて、ひどいの」静かな声で言った。「だれがこんなことを？」

「モリーの前の夫、ロドニー・ウェルズだ。頭のねじが狂った下衆《げす》野郎だったよ」ハンクは自分がなにを言ったかに気づき、顎をこすった。「失礼。ぼくはことばに気をつけないといけないな」

カーリーは笑いをこらえた。「あなたのことばは気にならないわよ。もっとひどいことばをたくさん聞いたことがあるわ」

「だれからだい？　そいつはもっとマナーを身につける必要がある」

「わたしは大学に行ったって、話したでしょう。一年目は盲人のための特別な学校に行ったの。でも、そのあと、普通の人といっしょにポートランド大学に通ったのよ。キャンパスでは、みんながありとあらゆる汚いことばを使ってたわ」カーリーは、ふたたび馬に注意を戻した。「モリーはなぜ、怪我をした馬をジェイクのところに連れてきたの？　タッカーは獣医なのに」

「アイザイアもそうだよ。ふたりでいっしょに動物クリニックを開業したところなんだ」ハンクは、雄馬のたくましい首に腕をまわした。「モリーは獣医を探していたわけじゃない。馬の心がわかる人間を探していたんだよ。サンセットは虐待を受けたせいで、精神がおかしくなっていた」

「ジェイクは、馬の心がわかるの？」

「ジェイクもぼくも、馬との付き合い方を知っている。ぼくらには馬と話せる特殊な能力があると言う人も、たくさんいるよ。モリーは馬のトレーナーからジェイクの評判を聞いて、ジェイクならサンセットの命を救ってくれるんじゃないかと、ここに連れて来たんだ」

馬の相手をするハンクを見守りながら、たしかに馬との付き合い方を知っていると、カーリーは感じた。「あなたも？」カーリーは訊いた。

ハンクは不思議そうな顔でカーリーのほうに振り向いた。「ぼくがなに？」

「馬と話ができるの？」

ハンクがいたずらっぽい笑みを浮かべると、口もとに白い歯がのぞいた。「お望みなら、きみの耳元でもささやいてあげるよ」

あの夜、ハンクがそうしたときに背骨を駆けのぼった震えが、まざまざとよみがえった。カーリーは、自分のウエストを抱きしめた。「わたしは遠慮しておくわ」

「そう言われると思ったよ」ハンクはにやりと笑って、ウィンクをした。「きみの質問に対する答えは、ノーだな。ぼくは馬と話せるわけじゃない。そんなことがありえると思うかい？」

「わからないわ。ありえるの？」

「どうかな。ぼくは馬の扱いが得意だ。それだけだよ。なんの秘密も謎もない。馬は人間によく似ているんだ。恐怖心もあるし、好き嫌いもある。トレーナーのなかには、古いやり方を続けている人たちもいる。彼らはむちを使って馬を訓練する。もっと優しく接するトレーナーもいるけど、決められた方式で訓練を進める点はいっしょだ。馬の気持ちなんて関係ない。ジェイクとぼくは直感に従って、たっぷり時間をかけて仕事をする。馬は一頭一頭違っていて、それぞれに違うやり方が必要だってことを、いつも忘れないようにしている」ハンクの青い目が、いたずらっぽく輝いた。「女性に対するのとおなじさ」

カーリーは両腕をこすった。

「寒い？」

「いいえ」実際は寒かったが、カーリーはほんとうのことを言うのをためらった。ハンクは上着を着ていない。体の熱で温めてあげようなどと言いだすかもしれない。カーリーは、用心深く、雄馬の鼻に触れた。

「彼も、シュガーとおなじくらい優しい馬だよ」ハンクは保証した。「前は違ったけどね。でも、モリーが彼を救ったんだ。今は、とても穏やかないい馬になったよ――雄馬にしては」

カーリーは手を引っこめた。「どういう意味？」

ハンクはにやっと笑い、先に立って、馬小屋の奥へと歩いて行った。あとについて歩きながら、カーリーはハンクの優雅で滑らかな体の動きに見とれた。長い両脚は膝がほんの少し外側に曲がっている。おなじ特徴がハンクの父親と兄弟全員にあることに、カーリーは気づいていた。きっと、長時間、馬の鞍《くら》にまたがっているせいに違いない。理由はどうあれ、それは、広い肩と逆三角形の上半身と相まってたくましい雰囲気を作り、ハンクのうしろ姿を魅力的に見せていた。

ハンクは馬房ごとに立ち止まり、それぞれの馬をカーリーに紹介した。カーリーは密かに、どの名前もすぐに忘れてしまうだろうと思った。

「閉まっている馬房は空っぽなの？」カーリーは気になって、尋ねた。

「いや。母馬と子馬がいる。夜は静かに過ごさせてやるんだよ」通路の一番奥まで来ると、ハンクはほかより広い二つの馬房を示した。「ぼくたちが作った、出産のための部屋だよ」と、説明した。「雌馬がゆったりと横になって脚を伸ばせるように、広くしたんだ。ここで刷りこみもする」

「馬に焼き印を押すの?」カーリーはいつも、その行為が残酷だと考えていたため、失望を隠せなかった。

「刷りこみは焼き印を押すのとは違うよ。ほとんどの牧場で、もう焼き印は使っていない」ハンクは、一瞬、カーリーの顔に浮かんだ憤慨の表情を読み取り、小さく笑うと、カウボーイ・ハットの下で頭を掻いた。「焼き印を押す代わりに、たいていの牧場では耳にタグをつけるんだ。女の人がピアスをあけるようなものさ。もっと高価な馬はIDチップをつける。情報が入った小さな薄い板を皮膚の下に埋めこむんだ。耳の内側に入れ墨をすることもある。ちっとも痛くないよ」

「そうなの」カーリーは、ほっとした。「じゃあ、刷りこみっていうのはなに?」

「基本的な子馬の訓練だよ。そのうち、見せてあげよう――手伝ってもらえば、もっといいかな。楽しいよ。刷りこみは、状況に応じた反応をするための基本的な訓練なんだ。生まれてすぐにはじめて、二、三カ月続ける。大変な仕事だけど、結局、そのほうがいい馬に育つんだよ。ぼくらが刷りこみをした馬には、脚を縛るホブルや鼻ねじを使う必要はほとんどない。簡単に言えば、刷りこみをされた馬はよく調教されているから、幸せに暮らせて、人間といっしょに喜んで働いてくれるんだ」

「鼻ねじって?」

ハンクは顎をこすった。「馬の口を締めつけるための道具だよ。鼻は、馬の体のなかでも一番敏感な場所なんだ。鼻ねじを馬に付けて力を加えれば、馬は恐ろしく痛い思いをするはずだ。馬が動けば、ますます痛くなる」

「ひどいわ」

「注射を打ったり、傷の手当をするときに暴れる馬には必要なんだよ。馬は大きくて、力の強い生き物だ。人間が素手で押さえることはできない。そんなことをしたら、牛がキャベツを噛み砕くくらい簡単にやられてしまう」ハンクの口もとに微かな笑みが浮かんだ。「なぜ子馬に刷りこみをするのか、もうわかってもらえたかな。ぼくらは馬に痛い思いをさせたくないんだ。刷りこみをされた馬は、脅して服従させる必要がない。ぼくらは子馬に、想定できる限りのあらゆる状況を経験させる。くり返しくり返し、子馬がなにも考えずに反応できるようになるまで。そうすると、大人になったとき、蹄鉄《ていてつ》を打ったり、予防接種をしたり、医者に診察してもらったりしているあいだも、人間で言ったらあくびのようなものが出るくらい平気になる。たいして負担に感じないんだ」

「鼻ねじを付けなくてすむなら、なんでも賛成よ」

ハンクはちらっと時計を確かめた。「家に戻る時間だな。そろそろ、シチューを火からおろしたほうがいい」

先に立って通路を引き返しながら、ハンクは、これまで牧場に連れて来た何人かのガールフレンドを思いださずにはいられなかった。ほとんど全員が、水と油のように馬たちと馴染まなかった。カーリーは馬の糞に気づいてさえいなかったらしい。その事実を知ったのは、カーリーがまだ新しい糞の山に足を踏みいれたときだった。

「あら、まあ」カーリーは足を振って、臭くてべたべたしたものを振り落とそうとした。「いやだわ。これは、わたしが想像しているものかしら?」カーリーは、自分の足に顔を近づけた。

「きみが、それは馬の糞だと予想しているなら、クラスで一番の成績だよ」ハンクはそう言いながら引き返して、カーリーの肘をつかんだ。

ハンクは、靴が台なしになったと文句を言われるだろうと予想した。だが、カーリーは笑って、地雷原に迷いこんだかのように、あたりを見まわした。

馬小屋の外に出るまで、ハンクは、数歩進むたびに足を振るカーリーの姿に思わず笑みを浮かべながら、地雷をよけてカーリーを先導した。外に出ると、カーリーは立ち止まって、草に靴をこすりつけた。二、三個の塊が、まだほとんどそのまま靴にこびりついている。ハンクはその場にしゃがみ、カーリーの足首をつかんだ。飛びあがるほど驚いたカーリーは、危うくうしろにひっくりかえりそうになった。

「おっと」ハンクはとっさに、カーリーのジーンズのベルトをつかまえた。カーリーが体勢を立て直すと、ハンクはふたたび足首をもって、糞を落とすのを手伝った。「ほら、大きく振って」

カーリーのスニーカーがきれいになると、ハンクは立ちあがった。カーリーは鼻に皺を寄せて、微笑んだ。「これも、視覚皮質が訓練されていないと危険だっていう証拠ね。地面におかしなものがあっても、わからないのよ。足の下で『ぐちゃっ』ていうまで、糞があるなんて気づかなかったわ」

カーリーの『ぐちゃっ』という言い方に、ハンクは声をあげて笑った。

ハンクは頭の下で腕を組み、仰向けに横になっていた。マットレスの端から足がはみ出て、ぶらさがっている。月の光が、ベッドルームのヒマラヤスギで作られた天井を照らしていた。夜風が窓の外の木々を揺らすと、天井に映った影が形を変える。ハンクはカーリーのことを思って、眠れなかった。カーリーが、最初はどんなにおずおずと馬に触れ、それからどんなに優しく撫でてやっていたか。靴に糞がついたとき、どんなふうに笑ったか。自分の手が足首に触れると、どんなに驚いていたか。そのあと、家に戻るあいだ、どんなに痛ましいほど緊張していたか。

カーリーを見るたび、その美しさに胸がはりさけそうだった。彼女にそのことを伝えたいが、もし口に出せば、また心にもないことばで騙そうとしていると受け取られるだけだろう。昨晩、カーリーは、はっきりとそれを口にした。

自分がカーリーに強く惹かれる気持ちを抑え、必死に川の流れに逆らって泳いでいることは、疑いようもない事実だった。今の自分がもてる唯一の希望は、おそらくカーリーとの友情だけだ。それが、ハンクをいらだたせた。ハンクは、愚かにも、ふたりは夫婦としてうまくいくかもしれないという淡い希望を抱いていた。だが、いっしょにいればいるほど、自分は彼女に近づくための橋を自ら燃やしてしまったのだと思い知らされた。平凡で単純な失敗ですら、二度と修復できないことがある。そして、自分はとんでもない大きな失敗をしてしまったのだ。カーリーは、もしふたたびあの夜とおなじ状況に陥ったら、またひどい苦痛を味わうだろうと思いこんでいる。一方、自分は、どうすればその誤解を解くことができるのかわからない。

だとしたら……友情か。それなら、希望はあるだろう。それで限界だと言うなら、なにもないよりはましだ。将来、カーリーが離婚を切りだして出て行っても、お互いに連絡を取り合い、協力して親としての勤めを果たすことができる。子どももそれほど傷つかずにすむだろう。

ハンクはため息をついて、目を閉じた。友情。二年間も美しい女性といっしょに暮らすには、もっと別の望ましい関係があることはわかっている。だが、男がいつも物事を思いどおりにできるとは限らないのだ。

15

それから数日間は、カーリーとのあいだに友情を築くことがハンクの目標となった。達成への第一歩は、いっしょにいてもカーリーが緊張しないようにすることだった。結局、ハンクは一日じゅう、ことあるごとに声をかけることにした。短く『やあ』などというだけだ。ハンクが見ると、カーリーはいつも忙しそうに視覚皮質の訓練をしていた。ある午後は、キッチンの引き出しを順番にあけて、ひとつひとつ手で触れながら道具を確かめていた。

「こんなものがあったの」と、カーリーはハンクに報告した。「なにかを押して潰《つぶ》すためのハンドルがあって、先に穴がたくさんあいた小さな箱が付いているのよ。なにに使うのか、わからないわ」

ハンクは一瞬考えてから、答えた。「ニンニク潰し器かな?」

「すみませんけど」カーリーは、ふざけて丁寧な口調を使った。「わたしがあなたに質問しているんです」

ハンクは笑った。「まちがいなくニンニク潰し器だよ」どんなふうに皮をむいたニンニクが押し潰され、穴を通って出てくるかを説明した。「便利な道具だよ。くそみたいに面倒な仕事が、すごく簡単にできるんだ」

「また、汚いことばを使ったわよ。ニンニク潰し器ね。ふーん。新しくやってみたいことのリストに書いておかなくちゃ。次はいつ、ニンニクを潰す予定?」

ハンクは笑うのをやめた。ニンニク潰し器を知らなかったとわかったら、たいていの人は自分の無知を恥ずかしいと思うだろう。だが、カーリーはそんな感情を超越して、少しでも早く、できるだけ多くのことを学ぼうとしている。

あるときは、電話をしながら、カーリーの前をさえぎって、日課である目の訓練のじゃまをしてしまった。カーリーは医者から、壁にかける表を数枚渡されていた。そのうちの一枚は、上には基本的な色、下のほうには、基本的な色を混ぜてできるさまざまな色調の色が並んでいる図だった。形やマークの表もあった。いろいろな四角や三角、八の字など。カーリーは毎日、何時間も費やして、それらを視覚的に理解するために視覚皮質の訓練を行なっていた。ある日の朝は、たまたま通りかかると、子どものパズルのようなものに取り組んでいた。カーリーは慌ててパズルのピースを箱のなかに戻し、ソファの下に押しやった。きっと、五歳の子どもでも簡単にできるようなパズルと格闘しているのを見られるのがいやだったのだろう。そのことで、ハンクはカーリーが立ち向かっている戦いを、以前よりは理解できるようになった。カーリーにとって、形を組み合わせるのは恐ろしくむずかしい作業だ。一方、ほとんどの人にとって、それは生まれてからずっと自然にやってきたことなのだ。

カーリーと過ごす時間を増やすために、ハンクはログハウスで食事をするようになった。

朝は、トーストにポーチド・エッグをのせて食べた。揚げ物の匂いをさせると、カーリーが吐き気をもよおすからだ。昼はサンドイッチを食べることにした。そして、夜にはエプロンをつけて、夕食の準備を手伝った。

キッチンが片付いてから寝るまでの時間は、カーリーを誘って母屋のジェイクとモリーを訪ねるか、自分たちの家のリビングでのんびりテレビを見るか、おしゃべりをした。ふたりきりでいると、カーリーはつねに緊張していた。歩くときは、腕ひとつぶんほどの距離を保ち、あまり口をきかなかった。家では、ハンクから一番離れた場所に座り、そわそわしながら、着ている服をいじったり、ソファのクッションについている房をむしったりしていた。そして、しょっちゅう、疲れたという理由で、早々にお休みなさいと言ってベッドルームにひっこんだ。

ハンクは今まで、兄弟たちのなかでも男として魅力的なほうだと言われつづけてきた。その魅力を、カーリーに対しても駆使しようとした。だが、実際は、自分のほうがカーリーに魅了されていた。

ハンクがもっとも尊敬するタイプをあげるとしたら、それは勇気がある人物だ。カーリーは、ハンクが知るなかでも、一番意志が固く、勇気あふれる人間だった。おそらくは徐々に視力を失っているだろうに、けっしてそのことを心配したり、苦労しているような素振りを見せなかった。

一日に何度も、カーリーのようすを見にログハウスに戻ると、カーリーがアパートからもってきた本を何冊も広げていることがよくあった。ときどき、『ホワッツ・ホワット』というタイトルの、日常で使うさまざまな物を絵入りで紹介した用語辞典を見ていることもあった。別のときには、アルファベットの文字を勉強していた。本の活字はどれも小さく、カーリーはページからわずか数センチのところまで鼻先を近づけて本をのぞきこんでいた。そして、たびたび、テーブルに片肘をついて、頭痛がするかのように、こめかみをこすりながらぼうっとしていた。

なぜそんなに自分をいじめるのかと、ハンクは訊いてみたかった。カーリーはすぐにまた、文字が見えなくなってしまうだろう。結果的には、単に頭のなかで文字が理解できるようになるだけだ。どうして、そんな意味のないことのために頭痛に苦しまなければならない？カーリーが視覚皮質の訓練を続けているのも心配だった。彼女は事実から目をそむけて、妊娠中に失明せずにすむかもしれないというまちがった希望にしがみついているのだろうか？

ふたりが結婚してから五日が過ぎた水曜日の午後、ハンクは、たまたまシャツを着替えに家に戻った。またもや本に鼻先を近づけているカーリーを見つけたハンクは、もはや黙っていられなかった。

「ねえ、カーリー。もっと時間を有効に使ったらどうかな？」

カーリーの顔に戸惑いが浮かんだ。「なぜ、そんなことを言うの？」

ことばに気をつけろよ、ハンク。「きみの主治医は、子どもが生まれる前に目が見えなくなる可能性があると言ってるんだろう？　もしそうなら、目で見て文字が理解できても、なんの役に立つんだい？」

　ハンクは、カーリーが怒りだすだろうと予想していた。もし、自分が二度目に盲目になる立場だったら、それを思いださせるような指摘はありがたくないだろう。だが、カーリーは、微笑みを浮かべただけだった。

「格子状角膜変性症の患者で、妊娠中に何事もなく過ごせた人もいるのよ」

「じゃあ、きみの視力も悪くならずにすみそうなのかい？」

「いいえ、正確には、悪くなっていないとは言えないわね」

　おいおい、わかってるのか？　今の時点で視力が悪くなっているなら、何事もなくすむわけがないだろう。「それは、悪い兆候じゃないのかい？」ハンクは、用心しながら質問した。

「そうね」カーリーの微笑みが消えかかった。だが、すぐにまた、表情が明るくなった。

「格子状角膜変性症っていうのは、予測がつかない病気なの。患者によって違うし、妊娠だって人によっていろいろだわ。妊娠で症状が悪化するスピードは速いかもしれない。二、三カ月であっという間に見えなくなるかもしれないわ――でも、もしかしたら、野火のようにゆっくりと進んで、治まってくれるかもしれない。わたしは前向きに考えたいの」

　もちろん、ハンクも前向きな考えを信じていた。ただ、カーリーを失望させたくなかった。二、三カ月？　たとえ、自分の視力が悪化していることに気づいていても、カーリーは明らかにまだ真実と向き合ってはいない。遠からず、ふたたび目が見えなくなるかもしれないということに。

「格子状角膜変性症でも、完全に盲目ではない人を知ってるわ」と、カーリーは言った。「もちろん、法的には盲人なんだけど、もう何年も、ある程度は見えるらしいの。わたしの角膜が実際はどのくらい深刻な状態かなんて、だれにわかるの？」

カーリーは完全に目が見えなかったわけじゃないのか？　今はどのくらい悪くなってるんだ？

「わたしは格子状角膜変性症だけじゃなくて、先天性の白内障でもあるの」カーリーは説明した。「目が見えなくなった最初の原因は、どっちかしらね？　たいていの人は、両方だろうって言うわ。でも、そうじゃなかったら？　たぶん、生まれたときは、格子状角膜変性症はそれほどひどくなかったはずよ。だけど、大きくなるにつれて、だんだん悪くなった。だとしたら、最初の原因は白内障だということになるわ」

なんと答えていいかわからず、ハンクはどさっと椅子に腰をおろし、カーリーの笑顔を探るように見つめた。カーリーの理論はよくわかった——つまり、格子状角膜変性症自体は、それほどすぐに視力を奪ったりはしないかもしれないという、切なる願いだ。だが、ハンクは、カーリーの視力が急速に低下している証拠も目にしていた。自分の目にも留まるくらいなのに、どうして、カーリー自身が気づかないのか？

おそらく、カーリーはわかっているのだ。そのうえで、運命に打ちのめされるときが訪れるまでは、楽観主義者でいる道を選んだのだろう。カーリーの揺るぎない明るい笑顔に隠された本心を思うと、ハンクは泣きたい気分だった。

「じゃあ、ぼくらは成り行きに任せるしかないね。きっと、きみは幸運な側のひとりだよ」

カーリーはうなずいた。「わたしが砂に頭を突っこんで、なにも気づかないふりをしてるなんて思わないでね。形勢が不利なことは、よくわかってるわ」カーリーは手のひらに顎をのせ、美しい目を細めてハンクの表情をうかがった。「心配そうな顔ね。そんな必要はないのよ」

ハンクは鼻の横をこすった。心配だって？　悲しくてどうしようもないよ。

「わたしは大人よ、ハンク。最悪の事態になっても、ちゃんとやっていけるわ」

なぜ、そんなに落ち着いて座っていられるんだ？　涙も見せず、憤慨したり、理不尽な運命に握り拳を振りあげたりもしない。カーリーが少しでも憂鬱そうに振る舞うようすを見たことは、一度もなかった。ハンクが見る限りでは、つねに事実を平静に受け止めているように見えた。カーリーの表情をうかがったハンクは、カーリーがほんとうに自分の状況を理解し、なにが起こっても受け入れる決意であることを知った。自分なら、いつか数カ月間も暗闇に閉じこめられると想像しただけで恐怖に襲われるだろう。だが、カーリーはその可能性に喜んではいないが、怖気《おじけ》づいたりもしていない。

「そんなに一生懸命本を見たら、目に悪いんじゃないかな」

「目が痛いのには、慣れてるわ」

ハンクは、カーリーにどんな痛みも味わわせたくなかった。「どうして、今は別のことを楽しんで、二度目の手術が終わってから視覚皮質の訓練をしないんだい？　手術をすれば、今よりはっきりと目が見えて、訓練も楽にできるだろう？」

カーリーは本を閉じてキッチンに行き、コップに水を入れた。「待つのは平気よ。でも、そうしたら、今日一日をむだにしてしまうわ」

「将来、見える日がたくさん待っているじゃないか。今は一時的に後退しているだけだろう。来年の夏になったら手術を受けて、そのあとはずっと目が見える生活を送れるんだよ」

「そうかしら？」カーリーはコップを口にもっていく途中で振り返った。「もし手術がすべてうまくいって、どの治療も理想どおりの効果を保てれば、二十年くらいは目が見えるでしょう。もしかしたら、移植した角膜に拒絶反応が出るまで三十年くらいあるかもしれない。だけど、なにもかもうまくいかなかったら？」

ハンクの胃袋が恐ろしさにねじれた。「どういう意味だい？」

カーリーはコップに指先を滑らせて、水滴を受け止めた。それから、ジーンズで手を拭いた。「うまくいく保証はなにもないのよ。ドクター・メリックは、わたしになんの約束もできない。失敗を引き起こす可能性――可能性以上のときもあるわ――がある要因は数えきれないのよ。インフルエンザの影響みたいに単純な原因もある。なにかのウィルスとかね。ほかにも格子状角膜変性症を悪化させたり、拒絶反応の原因になりうるものは山ほどあるの。それから、ときには、手術自体がうまくいかないこともあるわ」

ハンクは息を呑んだ。そして、ハンク自身が、神に対して握り拳を突きあげたくなった。

つまり、すべてが悪いほうに転がれば、カーリーは二度と目が見えなくなってしまうのか？

「たとえ、なにもかも完璧にうまくいったとしても、わたしの目が見えている年月は限られているわ。もし、うまくいかなかったら――」カーリーの目は翳《かげ》った。「もう、わかったでしょう。わたしの目が見える時間は十五年間あるかもしれないし、五年間だけかもしれない。もしかしたら、まったく見えないままってこともありうるわ。それをわかったうえで、あなたがわたしの立場だったら、一日でもむだにしたいと思う？」

ハンクは腰をおろしていたことを感謝した。まったく見えないまま？「いや」と、認めた。「そうは思わない」

「そうでしょう。目が見えている時間はわたしにとって、一分一分が貴重な贈り物なのよ」カーリーは水を飲み干し、空になったコップをカウンターの上に置いた。「視覚皮質は記憶の銀行みたいなものなの。今日わたしが見たもの、視覚的に理解したものはすべて、わたしの記憶に蓄積される。もし来年の夏に受けた手術がうまくいって、また目が見えるようになったら、新しい環境に慣れるのに二、三日はかかるでしょうね。でも、今学んでおいたことは、どれも簡単に理解できるはずよ。少しでも文字が読めるようになっておけば、いろいろなことがきっと楽だわ。電話をかけたり、小切手帳の計算をしたりとかね。今の時間を賢く使えば、わたしは前に進めるのよ。そして、次の手術のあとで、目が見えるようになって生きる人生のために、少しでも準備をしておくことができるの」

ハンクの喉は接着剤を呑みこんでしまったように張りつき、声が出なかった。カーリーを守りたいという激しい感情が、ハンクのなかに湧きおこった。両腕で彼女をしっかりと抱きしめ、あらゆる攻撃から守ってやりたかった。不運なことに、格子状角膜変性症は、ハンクが戦える相手ではなかったが。

ハンクは窓の外に目をやり、マツの木々を通して漏れる日の光をながめた。カーリーは、目が見えたまま今日を過ごすことができた。それは、今までハンクがまったく理解していなかった感覚だった。今日という大切な日。もしそんな賭《か》けに遭遇したら、自分は外に飛び出して、すべてのものを目で楽しむだろう。花や草の葉。風に揺れる木々。けっして、家のなかにじっとして、本に鼻先を突っこんでいたりはしないだろう。

「大切な日々を過ごすなら、そのやり方はもったいない気がするよ」

カーリーは驚いた顔で笑いだした。「あなたはどうすればいいと思うの？」

「ほかにやりたいことはないのかい？」

カーリーは頬にえくぼを浮かべて、ため息をつき、夢見るように柔らかな眼差しになった。「たくさんあるわ。だけど、実行できる可能性もないのに、夢見たり、願ったりしてもしかたないでしょう？」

「もし、今すぐ願いがなんでもかなうとしたら、なにをしたい？」

「いつも思っているのは、運転を習うことね」カーリーは肩をすくめた。「今だって、運転するには遠くがあまりよく見えないの。たぶん、いつかは習えるかもしれないわ」

「それから？」ハンクはちょっと間を置いた。「ほかには？」

「もしお金があったら、ほんとうはないけど、旅行がしたいわ」

「どこに？」

「どこにでもよ」瞳に浮かぶ夢見るような表情が、さらに強まった。「見えなくなる前に、すべてのものを見ておきたいわ。エッフェル塔、エジプトのピラミッド、サハラ砂漠、エベレスト」カーリーは少し笑った。小さな笑い声が音楽のように心地よく空中に響いた。「ラクダも見たくてたまらないの」

「ラクダ？」それは、ハンクがこれまで目にしたなかでも一番醜い生き物だった。

「ええ、そうなの。それから、シマウマも。もし食べられないですむなら、トラも見たいわ。あなたには、きっとばかげて聞こえるでしょうけど」

その瞬間、ハンクはカーリーという人間に驚嘆していた。カーリーが夢を語るときに見せる輝くような表情が好きだった。ハンクは、両目に熱い涙がこみあげる感覚をおぼえた。

「ぼくが金持ちなら、きみが行きたいところ全部に連れて行ってあげるのに。かばんに服を詰めて、すぐに出発すればいいんだ」

カーリーの表情が曇った。「そんなつもりで言ったんじゃないのよ。あなたは今だって、必要以上によくしてくれてるわ。わたしは、とても感謝しているのよ」

感謝など糞食らえだった。ハンクの望みはカーリーを幸せにすることだった。もし、大金持ちだったら、ハンクはカーリーの足もとに全世界を差しだしただろう。

ふいに、ある考えがハンクの頭に浮かんだ。エジプトやパリは無理だが、運転を習ったり、異国の生き物を見たいという願いはかなえられる。「次に角膜専門医の検診を受けに行くのはいつだっけ？」

「七月七日よ。でも、先週連絡して、次の月曜に変えてもらったの」

「どうしてだい？　ぼくが七日に車で送って行くよ」

「あなたが、祝日の週末はどういう予定なのかわからなかったから」

ハンクは七月四日が金曜日だということを忘れていた。「家族の集まりがあるだけだよ。その日の夜は、子どもたちを連れて花火を見に行くかもしれない」

「花火？」カーリーの目が、興味津々に輝いた。

カーリーは打ち上げ花火を見たことがないのだと、ハンクは悟った。「行きたい？」

「すごく行きたいわ。もし、あなたが退屈でなかったらだけど」

「ぼくも花火は大好きだよ」ハンクはカーリーを安心させた。「なにがあっても、見逃さないつもりさ」

カーリーには一度も見たことがないものがたくさんあるのだ――二度と見れないかもしれないものも。自分は何度も見たことがあってもかまうものか。たとえ変わり映えのしないものでも、いっしょに楽しめばいい。その変わり映えのしないものが、彼女にとっては生まれてはじめて見るものなのだから。

どうか、メリック医師の診察を予約した十四日まで、カーリーの目がまだ見えていますように。心のなかで指を組み合わせて祈りながら、ハンクは微笑んで言った。「車できみの検診に行ったら、街にひと晩泊まることにしよう」

「なぜ？　ポートランドまで、たったの三時間か、長くかかっても四時間でしょう。予約は午後二時よ。その日のうちに、楽に帰って来れるわ」

「いや。きみの診察が終わったら、日帰りでいろいろな場所を観光しよう。手はじめにコロンビア峡谷。時間があったら、セント・ヘレナ山」

「そんなお金――」

「夫に逆らうものじゃないよ。夜にはポートランドに戻って、街に出かけよう――五つ星のレストランで食事をして、すてきなホテルに泊まる。ボウルに山盛りのタンポポのサラダを注文してあげるよ」ハンクはウィンクをした。「グルメな都会人が大好きなストロベリーなんとかを上にかけてもいい」

「ストロベリー・ビネグレット・ドレッシング？」

「それをかけていいよ。それから、火曜日は一日じゅう遊べる」

「そんな必要はないわ。すてきなディナーもホテルもお金がたくさんかかるわ。しかも、部屋を二つ取らなきゃいけないのに」

このご婦人は、いつも恐ろしく頭が回る。ハンクはにやっと笑いそうになるのを我慢した。

「予算の心配はぼくに任せてくれ。いいね？　ぼくは火曜日に、きみをポートランド動物園に連れて行きたいんだ。そこを見るときは、せかせかしたくないんだよ」

カーリーの目が大きく見開かれた。「動物園？」

ハンクは笑いながら、立ちあがった。「それじゃ、きみにわかるように話そう。ラクダ、シマウマ、キリン、象、たぶんトラもいる。ぼくも、もう何年も行ってないよ。だから、それが全部いるかどうかはわからないけどね」

うれしそうな笑みが、ゆっくりとカーリーの顔に広がった。「動物園?」カーリーがぴょんぴょん飛びはねはじめたとしても、ハンクは驚かなかったろう。それほど、カーリーは興奮していた。そうする代わりに、部屋の向こうから走り寄って来て、ハンクのシャツの袖をつかんだ。その瞳は文字どおり躍っていた。「ああ、ハンク。きっと、すごく楽しいわ! シマウマ? 本物の生きたシマウマを見られるのね」

「たぶん、シマウマはいるだろう」彼女が衝動に身を任せて、首に腕を巻きつけて抱きついてくれたら、どんなにうれしいだろう。だが実際は、彼女がすぐ近くにいるというだけで、満足しなければならなかった。「しかも、一頭じゃないと思うよ」

そのことばが聞こえなかったように、カーリーは言った。「それに、ラクダ!」

カーリーはくるくる回りながらハンクから離れ、両腕を大きく振りまわして笑い声をあげた。今にもバランスを崩して倒れそうだった。ハンクは、つい手を出さないように親指をベルトにひっかけておかなければならなかった。

「動物園。ほんとにすばらしいアイデアよね。その日が待ちきれないわ」

数分後にハンクが外に出て行くときも、カーリーはまだ、動物園にいそうな生き物の名前を挙げていた。ハンクのような職業の者にとって、動物がたくさんいる場所に行くのは一番いやな休日の過ごし方だった。だが、ポーチから外に出るハンクは、間抜けなにやけ顔をしていた。ハンクは立ち止まって、家のほうを振り返った。彼女にダイヤモンドを贈ったときは、ためらいがちな笑顔と礼儀正しいお礼のことばを得た。ラクダとシマウマをプレゼントしたら、もう少しで胸に飛びこんできてくれるところだった。

ちくしょう。自分は今まで、ことごとくまちがった餌をつけて釣り針を投げていたのだ。

その日の午後遅く、カーリーがまた文字の勉強をしていると、家の正面に車が停まる音がした。いったいだれだろうと不審に思いながら、カーリーは本を閉じた。ハンクがいつも乗っているフォードのピックアップ・トラックなら、バケツのなかで岩が転がるような大きな音がするはずだ。

正面を向いた窓に近づき、外をのぞいてみた。古びた灰色のピックアップ・トラックがポーチの近くに停まっている。運転手がドアをあけて外に飛びおりるまで、カーリーにはだれが乗っているのかわからなかった。それは、ハンクだった。

ハンクは長い脚でポーチの階段を一気に飛びこえ、窓越しにカーリーに手を振った。それから、ドアをあけて、家のなかに首を突っこんだ。「忙しいかい？　かわいこちゃん」

「わたし——いえ、それほどでもないわ」

ハンクはにっこり微笑んだ。「よし。じゃあ、行こう」

「どこに？」

「ドライブだよ」ハンクは目を狭めてカーリーを見つめた。「おいで。そんなに疑わしそうな顔をしていないで。この酒場の女たらしは、やり方がまちがってたってことに気づいたんだよ」

カーリーは髪をかきあげた。「だれかに会うかもしれないでしょう？　わたし、ひどい格好よ」

「ぼくだけさ。それに、きみはちゃんとしてるよ」

当惑しながら、カーリーはハンクのあとについて車に向かった。ハンクが向こう側に回って助手席に乗りこむと、カーリーはますます混乱した。車に近づき、あいている運転席側の窓をのぞきこんだ。「なぜ、そっちに座るの？」

ハンクは脇に置いてあったビールの六本入りパックから、瓶を一本つかみだした。「きみが運転するからだよ。さあ、乗って」

カーリーの心臓の鼓動が速まった。「なんですって？」

ハンクはウインクをして、瓶のキャップをひねってあけると、反対側の窓からぽんと弾き飛ばした。「運転を習うのさ。忘れたのかい？　目が見えているあいだに、きみがやりたいことのひとつだよ。口をあけてぼくに見とれてないで、車に乗ったらどうだい」

「運転なんてできないわ！　遠くのほうは、まともに見えないんだから」

「ぼくを信用して」ハンクは長々とビールを飲んでから、ふうっと息をついた。「さあ出発しよう」

カーリーは、かつて酒を飲んでいるときのハンクを信用した。その結果どうなったか。

「お酒を飲んでるのね」

「ぼくは、ぎらぎら照る太陽の下で一日じゅう働いたんだ。だから、喉を湿らせてるのさ。飲んでるわけじゃない」

「なにか違いがあるの?」

「あるさ。ぼくを信用してくれよ。乗らないのかい?」

「わたしは運転できないわ。頭がどうかしちゃったの?」

「目が見えなくてもスケートボードをしたり、飛行機から飛びおりたりした命知らずは、どこに行ったのかな?」

「彼女は常識を身につけたのよ」

ハンクはきらきら輝く目でカーリーを見た。「きみは臆病者《チキン》なのか?」ハンクは空いているほうの手をわきの下に付けて、羽根のようにぱたぱたさせた。「コケーッコッコッコッ!」

カーリーは生まれてから今日まで、臆病者呼ばわりされたことなど一度もなかった。運転席のドアをあけて車に乗りこみ、ハンドルの前に滑りこんだ。「もし、わたしたちふたりが命を落としたら、あなたの責任よ」

「そんなことにはならないさ」ハンクは、片手にもったビール瓶で外を指した。「舗装されていない道路と、どこまでも続く野原。ぶつかる物はなにもない。きっと、楽しいよ。ぼくも十歳のとき、このおんぼろ車で運転を覚えたんだ。父はぼくに車のキーをくれて、あとは勝手に運転させた。ぼくはまだ背が低かったから、ハンドルの向こうがほとんど見えなかったよ」

カーリーは自分を落ち着かせるために、ゆっくりと息を吸いこみ、埃《ほこり》っぽいダッシュボードを見つめた。ハンクのフォードにあるのとおなじようなものはひとつもない——いくつかの装置も、スイッチも。「どうすればいいの？」

ハンクはカーリーにクラッチの踏み方を教え、それから手短に、ギアの使い方を説明しながら、動かしてみせた。「このでこぼこした土地では、二速ギア以上はまず使わなくていいだろう。だけど、きみは二速までで走るこつをつかんだら、一気にスピードをあげるだろうな。それじゃ、クラッチをいっぱいに踏んで、彼女をスタートさせてごらん」

「なぜ、彼じゃなくて彼女だってわかるの？」カーリーは時間稼ぎのために質問した。

ハンクの口元がゆがんだ。「メンテナンスにお金がかかるし、なにをしでかすか予想ができないからさ」

「いい車じゃないわね」

ハンクは、にんまりした。「実際、ぼくはこの車を大事にしまいこんで、ちっとも乗ってあげてないんだ。出発するのか、それとも、ここに座ってひと晩じゅうしゃべっているつもりかい？」

カーリーはハンクに教えられたとおりにやってみた。エンジンがうなりをあげて息を吹き返すと、恐ろしさに泣きそうになった。「ああ、神様！」

「リラックスして。クラッチを踏んでいる限り、車は勝手に走りだしたりはしない。昔を思い出してごらん。スピード感を味わうには、アクセルを踏まなきゃ」

ハンクがいいかげんに準備はいいだろうと思いはじめた一瞬後、カーリーはクラッチから足を離した。車は勢いよく発進したかと思うと、エンジンが咳《せき》をするような音をたててから、停止した。

「なにかまちがっていた？」カーリーは緊張しすぎて、まともに息をすることもできなかった。両足がペダルを踏むたびに、ぶるぶる震えた。「やっぱり、これはいい考えじゃないわ。いろいろ考えてくれて感謝するわ、ハンク。ほんとうよ。でも――」

「やめるのかい？　きみは上手だよ。普通、はじめての人はエンジンを動かすこともできないんだ。二つのペダルをいっしょに動かせばいいんだよ。アクセルを踏みながら、クラッチを離す。あと少し練習すればいいだけだ」

あと少し？　カーリーはふたたび車と格闘しはじめた。二回目には、車が前進してもエンジンは停まらなかった。カーリーは、ハンドルを両手でしっかり握りしめた。「動いたわ！」それからパニックを起こして、金切り声をあげた。「次は？　どうするのか教えて！」前方に木が現われた。「大変！　木よ、ハンク！　どうすればいいの？」

「ハンドルだよ」ハンクはハンドルをつかんで、木をよけるのを手伝った。それから、カーリーの腕を軽く叩いた。「ほらね？　すごく簡単だろう？」右に向かうタイヤの跡がついた道を指さした。「その道を行こう。高台にある牧草地のまわりを走る道で、方向転換するのにちょうどいい広い場所もある」

最初、カーリーは急激に曲がりすぎ、次は方向を戻そうとしてさらに道からそれてしまった。が、最後はついに車を道にのせることに成功した。古いピックアップ・トラックは、轍《わだち》の上をがたがた揺れながら、這うようにゆっくりと進んだ。おかげで、ハンドルの扱いに慣れるまで、試行錯誤する時間はたっぷりあった。数分後、カーリーはリラックスしはじめた。

「わたしが運転してるのね」カーリーは言った。「ほんとうに運転してるんだわ」

ハンクはにやっと笑い、また、ゆったりとビールを飲んだ。「そうだよ。しかも、すごくうまい運転だ。気分はどうだい？」

「世界が自分のものになったような気分」カーリーはクラクションを鳴らした。「スカイダイビングより楽しいわ！ ありがとう、ハンク。わたしに車を預けてくれるなんて、信じられないわ」

「このおんぼろ車は不死身なんだ。一九四九年型のビンテージ・フォードは、酷使されるために作られた車だからね。牧場のためのトラックなんだ。ぼくらは、あらゆる重労働に使ってるよ。だから、牛の角で突かれたり、馬に蹴飛ばされたり、前もうしろも数えきれないほど何度も木や岩にぶつかっている。きみが新しいへこみを作っても、どうってことないさ」

数分後、方向転換をする場所に来た。ハンクはフロントガラスのほうに身を乗りだした。

「フェンスに気をつけて」

ちょうどそのとき、埃っぽいフロントガラスに太陽の光が斜めに反射した。カーリーは前をよく見ようとして、目を細めた。「どのフェンス？」

ハンクはまっすぐ座りなおした。「そのフェンスだよ。止まって。ブレーキを踏んで」

カーリーは力いっぱい踏みこんだ。だが、どういうわけか、アクセルを踏んでしまった。急激な加速にエンジンはうなりをあげ、車はいきなり前に飛びだした。ついに、カーリーの目にもフェンスが見えた——それを破って突き抜けた瞬間に。

「くそっ！」ハンクが怒鳴った。「牛に気をつけろ！」「牛？」

カーリーが牛を目にする前に、そんなこととは関係なく、車は灌漑《かんがい》用水路の脇の盛り上がった地面にぶつかり、空中にジャンプした。そして次の瞬間、放牧地のどまんなかに着地していた。牛たちは騒々しく抗議の鳴き声をあげながら、雲の子を散らしたように逃げだした。牛たちがいなくなってしまうと、ふいに周囲がしんとした。車のエンジンは止まっていた。

カーリーは両手できつくハンドルを握りしめたままの姿勢で、凍りついていた。ハンクはまだビール瓶を握りしめている。瓶の中身がシャツの前に盛大に飛び散っていた。

「たいしたドライブだ」ハンクはささやいた。「エキサイティング・ドライブと呼ぶべきかな」

カーリーは息もできず、泣きだしたい気分だった。

「だいじょうぶかい？」ハンクが訊いた。

カーリーはうなずいた。それから、懸命に声を絞りだして、こう言った。「ああ、ハンク。

ごめんなさい。太陽の光がフロントガラスに当たって、前が見えなかったのよ。牛たちは無事だと思う?」

「乳が止まっただろうね。それは確かだ」ハンクの声の調子は、奇妙にうわずっていた。

「牛たちの顔を見たかい?」

「いいえ。見えたのはお尻だけよ」

ハンクは鼻息を荒くした。それから、笑いだした。忍び笑いではなく、声をあげ、体を震わせて、げらげらと大笑いした。ビール瓶が手から滑り落ちて床に転がっても、まだ笑っていた。そのうち、脇腹をおさえ、両目から涙まで流しながら笑いつづけた。

やっと笑いが静まると、カーリーは言った。「わたしはちっともおかしくないわ」

カーリーには理解できなかったが、そのことばを聞いたハンクはまた笑いだした。

「どうかしてるわよ。ちっとも面白くないわ。わたしはフェンスを壊して、あなたの車に傷をつけて、もうちょっとで牛たちを轢《ひ》き殺すところだったのよ!」

やっと笑いがおさまると、ハンクは言った。「フェンスは直せるし、車はどうにでもなる。牛たちもちょっと驚いただけだよ。車を運転する女性を見たのは、ベサニー以来だろうからね」ハンクはため息をついて、お腹をさすった。「やれやれ、大人になってからこんなに笑ったのははじめてだよ」弱々しい笑顔をカーリーに向けた。「ぼくも運転を練習し直すよ。きみは、ここを滅茶苦茶に壊すくらいのスピードで走れるんだ。すごい才能だよ」

ハンクは体をまっすぐに起こし、深く息を吸いこんで、それから、ゆっくりと吐き出した。

「さて」頭を傾げて、イグニッションを指した。「この子が動くかどうか、試してみよう」

「そんな。わたしはもう運転しないわ」

「もちろん、きみがするのさ。きみが、ぼくらを無事にここまで連れて来たんだろう？」

ハンクはビールのパックから、瓶をもう一本取りだした。キャップをひねったとたん、瓶の口から噴きだしたビールがハンクの顔を直撃した。褐色の眉からしずくがぽたぽたと垂れ、ビールが頬を流れ落ちた。

「なんてこった」

カーリーは、くすくす笑った。「わたしが驚かしたのは牛だけじゃなかったみたいね」

ハンクは怒った表情でカーリーを見た。「ぼくはちっともおかしくないよ」

カーリーは片手で口をおさえて、笑いを押し殺そうとした。今度は、カーリーが疲れ果てるまで笑いつづける番だった。


夕食がすむと、ハンクはチェッカー・ゲームを取りだした。夕方の雑用から戻るときに、こっそり家にもちこんでおいたのだ。

「やったことはある？」と、カーリーに訊いた。

カーリーはテーブルに近づき、好奇心いっぱいに箱を見つめた。「なにを？」

カーリーはチェッカーの盤を見たことがないのだと知っても、ハンクは動じなかった。

「チェッカー。ボード・ゲームだよ」

「チェッカー?」カーリーは椅子を引きだして座り、テーブルの上に両肘をついて、ハンクが盤をひらいて駒を並べるさまを熱心に見守った。「ベスとクリケットが、よくやっていたわ。わたしは聞いているだけだったの」

「それじゃ、今夜はきみがやるんだよ」

「むずかしくない?」

ハンクにとっては退屈で泣きたくなるほど簡単だったが、それをカーリーには言わなかった。「そんなにむずかしくないよ」二つの駒を掲げた。「黒と赤と、どっちにするかい?」

「赤」カーリーは椅子の上で体をずらして座り位置を決めてから、背筋をまっすぐに伸ばした。「どんなルールなの?」

ハンクはゲームのやり方を説明した。まもなく、カーリーはゲームに熱中し、しだいに、ときおり興奮して立ちあがるほどになった。「さっきは、あなたを追い詰めたわ!」カーリーは大声で言った。「わたし、チェッカーにむいてるわよね?」

その夜、何度もゲームをするうちに、カーリーはだんだんうまくなった。同時に、しょっちゅう色をまちがえては、ハンクの駒を使っておなじ色の駒を飛び越えていた。カーリーが最初にそうしたとき、ハンクはまちがいを指摘しようとして顔を上げ、カーリーの顔に浮かんでいる誇らしげな表情を見た。結局、ただのひと言も口に出せなかった。

今まで、ハンクは勝負事はすべて勝つためにやってきた。そして、勝ち負けにこだわりすぎだと、何度も家族から注意された。勝敗がすべてではないと、家族のみんなは言った。ほんとうに大切なのは、どれだけ気持ちよくゲームをしたかなのだと。ハンクは、どうしてもその理論が理解できなかった。勝つ気がないなら、なんのためにゲームをするんだ？　その問いに満足できる答えを返してくれる者は、だれもいなかった。そして今、本人はまったく意図せずに、カーリーがその答えを教えてくれた。カーリーの顔をながめ、笑い声を聞きながら、ほんとうに大切なのは勝つことではないとハンクは知った。ときには、こてんぱんに打ち負かされて、勝者の輝くような笑みに心を温められるほうが、ずっと大きなご褒美だったりするものだ。

その夜の終わりに、ハンクはシャワーを浴びて歯を磨こうと、カーリーがシャワーを終えて出てくる音が聞こえるのを待っていた。いざ聞こえると、ジーンズだけになって、裸足で歩いて行った。バスルームの前に立ったちょうどそのとき、ドアがぱっとあき、タオルを巻いただけのカーリーが勢いよく出てきた。

「きゃー！」ハンクの胸にぶつかったカーリーは、悲鳴をあげた。

「おっと」ハンクはカーリーがひっくり返らないように、剝きだしの肩を両手でつかんだ。

「ごめん。きみはもうシャワーをすませたと思ったんだ」

「まだよ。わたし――」

カーリーはことばを切って、顔を上げた。ふたりの目と目が合った。ハンクは肩をつかんでいる手を離そうとした。だが、どういうわけか、脳の指令が手に伝わらない。乱れた金色の髪を頭のてっぺんで王冠のようにまとめているカーリーは美しかった。普段よりもっと美しくさえ感じられた——どこもかしこも柔らかく清潔で、シャワーを浴びたばかりでしっとりと潤っている。ハンクは身をかがめて、カーリーの体にまとわりつく微かな薔薇《ばら》の香りを深く吸いこみたいという熱望を抱いた。そして、キスをしたくてたまらなかった。

カーリーは、永遠とも思えるほど長い時間、ハンクの胸を見つめていた。そして、その視線がついにハンクの顔に向けられたとき、ハンクはカーリーの喉元が震えるのを見た。それは、カーリーも密かにハンクに惹きつけられていることを告げていた。先端が金色の濃いまつ毛がさっと伏せられ、瞳をおおった。意図してなのか、それとも無意識にだろうか、柔らかな唇が誘うように開かれていた。

ハンクは、周囲の空気が濃密になり、電気を帯びたような感覚をおぼえた。カーリーの素肌の毛穴ひとつひとつが見えるようだった。一枚のタオルだけが、ふたりの体を隔てる、ささやかだが貴重な防壁だ。ハンクはそれが床に落ちる光景を思い浮かべた。そして、シルクのように滑らかな肌に両手を滑らせる自分を想像した。

たぶん、ハンクは身をかがめてしまったのだろう。それとも、カーリーがハンクの目に欲望を読み取ったのかもしれない。ハンクにわかったのは、カーリーが身をよじってハンクから離れようとしたことと、その目に非難の光が閃《ひらめ》いたことだけだった。「やめて」カーリーは、小さな声で言った。「お願いだから、やめて」

ハンクは、両手のひらにカーリーの震えを感じた。ハンクがカーリーから手を離すには、その感触だけで充分だった。「カーリー、ぼくは——」

カーリーは胸にきつくタオルを押し当てて、バスルームの戸口から後ずさりした。「こんなこと、二度としないで。あなたは、一度わたしを馬鹿にしたのよ。それだけじゃ、まだ足りないの？」

カーリーはベッドルームに駆けこみ、ばたんとドアを閉めた。ハンクの心臓の鼓動は激しくなっていた。脚の力が抜けて、バスルームのドア枠に背をもたれさせた。尖った角が背骨に食いこんでもかまわなかった。ぼくがカーリーを馬鹿にした？　どうして、カーリーはそんなふうに思ってるんだ？

ハンクはベッドルームの閉まったドアに歩みより、ノブに片手をかけた。鍵はかかっていなかった。すぐにでもなかに押し入りたい気持ちを、ぐっとこらえた。

「カーリー。話し合わないか？」と、言った。

「いいえ！　話すことなんてなにもないわ。もし、またわたしにキスしようとしたら、わたしはこの家を出て行くわ」

ハンクは、ふたりを隔てている厚い木の板に片手をあてた。「ぼくの記憶だと、あの晩、きみもキスをしたがっていた。そのあとのことはぼやけているけど、あのキスのことだけは、はっきりとおぼえてるよ」答えはない。「ぼくがまちがってるかい？　あの夜、きみはキスをしたかったのか、それともしたくなかったのかい？」

「したかったわよ。これで満足？　好きなだけ笑えばいいわ。向こうに行って！　わたしをひとりにして」

ハンクはドアに額をつけた。「きみもキスをしたかったなら、カーリー。どうして、もう一度キスされると思っただけで、そんなに怒るんだい？」

「どうしてもよ！」

どうしても？　ハンクの耳には、それは言い逃れに聞こえた。「それじゃ、よくわからないよ」

「残念ね。答えはそれだけよ」

「カーリー、お願いだよ。できたら――」

「できないわ！　手軽に遊べる相手が欲しいなら、街に行って見つけてちょうだい。そこで、好きなことをすればいいわ。わたしは最初に言ったはずよ。セックスはしないって。あれは本気よ」

ハンクはその意思表示を理解していた。はっきりと。そして、カーリーがハンクに抱いている嫌悪感の源は、ハンクが与えてしまった肉体的な苦痛以外のものではないかと疑いはじめた。手軽に遊べる相手？　ハンクは反論しようとした――カーリーとの出会いは、自分にとってそんな程度のものではないと。だが、そのことばは彼女の心には届かないだろう。あの晩、カーリーが誘いに乗らなかったら、自分はほかの女性を探していた。女性とのひと晩限りの付き合いは、あのころの自分にとって週末のお楽しみだった。

『きれいだなんて言わないで』。結婚式の晩、カーリーはそう訴えた。『そんなこと思ってないくせに』。あのとき、ハンクはそのことばに戸惑った。だが、やっとわかった。カーリーは知っているのだ。あの夜の出会いが、ハンクにとって意味がないものだったことを。もっと言えば、カーリー自身が意味のない相手だったことを。その事実が、けっして癒《い》えないほどにカーリーを傷つけてしまった。

ハンクはドアから離れ、壁に背中をつけて立ちつくした。そして、どうなった？　自分が傷つけた女性に心を奪われてしまった。頭のてっぺんから足の先まで、恋焦がれている。だが、彼女はハンクに触れられることを想像しただけで身震いするほどいやがっているのだ。

ハンクは気づいたばかりの事実を、ベッドにまでひきずって行った。それは、ほぼひと晩じゅう、ハンクの心を悩ませた。寝返りを打ったり、うつぶせになったりしながら、よく見積もっても、うたた寝すらできなかった。そうしているうちに夜明けが近づき、ついにハンクは空を染める最初の日の光をじっと見つめていた。新しい一日がはじまる。自分とカーリーもこんなふうに新しくはじめられたら、どんなにいいだろう。暗闇はふたりの背後に消え、青い空だけが未来にあるように。

だが、どうすればいい？　あの晩に起こった出来事を、なかったことにはできない。人生は黒板とは違う。まちがいを簡単に消すことはできないのだ。自分にできるのは、心からあやまり、彼女に許しを乞《こ》うことだけだ。

その考えが心に忍びこんだとき、ハンクは身が凍る思いがした。以前、花を贈ったとき、心から後悔している、どうか許してほしいとカードに書いた。だが、もしカーリーがそれを読んでいなかったら？

ハンクはベッドの上に起きあがったまま、動けなかった。たとえカーリーが読もうとしても、手書きの文字は読みやすいとは言えない。カーリーは印刷された文字さえ判読するのに苦労していた。雑な筆記体なら、なおさらだろう。そして、無論、彼女は読もうともしなかったのだろう。読んでくれたと思っていた自分が愚かだった。

ハンクはベッドから飛びおりて、ズボンをつかんだ。自分はカーリーにあやまっていない。なんてことだ。一度、夜に電話で話したときにあやまった記憶があったが、充分ではなかったし、心のこもったものでもなかった。そのあと、謝罪らしきことばを言ったのは、唯一、結婚式の夜にふざけて自分を雄ロバに例えたときだけだ。

自分は、真心のこもったことばを一度も口にしていない。あのときカーリーに言ったとおり、ほんとうに愚かな雄ロバだった。

16

「朝だよ、カーリー。きみを驚かせるものがあるんだ」

カーリーは眠りから覚めようと闘っていた。目の前にかぶさっている顔に焦点を合わせようとした――明るい青の瞳、彫刻のように完璧な顎のライン。引き締まっているが表情豊かな口元にゆっくりと笑みが浮かび、きれいな白い歯がのぞいた。ハンク。カーリーは身をこわばらせ、たちまち完全に目を覚ました。昨晩のバスルームでの鉢合わせが、こみあげる不快感と怒りとともによみがえった。

カーリーは片肘をついて、体を起こした。「もう、昼食の時間?」

「そうでもないよ」ハンクの笑みが大きくなった。ハンクは、赤い派手な文字で飾られているビニールのショッピングバッグを差しだした。「今朝、街なかの雑貨屋をまわって、きみへのプレゼントを見つけたんだ」

カーリーは、半透明の袋のなかをのぞこうとした。「なんなの?」

「お楽しみさ」ハンクは、古びたコーヒーテーブルの上に、ぽんと袋を置いた。「今朝は気分はどうだい?」

「さっきよりよくなったわ。寝坊をして、食べるのが遅くなったから、最初に起きたときは気分が悪かったのよ」

「悪阻《つわり》の特効薬をもってこようか？」

カーリーはうなずいた。

「セブンアップとクラッカーをもってくるよ」ハンクはそう言いながら、キッチンに取りに行った。

ハンクが戻ってきたときには、カーリーはベッドの上で起きあがっていた。昨晩のことがあったあとで、ナイトガウン姿をハンクに見せるのは恥ずかしかった。

カーリーの気持ちを読み取ったように、ハンクは言った。「ちゃんとしているよ」ハンクの顔に、からかうような笑みが浮かんだ。「世界一慎み深いナイトガウンだな。顎から爪先までしっかり隠れてる」

ハンクは、ベッドの横にあるクッションの上に腰をおろし、炭酸水の入ったコップを置いて、カーリーにクラッカーの小袋を手渡した。それから、ショッピングバッグに手を伸ばした。「すてきなプレゼントじゃないかもしれない。でも、きみが文字を勉強するのに役に立つと思ったんだ」ハンクは、ビニールのなかから二つの箱を取り出した。「違う種類を二つ買ったよ。ひとつは少し筆記体に崩したもの。もうひとつは普通の書体」ウィンクをして、言った。「フラッシュカードなんだよ。ひとつは飾り文字で、もうひとつはなんの飾りもないやつだ」

ハンクが最初の箱をあけると、カーリーは驚いた。前にかがまなくても、一番上にのっているカードの真っ黒い太文字がはっきりと見えたのだ。

「まあ」カーリーは目頭が熱くなるのを感じた。「すてきな贈り物だわ」

ちらりと顔をあげたハンクは、カーリーの涙を見た。「おいおい、泣かないでくれよ。ただのフラッシュカードだよ。ダイヤモンドのネックレスじゃないんだ」

カーリーの心を打ったのは、贈り物の背後にあるものだった——ハンクはフラッシュカードのことを思いつき、半日を費やして店から店へと車で探しまわってくれたのだ。

ハンクは、日に焼けた大きな手のひらの上で箱を逆さにして、カードの山をのせた。そのうちの一枚を掲げてみせた。「いいだろう？　これなら目を細めなくていい。きみにも、すぐに文字が読める」

カーリーはうなずいた。喉が詰まって、ことばが出てきそうになかった。昨晩は、キスをしようとしたハンクを殴りたいと思った。今は、こんなに優しくしてくれるハンクを抱きしめたかった。自分の気持ちがたやすく変わってしまったことが、カーリーは不安だった。ハンクはその気になれば、抵抗しがたい魅力をもっている。

カーリーはクラッカーを脇に置いて、セブンアップに手を伸ばした。

「最初はアルファベット順にやっていこう」ハンクは一枚目を掲げながら、言った。「そうすれば、文字を覚えながら、それに関係することばも覚えられる」ハンクは褐色の濃い眉を吊りあげた。「なにからはじめようか？」

「わたしはひとりで勉強できるわ、ハンク」大学で四年間も学んだというのに、彼にアルファベットを教われっていうの？「こんなの恥ずかしいわ。まるで五歳の子どもになったみたい」

ハンクは笑った。「きみの視覚皮質はまだ大人になってないんだよ。それに、フラッシュカードは、ほかの人に見せてもらったほうが効果的なんだ。成人女性向け、セックスアピールの授業をしよう。それでどうだい？」

ハンクはAのカードを見せながら立ちあがり、シャツの裾をもちあげて腹を見せた。「腹筋《アブズ》のA」そう言いながら、腹に力を入れて、筋肉を浮きあがらせた。カーリーは見とれた。褐色の胸毛が肋骨の下あたりから少なくなり、細い線になってジーンズのウェストまで続いている。

次のカードを掲げて、ハンクはウィンクをした。「二頭筋《バイセプス》のB」

素早くシャツを脱ぎ捨てて、両腕を見せた。腕は力強く、たくましかった。筋肉の膨らみや、ぴくぴくと動くようすを見ても、カーリーは驚かなかった。そう言えば、昨晩は胸ばかりを見ていて、ほとんど腕には目が行っていなかった。

「このやり方でいいかな？」

そのまま続けてほしいあまり、カーリーは考える間もなくうなずいた。

「Cは胸《チェスト》」ハンクは胸に力をこめ、筋肉を収縮させた。カーリーは、その膨らみに手をあてて、指先で動きを感じたかった。ハンクの肌は、キッチンの古い樫《かし》のテーブルのように艶々《つやつや》していた。自分とはまったく違う褐色の肌だ。カーリーは胃袋に奇妙な感覚を覚えた。気分が悪くなるのだろうかと、不安になった。

そのあとハンクは、ポパイの真似をしてカーリーを笑わせた。だが、笑いながらも、カーリーはまだハンクの体をじっと見つめていた。ハンクの上半身は、まるで彫刻のように美しかった。力をこめると筋肉が盛りあがるようなたくましい胸や腕を見るのは、生まれてはじめてだ。それは控えめに言っても、気が動転するような経験だった。

カーリーの心が落ち着く間もなく、ハンクは最後の文字のカードを掲げた。「セックスアピールのX」物憂げな笑みを浮かべて、言った。「筋肉隆々とまではいかないけど、最大限の努力はできるよ」

ハンク・コールターは努力しなくても、充分にセックスアピールがある。カーリーの視線は、銀色に光るベルトのバックルに向けられた。それから、自分がなにを見つめているのかに気づき、耳元まで真っ赤になった。ハンクの青い目が深みを増した。瞳に浮かんでいた笑みが消え、くすぶるような熱に取って代わった。しばらくのあいだ、ふたりはじっと見つめあった。そのあと、ハンクは急いで残りのカードを見せ、コーヒーテーブルの上にカードを積んで、シャツを着た。

カーリーは失望のため息をこらえた。「ありがとう、ハンク。あなたのアルファベットの覚え方は、わたしのよりずっと面白いわ」

「そこにいてくれ」ハンクはふたたび、カーリーの隣りに腰をおろした。「まだ終わりじゃないんだ。もう一度、最初からひととおりやろう」

カーリーは、心がざわつくような気がした。ふたたびアルファベット・カードの用意をするハンクの顔から、笑みが消えた。Aのカードを掲げた顔は、真剣そのものだった。美しい青い目がブルーグレーの色を帯びている。カーリーは、数週間前のある晩に見た、嵐の前の空を思いだした。

低くかすれた声で、ハンクは言った。「くず野郎《アス》のA。そのことばを焼き印にして、ぼくの額に押してくれないか？ 昨晩ぼくは、〈チャップス〉での自分の振る舞いを心から恥じていると、まだきみに言ってないことに気づいたんだ。まちがいなく、ぼくは世界一最低の男だったよ」

不意をつかれたカーリーは、なんと答えていいのかわからなかった。

ハンクは次のカードを掲げた。「Bはろくでなし《バスタード》。きみがそうしてほしかったら、ベルトのバックルにそのことばを付けて、これからの人生は毎日そのベルトをするよ。ぼくはきみから、一年か、もしかしたらそれ以上の目が見えている年月を奪い取った」ハンクの涙で光る目は、すでにうるんでいた。声が低くなり、奥歯を食いしばるたびに、引き締まった輪郭を描く頬の腱《けん》が浮きあがった。「許されないことだ——たとえ、ぼくがこれから償うとしても。きみの目が見えなくなったら、ぼくのせいだ。もし、きみの目を取り戻せるなら、ぼくは右腕をもがれたっていい。だけど、時間をもとに戻す方法も、すべてをなかったことにする方法もない」

カーリーは、目の前にいる男のことを、カウボーイ・ハットにジーンズ姿の自己中心的なプレイボーイで、自分以外の人間のことなど気にかけもしないのだと思いこんでいた。その男が今、目に涙をためている。

カーリーはこんなことを望んでいたわけではなかった。ハンクは自分なりに罪を償おうとしている。この先何年も、そうしつづけるだろう。「ハンク、やめて。お願い」

「Cは女たらしのカサノバ、暴漢《クリープ》、酒盛り《カルーセル》」ハンクは容赦なく続けた。「ぼくの週末の気晴らしは、女性を追いかけることだった。きみはたまたまぼくの縄張りにやってきて、ぼくはなんの考えもなしに、きみに目をつけた」次のカードを見せた。「Dはくそったれ《ディックヘッド》。下品なことばでごめんよ。ほかのいろんなことばにも言い換えられる。あさましい男、堕落したやつ、下劣な男が一番近いかもしれない」

ハンクはカードをテーブルの上に投げだした。カーリーの顔に向けられた表情は、ことばで表現するよりずっと多くを伝えていた。ついに、ハンクは口をひらいた。「ぼくは、きみに贈った花に添えたカードのなかで、ほんとうに申し訳ないとあやまった。昨晩になって、やっと、きみはきっと読んでいないだろうと気づいたんだ」

カーリーは今になって、少なくとも読もうとすればよかったと後悔していた。

「子どものことをあやまるつもりはない」ハンクは続けた。「どんな父親にも、そんなことを言う権利はない。でも、そうなった経緯については、ほんとうにすまなく思っているよ」

ハンクはカーリーの髪に触れた。とても注意深くそっと触れる手つきから、ハンクが心から後悔し、胸を痛めていることが、カーリーに伝わった。「きみはもっと大切に扱われる価値がある女性なんだ。もし、ぼくが素面《しらふ》だったら、ちゃんとそれをわからせてあげたはずだ」

「なにが言いたいの？　ハンク？」

「ぼくが言いたいのは」ハンクが唾を呑むと、喉が大きく動いた。「昨夜まで、ぼくは、なにがきみをそんなに傷つけてしまったのか、まったく気づいていなかった。ぼくのせいで、きみは男に近づくことを怖がってる」ハンクは前よりは大胆に、カーリーの髪に触れた。長い指が、カーリーの頭をおおう羽根のようにふわふわした髪を梳《す》いた。「きみが避けているのがぼくだけなら、それほど気にはしない。でも、そうじゃないかもしれないといういやな予感がするんだ。きみとほかのだれかとの出会いまで駄目にしてしまうのかと思うと、ほんとうにつらいよ」

　カーリーはぎゅっと目を閉じた。

「それは、いつもひどいものじゃないんだよ、カーリー。きみが正しい相手と巡り会えば、セックスは美しいものになる。きみが想像もつかないくらい、魔法のようにすばらしくて、心地よいものなんだ」

　カーリーは目をあけた。まだ、なにを言っていいのかわからなかった。わかっているのは、ハンクの瞳に浮かぶ苦悩を見たくないという思いだけだ。

「それから、きみは美しいってことも伝えておきたい。あの晩、ぼくは酔っていた。それは認めるよ。だけど、酔っていても、相手が美しいかどうかはわかる。ぼくはほかの女性とフロアで踊っていたときに、きみを見つけた。きみの虜になったよ。その瞬間から、あの酒場できみ以外の女性は目に入らなくなった」

カーリーは、本心ではハンクにあやまってほしいなどと思っていなかった。ましてや、こんなふうにあやまられることなど望んでいなかった。なんの言い訳も、自分をよく見せようとする素振りもない。それは、彼の本心からあふれ出ることばだった。そして、彼にとっては、口にするのがつらいことばだろう。カーリーでさえ、それがわかった。

「いつか、だれかがきみをひと目見ただけで、きみに夢中になるだろう」ハンクは片手でカーリーの顎を包みこみ、頬のくぼみを親指でたどった。「そのとき、ぼくがしたひどい仕打ちを思いださないでほしい。運命に身を任せて、彼を信じるんだ。両手で、愛の魔法をしっかりつかんでほしい。もし、きみがそうしなかったら、いつの日か、ぼくは大きな罪を背負って天国の門に立たなきゃいけない」

「ハンク、わたしは――」

「頼むから、聞いてくれ」カーリーの顎から手を離し、両目をこすった。「自分がなにをしたのか、全部は覚えていないんだ。ただ、乱暴にして、きみの体を傷つけたことはわかってる。ことばにできないくらい、すまないと思ってる」苦しそうに息をついた。「すべての男が、ぼくとおなじだとは思わないでくれ。そんな誤解をしたら、人生がきみに与えてくれるすばらしい贈り物を逃してしまう」

カーリーは黙ってうなずいた。ひとつのことばも思いつかなかった。

ハンクは立ちあがった。「あとひとつだけ」

カーリーはちらっと目をあげた。これ以上、なにを言おうというのだろう。

「昨晩のことがあってから、きみがどれだけ不安な気持ちでぼくと暮らしているのかがわかった。ぼくがなにを言っても、きみは信じる気になれないかもしれないけど、言っておくよ。心配はいらない。以前にきみが約束を永久のものにしてほしいと言ったとき、ぼくはそこまで自分を縛りたくないと断わった。今、それを受け入れるよ。セックスはなしだ。永久に。そうすれば、これから二年間の生活がきみにとって楽になるなら、ぼくはここで誓うよ」

それだけ言うと、ハンクは帽子をつかんで、外に出て行った。その背中をカーリーはじっと見つめた。まだ動揺し、ハンクがこれほど心のこもった謝罪をしてくれたことが信じられなかった。だが、それがハンクのうそいつわりのない気持ちだという確信はあった。だからといって、なにかが変わったわけではない。だが、奇妙なことに、カーリーにとってはすべてが変わったように思えた。

カーリーは両手で顔をおおった。あの夜以来はじめて、時間を巻き戻して記憶をたどることを自分に許した。思いだすまいとしてきた細かい出来事まで。これまでは、自分を不幸な犠牲者として、都合のよいことだけを思いだしていた。だが、たった今聞いたハンクの謝罪に、カーリーは自分を恥じ、あの夜の出来事をもっと鮮明に思いださずにはいられなかった。自分の好きなようにではなく、事実をありのままにだ。ダンスに誘われ、ハンクに手を引っ張られたとき、どれほど自分の体が興奮に震えたか。ステップを教えてもらいながら、どんなに笑いあったか。どれほどぎごちなく自分の足につまずいたりしても、ハンクはそれを気にせずに安心させてくれたか。いっしょにテーブルに座って話すのが、どんなに楽しかったか。そして、ハンクがどれだけ熱心に聞いてくれたか。

今までずっと、自分自身はまったく責任を感じようとせずに、すべてをハンクのせいにしてきた。だが、実際は、酔っていてもハンクはつねに紳士的だった。残酷なまでに真実を直視すれば、ひょっとすると、今回の一件ではハンクよりも自分のほうが責任が重いかもしれない。

あの夜、自分は何度も目のことを打ち明けようと思った。だが、口をひらこうとするたびに、ハンクがそれを知ったら、まるで腐りかけた魚のように自分を見捨てるのではないかと不安になり、尻ごみしてしまった。ハンクがカクテルを注文したときも、異議を唱えなかった。鎮痛薬とアルコールの組み合わせが賢明ではないことはよくわかっていた。だが、結局、心のなかの警告を無視して、カクテルを飲んだ。

やっとわたしの番が来たと思った。男の人に出会い、いっしょに楽しい時間を過ごす。なにもかもが魔法のように思えた。酔って足もとが危うかったのは、ほんとうにハンクのせい？　夢見心地で、おとぎ話のようなハッピーエンドを望んだのも？　あのとき、ハンクは力ずくで店の外に連れ出したりはしなかった。自分はすすんでハンクのキスに応え、車まで連れて行かれたときも抵抗しなかった。

その時点で、ほんとうに責任を負うべきなのはだれだろう？　ハンクはなにひとつ無理強いはしていない。自分が、またしても心の警告を無視しただけだ。未知の体験を求め、幸せな瞬間を一秒足りとも逃したくなかったからだ。男性との行為が未経験だと明かす機会はいくらでもあった。ハンクという人間をよく知った今は、それを明かせばハンクが思いとどまったに違いないと信じられた。実際、痛みに悲鳴をあげた瞬間、ハンクはすぐに身を引いたのだ。

カーリーは、ハンクがテーブルの上に投げだしたフラッシュカードを見つめた。『Bはろくでなし《バスタード》』？　このままにしてはおけない。カーリー自身にもおなじくらい責任がある過ちをハンクがひとりで背負い、罪悪感に苛《さいな》まれて残りの人生を生きようとしているのを放っておくわけにはいかなかった。

ハンクは雄馬の前脚に包帯を巻き終わった。馬房を出ると、女の声が聞こえた。顔をあげて肩越しに振り向くと、馬小屋の広い戸口に、金色の日光に後光のように囲まれた、カーリーのシルエットが浮かびあがっていた。

「やあ」ハンクはそう言いながら、包帯を棚の上に置いた。「クモの巣だらけの客間になんの用かな？」

カーリーは笑い、馬小屋のなかに足を踏み入れた。はじめて来たときほどびくびくしてはいなかったが、右側にいる馬を不安そうにちらっと見やった。青いブラウスのボタンを落ち着かなさげに指先で触りながら、言った。「あの、ちょっと話があるの。二、三分いいかしら？」

「もちろん」

ちょうどそのとき、馬小屋の事務室からレヴィが出てきた。レヴィは愛想よくカーリーに挨拶《あいさつ》をした。カーリーは微笑み、短い儀礼的な会話を交わした。それから、訴えるような目でハンクを見つめた。「長くはかからないと約束するわ。だけど、だれもいないところで話したいの」

ハンクは、事務室の入口のそばの掛け釘からカウボーイ・ハットを取った。「かまわないよ。かわいいご婦人とちょっと話をする暇もないほど忙しいことなんてないさ。いっしょに、小川まで行こう」

馬小屋を出ると、カーリーはハンクと歩調を合わせて隣りを歩いた。ハンクは、カーリーが両腕でウエストを抱きしめるポーズに緊張感を感じずにはいられなかった。長年、暴れ馬と仕事をしてきたハンクは、ボディーランゲージを読み取る熟練者だった。カーリーの仕草は、不安のシグナルを発している。

カーリーがなんの話をするつもりなのか、ハンクは不安だった。小川に着くと、草の生えた小山にカーリーを案内し、身ぶりで座るように示した。その勧めを、カーリーはまだウエストを抱きしめたまま断わり、その場にたたずんで、足元の地面をじっと見つめていた。そこで、ハンクも立ったまま、片方の脚に体重をかけ、腕を組んで、カーリーが話しはじめるのを待った。

「なにから話せばいいのかわからないわ」

ハンクの心臓は止まりそうになった。これ以上いっしょに暮らしたくないと言われるのではないかという、悪い予感が胸をよぎった。「とりあえず、話しはじめてごらん。最初は思いつくままでも、足りないところはあとでまた話せばいいさ」

カーリーはうなずいた。それから、ちらっと顔をあげた。目に涙が溜まり、唇の端が震えていた。「ティーンエイジャーのころ、目が見えない人生を生きていくのは、ほんとうに大変だったわ」

どうしてそんなことを言いだすのか、ハンクにはわからなかった。だが、これが話の主題なのだと本能的に感じた。

「高校時代は、ある男の子に声をかけられて、ダンスパーティーに誘われるのを夢見てた」面白くもなさそうに小さく笑い、すぐに付け加えた。「もちろん、学校で一番人気の男の子よ。どうせ夢を見るなら、大きな夢がいいじゃない？　だれかに熱をあげてたわけじゃないのよ。その手のことは、わたしにとって困惑の種だった。ベスとクリケットが、かっこいい男の子のことを小声で話したり、くすくす笑いあったりしているとき、わたしは一生懸命、心のなかで、その男の子たちがどんな外見なのかを想像していたわ」

ハンクは片足を大きく振って、ブーツの靴底で草を蹴《け》った。

「力こぶってなに？　って思ったわ」カーリーは震える声で続けた。「それはどこにあるの？　って。わたしは手で触れて理解することしかできない。そんな目的のために自分から体を触らせてくれる男の子なんていないわ。ことばだけを聞いても、混乱するだけだった。恋愛についてのヒントが書いてある唯一のものは、本だったわ。それも、ほとんどは母が読んで聞かせてくれたおとぎ話。だから、学校でも、王子様がわたしと激しい恋に落ちるっていう夢を見ていたの。そして、わたしは醜いアヒルの子だった——男の子なんてだれも寄りつかない盲目の女の子よ」

ハンクはまだ、この話がどこに向かっているのかわからなかったが、黙って聞いていた。カーリーの顔をよぎる苦痛に胸をつかれた。

「大人になっても、セックスには無関心だったわ。視覚障害がある子どもたちの教師になるために専門的な勉強をしているとき、それは目が見える人にとってはごく普通のことだと学んだの。目が見える子どもは成長すると、自然と性的な関心をもつようになる。でも、目が見えない子どもは——そう、関心をもたない。視覚から性的な刺激を受けないから、ほかの人たちとおなじように発達できないのよ」

「わかるよ」ハンクはやっと口をはさんだ。

カーリーは、ほっとした表情を見せた。「ほんと？　目が見える人には、きっと想像するのがむずかしいと思うわ。自分の体は手で触れれば、どんなふうだかだいたいの想像はつく。でも、男の子の体は未知の世界だった。あの晩、〈チャップス〉であなたがわたしのテーブルに来たとき、ほんとに驚いたわ。あなたをずっと見ているあいだに、いろいろな体の違いに気がついていたけど、近くで見たら、あなたは信じられないくらい背が高かった。わたしよりずっと背が高くて――それに、とてもがっしりしていたわ」

ハンクは思わずにやりとした。「ぼくを見ていたのかい？」

「見てたわ。そうなの。わたし――」カーリーは、ばつが悪そうに頬を赤く染めた。「なぜ、あなたがわたしの目を惹いたのかはわからないわ。でも、そうだったの。ほかの男の人は、ほとんど目に入らなかった」カーリーは大きく息を吸い、自分自身を嘲《あざけ》るような笑いとともに吐きだした。「あなたも予想はつくでしょうけど、結局、高校時代に、わたしの王子様は現われなかった」

カーリーは長いこと、じっと宙を見つめていた。その姿から、カーリーの過去に少なくともひとりは、ろくでもない男が現われたのではないかとハンクは疑った。なぜか、そのせいでカーリーは大切なものを失ったのではないかという思いを抱いたが、カーリーが話しはじめると、その考えはすぐに忘れてしまった。

「大学でもおなじだったわ。王子様は現われなかった。わたしは期待するのをやめたわ」

ふたたびハンクを見つめたとき、その瞳は輝いていた。「そして、わたしはベスといっしょに〈チャップス〉に行った」カーリーは、穏やかに語った。「彼は突然現われた。わたしを見おろして微笑みかけてくれて、ダンスに誘ってくれた。いつも夢に描いていたとおりだった。いいえ、夢よりもっとすてきだったわ。とうとう、みんなが小声でささやいたり、笑い合ったりしていたことを、この目で見られたんだから。彼は、わたしが夢見ていたすべてを口にしてくれた――きみは美しい、ずっときみのような人を待っていたって。あの店にはわたし以外の女性はいないような気分にさせてくれた。時計を巻き戻して、きみが望んでいた王子様になれるなら、ぼくはなんでもするよ」

「ああ、カーリー。ほんとうにすまなかった。時計を巻き戻して、きみが望んでいた王子様になれるなら、ぼくはなんでもするよ」

カーリーは、首を横に振った。「いいえ、そうじゃないの。わたしはわかってた。あなたは数えきれないくらいたくさんの女の人におなじ言葉をかけていて、わたしも含めてみんな、ただの遊び相手なんだってこと。目が見えなくても、そこまで愚かじゃないわ。それに、二十八歳の女ともなれば、物事の裏側を見抜く術《すべ》くらい身につけてるものよ。わたしは自分の意思で、あなたを信じることにしたのよ、ハンク。あれは、わたしが待ち望んでいた時間だった。長いあいだ待ちつづけて、ついにわたしの番が来たんだって思ったわ。目の病気のことを話して、すべてを終わりにしたくなかった。それを知ったら、あなたがわたしのことを違った目で見るか、もしかしたら立ち去ってしまうかもって心配だった。男性との経験がないのも知られたくなかった。ほんの少しの時間、たったひと晩だけでもいいから、わたしもほかの人とおなじになりたかったの」

「わたしの願いはかなった」カーリーは、ささやくように言った。「あなたは、酒場で会うほかの女の人たちとおなじようにわたしを扱ってくれた。あなたは男としての魅力を振りまいて、わたしを誘った。わたしが聞きたかったことばを全部言ってくれた。ダンスをして、飲み物を注文してくれた。次々と夢のとおりになって、夜が終わる前に、わたしたちはあなたの車のなかにいた。わたしはいつでも拒否できたのよ。あなたは、あの晩に起こったことはみんな自分のせいだと言ったわ。今日まで、わたしもそれで満足していた。でも、真実は違う。わたしはちゃんと目を大きくあけて行動していたわ。比喩《ひゆ》的な意味でも、文字どおりの意味でもね。わたしが自分じゃないだれかになろうとしたことは、あなたの責任じゃないわ。自分でこの困難をしょいこんだことも」

「ほかの人とおなじになりたかった？」ハンクはカーリーのことばをくり返した。

なぜか、どんなことばよりも、そのひと言がハンクの心を乱した。その瞬間、約束を忘れて、ハンクはカーリーを腕のなかに抱き寄せた。一瞬、カーリーは体をこわばらせた。が、すぐにハンクの腕に身を預けた。

カーリーの髪に顔を埋めて、じっとたたずみながら、ハンクはカーリーの体の柔らかな感触に浸り、カーリーのことばに含まれた意味について考えをめぐらせた。酒場で出会った数えきれないほどの女性たちの顔は、どれもぼんやりとしか思い出せない。だが、カーリーの顔はけっして忘れられなかった――瞳に浮かんでいた不安そうな表情、微笑んだときの美しい唇のカーブ、外見にも滲み出ていた優しさと純粋さ。

カーリーがほかの人間とおなじになることを、神は許さないだろう。彼女は特別な人間だ。彼女をよく知れば知るほど、彼女が特別だということがよくわかる。

これが、カーリーが話したかったことなのか。ハンクはことばを失っていた。ハンクを一番悩ませたのは、もしカーリーの目のことを知ったら、おそらく自分は立ち去っていただろうという事実だ。ヴァージンの女性を遊び相手になどできない。そう、まちがいなく立ち去っていただろう。もし、そうしていたら？　カーリーはテーブルに戻り、ベスといっしょに家に帰ったかもしれない。それ以上、なにも悪いことは起こらなかっただろう。だが、もしかしたら、ほかの男がやって来て、自分が中断したあとを引き継いだかもしれない。

そう思いついたハンクは、カーリーの髪に手を滑らせた。激しい所有欲に突き動かされ、カーリーを両腕のなかに閉じこめて、どこにも行かせたくないと強く願った。ほかの男がカーリーに触れることを想像しただけで、体が震えた。

自分は大きな過ちを犯した——そして、心からそれを後悔している——が、今カーリーといっしょにいることを悔やんではいない。もしかしたら、いつかカーリーもハンクを大切な人間として見てくれるかもしれない。ハンクがカーリーをなによりも大切に思うように。そして、もしかしたら、もう一度チャンスをくれるかもしれない。

そのとき、ハンクは自分が完全に、そして二度と後戻りできないほどに、カーリーを愛してしまったことを悟った。はじめは義務感で踏み切った結婚が、いつしかそれ以上の意味をもつようになっていた。心の奥底にあった自分自身の正直な気持ちが鼻先に突き出されるまで、自分でもそのことに気づかなかった。

カーリーを失いたくない。カーリーが心の奥に秘めていた本心をハンクに明かすのはたやすいことではなかっただろう。あの晩〈チャップス〉で、本来の自分ではないふりをしていたと認めるのも。相手に対して誠実であろうとするカーリーの姿勢は、ハンクのカーリーへの愛情をさらに深くした。

ハンクはやっと、カーリーを腕のなかから解放する気になった。カーリーの手を握って、草の生えた小山を示した。「ちょっとそこに座ろう」と、うながした。その声はまるでカエルのようにしわがれていた。

カーリーは、ちらっと馬小屋に目をやった。「もう充分、仕事のじゃまをしてるわ」

「頼むよ。聞いてほしいことがあるんだ、カーリー。その話は少し時間がかかる」

カーリーは探るようにハンクの目を見た。カーリーがなにを読み取ったのか、ハンクにはわからなかったが、カーリーの瞳には心が発する輝き以外なにも浮かんでいなかった。そして、その心は優しさにあふれていた。ほんの数秒間、ふたりは見つめあった。感情の沼地に迷いこみ、指を絡め、手のひらを合わせたまま。

とうとう、カーリーは同意のしるしにうなずいた。ハンクはカーリーを小山の頂上に導いた。ふたりは並んで腰をおろした。カーリーは両腕で膝を抱えた。ハンクは片脚を曲げ、もう片方の脚を投げだした。

「ぼくの子ども時代は、きみほど困難じゃなかった。でも、違う意味で厳しかったんだ」過去をさかのぼるうちに、ハンクの視界はぼやけていった。「親と喧嘩《けんか》をしていたとか、父親が暴力的だったとかっていう、普通の人が思いつくような苦労とは違う。ただ、牧場主の息子として生きるのは、なかなか大変なことなんだよ。その理由は、七〇年代の牛肉市場までさかのぼる。ぼくらは大規模な企業に比べたら、弱小の蓄牛農家だった。ぼくがまだ小さいころ、父の牧場は財政面で打撃を受けて、雇い人を全員解雇せざるをえなかった。牧場を維持し、収入を得るための労働は、すべて父の肩に、そして家族の肩にものしかかった。ぼくは兄たちといっしょに夜明けとともに起きて、学校に行く時間まで働いた。学校から帰ったあともまた牧場に戻って倒れるまで働いたよ。ぼくが大きくなるにつれて、だんだん状況はよくなった。でも、父は牧場を続けるために借金をしていたから、暮らしは豊かにはならなかった。収入は借金の返済に当てられていたからだ。兄弟で一番年下のぼくは、家を出るのも最後になった。兄たちがひとりずつ大学に行くたびに、ぼくの仕事は、ますます増えていった」

ハンクは片手で顔をこすって、ため息をついた。カーリーが見つめているのを感じたが、視線を返すことができなかった。

「高校を卒業したとき、うれしくて興奮したよ。あとひと夏、倒れるまで働けば自由になる。それしか考えていなかった」ハンクは空ろな笑顔を浮かべた。「今、思うと、そんなふうに考えていた自分が恥ずかしくなるよ。父はぼくを必要としていた。それなのに、ぼくは船に乗りこむのを待てなかった。卒業してすぐ、大学に行くのを一年待ってくれないかと父に頼まれた。すごく腹が立ったのを覚えているよ。両親は、学資援助を受けて、兄たち全員を大学に通わせた。当然、ぼくもおなじだと思っていた。それなのに、いざそのときが来たら、父は家の経済状態が厳しいと言う。ぼくは大人としての視点で理性的に考えることができなかった。ただ、不公平だと思ったんだ。だけど、結局、もう一年家にいたよ。なんの報酬も与えられずに、死ぬほど働いた。少なくとも、そのときのぼくは、そう感じていた。実際父は、ぼくに払う賃金すらなかったんだ。だけど、ぼくは食事と寝る場所だけじゃ、公平な報酬とは思えなかった」

「もし、ほんとうに学位を取りたい気持ちがあったら、どうにかして大学に行ったでしょうね」

「ああ、一年遅れでね。次の夏が巡ってきたとき、ぼくはうずうずしていた。荷物を詰めて旅立つのが待ちきれなかったよ。キャンパス生活はどんなに楽しいだろうと思って、わくわくした。学位を取れるくらいには一生懸命勉強するけど、あとはかわいい女の子とデートをして、たくさんパーティーに行って遊ぼうって具合さ。だけど、そうはいかなかった」

「なにがあったの?」

ハンクはカウボーイ・ハットを脱いで、帽子の山の形を整えた。「きみも、妹のベサニーに会っただろう。その年の六月、ぼくがついに大学に行くまであと三カ月というとき、ベサニーはロデオ競技で事故にあって、腰から下が麻痺《まひ》してしまったんだ。両親は保険に入っていたけど、きみとおなじで、すべての医療費をカバーすることはできなかった。医者は手術をすれば歩けるようになるはずだと言った。もちろん、父はそのためなら、自分がもっているすべてを投げ打って、喜んで破産しただろう。一年半後、父はまさにそのとおりの行動を取ったよ。治療費を借金して、牧場をほったらかして、ポートサイドでベサニーのベッドの横に付き添っていた。事故が起きた六月、ぼくは若くて、自分のことしか頭になかった。だけど、ほんとうなら、進学はあきらめて、両親を助けるために家に留まるべきだったろう。

やっとぼくにも巣立ちの番がまわってきたんだ。しかも、すでに父のために一年間先延ばしにもしていた。もし人手が必要なら、兄たちのうちのだれかが家に戻ってきて働いてくれるだろうと思った」

ハンクは悲しげに微笑んだ。「今度はぼくの番。そう思っていたのはきみだけじゃないんだよ、カーリー。ぼくは両親を愛してるし、妹のことも心から愛している。それでも、家を出たくてたまらなかった。ぼくはまだ子どもで、未熟な人間だった。両親が抱える経済的な問題を理解できるほど大人になっていなかった。ぼくの頭にあったのは、やっと自分の番が来たってことだけだった。それも、すでに一年遅れている。ぼくも公平に扱われるべきだと思った」肩をすくめて、髪を撫でつけた。「この牧場がぼくの首にかかっている鎖だった――父の金をすべて吸いあげた、役立たずの土地。ぼくは成功して、もっといい土地を手に入れて、違う自分になるつもりだった。その当時は、父のことをあまり尊敬していなかったよ。納屋にはよぼよぼの馬しかいないし、機械は今にも壊れそうなものばかり。借金まみれで貧しさにあえいでいる、哀れな牧場主だと思ってた」

当時のハンクの感情は、カーリーにも察しがついた。十八歳の若者といえば、たいてい自己中心的なものだ。

「ベサニーの事故のあと、父は破産申請をしなければならない状況まで、ゆっくりと追いこまれていった」ハンクは、牧場の向こうに広がる森を見つめた。「父はこの牧場を失い、すべてを失った。ぼくは学費を稼ぐために、フルタイムの仕事を二つかけもちして働いた。もちろん、思い描いていたような楽しいキャンパスライフなんてなかったよ。そして、やっと卒業したときは、なにも残っていなかった。〈レイジー・J〉牧場は人手に渡っていた。両親にはそれを阻《はば》める金はなかった」

カーリーはハンクの視線の先を追い、目を細めて遠くの景色を見つめた。「この土地が人手に渡ってしまったのなら、どうやって取り戻したの？」

「それは長い話さ。ハッピー・エンドだけどね。大学に行って、ぼくも少しは大人になった。少しはまともな頭になったんだ。少なくとも、自分ではそう思う。ジェイクとぼくは、ふたりで組んで自分たちの牧場を買う計画を立てた。オレゴン州立大学を卒業するとすぐに、ぼくは地元に戻って、雇ってくれる牧場ならどこでも働いた。いつか土地を買うときにジェイクと分担する資金のために、一セント残らず貯金したよ。働いて、働いて、働いて。遊んでる暇なんて、まったくなかった。そして、たまたまおなじころ、〈レイジー・J〉牧場を買った男が経営難に陥っていた。ジェイクとぼくは安い値段で牧場を買い戻すことができたんだ」

ハンクは昔を思いだして、微笑んだ。「父は、牛飼いの仕事で成功しようとしていた。ぼくらの牧場にも、なにか得意分野が必要だと思った。ぼくらはふたりとも馬の扱いがうまかった。それで、自分たちの牧場で馬を繁殖させることにしたんだ。それ以外に、収入の足しにするために、トレーニング・プログラムも始めた。最初、それは補助的な事業として考えていた。暮らしを支えるための副収入を少しは稼げるだろうってね。ところが、蓋《ふた》をあけてみたら、うまくいったのはトレーニング・プログラムのほうだった。そして、一年前くらいには、馬のトレーニングで、昔、食肉用の牛を育てていたときよりずっと多くの収入を得られるようになったんだ」

「なにが言いたいの、ハンク？」

「もう少し聞いてくれ。もうすぐだから」ハンクは草の葉を一枚むしって、口にくわえた。「かなりの収入を稼ぐようになって、ぼくの暮らしは変わった。物心ついてからはじめて、遊ぶ時間ができた――好きなものを買うお金も。かっこいいピックアップ・トラックとか、手作りの高価な鞍とか、今まで買う余裕がなかったいろいろなものさ。すっかりいい気になって、ぼくは浮かれていた。それからずっと、頭がどうかしていたんだ」

ハンクはやっとカーリーと目を合わせた。

「ぼくは、高価な純銀の食器セットのように、きちんと育てられた。だけど、そうやってはしゃいでいるうちに、両親に教えられたことを全部忘れてしまった」ハンクは、くわえていた草を投げ捨てた。「両親の教えにしたがって、狭くてまっすぐな道を歩く代わりに、あらゆるルールを破る道を選んだ。自分はだれのことも、もちろん自分自身も傷つけていないと思いこんでいた。自分は以前とまったく変わらないハンク・コールターだと信じていた。ただ、ちょっと変化を求めて楽しんでいるだけだ、いったいなにが悪い？　だけど、ぼくは昔のぼくじゃなくなっていた。自分でも気づかないうちに、生活スタイルと、ぼくが友達と呼ぶ人間たちが、少しずつぼくを変えていた」ハンクは、胸になにかがつかえたような感覚をおぼえた。「ある朝、〈チャップス〉の駐車場に停めた自分の車のなかで目を覚ますまで、自分がどれほど変わったか、まったくわかっていなかった。ひどい頭痛がして、前の晩に店で会った小柄で情熱的なブロンドの女の子をぼんやりと思いだしていたよ」

ハンクは両手の指を組み合わせて、指の関節を鳴らした。

「最初のうちは、彼女の顔もほとんど覚えていなかった。でも、頭のなかがまともに働きはじめると、だんだん細かいことを思いだした。どんなふうに彼女に目をつけて、くどき落とすために近づいたか。彼女のほうの気持ちなんて知ろうとも、気遣おうとさえしなかった。彼女はぼくが欲しいものだった。ただ、それだけだ。そして、ぼくは自分が望むものを手に入れることしか考えていなかった。ぼくの心のなかでは、彼女は人間じゃなくて、単なる体だった。ぼくは彼女を手に入れようとして、お決まりのことばを並べて彼女の緊張を解き、自制心を鈍らせるために酒をおごった」

ハンクはそこでことばを切って、息を継いだ。その先を話すのはつらかった。だが、懸命にことばを吐き出し、車のシートについた血を見つけたとき、どれほどショックを受けたかを話した。「そのとき、頭のなかで光が爆発したように、はっきり悟ったよ。気づきはじめていた以上に、自分が変わってしまっていたこと。それに、自分がなりかけていたような男は好きになれないし、尊敬もできないこと。ぼくは、きみのラストネームさえ聞こうとしなかった。そんなものは重要じゃなかったんだ。朝が来たら、二度と会うつもりはなかった」

カーリーは、さっと目をそらした。「あなたにとっては意味がないことだったと知っていたわ」

「いや、そうじゃないよ、カーリー。翌朝、ことばじゃうまく言えないくらい、きみとのことはぼくにとって意味をもっていた。いったいいつから、自分は道を踏みはずして、相手の気持ちを尊重しない男になってしまったんだろう？　セックスをする相手の女性をよく知ろうとするのをやめてしまったきっかけは、なんだったんだろう？　ぼくが気にしたのは、安全なセックスかどうかだけだった。しかも、きみとのときは、それさえも気にしなかった」

カーリーは、立てた膝の上に顎をのせた。「今はもう関係ないわ。あなたはあやまった。わたしもあやまった。わたしもあなたも、時間をもとに戻して、あの夜を消し去ることはできない。ふたりとも、前に進むしかないのよ」

ハンクは首を横に振った。「過ちからなにかを学ばないと、ぼくらは成長できないよ。あの晩の出来事は、ぼくの目を荒っぽく覚まさせてくれた。ぼくは必死できみを捜したけど、見つからなかった。悪い夢を見ては、汗びっしょりで目が覚めたよ。あのあと、きみはだいじょうぶだったのか、妊娠していないかどうか、心配でたまらなかった。きみの美しい顔と、大きな青い目が頭に浮かんだ。あんなに自分を恥じたのは、生まれてはじめてだった。きみは、〈チャップス〉や、ほかのなにもかもがはじめての経験だったことを隠していたと言うけど、ほんとうは、たくさんのサインを出していた。ただ、ぼくが酔っていたから、それに気づかなかっただけだ。責任があるのはぼくのほうだ。アルコールのせいで行動を誤ることはたしかにある。だけど、実際は、一杯目の酒を飲んだとき、ぼくの頭はちゃんと働いていた。自分がその夜をどんなふうに締めくくりたいか、よくわかっていた。だから、あのあと起きたことの責任は、ぼくにあって、きみにはないんだ。きみは、自分から進んで深みに飛びこんだと言ったね？　ぼくに言わせれば、男との経験があろうとなかろうと、女性は水の深さなんて気にする必要はないんだ。少なくとも、まともな男といっしょなら必要ないはずだ」

ハンクの声は感情が高まるにつれて、震えた。カーリーを見る目は、わかってほしいと訴えていた。カーリーはなんと言っていいかわからず、ハンクの手にそっと触れた。「ぼくは今回のことで学んだよ。もう二度と、あのころの自分のルールで行動したりしない。二度と、女性を誘惑するために、心にもないお世辞を並べたりしない。そのうえで、いくつか、はっきりさせておきたいんだ」

「なに？」カーリーは喉に詰まったような声で訊いた。

「きみはまちがいなく、あの晩、店にいたなかで一番きれいだったよ。酔っていようがいまいが、きれいかどうかは見ればわかる。きみをはじめて見たとき、うそなんかじゃなく、この人は今までどこに隠れていたんだろうと思ったよ。あの晩、ぼくが言ったことばがすべて、ただのお世辞だったわけじゃないんだよ」

カーリーは、頬が熱くなるのを感じた。ハンクの瞳に現われた感情は、カーリーにとって危険信号だった。このままでは、けっしてありえないことを望んでしまう。今度こそ自分の番だと。ハンクがふたりの関係を新しくやり直したがっていること、そして、今度はうまくいかせたいと願っていることを、カーリーは知っていた。だが、カーリーは実のところ、何事につけても先のことを考えるタイプだった。もし、ハンクの瞳から読み取れるものを信じても、結局は、ふたりにとってつらい別れがやってくるだろう。この牧場は、目が見えない人間が暮らせる場所ではない。自分はいつかかならず、二度と目が見えるようにはならない盲目の人生を生きなければならないのだ。

都会では、盲人が暮らしやすい環境が整っている。歩道があり、交差点には信号が整備され、公共の移動機関がある。専門家に設計してもらえば、必要なものがどこにあるのかすぐにわかる家に住むこともできる。もっと重要なのは、だれの助けも借りずに、自由に出かけられることだ。自分の力で仕事を続け、買い物や病院の予約といった日々の雑用をこなすことができる。

ハンクが暮らしているのは、街からなんマイルも離れた広大な牧場だ。目が見えない人間にとって危険が山ほどある。家から出たいときは、そのたびに、なにもかもハンクに頼らなければならない。そして、家のなかを目が見えない人間が暮らしやすいように保つのがどれほど大変か、ハンクはまったく知らないだろう。

それに、ハンクが抱くようになった感情が、愛とは違うものではないかという不安もあった。自分は彼の子どもを妊娠している。世間に恥じない男になろうとしている彼は、強い義務感に駆られているのかもしれない。同情ではないかという恐れもあった。だれからも同情など受けたくはない。とりわけ、ハンクからは。いつか、もしだれかと愛し合うとしたら、そこにあるのは正しい動機だけだ。愛情以外の動機があってはならない。

「ありがとう、ハンク」とうとう、カーリーは答えた。「あの夜のことが意味のないゲームじゃなかったとわかって、うれしいわ」

ハンクの手が伸びて、カーリーの目にかかった髪をかきあげた。ハンクの微笑みはこのうえなく優しく、カーリーは心臓が止まりそうになった。「いつか——ずっと先でもいいから——ぼくにもう一度チャンスをくれる可能性はないかな？　後悔はさせないと誓うよ。おなじまちがいは二度としない。約束するよ、カーリー。今度は、ぼくにできる限り完璧にやってみせる」

ああ、イエスと言えたら、どんなにいいだろう。「もし友達になれるなら、そのほうがいいと思うわ」カーリーは自分を偽り、そう言った。それから、周囲の風景を身ぶりで示した。「わたしは、牧場で生きるつもりはないの。あなたと必要以上に親しくなったら、ここを去るのがとてもつらくなってしまうわ」

ハンクは長いこと押し黙っていた。それから、うなずいた。「わかった。友人になろう。もし、きみの気持ちが変わったら、ぼくの申し出はいつでも有効だってことだけは、わかっていてほしい」

その申し出を断わることはできなかった。カーリーは急いで立ちあがった。ジーンズのうしろ側をはらい、何気なく見えますようにと願いながら、微笑んでみせた。「それじゃ、労働に戻りましょう。わたしは勉強。あなたには仕事が待っているわ」

17

ついひと月ほど前まで、だれかに、『あなたはもうすぐ結婚して、それを幸せに感じるでしょう』と言われたら、ハンクは笑い飛ばしていただろう。だが、カーリーを見るたびに、ハンクはまさに幸せを感じていた。理想の妻だ。その思いが、何度も何度も心をよぎった。

独立記念日の七月四日、コールター一族と、結婚や仕事の縁でつながりができた家族たちが、〈レイジー・J〉牧場の母屋の裏庭に集まり、ピクニック・パーティーが催された。ハンクは自分の妻が家族のメンバーや友人たち、それに牧場の雇い人全員と交流する姿を見ることができた。兄たちはそろって、カーリーが好きだった。ほかの人びとも、カーリーはうまく付き合っていた。ショーティが飼っている、怒りっぽい犬のバートとさえ仲よくなった。

パーティーが始まってから三十分遅れて、腕に赤ん坊へのプレゼントをたくさん抱えた母が登場した。黄色と青とピンクの毛糸をかぎ針で編みこんで作ったセーターをひと揃い。それから、お祝いにふさわしく取っ手にピンクと青のリボンが結んである、赤ちゃん用のがらがらを二つ。プレゼントを見たカーリーの顔は、みるみる危険なほど深紅に近い真っ赤に染まった。

ハンクは、カーリーの当惑を責めるつもりはなかった。結婚式をしてからまだほんの一週間だ。カーリーは、だれかが妊娠を知っているとは夢にも思わなかっただろうし、その場には、ほとんど面識がない人びとが大勢集まっているのだ。ハンクは母の無神経さに腹を立てながら、芝生を横切った。幸運なことに、ハンクがそばにたどりつく前に、カーリーは落ち着きを取り戻した。メアリーを抱きしめてお礼を言い、その状況とハンクの感情の両方を和らげた。

「わたしの母もかぎ針編みをよくしていたんです」カーリーは言った。「妊娠がわかったとき、とても悲しかったわ。もう、おばあちゃんに小さなかわいいセーターやなにかを編んでもらうことはできないんだと思って。でも、ほら！　わたしの赤ちゃんは、おばあちゃんに手作りのプレゼントをもらえたわ」

カーリーはたぶん赤ん坊のセーターを見たことはないだろうと考えたハンクは、ほんとうにそれがカーリーの願いだったのかどうかを真剣に疑った。だが、真実だろうが、そうでなかろうが、そのことばこそメアリーが求めているものだった。メアリーの目は涙でいっぱいになった。うれしそうな笑顔を浮かべ、急いでかばんのなかから半分仕上がっているアフガン編みを引っ張り出した。

「これをすぐに仕上げて、服をひと揃い完成させるわ」

ふたたび、カーリーはなんとかして大喜びしているように見せようと、その場にふさわしい歓声をあげた。

数分後、ハンクはカーリーをそばに呼んだ。「母があんなことをして、ごめんよ。ときどき、母は、とんでもない考えなしになるんだ」

「最初はすごく困ったけど、ばかげてるって思い直したの。こういうことは、どうせすぐにみんなに知れわたるものだわ。これで、いっぺんにすんでよかったのよ」

「ぼくが母の首に縄を付けておくよ」ハンクは庭を見わたした。コールター家の家族に加えて、ケンドリック家の面々も顔をそろえている。〈ロッキング・K〉牧場の牧童頭、スライ・グラスもいっしょだ。スライはレイフ・ケンドリックの義理の母であるヘレンと結婚していた。「母は、きみを困らせるつもりじゃなかったんだよ。ただ、子どものことを聞いたら、あんまりうれしくて、考えもせずに先走ってしまったんだ」

「お義母さんはすばらしい人よ。そんなに子どものことを喜んでくれて、うれしいわ。妊娠してから、母に会えないのがとても寂しかったの。検査結果が陽性だとわかったとき、一番電話をしたかったのは母よ。でも今は、あなたのお母さんがいるわ。すてきな、もう一人のお母さんよ」

ハンクは、それを聞いてほっとした。

そのすぐあと、父が、今年産まれた子馬を見たいという口実をつけて、ハンクを人の群れから引っ張り出した。放牧場に行く途中で、ハーヴはハンクの肩をつかんで、言った。「まったく、わたしたちアイルランド人は幸運だ。あの子は絵のようにきれいで、足の先まで、きれいな心のもち主だ」

ハンクはうなずいた。

「おまえは、彼女を大切に思うようになったんだろう？」

「彼女を愛してるよ、父さん」ハンクは柵に手を伸ばした。一番下の横木にブーツの踵を引っ掛けてから、柵の上に両腕をのせ、空を見あげた。「こうなるのが早すぎるってことは、わかってる。自分の気持ちが強すぎて、なにをしでかすか怖くなるよ」

「つまり、彼女のほうは、おまえの気持ちに応える気はないってことか？」

ハンクはうなずいた。「彼女は、友達になりたいと言った。一歩前進ではあるけど、ぼくが望む関係にはまったく近づいていない」

ハーヴはハンクの隣りに立った。「友情は役に立つ。そのうち、もっと違う気持ちも生まれるだろう」

ハンクには、それほど自信がなかった。「昨日、長い時間をかけて、話をしたんだ。前よりは、彼女もぼくといっしょにいて緊張しなくなった。でも、それはちょっとした勇気づけでしかないよ」

「時がたてば、違ってくるさ」

「たしかにそのとおりだよ。彼女はまだ、最終的には結婚を解消するつもりでいるけどね。牧場で暮らすつもりはないって言うんだ」

「だれだってそうだろう」ハーヴは認めた。「だけど、彼女の気持ちがぜったいに変わらないとは言えないぞ。たとえば、モリーだ。彼女は金融の専門家だ。ちょっと見ただけじゃ、モリーとジェイクがいっしょにやっていかれるとは思えない。実際、これ以上ないってくらいむずかしい組み合わせだろう。だけど、あんなに幸せそのもののカップルは見たことがない」

「カーリーは教師だよ。目が見えない子どもたちに教えたいんだ」

「彼女は子どもを相手に働き、おまえは馬を相手に働く。共通点があるじゃないか」

「父さんがそんなに楽観主義者でいられるのが不思議だよ。彼女は都会育ちで、ぼくは田舎者だ。一週間前まで、彼女は馬を見たこともなかったんだよ」

ハーヴは、息子のことばに考えこんだ。「恋愛に関しては、たしかに楽観主義者かもしれん。母さんのときも、そうだった。わたしは母さんをひと目見た瞬間に、恋に落ちた。母さん以上に、わたしとかけ離れた世界の女性はいなかっただろうね」

「父さんたちは、なにもかもが釣り合って見えるよ」

「出会った当初は、夜と昼くらいの違いがあったんだ。父さんは、酒飲みで遊び人。母さんは週に三回教会に通って、なにかにつけて聖書を読んで、酒はけっして口にしないと誓いを立てるような女性だった。この女性は、下着を糊《のり》で貼りつけているに違いないと思ったよ」

ハンクは笑った。

「それまで、わたしは水夫並の汚いことば遣いをしていた」ハーヴは続けた。「母さんは、たとえだれにも聞こえなくても、ぜったいに『くそったれ』なんて言ったりはしないだろう。

結婚してから最初の半年近くは、母さんの裸を見たこともなかったよ。ちらっと目に映るたびに、母さんは灯りを消して、ベッドカバーの下に隠れてしまうんだ」

「もういいよ、父さん。ぼくはまだ、母さんがヴァージンだと信じてるんだ。これ以上、ぼくの夢を壊さないでくれよ」

ハーヴは、顎をこすった。「そうとも。降ったばかりの雪のように純粋なのが、おまえの母さんさ」ハーヴは、にやっと笑った。「わたしが言いたいのは、こういうことだ。違いが悪いとは限らない。おまえの母さんは、わたしの人生にたくさんのよいこと――『かわい』子どもたちもと付け加えておくよ――をもたらしてくれた。そして、その過程で、わたしをまともな人間にしてくれた。結婚した最初のころに、母さんは一度、わたしを置いて出て行ってしまった。たしか、一週間近く。そのころわたしは、結婚しても、今までどおり酒を飲んだり、遊び歩いたりしていいものだと思いこんでいた。母さんをないがしろにしていたわけじゃない。けっして、そんなことはなかった。でも、母さんは信じてくれなかった」

「母さんが家出したことがあるなんて、はじめて聞いたよ」

「ああ、そうだな。あのとき、母さんはジェイクを妊娠していた。腹がこんなに出っ張っていたよ」手でカーブを描いてみせた。「実家から母さんを連れて帰るのは簡単じゃなかったよ。母さんの体重は四五キロもないくらいだ。だけど、上着を着たままの父さんが汗だくになっても、母さんを傷つけないようにしっかりとつかまえるのは、そりゃ大変だった。なにしろ、母さんがぜったいに帰らないと決めて、悲鳴をあげたり唾を吐きかけたりして暴れているんだからな」

ハンクは、信じられないという目で父親を見つめた。「マクブライドおじいちゃんの家から、母さんを無理やり連れて帰ったの？」

「そうでもしなきゃ、帰ろうとしなかったからさ」ハーヴは、片方の眉を吊りあげた。「おまえは知らないかもしれんが、母さんはひどく頑固なんだ。わたしが言うことなんて、聞こうともしない。母さんが出て行ってすぐは、わたしもすっかり腹を立てて、べつにいいじゃないかと自分に言い聞かせた。でも、怒りが収まったら、母さんが恋しくてたまらなくなった。現実を突きつけられたんだよ。彼女なしでは生きていかれないとね。彼女のあとを追う以外に、なにができる？　暴れ猫を落ち着かせる前に、わたしの目のまわりにはあざができていたよ」

「母さんが、父さんを殴ったの？」

「目の前に星が飛んだよ。母さんのパンチは見事にわたしの目に命中した」

「考えられないよ。母さんは、暴力を振るうような性格じゃないと思ってた」

「普通の状況なら、そんなことはしないさ。その午後は、かんかんに怒っていたんだよ。もし、母さんがもう少し重い荷物をもっていたら、それでわたしを叩きのめしていただろうな」

「おじいちゃんは、きっと父さんに腹を立てていただろうね」

ハーヴは笑った。「そのころには、おじいちゃんも、わたしがどれだけ母さんを愛しているかわかっていたよ、ハンク。わたしが大喧嘩をする覚悟でおじいちゃんの家を訪れて、勝利したときには、おじいちゃんはもう、母さんのかばんを全部ポーチに運んでいたよ。おじいちゃんは、荷物をトラックに積むのを手伝ってくれながら、こう言った。新婚の夫婦には調整期間が必要だ。娘といっしょに暮らしたいなら、おまえはありとあらゆる点を調整しなきゃならん、とね」

「つまり、父さんには変わらなければならない点があったんだね」

ハーヴはうなずいた。「そうやって多くの点で変わっても、母さんとわたしはまったく違う人間だ。母さんも少しは歩み寄ってくれたよ。わたしは、かなりの点で母さんのやり方に合わせている。わたしたちは、ふたりの違いのどこかであいだを取って折り合いをつけているんだ。今だって、母さんがなにを考えているのか、半分以上わかっているとは言えないな。母さんも、たぶんおなじことを言うだろう。人生は驚きの連続だ。わたしはそれが気に入っているし、母さんもきっとそうだろうよ」

ハンクはため息をついた。「そんな話を聞くのは、妙な感じだよ。父さんと母さんが喧嘩をしているところなんて、一回も見たことがない」

「もし、おまえだったら、二度も母さんと喧嘩をしたいなんて思うかい？」

ハンクは考えこんだ。父は母の倍近く体重があり、一発のパンチで簡単に母をのしてしまえるはずだ。「いや、思わない。母さんが正々堂々と戦ったようには聞こえなかったからね」

ふたりは訳知り顔で、にやっと笑い、しばらく黙りこんだ。とうとう、ハーヴが口をひらいた。「ところで、どこまで話した？　すっかり忘れてしまったよ」

「たぶん、ぼくが少し変われば、望みがかなう確率は高くなると言いたかったんじゃないかな。普通ならそのとおりだけど、カーリーの場合は、ぼくが牧場で働いていること自体が問題なんだ。男が基本的な生き方を変えるわけにはいかないよ」

「それは無理だ。でも、包み紙をもっとかわいいものに変えることはできるぞ」ハーヴはハンクの肩を軽く叩き、寄りかかっていた柵から身を起こした。「根気よく彼女をなだめて、おまえの考え方に賛成するように仕向けるんだよ、ハンク。おまえもコールター家の男だろう？」


カーリーは七月四日のピクニックを大いに楽しんだ結果、夕方にはすっかり疲れ果てて、花火を見に行くために街までのんびりドライブする道中をありがたく思った。大賑わいだったピクニックが終わってから一時間後、パーティーに参加したほぼ全員が湖の岸に車を停めていた。どのピックアップ・トラックも、最適の状態で花火をながめるために、湖側に尻を向けて駐車している。

「ケンドリック・アンド・コールター家流の、荷台《テールゲート》パーティーだよ」と、ハンクが言った。

カーリーとハンクは並んで荷台に座り、車の先頭部分に背中をもたれさせた。ハンクは軍用毛布を二枚もってきていた。一枚は畳んで尻の下にクッションとして敷き、もう一枚は、高度が高い土地では日が暮れると一気に降りてくる冷気をさえぎるために、伸ばした脚の上に広げた。右側では、ベサニーの義理の兄夫婦、レイフとマギー・ケンドリックがハンクたちとほとんどおなじスタイルで花火のはじまりを待っている。唯一違っているのは、ふたりの子どもたちが車内で眠っているあいだ、レイフとマギーが新婚夫婦のようにぴったりと身を寄せ合っていることだった。左側にはベサニーと夫のライアンが、ダッジの荷台の尾板を降ろした上に座っていた。息子のスライは、ライアンの腕に抱かれて眠っている。

「どうして、ライアンとベサニーは、息子さんに牧童頭の名前をつけたの?」カーリーが訊いた。

ハンクは微笑んだ。「牧童頭のスライことシルベスター・グラスは、すばらしい老人なんだよ。ライアンは彼を、もう一人の父親だと思っているし、ベサニーも、ライアンと結婚してすぐに彼が大好きになったんだ。だからふたりとも、彼に敬意を表わしたくて名前をもらったんだろうね」

「そうだったの」裕福なケンドリック家の人間が、雇い人を見下したりしていないという事実が、カーリーはうれしかった。「すてきな話ね」カーリーはため息をついて、付け加えた。「まわりの車に乗っている人たち全員が知り合いだなんて、面白いわ」

ハンクは目を細めて、ジェイクとモリーの姿を見た。ふたりは湖のそばの地面に毛布を広げて腰をおろし、息子のギャレットは傍らでぐっすり眠っている。「あの場面を見たら、きみも興奮して気分が変わるかもしれないな」

カーリーも目を細めて、じっと見た。それから、くすくす笑いだした。遠くのほうはぼんやりとしか見えないカーリーの目でも、ハンクの兄が妻に熱烈なキスをしている光景をとらえることができた。「あら、まあ」

ハンクは、にやりとした。それから、大声で怒鳴った。「ジェイク！　公衆の面前だぞ」

ジェイクはカウボーイ・ハットの縁を少し下げて、ハンクの視線をさえぎっただけだった。カップルのプライバシーを侵害するのは気がとがめたカーリーは、視線をそらした。だが、今度はレイフとマギーがおなじように親密なキスを交わしている場面が目に飛びこんできた。

「困ったわ」

ハンクは、いたずらっぽく笑った。「見ているのが恥ずかしいなら、ぼくの帽子を貸すよ」

カーリーは、ちらっとハンクのカウボーイ・ハットを見上げた。「それがなんの役に立つの？」

「だれにも見られないように、顔の前に少し下げておくんだ」

「だめよ。花火が始まるかもしれないわ」

「ぼくには、もう始まっているように見えるけどね」ハンクは片膝を引き寄せた。「くつろげてるかい？」

カーリーはもぞもぞと体を動かした。「肩甲骨に金属の角が当たること以外はね」

ハンクはカーリーの背中に目をやった。「ひどいな。ちょうど肩甲骨にぶつかってるよ。ぼくはきみより背が高いから、平気なんだ」ハンクは毛布をはいで、両膝を立てた。「ぼくの脚のあいだに座るといい。最高の背もたれになるよ」

カーリーは、ハンクのジーンズの股の部分をちらっと見た。「ここでだいじょうぶよ」

「ばかなことを言うなよ。おいで」

カーリーには、よいアイデアとは思えなかった。だが、ハンクは譲らず、カーリーも、そばに近づくのを怖がっていると思われたくはなかった。カーリーがハンクの広げた膝のあいだに落ち着くと、ハンクはカーリーの腰にたくましい腕をまわした。その瞬間、カーリーはぎょっとして、飛びあがりそうになった。笑っているハンクの胸の動きが、背中に伝わった。

「心配いらないよ。まわりじゅうに人がいるんだから」ハンクは、カーリーの肋骨の上に片手を置いた。「もしぼくが動いたら、こんなところでぼくがなにかするなんて本気で思うのかい？」

カーリーが覚えている限りでは、他人の存在がハンクの行動を止めたという記憶はなかった。ハンクが毛布を掛け、ふたりの手がだれからも見えなくなると、カーリーの不安はますます募った。

「おかしなことはしないよ。約束する」ハンクが言った。

それを確認するために、カーリーはハンクの大きな手首に自分の手を重ねた。すると、ハンクはまた笑いだした。「きみはいざとなったらぼくを投げ飛ばすくらいにしか、ぼくを信用していないんだな」

「あなたを信用しているかどうかとは、別問題よ」と、カーリーは答えた。

そのことばが口をついて出ると同時に、カーリーはそれが自分の本心だと気づいた。カーリーはハンクを信頼するようになっていた。ただ、自分自身を信用できなかったのだ。あの晩、店の外で、自分は無頓着に彼の誘いに応えた。彼に呼び起こされた感情のせいで、自制心をなくしていた。今の自分たち二人は、とことん話し合って、問題を解決した関係だ。二度とあんなふうに彼の求めに応えたりしないと言いきれるだろうか？

ハンクは帽子を脱いで、カーリーの髪に頬をつけた。ハンクの息が髪を通して、カーリーの耳をくすぐった。カーリーは、まぶたがゆっくりと落ちていくのを感じた。心地よいけだるさが全身をおおっていく。ハンクに抱きしめられている感覚は、すばらしかった。暗闇がしだいに濃くなり、ふたりのまわりに押し寄せても、カーリーは強い安心感に包まれていた。

ベサニーのくすくす笑いが聞こえた。それから、低く響くライアンの声が夜の空気を伝わってきた。ベサニーがまた笑い声をあげた。「ライアン、だめよ。スライが起きたら、どうするの？」

「親のそばに車を停めるべきだったな」ハンクは不機嫌なため息をついた。「いや、だめだ。たぶん、親もおなじくらいばかなことをしてるよ」

結婚したふたりがそんなに愛し合っているのは、見ていて微笑ましいとカーリーは思った。彼らはみな、幸せそのものに見えた。その姿は逆に、カーリーの悲しみを誘った。自分は、そんな愛を経験することができるだろうか？　そんなふうにだれかと寄り添う日がくるのだろうか？

「だいじょうぶかい？」ハンクが訊いた。

「ええ」カーリーは、努めて明るく答えた。

「だいぶん暗くなってきたから、もうすぐ花火がはじまるよ」

ハンクの声はカーリーが寄りかかっている胸を振動させ、小さな衝撃にも似た感覚が肩甲骨に伝わった。毛布の下で、カーリーの腰にまわされたハンクの腕に力がこもった。そして、ハンクは自由なほうの手を使って、カーリーが自分でも気づかなかった敏感な箇所を探しながら腕に指先を這わせた。ハンクの指が肘の内側にたどりつき、敏感な肌を軽く渦を描くように撫ではじめると、カーリーの体は震え、思わず声をあげそうになった。危険な想像が頭のなかに忍びこんだ――こんなふうに、ハンクの両手が全身に触れたらどんな感じだろう。カーリーがやめてと言おうとしたそのとき、遠くで大砲が発射されたような破裂音が聞こえた。ハンクの息が髪を揺らし、声がした。「きたな。はじまるぞ。生まれてはじめての花火を思う存分楽しむといいよ」

空いっぱいに、色とりどりの明るい光が飛び散った。国旗の色である赤と白と青の鮮やかな色彩に目を奪われ、カーリーはハンクの手が触れていることなどすっかり忘れてしまった。

「すばらしいわ！　アメリカの旗ね！　なんてきれいなの！　完璧なはじまり方だわ。ときどき、わたしは独立記念日を忘れてしまうの。わたしたちは、自由を実現するために払われた犠牲を忘れないようにするべきよね」次の爆発音とともに、また国旗の色が空全体を彩った。「ねえ、ハンク！　あれを見て！」

「花火は気に入ったかい？」髪に触れる感触で、ハンクの唇が微笑んでいることがわかった。

「美しいな。そうだろう？　どうして人間はあんなものが作れるんだろうって思うよ」

「また、旗の色よ。すごいわ」光の模様が崩れていくさまを見守りながら、カーリーはささやいた。

ハンクが、さらに居心地よくカーリーを引き寄せた。肋骨のあたりに置かれた手がわずかに位置を変えたが、動きはしなかった。カーリーはすっかり気持ちを許して、花火の最後の光が消えるまで、空をじっと見つめた。

もう一度、破裂音が聞こえた。「もうひとつ、来るわ」

カーリーは、ハンクの肩のくぼみに頭をあずけた。三つめの花火が空に広がると、その色彩と夜空を流れる光の美しさに、カーリーは驚嘆した。今日は、はじめて花火を見た日ではないと心のなかで思った。生まれてはじめて、ほかの人たちとおなじように七月四日を過ごした日だ。

「今夜のことは、一生忘れないわ」カーリーは、静かに言った。

「ぼくもだ」ハンクはささやいた。「ぼくもだよ」


祝日の週末が明けるころ、ハンクは、カーリーの目は本人が認めるよりも速いスピードで悪化しているのではないかと疑っていた。土曜日の昼食のとき、カーリーはコップを取ろうとして、ひっくり返してしまった。その日の午後には、ものがよく見えなくて困っているように、なにかをじっとのぞきこんでいる場面を何度か目撃した。日曜日の夕方、ベッドルームのひらいたドアの前を通りかかると、カーリーは腕をいっぱいに伸ばして、自分のひらいた手をじっと見つめていた。まもなく視界がふたたび闇に閉ざされると知るのはどれほどつらいことか、ハンクには想像もつかなかった。

悩んだハンクは、翌朝、母屋のパソコンでインターネット検索をし、午後にはクリスタル・フォールズ図書館まで出かけた。格子状角膜変性症と、盲人の視力回復についていろいろと調べた結果、ハンクはカーリーの病気を以前よりも理解した。視力を回復させる望みがある手術や、カーリーが抱えている視覚皮質の問題についても詳しく知った。

一番驚いたのは、格子状角膜変性症は激しい痛みを伴うという事実だった。痛みはほとんど四六時中続き、とくに明るい光にさらされるとひどくなるらしい。それについてはベスから聞いて、最初のうちはハンクも気を配っていたが、カーリーがなにも言わないため、すっかり忘れていた。湖で、花火にうっとりと見とれていたカーリーを思いだした。なにひとつ見逃さないようにと、空から目を離そうとしなかった。あのときも、まぶしい光で目が痛かったのではないだろうか。だが、それでも痛みのために目をそらしたり、目を閉じたりはしなかった。『今夜のことは、一生忘れないわ』。カーリーは、そうささやいた。

なんの保証もない。それも、ハンクが調べていくなかで確かめた事実だった。二度目の手術後、カーリーの視力は回復するかもしれないし、しないかもしれない。悪い方向に転ぶかもしれない要因はいくつも存在し、カーリーが二度と花火を見られない可能性は大いにあった。だからこそ、カーリーは花火のまぶしい光に耐えて、まばたきもせずに空を見つめていたのだ。目が見えている日々は、ほんとうに貴重な贈り物だった。

ハンクは、十五日の火曜日に、ポートランド動物園にカーリーを連れて行くつもりだった。だが、それはまだ少し先だ。そのあいだ、家に閉じこもって本に鼻を突っこんでいてほしくはなかった。さまざまな場所に出かけて、いろいろなものを見て、思い出をつくるべきだ。使えるという保証もない視覚皮質の訓練などに、貴重な時間を費やしてほしくない。

火曜日の朝、ハンクは馬小屋でジェイクをつかまえた。「休暇が欲しいんだ」と、兄に言った。

ジェイクは雄の子馬の世話をしていた手を止めた。馬房のドアを閉めると、ハンクに言った。「今は一年で一番忙しい時期なんだぞ、ハンク。言わなくてもわかってるだろう」

ハンクはカウボーイ・ハットを脱いで、ぴしゃっと脚に叩きつけた。「兄さんひとりにするには最悪の時期だっていうのは、わかってる。だけど、選択の余地はないんだ。できる範囲では手伝うよ、ジェイク。でも、大半の時間は自由にさせてほしい」

ハンクはできるだけ手短かに、事情を説明した。「ポートランドと、クレイター・レイク国立公園のあたりに行く以外は、たいてい日帰りの旅行にするよ。完全に見えなくなる前に、できるだけたくさんのものを見せてやりたいんだ。二、三日の旅行だって、なにもないよりはましだろう。彼女はたぶん、滝を見たこともないし、カスケード山脈に日が落ちる光景をながめたこともない。彼女に、そういう思い出をつくってあげたいんだよ」

ハンクの表情は真剣だった。ついに、ジェイクはうなずいた。「仕事は、おれがなんとかする」

「感謝するよ。兄さんを大変な目にあわせてしまうのは、わかってる。でも、今ぼくがやるべきことはこれなんだ。来週には、カーリーの目は見えなくなっているかもしれない。どうなるか、ぼくにも予想がつかないんだよ」

「行けよ。父さんに電話をして、手伝いを頼んでみる。たぶん、馬と働くのを楽しんでくれるだろう。おれと父さんがいれば、なんとかなるさ」

ハンクは一歩うしろに下がった。「ありがとう、兄さん。ひとつ借りができたな」


正面のドアがあく音を聞いたとき、カーリーは水を飲んでいるところだった。今では、リビングを横切る特徴的なリズムの足音で、それがハンクだとわかるようになっていた。

「カーリー？」と、ハンクが呼んだ。「どこだい？」

「ここよ」カーリーはキッチンを出てリビングに顔を出した。「なにかあったの？」

ハンクの顔に、ゆっくりと笑みが広がった。それを見るたびに、カーリーは密かにぞくぞくするような感覚を覚えずにはいられなかった。「いや。なにもかも、すばらしくうまくいってるよ、ミセス・コールター」ハンクは、カーリーの靴を身振りで示した。「スニーカーを履いて。ドライブに出かけよう」

「どこに？」

「まだわからないよ。どこか特別なところに」

ハンクの顔に浮かんだ、いたずらっぽい表情に、思わずカーリーも微笑んだ。「まだわからないけど、どこか特別なところ？　それじゃ筋が通らないわ」

「筋が通る必要はないんだ。しばらく休暇を取ったから、どこかに観光に出かけるんだよ」

カーリーも、やっと事態が呑みこめた。ハンクの考えを察して、心臓の鼓動が激しくなった。「仕事を休むなんてだめよ。この先、いろいろと出費がかさむのよ」

「お金の心配はぼくがするって、何度言えばわかるんだい？　靴を履いて。セーターもいるだろう。帰りは遅くなるかもしれない。きみが凍えたら困るからね」

カーリーはベッドルームに駆けこんだ。どこかに出かけると考えただけで、わくわくした。これから観光に行くのよ！　ばんざい。クリスタル・フォールズのまわりに珍しいものがあるかどうかは疑わしかったが、知らない場所を訪ねるのはきっと楽しいだろう。

その日の午後、ハンクはカーリーを高地の荒れ野に連れて行った。古い土の道に車を停めたあと、カーリーはどこまでも広がる不毛の土地を見つめ、ハンクはなぜここに来たのだろうと思った。目に映るのはヤマヨモギの茂みと土だけだ。

「美しいだろう？」ハンクは静かに言った。

カーリーは、ハンクが地平線を見つめているのに気づいた。ハンクの視線を追ったが、カーリーには、ぼんやりとした赤い塊が見えるだけだった。なんてことだろう。ハンクは仕事を休み、何マイルも車を運転して、ガソリンを使って、ただ、わたしにきれいなものを見せてくれるためだけに、ここまで来てくれた。それなのに、わたしにはなにも見えない。

カーリーはハンクに真実を告げようとした。だが、どうしても言えなかった。これは、彼からの贈り物なのだ。自分がそれを楽しめたかどうかは関係ない。大切なのは、そこにこめられている彼の気持ちだ。

「ほんとだわ」カーリーは言った。「とてもすばらしいわね、ハンク」

「この土地の眺めはあまり面白くないけど、ここから見る岩の形は現実離れしているんだ」

「ほんとに、そのとおりね」

「あれは『大将《オールド・マン》』って呼ばれてるんだよ」

「ええ、よくわかるわ」

カーリーは、ハンクの探るような視線を感じた。「彼の顔とか――なにかがわかるくらい、はっきり見えているかい？」

「そうね」カーリーは無理に笑顔を作って、うなずいた。「ええ。顔が見えるわ」

ハンクはカーリーを見つめた。カーリーがうそをついているのがわかった。返事が自信なげだったからではなく、カーリーの顔が真っ赤にならなかったからだ。『大将《オールド・マン》』と名付けられた岩の形は、実際に、仰向けに横たわっている男のように見える。片端は、はっきりとした横顔の輪郭、もう片方の端は爪先を立てているような形だ。そして、中間地点では、解剖学的にある部分だと考えられる箇所が際立って突き出ている。

自分の予想が間違っていないことを確かめるために、ハンクは言った。「母なる自然は、ほんとうに驚くべきものだね。きみも、あれは男が立っている姿だと断言できるだろう。ぼくにはベルトのバックルまで見えるよ」

カーリーがうなずいて、また明るい笑顔を作ると、ハンクはがっかりした。「ほんとだわ！」カーリーは感嘆の声をあげた。「わたしにも、ベルトのバックルが見えるわ」

「カーリー？」

「うん？」

カーリーは美しい青い目をハンクに向けた。その瞳をのぞきこむと、病気のために視力を失いかけているとはとても信じられなかった。カーリーの目は、青く深い水のように澄んだ光をたたえていた。

「きみは、あの岩が全然見えていないんじゃないか？」ハンクは訊いた。

カーリーの表情に衝撃が走った。下唇を噛みしめ、ゆっくりとうなずいた。目には涙が光った。「ごめんなさい。こんなに遠くまで車を運転して、仕事も休んでくれたのに。ほんとに、ごめんなさい」

なぜあやまるんだ？　目が見えなくなろうとしているのは彼女で、ぼくじゃない。ちくしょう。それなのに、なぜあやまる？　こんなのは不公平だ。彼女はだれに悪いことをしたわけでもないのに。

「話をしよう」ハンクはきっぱりと言った。「きみは目の状態について、ぼくに真実を打ち明けてくれていない。そんなに悪くなっているのに、どうしてなにも言わなかったんだ？」

カーリーは、フロントガラスの向こうを見つめていた。その顔はこわばり、青白かった。

いったいどれくらいの距離まで見えているのだろうと、ハンクは訝《いぶか》った。

「わたしは――わからないけど――自分を騙《だま》していたんだと思うの」カーリーは両手を太腿《ふともも》の上に置き、かたく拳を握りしめた。「病気の進行が止まってほしいと願っていたの。まだそんなにひどくないって、自分に言い聞かせて。あなたに言わなかった理由は――」カーリーはことばを切り、ごくりと唾を呑んだ。「あなたが口に出したら、もっと現実のものになってしまいそうな気がしたのよ。心のなかで恐れているだけじゃなくなってしまう。わたしは、これが現実になってほしくなかった。だから黙っていたの。もしかしたらよくなるかもしれないって、希望を抱いていたのよ」

ハンクは胸が痛むあまり、カーリーに手を伸ばして抱き寄せたくなった。

カーリーはうつむいてジーンズの埃をはたき、デニムの生地から小さな糸くずをつまむような仕草をした。「それに、罪悪感もあったの」

「罪悪感？　なんの？」

カーリーはまた、窓の外を見つめた。「はじめから、妊娠中に目が見えなくなるかもしれないことはわかってたわ。でも、そんなにすぐじゃないかもしれないっていう幻想を抱いていたの。二、三カ月先か、ひょっとしたら、最後まで少しは見えるんじゃないかって。おなじ病気の人で、妊娠しても幸運に恵まれる女性もいるのよ。わたしもその一人になりたかった」

カーリーの気持ちは、ハンクにも理解できた。だれだって、そんなふうに願ってしまうに違いない。だが、それと罪悪感がどうつながるのかは、まだわからなかった。

「だけど、わたしがそうなれる見込みはないわ」カーリーは続けた。「なにもかも、すぐに目が見えなくなる前兆ばかりよ。二、三カ月間、目が見えない妻と暮らすなら、なんとかなるでしょう。だけど、あなたは一年間か、もしかしたらもっと長く暮らすことになるのよ。前にも、それは大変なことだって話したわよね。目が見えない人間は、あらゆる場面で特別な対処が必要になるわ。あなたは、どんなことでもできると言った。だけど、わたしには、あなたがそのむずかしさをほんとうに理解しているとは思えないの」

「きみは、ぼくの重荷になるんじゃないかと思って、罪悪感を感じているのか?」ハンクは、信じられないという口調で訊いた。

カーリーは、うなずいた。「こんなに早く見えなくなるとわかってたら――」

「待ってくれ」ハンクはカーリーの顎に手を伸ばし、自分のほうに顔を向かせた。「その先は言わなくていい。ぼくは、なにもかも承知でこの結婚に踏み切ったんだ」

「なにを承知していたって言うの? こんなに早くわたしの目が見えなくなるとは、思っていなかったでしょう。自分がどんな事態に巻きこまれるのか、あなたには予想もつかないはずよ」カーリーは、顔をそむけてハンクの手から逃れた。「たとえば、キッチンの食器棚。今は食器が適当に並べてある。使ったあとは、どこでも空いている場所に戻せばいい。でも、わたしの目が見えなくなったら、ぜったいに置き場所を変えられなくなるのよ。なにひとつ。そして、それはほんの始まりにすぎないわ。今のあなたは、脱いだブーツをそのまま床に置きっぱなしにしてる。椅子を引きだしたら、わざわざ戻したりはしない。わたしが盲人になったら、そんな家では暮らせないわ」

ハンクは、結婚生活をするうえで、それほど多くの習慣を変えなければならないとは予想していなかった。「そんな家で暮らすことにはならないよ」と、ハンクは約束した。「ぼくが、整理整頓マニアになればいい」

カーリーは震える声で笑った。今にも泣きだしそうになっているのが、ハンクにもわかった。「あなたが？　整理整頓マニア？」

「ぼくを頑固な老人みたいに言わないでくれよ。新しいやり方のひとつやふたつくらい、おぼえられるさ。きみが必要なものを見つけられるように、すべての物をきちんと整理して、ぼくの習慣をちょっと変えるくらい、簡単なことだ」

「あなたに、何カ月間もそんなことをさせたくないわ」

「きみにはほかに道がなかっただろう？　ぼくがきみに選択の余地を与えなかったんだ」

「わたしが迷わずに、最後まであなたとの結婚を拒否すればよかったのよ。あなたは、ぜったいにわたしから子どもを取り上げたりしなかったわ。あなたをよく知ってみたら、そんなことになると思いこんでいた自分がばかみたいよ」

ハンクは悲しげに微笑んだ。「じゃあ、あのときのぼくの企みは、もう見抜かれてるんだね？」

「ええ。あなたがいくら脅しても心臓麻痺を起こさない雌鶏たちとおなじよ。あなたは、とても優しい人よ。シュガーやソノラ・サンセットにも負けないくらい。あなたを知れば知るほど、わたしはつらくなるの。いやなやつを痛い目にあわせるなら平気よ。だけど、相手が、わたしが知っているなかでも最もすばらしい人間のひとりだったら、そうはいかないわ」

カーリーがそんなに自分を評価してくれていると知り、ハンクはことばが見つからなかった。「ありがとう」その声はかすれていた。「こんなにうれしい誉めことばを言われたのは、生まれてはじめてだよ」

「あなたをこんな目にあわせて、ほんとに申し訳ないと思ってるわ」カーリーはささやくように言った。

「これも運命さ。きみの目が子どもを産むまで見えるようにするためなら、ぼくはなんだってするよ。だけど、そうはならないようだね」

「そうね」と、カーリーも同意した。その声は震え、弱々しいため息とともに唇から漏れた。

「そうだとして、いくつかはっきりさせておこう。目が見えない人と暮らすのがどんなに大変でも」ハンクは微笑み、そのことばを明るくするためにウィンクをした。「ぼくは重荷には感じないよ。ぼくは最初から、きみの目はすぐに見えなくなるかもしれないと知っていたんだ。妊娠中、ずっと見えていますようにと祈っていたよ。でも、見えなくなると言うなら、ふたりで乗りきればいい」

「簡単じゃないわよ」

簡単なことには、得てして価値もないものだ。「つまり、退屈にはならないだろう？　退屈は大嫌いなんだ」

カーリーは泣き笑いをした。「ええ。退屈じゃないのは確かだわ」

「それはいい」

ふたりは口をつぐみ、長いことお互いを見つめあっていた。それから、カーリーが言った。

「前向きな気持ちをもちつづけるのが大事だと思うの。困難に打ち勝てるほどの気持ち。必要なのはそれだけよ」

前向きでいることには、ハンクも大賛成だった。この先どうなるかわからない運命を乗りこえられる人間がいるとすれば、それはきっとカーリーだろう。「きみは正しいよ。もし、急に病状がよくなれば、妊娠九カ月になっても、まだ目が見えているかもしれないんだ」ハンクは、またウィンクをした。「もちろん、爪先は無理だけどね。その話は、なんとモリーから聞いたんだ。妊婦は、出産の三カ月前くらいになると、自分の爪先が見えなくなるらしい」

カーリーは笑った。「爪先が見えるかどうかは、考えたこともなかったわ」

「そうだろう」ハンクは、最後にカーリーの手をぎゅっと握った。「心配はいらないよ。もし目が見えなくなったら、家のなかを変えればいい。二、三日もあれば、できるはずだ」

「今から準備をしなくてもいいの?」

「いいに決まってる。ぼくらは観光をするんだ」

カーリーは身振りで地平線を示した。「わたしにはなにも見えないのよ、ハンク」

ハンクは車のエンジンをかけた。「もっと近くにいけばいいだけさ」

どこまでも続く荒れ地のまんなかを車が走りはじめると、カーリーはダッシュボードにつかまった。「道がないわ!」笑いながら、そう叫んだ。

「これこそ、四輪駆動車ならではのドライブだ。道なんて必要ない」ハンクはカーリーに微笑みかけた。「ゆっくり走ってもいいよ。地面のくぼみのせいで車がはずんで、座り心地が悪ければ」

カーリーの体はたしかに、ぽんぽんはずんでいた。だが、座席のクッションのおかげで、着地してもちっとも痛くなかった。たとえ痛かったとしても、車を止めてくれとは言わなかっただろう。なにしろ、これから、あの岩の形を見に行くのだ。

数分後、ついにカーリーの目にも、澄んだ淡い青灰色の空を背景に、ごつごつした赤い岩の形がはっきりと見えた。「まあ!」今度は心の底からの感動を表わす声だった。「とても、きれい! ほんとうに、人間みたいな形をしてるのね。仰向けに寝てるわ」

ハンクはくすくす笑った。「そのとおり」

カーリーは、もう一度じっくりと岩の形を見つめた。「爪先が上を向いているのね。それに、膝が立ってる」最後のことばの語尾は小さくなり、カーリーの頬がピンク色に染まった。

「ほんとうに、そこに人間が寝ているみたいだわ。そう思わない?」

「ああ。どこもかしこもね。今度は、きみにも見えているってわかるよ。きみが赤くなってるから」

それから、ハンクは東に向かった。道の横を歩く鹿の群れを見たカーリーは、大いに興奮した。それから、数頭のレイヨウも。レイヨウたちは、カーリーにもはっきりと見えるほど近くにいた。そして、すべてを見尽くしたと思ったとき、ハンクが急ブレーキを踏んで、電柱のてっぺんを指差した。

「ハゲタカだよ」

カーリーは身を乗り出した。「すごいわ！　美しい鳥ね？」当惑した目でハンクを見た。「はげてはいないのね。頭の上は羽根がないのかと思ってたわ」

ハンクは、げらげら笑いだした。

夕暮れ時になると、ハンクは道端のカフェに車を停め、ふたり分のサンドイッチを買った。それから、砂漠に沈む夕日をながめながら、サンドイッチを食べた。カーリーは、こんなに壮大な景色をながめたのは、はじめてだった。太陽が低く沈み、地平線に沿って集まった綿毛のような雲を通して、白く光るいくつもの光の矢が地上に刺さっている。そして、その一瞬後には、空全体が美しいくすんだばら色に染まっていた。

頰に食べ物を入れたまま、カーリーが言った。「ここまで連れて来てくれて、ありがとう、ハンク。ほんとうにすばらしい景色だわ」

「楽しむといいよ」ハンクは優しく言った。「長くは続かないから」

そのことばは正しかった。日没の風景は、そう長くは続かなかった。だが、カーリーは、その光景を一生忘れないだろうと思った。

あたりが完全に真っ暗闇になると、ハンクは窓の外から目を離して座席にもたれ、カーリーに訊いた。「どんな感じなんだい？」

ハンクの声はかすれ、悲しみに満ちていた。なにを訊いているのか、カーリーはすぐにわかった。「そんなにひどくはないのよ――白っぽく曇ったガラスか、薄い霧に囲まれているような感じ」

ハンクはなにも言わずに、ただ座っていた。その姿は、暗闇のなかで黒っぽいシルエットになっていた。

「わたしはだいじょうぶよ、ハンク。見えないことには慣れているわ」

「きみがだいじょうぶなのはわかってるよ。ぼくはただ、奇跡を起こしてほしいと神に願ってるんだ」

「もしかしたら、奇跡が起こるかもしれないわね。起こらなかったとしても、前のときよりは楽だと思うわ。以前は、空も星も見たことがなかった。だれかが美しい日没について話していても、わたしは思い浮かべることさえできなかったわ。ピンクってどんな色なの？　青は？　なにもわからなかった。でも、今はいろいろなものを見て、頭のなかにたくさんのイメージをもっているわ」

ハンクは、カーリーの視力がなくなる前に、もっとたくさんのものを見せようと心に誓っていた。『頭のなかのイメージ』。そのことばが、家に帰る道すがら、ずっとハンクの心から離れなかった。カーリーの目が見えなくなるまで、あとどれくらいあるのかはわからない。

ただ、これから先の一秒一秒が貴重な時間だということだけは、よくわかっていた。

18

その週の残りが過ぎ、週末も終わると、カーリーは帰途に着く日が数日後に迫った旅行者のような気分になっていた。ハンクはカーリーを連れて長いドライブに出かけては、周囲のあらゆる風景をカーリーに見せてまわった——川、雪を頂いた山、森に囲まれて点在する山のなかの湖、湖のほとりの古風な趣のあるリゾート地。タンポポが点々と咲き乱れ、そここにクローバーがかたまって茂っている緑豊かな草原を散歩し、歩き疲れると、いつも車に積んでいる軍用毛布の上で昼寝をした。また、あるときは、小川や湖をのぞめるレストランで食事をした。そこでは、食べているあいだも景色を楽しむことができた。目当ての風景が遠すぎてカーリーによく見えないとき、ハンクはカーリーの目にも見える距離まで、どこまでも近づいて行った。

カーリーにとっては、ふたたび暗闇が訪れる前の魔法のような時間だった。とびきりハンサムな男性と、冗談を言って笑ったり、害のない戯《たわむ》れ合いをしたりする時間。彼はけっしてそれ以上のことを強要したりはしない。手を握り合ったり、取っ組み合いの真似をしたり、追いかけっこをしたり。地面に日の光が斑《まだら》に射しこむ森のなかを歩いたり、音楽の代わりに風にのって踊ったりもした。ときには、特別に美しい景色の場所に来ると、居心地よく座れる場所を見つけて、一時間か、もっと長く、刻々と移り変わる風景に見とれていることもあった。そんなとき、ハンクは、カーリーがなにひとつ見逃さなくてすむように、ひとつひとつ指差して教えてくれた——斑点模様の毛皮をもつ小鹿、枝にしがみついているリス、動物のような形をした雲。そうやって静かに時を過ごしていると、ハンクはときどきカーリーの手を握って、指をもてあそんだ。気軽な雰囲気で肩を抱くこともあった。ブラウス越しに、ハンクの指が軽く触れる感触がカーリーの肌に伝わった。

最初の三日間、カーリーは自分を取り囲む世界にある、ありとあらゆるものを記憶に刻みこんだ。とてつもなく大きな黒曜石、流れ出た形のまま永遠に動かない溶岩の塊、ショショーニ山峰からながめる中央オレゴンの壮大なパノラマ。満足が行くほど遠くまではっきりと見ることはできなかったが、目に映る光景はどれも美しかった。それだけでも充分と言うべきだった。

クリスタル・フォールズ近辺に行きつくすと、ふたりはさらに遠くまで足を伸ばした。ながめのいい一〇一ハイウェイで北カリフォルニアに向かい、レッドウッド国立公園を見学した。そこからクレーター湖に行き、数日間を費やして、信じがたいほど美しい景色の場所を見て歩いた。湖に浮かぶウィザード・アイランドがカーリーによく見えるように、ボート・ツアーにも参加した。

毎日を戸外の自然のなかで過ごすうちに、カーリーはますます痛いほどにハンクの肉体を意識するようになっていった。背が高く、がっしりとした体格。体を動かすたびにシャツの下で盛りあがる背中や腕の筋肉。歩きながら力強く流れるような動きを見せる引き締まった尻。いつかの朝に、上半身裸のハンクと鉢合わせしたことを思いだした。もう一度、あんな姿のハンクを見てみたかった。

クレーター湖を見たあとは、まっすぐレモロ湖に向かい、水辺近くに小さなロッジを借りた。夜は小さな昔ふうのバーに出かけ、ハンバーガーとセブンアップを楽しみ、夜が更けるまでジュークボックスの音楽に合わせてダンスをした。

カーリーは、ダンスフロアのハンクがどれほど魅力的になれるのかを忘れていた。音楽のリズムがカーリーの感覚を心地よく刺激した。お気に入りのバラードが流れると、ハンクはいっしょに口ずさんだ。ハンクの低く響く声はハチミツのように甘く、全身に流れこんでくるような気がした。カーリーは、ハンクの力強い腕にしっかりと抱かれるのが好きだった——まるで、ハンクの体温に包まれているようだ。ハンクの大きな手で腰や背中を支えられ、音楽に合わせて揺れているのは幸せな時間だった。ゆったりとしたメロディー、速いリズム。どれも、それぞれに楽しかった。

夜が更けていくにつれ、カーリーは、この夜が夢のなかに閉じこめられて、永遠に続いてくれたらいいのにと願っていた——そうしたら、いつかハンクが忠告してくれたように、両手でしっかりとこの魔法の時間を握りしめて、逃がさないだろう。

「なにをぼんやり考えているんだい？　ペニー銅貨をあげたら教えてくれるのかな？」ハンクがささやいた。青い目がカーリーの目をのぞきこんでいる。

「どうして、わたしがそんな値段で自分の考えを売り渡すと思うわけ？」

「じゃあ、銅じゃなくてニッケルにしておくよ。なにをむきになってるんだい？　さては、なにか厄介なことを考えていたんだな」

カーリーの心のなかにあったのは、危険な感情だった――ぜったいにハンクには明かせない。この数日間、警戒心はすっかりなくなり、思いもかけない気持ちが生まれていた。カーリーは、ハンクを愛しはじめていたのだ。

「ちょっと疲れただけよ」

ハンクはゆっくりとカーリーを回転させた。「そうか、ぼくら子どもにはもう遅い時間だね。今日はこの辺で切りあげて、きみを寝かせるとしよう」

曲が終わると、ハンクは支払いをすませ、カーリーの肩にセーターをかけて、店を出た。冷たい夜風が湖面を吹き渡り、水とマツの匂いを運んでくる。低く枝が垂れたマツの木の下を通るとき、カーリーはハンクの手を引っ張って足を止めさせた。

一度でいいから、月明かりの下でハンクと情熱的なキスを交わしたかった。そして、自分にキスをしているハンサムな男の顔を間近に見たかった。

「どうしたんだい？」ハンクが訊いた。

カーリーがハンクに言いたいことばは、舌の上でさまよっていた。『ねえ、ハンク、キスしてくれる？　一度だけでいいから。深くて情熱的で、どうにかなってしまいそうなキスをしてほしいの。わたしたちが別れる前の思い出にしたいのよ』。だが、ハンクの顔を見あげたカーリーは、キスだけでは終われないことを悟った。自分はもっと多くを欲している。もっと先を切望している。そして、いったん扉をあけてしまったら、けっして閉めることはできないだろう。

カーリーは、キスをしてほしいと言う代わりに、こう言った。「聞いて。きれいな音がしない？」

ハンクは頭を傾《かし》げた。「夜風だな。木の枝のあいだを静かに吹いて、歌っているんだよ」

ハンクのくっきりとした唇が、月明かりに照らされて微かに光った。「ぼくも大好きだよ」

カーリーはうなずいた。まだ飢えたようにハンクの唇を見つめながら、最後にキスをしたときにハンクがカーリーの体内に呼び起こした感覚を思いだしていた。

「だいじょうぶかい？」と、ハンクが言った。

「ええ」カーリーはため息まじりに答えた。首をうしろにそらせて、空を見上げた。「あら。雨にならないといいけど。星がひとつもないわ」

ハンクはカーリーに倣《なら》って、頭上に広がる暗い藍《あい》色の空を見上げた。空は、明るく輝く星でいっぱいだった。カーリーには見えていないだけだ。「少し曇っているだけだよ」と、うそをついた。「そのうち、晴れるさ」

「そうだといいわね。今日は、ほんとに楽しかったわ。もし雨になったら、なにもかも台なしよ」

「雨は降らないよ。約束する」ハンクはカーリーをうながして歩きだした。「おいで、お嬢さん。明日は忙しくなるぞ」

アスファルトを離れて、でこぼこした地面に踏みだすとき、ハンクはカーリーがためらうのを感じた。さっきまでダンスをしていた名残りで、迷わずカーリーの腰に手をまわした。

「ここからは気をつけないと危ないよ。地面が岩だらけだ」

ハンクの腕に、カーリーの体重が預けられた。月明かりの下で、カーリーは目を大きく見開き、一心に前方を見つめている。暗がりでは、ほとんど目が見えないのだ。明日になれば、太陽の光がふたたび暗闇を洗い流してくれるだろう。そうすれば、カーリーもまたいろいろなものが見えるようになる。おそらく、はっきりとではないが。それでも、見えることには違いない。だが、すぐ——あまりにもすぐに——太陽の光も暗闇を追い払えなくなる。

ロッジに着くと、カーリーはリビングのまんなかに立って、物問いたげな目でハンクを見つめた。もしほかの女性がそんな目をしたら、ハンクは無言の誘いと受け取っただろう。

「どうかしたのかい？」ハンクは訊いた。

カーリーは自分のウェストを抱きしめ、弱々しく微笑んだ。それから、首を横に振った。

「なんでもないわ」

カーリーは美しかった。ジーンズに白いブラウスという軽装で、髪は夜風に吹かれて乱れている。それでも、ハンクが今まで目にしたどの女性よりも、飛び抜けて美しかった。

「ちょっと話をしてもいいかい？」

カーリーの頰にえくぼが浮かんだ。「話によりけりね。悪い話なら聞きたくないわ。完璧な一日を最後にだめにしたくないから」

ハンクは笑い、うつむいた。ふたたび顔をあげると、カーリーが期待に満ちた目で見守っていた。「きみはきれいだよ。うそじゃない。真実だ」

カーリーは目玉をくるりと回して、頰を赤く染めた。

「いや、真面目な話なんだ」ハンクはゆっくりとふたりの距離を縮めた。「ぼくが口先だけで言ってるんじゃないことをわかってほしい」ハンクは指先でカーリーの顎を支えて、顔をあげさせた。「相手を誘うための、心にもないセリフじゃないんだ。ぼくらは取り決めをした。ぼくはそれをけっして破らない。ただ、きみに知ってほしいだけなんだ。きみは美しい」

カーリーの目が涙で光った。「ありがとう。あなたも悪くはないわよ」

ハンクはこれまでに、もっと上手な誉めことばをたくさん受け取ったことがあった。だが、今は、そのどれにも意味はない。重要なのは、カーリーにどう思われているかということだけだ。「ありがとう」かすれた声で、そう言った。

カーリーはハンクの顔にゆっくりと視線を走らせた。「わたしはよくわからないから、気にしないでね。でも、あなたは、わたしが会った男の人のなかで一番ハンサムよ」

ハンクは笑った。思わず、口にせずにはいられなかった。「で、それは何人だい？」

「ほかの女の人たちと比べたら、そんなに多くはないわ。でも、わたしは人のオーラを読み取るのが得意なの」

「なにをだって？」

「オーラよ」カーリーは、いたずらっぽく微笑んだ。「その人を形作っている基礎になっているものよ。あなたのまわりに漂っているの」

「ほんとうかい？」普通なら、ハンクはその手の話はばかにして信じなかっただろう。だが、カーリーは、人生のほとんどを目が見えないまま生きてきたのだ。視覚を補うためにほかの感覚が研ぎ澄まされていたとしても、不思議ではない。

「ぼくのは、どんなオーラだい？」

カーリーは、ハンクの頬に片手を添えた。「優しさ。温かさ。はじめて出会った夜、わたしはあなたといっしょにいると安心できた。踊っているときも、とても信頼できるっていう信号を感じたわ」

「今は？」

カーリーはうなずいた。それから、指先でハンクの唇をそっとなぞり、ささやいた。「今もおなじよ」

カーリーが部屋を出て行くとき、ハンクはその場にたちすくみ、カーリーのことばに隠された意味を解読しようとしていた。カーリーのうしろ姿を見つめながら、心の一部分では、いわゆる承諾のサインだと感じ、別の部分では、自分の頭がおかしくなったのではないかと疑った。もし、ほんとうにそういう意味なら、カーリーがこんなにさっさと逃げだすわけがない。

ハンクは二階への階段をのぼりながら、シャツを脱いだ。『とても信頼できるっていう信号』。いったい、どういう意味だ?

カーリーは、ハンクが二階に上がって行く足音を聞いた。急いでナイトガウンを着て、ベッドに潜りこんだ。ロッジにはいくつかのベッドが備えつけられていた。ハンクがカーリーに割り当ててくれた一階のベッドルームには、ベッドが一つしかない。そのキングサイズの巨大なベッドに寝ていると、自分がいかにも小さくてひとりぼっちだという気持ちにさせられた。まるで、ビジネス封筒の片隅に切手代わりに押されている小さなスタンプになったような気分だ。片手を伸ばしてかたわらのシーツを撫で、リネンのシーツの冷たさを感じた。彼がつねにハンクと過ごしているうちに、カーリーはすっかり孤独に弱くなってしまった。彼が今、ここにいてくれたら。彼の肌にまとわりつくコロンと、麝香《じゃこう》のような男らしい香りをかぎ、さっきダンスをしたときのように、彼の温かさに包まれたい。

こんなことを思う自分は、頭がどうかしてしまったのだろうか。いや、自分は完全に正気だ――もしかしたら、これまでの人生で一番正気かもしれない。今度こそ、わたしの番だ。長いこと待った末に、やっと正真正銘の王子様に出会ったのだ。そして、愚かな自分は、彼とともに過ごす時間を自ら放棄している。『今なければ、一生ないかもしれないわよ』。心のなかで、嘲るような声がささやいた。『初体験を、自分の目でしっかりと見たくはないの?』。

なぜ、今じゃいけないの？　カーリーは自分に問いかけた。自分の手で魔法をつかめ、とハンクは言った。だったら、今のふたりが過ごしている時間ほど魔法のようなひとときはない。なぜ、尻ごみする必要があるだろう？　この数日間、ハンクは気も狂わんばかりにと言っていいほど必死に、たくさんの思い出を記憶に残そうとしてくれた。でも、一番すばらしい思い出をつくろうとはしていない。

いつか街に住んでも、ほんとうの王子様に出会えなかったら？　次の手術が失敗して、目が見えない自分に振り向いてくれる男性は二度と現われなかったら？　もし、死ぬまで盲人として生きるなら、ひとりぼっちで年老いていきながら懐かしく思い出せる記憶のひとつやふたつくらいもっていたかった。はっきり言えば、男の腕に抱かれて、エクスタシーを経験したときの記憶だ。

これは、そんなに悪いこと？　今のところ、自分たちは結婚している。妊娠を心配する必要すらない。大手を振って、なにもかも経験したっていいじゃない？　自分とハンクが結局、結婚を解消することになったとしても、そういう時間を過ごしたせいでだれも傷ついたりはしないはずだ。

カーリーはベッドカバーをはねのけ、床に滑りおりた。暗闇のなかで、震えながらその場に立ちすくんでいた。臆病風に吹かれて。ハンクは拒否するに決まってるんじゃない？　カーリーはベッドルームを出た。階段の一番下で、ふたたび強い不安に襲われ、ためらった。だが、勇気を振りしぼって、二階への階段をのぼっていった。

深い眠りに落ちかけながら、なにかの物音を聞いたハンクは、横を向いて月の光に照らされた薄暗い室内に目を凝らした。斜めの天井の下に、壁に沿ってツインサイズのベッドが並んでいる。その広い部屋のまんなかに、カーリーが立っていた。両手を脇に垂らして拳に握り、小さな顎を挑戦的に前に突きだしている。

「ハンク？」

ハンクはまばたきをして、眠気を追い払おうとした。「うん？」

カーリーは、片方の手を胸のまんなかに押しあてて、まっすぐにハンクを見つめた。「わっ！　きみだったのか。びっくりして十歳ぐらい年を取ったよ」

ハンクはベッドの上に起き上がった。気分でも悪くなったのだろうかと思いながら、ボクサーショーツを穿《は》いていたことを神に感謝した。「吐き気がするのかい？」

「いいえ、気分はとてもいいわ。ただ、眠れないの」

ハンクは片手で顔をこすった。ホットミルク。それを飲めば、眠れるだろう。「いっしょに階下に行こう」ハンクのことばは、わずかに不明瞭だった。「気分が落ち着くものをあげるよ」

「落ち着くものは欲しくないの」

「え？」ハンクはカーリーの顔をよく見ようとして、まばたきをした。「じゃあ、なにが欲しいんだい？」

「セックス」

それは冷蔵庫に入っていないな、とハンクは思った。「チョコレート・ミルクでもいいかい？」

「なんですって？」

「今はないんだよ、その――」ハンクは、ようやく脳味噌《みそ》がまともに働きはじめる前に「セックス」と言いそうになった。ハンクはまた、まばたきをして、カーリーを見つめた。自分は夢を見ているに違いない。恥ずかしがり屋で警戒心が強く、男性経験のないカーリーのような女性が、男のベッドルームにいきなりやって来て、セックスを要求したりするはずがない。まるで――そう、現実には起こりえないことだ。ハンクは咳払いをして、こめかみを掻《か》いた。「なんて言った？」

「いつ？」

「なにが欲しいと言ったんだい？」ハンクは明確に言い直した。

「セックス」

ハンクはうなずいた。まただ。自分の耳たぶを引っ張り、今朝、シャワーを浴びたときに、耳に水が入ったのだろうかと考えた。「もう一度言ってくれないか？」

カーリーはかすかにいらだちの声をあげ、くるりとうしろを向いて階段に向かった。「気にしないで。わたしが馬鹿だったわ。なにを考えていたのか、自分でもわからない」

カーリーは階段をおりる前に、立ち止まってしっかりと手すりをつかんだ。ハンクはベッドに座ったまま、ぼんやりとカーリーのうしろ姿を見つめていた。彼女はほんとうにセックスと言ったのか？　似たようなほかのことばを探してみた。マックス、テックス、ヘックス、スペックス。どれも意味がない。ちくしょう。彼女はセックスと言ったんだ。

ハンクはベッドから飛びだした。階段を半分ほどおりたところで、ボクサーショーツしか身に着けていないことに気づいた。ふたたび、階段を駆けあがった。ズボンはどこにあるんだ？　まず、ブーツにつまずいた。それから、シャツを見つけた。くそっ。やっと、ジーンズを探しあてた。片脚を突っこみ、飛びはねながら、もう片方の穴を探して、まだ自由な片脚を闇雲に突っこんだ。かまうものか。ハンクはジーンズを半分だけ穿いたまま、階段を駆けおりた。

「カーリー？」

セックス。彼女はセックスがしたいと言ったのだ。ちくしょう。ようやくジーンズに脚を入れたとたん、残りの階段を転げ落ちそうになった。間一髪で手すりにつかまり、ジーンズを引っ張り上げるまで、なんとかバランスを保った。階段を下までおりながら、チャックを引きあげた。大事な部分とボクサーショーツが絡みついてチャックの片側に押しこめられ、股間に痛みが走った。

カーリーの部屋に着くと、立ち止まって、片足をもぞもぞと動かし、今度はきちんとジーンズを引きあげた。「カーリー？」

「来ないで」

今回はカーリーの願いを聞かず、ハンクはドアを押しあけた。カーリーは、ベッドカバーの下で縮こまっていた。ハンクは用心深く部屋のなかに入った。「ごめんよ。起きたばかりで、頭がちゃんと働いてなかったんだ」セックス。まちがいない。たしかにセックスと言っていた。カーリーはぴくりとも動かず、ハンクを見ようともしなかった。ハンクはほんの少し近づいた。「カーリー?」

「なに?」カーリーの眉根に皺《しわ》が寄った。それから、ベッドの上に座り、しっかりと顎までベッドカバーをたくしあげた。

「さっき、ぼくが思っているとおりのことを言ったかい?」ハンクは訊いた。

カーリーの大きな丸い目は、窓越しに射しこむ月の光を反射して輝いていた。「だったら、なんなの?」

気をしっかりもつんだ。ハンクは自分に言い聞かせて、片手でまた顔をこすり、慎重にことばを選んだ。頭のなかが作りかけのスクランブル・エッグのような状態では、生やさしい作業ではなかった。「ぼくは――もちろんだよ」ハンクは口ごもった。「つまり――そう、いいよ」

「それだけ?『そう、いいよ』?」

ハンクは、カーリーのベッドの端に腰をおろした。深く息を吸いこんだ。さっき階段で危うく転がり落ちそうになってからずっと、心臓が早鐘のように鼓動している。「はじめから、もう一度やり直せないかな?」

「無理だわ。きっと、わたしにとっては、タイミングがよくなかったのよ」

ハンクは思わず笑いたくなった。「ぼくにとっても、タイミングはよくなかったよ」

カーリーは、震える指で髪を梳いた。それからため息をつき、肩を落とした。「自分でも、なにを考えていたのかわからないわ。わたしは、ただ——なんというか——可能性を考えていたのよ。それで、気がついたら二階にいたの」

「それは正確に言えば、なんの可能性？」

「あなたとわたしのよ。この数日、わたしたちはとても楽しく過ごしたわ。ふたりの時間をもっと楽しまないのはもったいないと思ったの」

それは、ハンクにとっても計り知れないほどもったいないことだった。カーリーは、ハンクが思わず歯噛《はが》みしたくなるほど美しかった。

「もちろん、永遠の関係とかそういうことじゃないのよ」カーリーは急いで付け加えた。

「わたしたちは、ただの友達よ。感情的なこととはいっしょにしないでね。ただの——そう——セックスよ」

ハンクにもやっと、カーリーが言いたいことが理解できた。ハンクの心は沈んだ。どういうわけか、感情的なこととはいっしょにしないでくれという申し出は、カーリーがもちだすような考えとは思えなかった。カーリーは奔放なタイプではない。今まで一度も、そうだったことはない。その点で、おなじ過ちを犯すつもりはなかった。

「きみの望みはそれだけかい？」ハンクは静かに言った。「たんなるセックス？」

カーリーはうなずいた。「もちろん、ロマンチックであってほしいわ。ロマンチックにできる?」

ロマンチックにしてほしいというカーリーのことばは、カーリー自身が気づいている以上の真実をハンクに伝えた。カーリーの卵形の顔を探るように見つめ、美しい目をのぞきこんだハンクは、その瞬間、恋に落ちたのは自分だけではないことを知った。さもなければ、カーリーがこんなことを言いだすはずはない。

ハンクは、どれほどカーリーの言うとおりにしたかったろう。だが、そうする代わりに、立ち上がった。今度は——いや、二度と——おなじ過ちを犯すまいと決意して。「すまない。気軽な遊び相手が欲しいなら、街に行って探してくれ」

カーリーは信じられないという目で、ハンクを見た。「なんて言ったの?」

「聞こえただろう。ぼくは、きみを愛している。それはもう起きてしまったことで、後戻りはできない。もし、ぼくらの関係が新しい段階に進んだら、ぼくはますます深い穴にはまりこんでしまう。そして、いつかきみが去ったとき、ぼくの心は張り裂けてしまう」

「ハンク」カーリーは、ささやいた。「ああ、なんてこと」

「ごめんよ。ぼくがきみを愛するなんて、そんなことは契約にはなかった。でも、ぼくの気持ちは契約に従ってくれなかったんだ。ほんとうは、そのベッドできみといっしょにいたくてたまらないよ」ハンクは、カーリーに触れないように、両手を尻のポケットに入れた。

「きみがぼくにもっと多くのものをくれるなら——少しでもぼくと人生をともにする気があるとか——ぼくはこのチャンスに飛びついただろうね。でも、それはきみの計画には入っていないんだろう？」

「ええ」カーリーは弱々しく認めた。「わたしたちは、ぜったいにうまくいかないわ」

「きみの意見ではね。ぼくは、きみがまちがってると思ってるよ。ふたりの人間が愛し合っていれば、きっとうまくいくはずだ」

「すばらしい考え方ね。でも、実際的に考えたら、わたしたちの場合、その意見は現実的とは言えないわ」

ハンクは長いあいだ、悲しげな目でカーリーを見下ろしていた。それから、くるりと背を向けた。

「どこに行くの？」

「自分の部屋に戻るよ」ハンクは戸口で立ち止まり、振り向いてカーリーの顔を見た。ハンクは残酷なまでに、すべてをさらけだしていた。ただひとつの小さな点をのぞいては。カーリーが去るまでもなく、ハンクの心はすでに張り裂けていた。「ぼくは自分の気持ちを正直に話したよ。すべてを得るか、なにも得ないかだ」

ふたたび、ハンクが背を向けると、カーリーは声をあげた。「待って！」

ハンクは尻ポケットに両手を入れたまま振り向き、カーリーと目を合わせた。「これ以上、なにを話すんだい？　この件について、ぼくらの考えはまったく交わらないんだ。きみは、ぼくと離れて生きていこうとしている。ぼくは、永遠にきみと生きていきたい。きみは、問題が起こることしか考えていない。ぼくは、問題は解決できるとしか思っていない。妥協点はなさそうだ」

「わたしは、結局は、永久に目が見えなくなるのよ」カーリーは両手を掲げた。「そうなったときに、ログハウスのまわりだけでも安全に暮らせるようにするために、いったい、いくらかかると思う？　そして、もちろん、わたしは牧場に閉じこめられてしまうわ。街まで行くバスもないし、仕事にも行かれない。どれを取っても不可能な条件ばかりよ」

「むずかしい、だよ。不可能じゃない」ハンクは訂正した。「きみがぼくに半分でもチャンスをくれたら、ぼくがなんとかする。交通手段なんてちっとも問題じゃない。ぼくが車で送れないときは、代わりに運転できる人間を雇えばいい」

「わたしは、あなたやほかの人たちに、なにもかも頼らなきゃならないのよ。そんなふうに生きるってどんな気持ちだか、あなたにわかる？」

「街にいたらバスの運転手に頼るだろう。なにが違うんだ？」ハンクは、ドア枠にもたれかかった。「きみは、だれにも頼りたくないとでも言うのか？」

「まるで、犯罪のように言うのね」

「いや、犯罪より始末が悪い固定観念だ。きみは、完全に自分の力だけで生きようとしている。そして、ぼくはきみに、たぶん自分ひとりでやっていくのは不可能な環境で暮らしてほしいと頼んでるわけだ」

「たぶんじゃないわ。牧場にいたら、わたしはひとりじゃ食料品を買いにも行かれないのよ」

「ひとりでできることが、そんなに大事なのかい？」ハンクは片方の眉を吊りあげた。「結婚した夫婦で、いっしょに買い物に行く人はたくさんいるよ」

「それは、ひとつの例よ。話をこじつけて、わたしを悪者にするのはやめてちょうだい。わたしは、あなたのためを思って言ってるのよ。もしいっしょに暮らして、わたしの目が見えなくなったら、わたしはあなたの首に下がったおもりになってしまうわ。いつもあなたに責任を負わせてしまう」

「とびきりかわいいおもりだ」と、ハンクは答えた。「そうしたら、ぼくは生きている限り毎日、その責任を与えてくれた神様に感謝するよ」

「今はそう思っていても、いつか、わたしを恨む日がくるわ。目が見えない女が牧場で安全に暮らすために、何千ドル、何万ドルもの費用をかけることになるのよ」

「とりあえず、ある程度手を入れれば、来年の夏にきみが手術を受けるまでなんとかやっていけるだろう。そのあと、治療がすべてうまくいけば、その先は何年も、それ以上の改修をしなくてもすむんだ」

「もし、治療がうまくいかなかったら？　そのときは、どうするの？」

「もし、なにもかも悪い結果になったら、ふたりでどうにかするさ」ハンクは迷わず、そう言った。「必要なら、ローンを組めばいい。それで、すべて解決できるさ。きみを愛してる。ずっとそばにいてほしいんだ」

「たとえ、それで頭まで借金に浸かることになっても？　あなたも、お父さんのようになってしまうわ。ぼろぼろの機械と、年を取った馬しかもっていない、貧しさにあえぐ中年の牧場主。あなたの息子は、大学に行かせてもらえないと言ってあなたを恨むわ。それが、あなたの望みなの？　あなたの夢もすべて消えてしまってもいいの？」

「きみといっしょに生きるのが、今のぼくの夢だよ。それに、父のようになるのも悪くはない。父はすばらしい人だ」

「お父さんがそうじゃないって言いたいわけじゃないわ。わたしはただ――ああ、今のは忘れて！　あなたは現実をわかってないわ。目が見えない人が身近にいたことはある？」

「いや、ない」

「わたしは、自分自身の例を知っているのよ」

ハンクは、ドア枠から身を起こした。「きみは、ぼくのことをまったく信用していないんだな」声の奥に、怒りがこめられていた。「ほんとうに、生活がつらいくらいで、ぼくの気持ちが変わると思っているのか？　いっしょに暮らすのが大変だからって、ぼくがきみを愛さなくなると？　ぼくはそんな人間じゃない。そんなふうに考える男じゃないんだ」

カーリーは、両手で顔をおおった。「知ってるわ、ハンク。それが一番の問題なのよ。わからないの？　あなたは笑って乗り越えていくでしょう。そして、わたしはあなたの人生を駄目にした自分を責めつづけるのよ」

「ぼくを愛してる？」ハンクは静かに訊いた。

「いいえ」そのことばは、両手の奥でくぐもって聞こえた。

「ぼくの顔を見て言うんだ」

カーリーは手をおろした。その顔は完全に無表情だった。顔じゅうの筋肉が注意深く動きを止めている。だが、目だけは違った。目だけはうそをつけない。ハンクはカーリーの瞳をじっとのぞきこみ、答えを得た。そして、カーリーに近づいた。

「恋に落ちているのは、ぼくだけじゃなかった」

カーリーはどさっとベッドに横になり、顎までカバーを引っ張りあげた。「どうかしてるわ」

「たぶんね。だけど、いい意味で、どうかしてるんだ」ベッドの脇にハンクが立つと、マットレスの端が脛《すね》にぶつかった。ハンクは両手を腰に置いて、カーリーを見おろした。「これで、完全に新しい見方が生まれた。きみはぼくを、ぼくはきみを愛しているなら、たんなるセックスなんて不可能だ」

「わたしは、あなたを愛していないわ。愛せない。あなたはわたしに釣り合わない。わたしも、あなたには釣り合わないわ。わたしはぜったいにあなたを愛さない」

「愛情は意志じゃないんだよ、カーリー。感情なんだ。自分の力ではそれを変えられないし、否定なんてできない。それは、ただ生まれてしまうんだ。ぼくの人生にどんな影響を与えるかなんてことは忘れて、質問に答えてくれ。ぼくを愛しているかい？」

「自分のベッドに戻って」

カーリーは横向きになり、ハンクに背を向けた。まるで経帷子《きょうかたびら》のように、体のまわりにシーツを巻きつけている。ハンクはカーリーの横に腰をおろし、考え深げにカーリーの後頭部を見つめた。それから、カーリーの背骨にゆっくりと指先を這わせた。カーリーは、高圧電流が流れる針で触れられたかのように、びくっとした。

「やめて!」怒った声で、叫んだ。

ハンクはかすかに微笑み、もう一度おなじことをした。おなじ反応が返ってきた。それを前向きなしるしと受け取ったハンクは、すかさずシーツを剝ぎとった。その結果、カーリーはハンクのほうに顔を向けた。「なにをしているのか、わかってるの?」

「可能性を探っているのさ」

「さっき、可能性はないっていう結論が出たばかりよ」頰に触れようとするハンクの手を、ぴしゃりと叩いた。「やめてと言ったはずよ」

「どうして?」

「どうしてもよ!」

「言い逃れだな。ちゃんとした理由を教えてくれ」

「そんなことをしても、なにもならないからよ。あなたは永遠の誓いが欲しい。わたしはなにも約束できない。おしまいよ」

「できるだけやってみると、約束することはできないか?」

「なにを、できるだけやってみるの?」

「永遠の絆《きずな》」ハンクは優しく言った。カーリーの頰に流れる涙を指で拭った。体じゅうが痛むほど、カーリーへの愛を感じていた。「なんの保証もいらない。なにもかもうまくいかなくて、ぼくらがそれを乗り越えられなかったら、きみを約束に縛りつけはしない。でも、もし、うまくいったら。もし、ぼくらが解決する道を見つけられたら。そのときは約束が成立する。それなら、どうだい？」

カーリーの目は涙で光っていた。「目が見えない女との結婚がどういうものなのか、あなたはわかってないのよ」

きっと、天国だろう。「じゃあ、わからせてくれ」

「頭がおかしいのね」

そうとも、正気の縁に爪の先でぶらさがっているのさ。「ああ。きみに夢中で、おかしくなってるんだ」

「あなたに憎まれるのが怖いわ」

「ぜったいにそんなことはない。いつかきみが永久に目が見えなくなったとき、それが五年後でも、三十年後でも、ぼくはきみの手を取って夕暮れの散歩に連れだす男でいたい。きみにも日没の風景や朝の最初の光が見えるように、話してきかせてあげたい。きみの指先でぼくの顔を記憶していてほしい。ぼくらの子どもが大学を卒業したら、ぼくはきみの隣りで幸運な男として生きるよ。きみがなにもかもを心の目で見れるように、耳元でずっとささやいてあげる。きみの顔を見るたびに、きみはぼくの人生で起こった最良の出来事だと思うだろう。それが、未来のぼくの気持ちだ。そして、きみとともにいられることを、いつも神様に感謝しているだろう」ハンクは、喉が詰まった。「なぜだか、わかるかい？　きみがいなかったら、ぼくの心のなかのなにかが死んでしまうからだよ、カーリー・ジェーン。きみは、ぼくが簡単にきみを愛することをやめて、ほかのだれかを探せると思っているらしい。だが、言わせてくれ。コールター家の男はそんなふうにできていない。ぼくらがだれかを愛するときは、その人のすべてを愛するんだ。そして、その気持ちはけっして変わらない」

「ああ、ハンク」カーリーの声はささやくように小さく、震えていた。

「ぼくに可能性を与えてくれ」ハンクはすがるように言った。「ぼくらが永遠にいっしょにいられるように、できるだけやってみると言ってくれ。そんなに大変な約束じゃないだろう？　石の上になにかが刻まれるわけじゃない。すべてが駄目になったら、きみは引き返せる。ただ、できるだけ長くぼくといっしょにいると言ってくれればいい。ぼくらは、一日一日をともに過ごしていけばいいんだ」

「わたしがどんなにイエスと言いたいか、あなたにはわからないわ。けっしてわからない」

ハンクはわずかなところで、カーリーのベッドに滑りこむのを思い留まっていた。物事には、焦ってはいけないときがある。これは、そのひとつだ。ふたりがなんらかの結論にたどりつくまでは、カーリーは動揺し、ハンクの腕に抱かれることを恐れるだろう。

「イエスと言いたいなら、なにを迷っているんだ？」

「『保証はいらない』って、あなたも約束してほしいの。義務感でわたしといっしょにいたりはしないと約束して。そうじゃなければだめよ、ハンク。できるだけやってみるとは言えないわ」

「けっして義務感からきみといっしょにいたりしないよ」ハンクは約束した。それは心の底からのことばだった。自分を彼女に結びつけているのは愛情だ。それ以外のなにものでもない。「ぼくはきみに誓う。もし、きみが恐れるようなことになったら、ぼくらは契約を解消して、それで終わりだ」

カーリーは薄明かりのなかでハンクの顔を見あげ、その表情をはっきり読み取ろうとしたが、むだだった。ハンクはカーリーの華奢《きやしゃ》な頬骨を手の甲でそっと撫で、次には髪に手を滑らせて、カーリーの答えを待っていた。

「わかったわ」とうとう、カーリーはささやいた。「できるだけやってみる」

安堵《あんど》の気持ちがハンクを満たした。震える体を、カーリーの隣りに横たえた。カーリーの腰に腕をまわして、自分のほうを向かせた。目の下を濡らしている涙を拭ってやり、鼻のてっぺんにそっとキスをした。カーリーは、涙でもつれたまつ毛を瞬いた。月の光に照らされた瞳が水銀のように輝いた。

「愛してるよ、カーリー・ジェーン」ハンクはささやいた。「はじめてきみの顔を見たときから、きみに夢中だったんだよ。飲みすぎていて、そのときはわからなかっただけだ」

カーリーはハンクの首に腕をまわして、しがみついた。「あなたは、だれでも相手を選べるはずなのよ。あなたをこんな目にあわせるつもりはなかったのに」

ハンクはカーリーの髪にキスをし、耳のほうに向かって鼻をすりつけた。「もし、だれでも好きな人を選べるなら、きみを選ぶよ。だけど、恋に落ちるときは、そんなふうにはいかない。恋はただ、いきなりやってきて、きみのお尻に嚙みつくのさ」

カーリーは泣き笑いをした。「すごくロマンチックな例えね」

ハンクはにやっと笑い、カーリーの体にまわした腕に力をこめた。「きみはロマンチックにしてほしいと言ったね。覚えてるかい？」ハンクの笑みがゆっくりと消えた。カールした髪に顔を埋め、しばらく黙ってカーリーを抱きしめ、その柔らかな感触を確かめた。「愛してるよ。心配しないで。いいね？　ふたりなら怖いものなんて、なにもない」

ハンクの舌が耳の縁に触れると、カーリーの体は震えた。ハンクは微笑み、顔をさげて耳たぶを軽く嚙んだ。またもや、カーリーの体に震えが走った。ハンクはカーリーの背中に手のひらをあて、指先で背骨をたどった。カーリーはため息をつき、ハンクに体を押しつけた。

「ああ、ハンク。わたしも愛してるわ」と、つぶやいた。「わたしも、あなたを愛してる」

ハンクは体を離し、カーリーのナイトガウンのボタンをはずしはじめた。ハンクが四個目のボタンに手をかけたとき、カーリーが言った。「はじめのうちは上手にできないかもしれないわ。あまり経験がないから」

ハンクは探るようにカーリーの顔を見た。「心配かい？」

「少し」

そういうわけにはいかない。今回は、カーリーにとってなんの不満もない経験にしたかった。「ぼくらに必要なのは導入部だ」

「なに？」

「導入部さ。蛇《へび》を仕留めるように突進する代わりに、しばらくセックスのことは忘れて、ただいっしょにいる時間を楽しめばいい」

カーリーは、ほっとした表情を見せた。「すてきに聞こえるわ」それから、眉間に皺を寄せた。「それじゃ、いつセックスをするの？」

ぼくに任せるなら五分以内に、とハンクは思った。「そうしたいと感じたときに」

きちんとした形の長袖のガウンを着たカーリーは、天使そのものだった。ハンクはカーリーの髪に、次には腕に軽く触れ、神聖なものに手を触れる心の準備を整えた。

カーリーは、おずおずと微笑んだ。ハンクはカーリーの顎を片手で包んだ。月明かりに照らされたカーリーの顔は、この世のものとは思えないほど美しかった。ハンクは顔をあげて、カーリーの唇にそっと唇を重ねた。記憶にあるとおりの甘い味だった。ためらいつつも自分から寄せてくるカーリーの唇は柔らかで温かく、心地よく湿っていた。ヒップに手をかけると、指にカーリーの震えが伝わった。

カーリーの心臓が早鐘のような鼓動を打ちはじめ、散り散りに乱れていった。以前にハンクと抱き合ったとき、少し怖いと感じたことを思いださずにはいられなかった。ハンクがふたたび唇を寄せてくると、カーリーはそれを避けようとして、ハンクの顎を片手で押さえた。が、なぜか気がつくと、指先にハンクの冷たい髪の感触があった。それは、カーリーの記憶にあるとおりだった。たっぷりとして、絹のように滑らかだが、自分のものよりは粗い手触りだ。カーリーは、思わず手でハンクの髪を梳いていた。

蝶《ちょう》の羽根のように軽く、ハンクの唇がそっと唇に触れた。これは夢なの？　それとも現実？　ハンクの息が自分の息と交じり合う。温かく、さっきバーで飲んだ炭酸飲料の甘い味がする。その味は、強いワインのようにカーリーの感覚に作用した。カーリーは唇をひらき、息を止めて待ちかまえた。だが、ハンクはまだ深いキスをしなかった。唇は、ささやくようにそっと触れていた。絹のように滑らかで、湿った熱い唇。カーリーはゆっくりと目を閉じた。ハチミツのように濃い血が、激しく脈打ちながら血管に流れこむ。肺が必死に酸素を取り入れようとしている。

「ハンク？」

ハンクは顔を傾げて、じらすようにカーリーの下唇を軽く嚙んだ。「なんだい？」と、ささやいた。

カーリーは自分がなにを求めているのか、わからなかった。ただ、ハンクによって欲求をかきたてられていた。カーリーは両手でハンクの肩を撫でた。温かく滑らかな肌。骨の上で動く分厚い筋肉。抑えられている力を指先に感じて、カーリーの心臓は思わず動きを止め、それからまた、たどたどしく鼓動を刻んだ。

「きみは美しい」ハンクがつぶやいた。「怖いほどきれいだ。こんなになにかを欲しいと思ったのは、生まれてはじめてだよ」

カーリーの顔のすべてを記憶しようとするように、ハンクは輪郭に沿って唇を這わせた。

眉毛のカーブ、鼻筋、頬骨のライン、顎の角度に合わせて。ハンクの唇の動きひとつひとつに、カーリーは肌に電気が流れるような興奮を覚えた。

ハンクが突然カーリーを腕に抱いたまま仰向けになり、自分の腰の上にカーリーを座らせた。カーリーは驚いて悲鳴をあげた。その体勢になると、ガウンの裾《すそ》が太腿の上までずり上がった。ハンクがゆっくり微笑むと、月明かりに白い歯が光った。ハンクは手を伸ばして、カーリーの胸にかかった髪をもてあそんだ。手の甲が軽く触れただけで、カーリーの乳首はすぐに堅く、敏感になった。

「きみの髪が好きだよ」と、ハンクは言った。「最初にぼくの目に留まったのは、この髪と、そのすばらしい目だった」

「ほんとに？」

「まだ心配そうだな」ハンクの笑みが大きくなった。「安心していいよ。ぼくといる限り。ぼくは二度ときみを傷つけたりしない。わかってるだろう？」

カーリーは息を呑んで、うなずいた。「ええ。わかってるわ。ただ――」

「心配？」

カーリーは笑って、うなずいた。

ハンクは髪をもてあそぶのをやめて、大きな温かい両手をカーリーの剥きだしの太腿に置いた。カーリーはびくっとして、ハンクの手首をつかんだ。

「リラックスして」ハンクは優しく言った。

ハンクは指先でカーリーの素肌をそっと撫でた。親指がじらすように円を描きながら、太腿の敏感な内側まで入りこんだ。ふたたび、カーリーの心臓はピストンのように速く、肋骨にぶつかりそうなほど激しく鼓動しはじめた。

ハンクは、ナイトガウンを少しずつもちあげた。カーリーは、ガウンの裾がもはやヒップを隠していないことを悟り、恐れにも似た感覚を抱いた。自分は、ほとんど裸の下半身でハンクの上に座っている。ヒップはジーンズのデニム生地の上にあり、そのほかの部分はハンクの堅い下腹の上にある。ハンクは気づいているのだろうかと、カーリーは考えた。そして、たぶん気づいているという結論に達し、耳まで真っ赤になった。

「二番めに、ぼくの目に留まったのはきみの脚だ。ほかと比べるまでもない。世界で一番きれいな脚だ」

ハンクは話しながら、その脚をくまなく撫でた。両手で腰の輪郭を上に向かって軽くなぞっていく。カーリーは息が止まりそうになった。ハンクの両手に剝きだしのヒップをおおわれたとき、手首をつかんだカーリーの手はそれを妨げはしなかった。

「そして、見るだけより、触れたほうがもっとすてきだ」かすれた声で、ハンクがささやいた。「柔らかくて、滑らかだ」手首をつかんでいるカーリーの手を振り払い、ナイトガウンをつかんだ。「きみのすべてが見たい」

「わたし――」カーリーは唾を吞んで、声を落ち着けた。「導入部を置くことにしたんだと思ってたわ」

ハンクは微笑み、ナイトガウンをもち上げた。木綿の生地が、カーリーの堅くなった乳首をこすった。その感覚に、カーリーは息を呑んだ。ハンクがふいに起き上がると、カーリーは気を失いそうになるほど驚いた。太腿のあいだにある敏感な中心に摩擦が加えられ、ハンクの堅い下腹が押しつけられると、体全体に電流のようなショックが走った。

「腕をあげて」ハンクがささやいた。

一度の滑らかな動きで、ハンクはカーリーの頭からガウンを引き抜いた。ふたたび仰向けになりながら、ハンクはガウンを投げ捨てた。カーリーの全身に視線を動かすハンクの目が月の光を受けて輝いている。ハンクに見つめられた箇所は燃えるように熱く、その責め苦にカーリーの下腹の奥が徐々に熱を帯びていった。

「きみは完璧だ」

ハンクは手の甲でカーリーのウェストのくびれを撫で、肋骨を順々に上にたどっていった。手が胸までたどりつくと、丸みの下側を指先でそっと撫でた。その動きはあまりにも素早かったので、カーリーは物足りなさを感じた。だが、ハンクはいつまでもそう思わせてはおかなかった。次の瞬間、両手をふたたび脚に置いた。ハンクの指はゆっくりと円を描きながら太腿の内側に動き、カールした毛におおわれた中心を指先がかすめるまで少しずつ上にのぼった。

片手を太腿に置いてカーリーを動けなくしたまま、ハンクはもう片方の手で絹のような手触りのカーリーの内部に分け入り、もっとも柔らかな部分にそっと触れた。カーリーは、はっと息を吞み、その感覚に思わず体を震わせた。ハンクは微笑み、軽くかすめるように指先を動かしつづけた。カーリーは、生まれてはじめての感覚を味わっていた。体内の熱がどんどん高まる。電気が走るような快感が下半身を巻きこんでいく。

急にハンクが動きを止めると、カーリーの体は弓なりにのけぞった。ハンクは体を起こし、カーリーの乳首を片方ずつ舌先で舐《な》めた。それから、カーリーの腰に手をまわし、いっしょにベッドに倒れた。今度は上になったハンクの上半身は、力強い筋肉でできた影のようにカーリーをおおった。ハンクは頭を下げて、深く情熱的なキスをした。カーリーの柔らかな下唇の内側を味わい、歯の形をなぞり、舌をカーリーの舌に絡めて前後に動かした。

カーリーは、ハンクの髪を握りしめた。快感とハンクへの思いにわれを忘れていた。ああ、ハンク。はじめてキスをされたときも、こんなふうに感じた。ほかのことはなにもかも忘れ、彼の腕のなかで溶けてしまいたいと願った。彼の手が軽く肌に触れただけで、体じゅうを電流が駆け抜けた。体内の熱は、焼けつくような炎の渦となった。

「ハンク」熱っぽく、ささやいた。「すてきよ」

ハンクはカーリーの手首をつかんで、頭の上で押さえつけた。それから、視線を戻してカーリーを見おろした。カーリーの顔から胸へと、燃えるような視線を走らせた。

「今度は急がないよ」ハンクは、かすれたような声で言った。「今度は、けっして」

ハンクは、カーリーの耳のすぐ下の敏感な場所に、熱い唇を押しつけた。そこから、喉に向かってキスをしながら、カーリーの興奮をかきたてていった。次に、標的は、カーリーの鎖骨に移った。肩からVの字の形をした骨へと唇を這わせ、心臓の鼓動が伝わる場所に温かな唇をあてて吸った。まるで、カーリーのすべてを吸い取ろうとするように。

ハンクの唇が乳首に近づくと、カーリーはのけぞった。ハンクはまず強く吸い、堅く立った先端を優しく嚙んだ。カーリーはすすり泣くような声をあげた。そうやって愛撫しているあいだ、ハンクは長い指をカーリーの指に絡め、腕を頭上にあげさせておいた。カーリーがハンクに触れるために、体をよじって手を離そうとしても、ハンクはしっかりと手を押さえたまま、カーリーが引き絞られた弓の弦のように震えるまで、敏感な箇所を攻撃しつづけた。カーリーはぼんやりと、ハンクが片側に体を移し、やっと両手が自由になったことに気づいた。すぐにハンクの髪に手をやり、ハンクが胸にキスしつづけているあいだ、命綱のように握りしめた。ハンクは力仕事でざらついている手のひらをカーリーの下腹にあてて優しく揉みしだき、一分の狂いもない正確さで、あらゆる敏感な箇所に指先を走らせた。それから、脚のあいだの脈打つ箇所を指でおおった。ハンクがもっとも敏感な部分を探しあてた瞬間、カーリーはびくっと体を震わせ、声をあげた。

ハンクは、温かく滑らかな狭間《はざま》に指を沈めたかと思うと、ふたたび指先で敏感な膨らみを求めた。ゆっくりと円を描きながらこすられると、カーリーはマットレスから腰を浮かせて、のけぞった。「そうだよ。それでいいんだ」

そう言われなくても、カーリーは自分を抑えられなかっただろう。もう一度、全身をのけぞらせた。ハンクは指先に力をこめて、前よりも速く動かした。カーリーは欲求に迫られていた。まるで、崖っぷちで危うくバランスを保っているような感覚だ。体の内側がコントロールを失って燃えあがりそうな感覚が恐ろしくて、カーリーはそこから引き返そうとした。

「そのまま行ってごらん。だいじょうぶだよ。約束する。そのままでいい」

カーリーはすすり泣き、ひときわ高くのけぞった。それは、体のなかで照明弾が爆発したような感覚だった——ハンクが触れている場所から快感のかけらが弾け飛んだ。カーリーの体の筋肉は震え、ハンクの指の動きひとつひとつにびくっと反応した。カーリーはハンクに対して、今までだれにも許したことがないほど無防備になっていた。カーリーの体は完全に無力と化し、電流のような刺激を与えるハンクの手によって操られていた。

充分に満たされたカーリーの体は汗で湿り、ハンクの脇にぐったりと横たわった。カーリーは全速力で走ったあとのように、息を切らせていた。片手を心臓にあてると、胸から飛びださないのが不思議なくらい激しく鼓動していた。

カーリーの閉じた目にハンクがキスをし、耳元にたわいもない戯れのことばをささやいた。そのことばの意味は、カーリーにはわからなかった。カーリーの周囲に、ゆっくりと現実が戻ってきた。月の光だけに照らされた薄暗がり。上半身裸で傍《かたわ》らに横たわっている男の黒っぽい輪郭。彼は片手で汗ばんだ肌を撫でてくれている。

カーリーの息づかいが落ち着くと、ハンクはカーリーの唇を求め、ふたたび、カーリーの頭がくらくらするような深いキスをした。それから、ハンクの唇は胸におり、たった今、一度燃え尽きさせた炎をもう一度生き返らせた。

頭のどこかで、カーリーはハンクの唇が下腹におりていくのに気づいていた。そして、衝撃が走った。ハンクの温かく湿った口が、さっきは指で愛撫したボタンのような箇所のすぐそばに迫っている。カーリーは驚いて抵抗し、ハンクを押しのけようとした。だが、ハンクの体は堅い壁のように強く、頑として引き返そうとはしなかった。その部分にたどりつき、舌先でそっと舐められると、そのうちにカーリーも、なぜあれほどハンクを止めようとしたのかわからなくなった。

すぐに、カーリーの体は震えだし、息づかいが浅く、荒くなった。ふたたび、抗いようもなく、ハンクの愛撫に反応した。ハンクはカーリーに境界線を越えさせると、動きを弱め、カーリーが落ち着くまで優しくその部分を撫でた。それから、また境界線までのぼりつめさせた。

ついに頂点に達することを許すと、ハンクはカーリーをコントロールした。そっと愛撫しながら最初の波を越えさせ、完全にオーガズムに達するまで、もう一度強く刺激しつづけた。カーリーはふたたび頂点までのぼりつめた——それから、もう一度。

ハンクがとうとうカーリーの上に馬乗りになったときには、カーリーは疲れきっていた。もしもピンで刺されるようにハンクに貫かれたら、まったく動けないだろうと思った。ハンクがジーンズを脱いでいるのがわかった。微《かす》かな月明かりのもとで、上半身が、ぼんやりとしたブロンズ像のように輝く塊に見える。肩や腕には力がみなぎっている。両脚の狭間を、堅いけれども滑らかな彼の部分が突くのを感じた。以前のような痛みを予期して、カーリーは体を固くした。

「力を抜いてごらん。ぜったいに痛い思いはさせないから」

ハンクは頭を下げて、カーリーにキスをした。唇を交えながら、ほんの少し体を前に進めた。その感覚に驚き、カーリーは息を止めて、ハンクの肩にしがみついた。ハンクはわずかにカーリーの体内に入っていた。それでもカーリーは、ハンクの堅い部分が自分のなかにあるのをはっきりと感じた。そして、痛くはなかった。

「それ以上は無理よ」

ハンクは張り詰めた声で笑った。「無理じゃないとも。ほんとうだよ。ただ、きみを傷つけないようにしているだけだ」また少し、前に進んだ。「もし痛いと思ったら、すぐにそう言ってくれ。すぐにやめるから」

「わかったわ」カーリーがそう答えた瞬間、ハンクはさらに自分を押しつけた。

注意深くカーリーの表情を見守りながら、ハンクは微笑んで、さらに深くカーリーのなかに侵入した。カーリーはまだなにも言わず、ハンクは一度の滑らかな動きで完全にカーリーのなかに押し入った。

カーリーは、体を動かすのが怖かった。体の奥までハンクに満たされている感覚が不安だった。だが、ハンクのほうには、なんの不安もなかった。一度体を引き、静かにもう一度突いた。カーリーの体内で信じられないような感覚が爆発した。カーリーはハンクの肩に爪を立てた。

「痛い?」ハンクはふたたび優しく突きながら、訊いた。そうではないことが、カーリーには信じられなかった。「いいえ」震える声で笑いながら答えた。

ハンクはしだいに動きを速め、力強く突きはじめた。カーリーは、なにも考えられなかった。ハンクの力強い動きのなかで悦びに浸り、ハンクが体を支えている両腕に両手を這わせた。背中の皮膚やくぼみを指で探り、緊張に盛りあがった尻の筋肉を手でおおった。そして、驚くべき快感がやって来た。カーリーはハンクの腰に両脚を巻きつけて迎え入れ、徐々にハンクといっしょに動くリズムをつかんだ。それは、かつて経験したことのない、すばらしい体験だった。

ハンクはカーリーの肩の下に手を差しいれて、強く抱き寄せた。「いっしょにおいで」と、ささやいた。「きみを天国に連れて行ってあげるよ」

そのささやきとともに、力強く腰を揺らすスピードがさらに増した。カーリーは、体じゅうを駆け巡りはじめた燃え盛る炎のような快感に息を止めた。これに勝る感覚は、この世にひとつとしてないに違いない。

天国。ハンクは、そう約束した。そして、今ならカーリーは確信をもって言える。ハンク・コールターは約束を守る男だ。

夜明けごろ、カーリーは目を覚ますと、ハンクのたくましい両腕に抱かれていた。大きくて温かなハンクの体にすっぽりと包まれているのは、とても幸せな気分だった。カールした褐色の胸の毛に指先で触れてみた。それから、ペニー銅貨ほどの大きさの平らな乳首に触れ、固い胸の筋肉に手のひらを当てて、願った。ハンクが目を覚ましてくれることを。熱く滑らかな唇で乳首にキスをして——それから、時間をかけて、体じゅうをむさぼり尽くしてくれることを。

ハンクの青い目の片方が、薄くひらいた。引き結んでいた唇に、すぐさまカーリーを骨抜きにするような笑みが浮かんだ。「なにかお困りかな、お嬢さん？」

カーリーはうなずいた。

ハンクは笑って、両目をあけ、かすかな驚きをこめてカーリーを見つめた。「恥ずかしがり屋の天使はどこにいったのかな？」

「彼女は自分のまちがいに気づいたのよ」カーリーはハンクの肩を押して、仰向けにさせた。そして、ハンクの太腿の上にまたがった。「天使でいるのは恐ろしく退屈だわ」うしろに身を引いてハンクの体全体に目をやり、固くがっちりとした胸板と、男らしい体の輪郭に見とれながら、筋肉が浮き出た下腹から男性の部分をおおう褐色の毛の渦に向かって指先を這わせた。「あなたって、とてもきれい」

カーリーの体に視線を向けたハンクの目が、欲望に翳《かげ》った。「自分が大胆にも、こんなに明るい部屋で、真っ裸で座っているのがわかっているかい？」

カーリーはちらっと自分を見おろした。それから、にっと笑った。「それは視覚的な概念ね」

「どういう意味だい？」ハンクの声は欲求でかすれていた。

「裸でいるって、正確にはどういう概念なの？　わたしは昨夜まで、鏡のなかでしか裸を見たことはなかったわ」

「つまり、きみは人目を気にしないで、エプロンとハイヒール以外なにも身につけずに、玄関の前でぼくの帰りを待っていてくれるってこと？」

「ハイヒール？　足首をくじいてしまうわ。踵の低いパンプスでもいい？」

ハンクは素早く体を起こしてカーリーを腕に捕らえ、カーリーが驚いて悲鳴をあげるより前に、仰向けに押し倒しておおいかぶさった。「エプロン以外はなにも着ないで、ぼくに夕食を作ってくれるかい？」

「お望みなら」

ハンクは頭をかがめて、カーリーの胸を軽く噛んだ。「ぼくはきっと、天国にいるんだ」

カーリーもまた天国に行きかけていた。ハンクの口で愛撫されるたびに、体内に興奮が渦を巻き、ぞくぞくした。カーリーは顎を引いて、ハンクを見た。それに気づくと、ハンクの目がいたずらっぽく躍った。「思い出をつくってるのかい？　カーリー・ジェーン」

カーリーはうなずいた。「なにもかも覚えておきたいの。あなたのすべてを」

ハンクはまた頭をかがめ、片手を胸から太腿へと軽く滑らせた。「太陽の光だって、きみのように美しいものを照らしたことはなかったはずだよ。今まで一度も」

そんな心からの賛辞を捧げてから、ハンクは、カーリーの記憶に宝物として大切にしまわれる光景をつくりだすことに専念した。

19

カーリーにとってはあまりにも早く、ポートランド行きは終わった。同時に、ふたりでさまざまな場所を訪れた一週間も終わりを告げた。ハンクは約束どおり、シマウマやキリン、ラクダ、チンパンジー、ゴリラ、トラ、ライオンなどを見せてくれた。フッド山やコロンビア峡谷、セント・ヘレナ山などの美しい風景も見た。それらを記憶に刻みつけることができて、カーリーはうれしかった。メリック医師に告げられたのは、よい知らせではなかったからだ。悪化しはじめていた格子状角膜変性症はすでに角膜全体を冒《おか》し、今や角膜の表面が危険な段階まで固くなり、亀裂が入っている。カーリーの目が見えなくなるまであとどれくらいなのか、メリック医師にも予想はできなかった。だが、医師に言われるまでもなく、カーリー自身も、そのときはすぐにやって来るだろうと予想していた。

カーリーは、悲しまないようにしようと心に決めていた。ハンクは、抱えきれないほどたくさんの美しい思い出をくれた。カーリーは満ち足りた気持ちで、それを抱きしめていた。たとえふたたび暗闇に閉ざされたとしても、その思い出はつねに自分のなかにあって、色鮮やかに脳裏に浮かぶだろう。格子状角膜変性症ですら、それを取り上げることはできない。

七月十五日の火曜日、牧場に帰ってくると、カーリーは、ハンクが大急ぎで馬小屋に行くだろうと予想した。一週間も留守にしていたのだから、仕事は山積みのはずだ。だが、ハンクはログハウスを出て行ったかと思うと、すぐにまた戻ってきた。腕には、コードがぶら下がった黒い箱を抱えている。

「ステレオだよ。母屋のぼくの部屋にあったんだ。きっと、ここでも楽しめるよ」

ステレオをセットすると、ハンクはCDをかけた。そして、カーリーを腕に抱き、ワルツを踊りながら家じゅうをめぐった。回りすぎて頭がくらくらしてきたカーリーは、笑いながら言った。「ほかにすることはないの？」

「これより大事なことなんてないさ」

ハンクは足を止めて、カーリーにキスをした。いつものように、キスはふたりの情熱に火をつけた。すぐにふたりは、身につけているものを次々と脱ぎ捨てながら、ベッドルームに移動した。ベッドに倒れこむと、ハンクは両手と口を使って、カーリーがそれ以上耐えられなくなるまで悦びを与えた。

「ハンク？」カーリーはささやいた。「お願い」

ハンクはカーリーの耳の下の敏感な肌を噛んだ。「だめだよ」耳元でささやいた。「きみがぼくに懇願するまでやめない。それから、何度もクライマックスまで行かせてあげるよ。きみが動けなくなって、なにも考えられなくなるまで。ここにいるきみの頭から爪先まで、すべてがぼくのものになるまで」

ハンクは、その約束を実行した。もっている能力を総動員して、カーリーをのぼりつめさせ、それでいて最後の瞬間には敏感な箇所を優しく撫でて引き戻した。それは悦びに満ちた責め苦だった。カーリーの体はすぐに激しい欲求に苛《さいな》まれ、体の内側で湧き起こる衝動は溶けてしまいそうなほど熱くなった。

「お願い。ねえ、お願いよ」カーリーはむせぶような声をあげた。

男としての満足感を示す低い声とともに、ハンクはカーリーの欲求を解放した。だが、次の瞬間には、熱を帯びた段階まで引き戻し、それからまた、オーガズムへと誘った。カーリーの体じゅうの筋肉が快感の発作に襲われた。

間もなく、カーリーはまったく動けず、なにも考えられず、完全にハンクのものとなった。そうなってからやっと、ハンクはカーリーのなかにやって来た――そして、ふたたび、カーリーを天国へと連れて行った。


「朝だよ、カーリー」

カーリーはうめき、頭の上まで毛布を引っ張りあげた。

「今、何時？」

「七時。一日が短くなってしまうよ」ハンクは毛布を剝ぎ取り、カーリーの裸のヒップをふざけてぴしゃりと叩いた。「二秒以内に起きなかったら、冷たいシャワーの下に突っこむぞ。今日は、きみと買い物に行きたいんだ」

カーリーがしたいのは、眠ることだけだった。「わたしは、八時まで寝てるわ」

ハンクが素早くカーリーを抱き上げると、カーリーは悲鳴をあげた。「警告したはずだぞ」

カーリーは眠そうに笑いながら、ハンクの首につかまった。「あなたに、そんなことをする勇気があるわけないわ。わたしの仕返しは怖いわよ」

ハンクはカーリーをバスルームに運び、床に立たせてから、お湯の温度を調節した。「じゃあ、温かいお湯ならどうだい？」

「なにを買いに行くの？」カーリーは、目の下をこすった。「買い物って大嫌い」

「赤ちゃんのものだよ」ハンクはシャワーの栓をひねると、頭をかがめてカーリーにキスをした。唇が優しくゆっくりと動いた。「きみに、なにもかも見せておきたいんだ。小さなパジャマとかTシャツ、毛布にゆりかごに柵つきのベビーベッド。行きたくなってきたかい？」

「お金はあるの？」

「金、金、金。きみのレコードの針はおなじ場所ばかり回っているんだな」ハンクはカーリーの肘をつかんで、バスタブのなかに入らせた。体に勢いよくお湯がかかると、カーリーは一瞬息を止めた。ハンクはさっとカーテンを閉めた。が、すぐにまた開いた。「思いついたんだけど、見ていてもいいかな？」

カーリーは笑い、ハンクの顔にお湯をひっかけた。「あっちへ行きなさい。あなたときたら、昨晩から、そのこと以外考えられないのね」

「男ってやつは、たいてい三分おきくらいにそのことを考えてるものさ」

カーリーは、ぎょっとした顔でハンクを見た。「冗談よね」

「ほんとうさ。統計の結果だよ。仕事をしているときも、食べているときも、話しているときも、男はそのことばかり考えてるんだ。それから、夜はそのことを夢にみる」ハンクはにやっと笑い、固形石鹸《せっけん》を手に取った。「だれかの泡だらけの手で体を洗ってもらったら、どんな感じがするか知ってるかい？」

「また今度ね、カウボーイ。わたしは疲れてるの」

ハンクはまたにやっとして、かまわず石鹸を泡立てた。たった一度のキスで、カーリーは燃えあがった。ハンクは身を乗り出して、カーリーの腕をつかんだ。カーリーは悲鳴をあげ、ハンクのほうに倒れこんだ。ばら色の乳首を撫でると、カーリーのまつ毛が震えた。ハンクの手に触れられた乳首はすぐに堅くなった。ハンクは愛しさに駆られた。そんなにも敏感に反応して優しい降伏を見せるカーリーを、いくら求めても満足することはなかった。

ハンクは乳首が堅く突き出て膨らむまで、撫でたり軽くつまんだりして愛撫した。カーリーはうめき声をあげ、首をのけぞらせた。カーリーのほっそりとした体の線は完璧なラインを描き、白く艶《つや》やかな肌がハンクを魅了した。何度カーリーを抱きしめても、ハンクの飽くことのない欲求は満たされなかった。

そのあと、いったいなにがどうなったのかは、自分でもよく覚えていなかったが、ハンクはどうにかバスルームでカーリーと抱き合うひとときを終わらせ、服を着て、ブーツを履き、身なりを整えた。

それはハンクにとって、人生で最良のセックスだった。

「八百ドルのベビーベッドなんて買えないわ」三時間後、カーリーはハンクに抗議していた。

ハンクは店員に合図をした。「これをもらうよ」

「ハンク!」カーリーは、ハンクのシャツの袖をつかんだ。「お金がかかりすぎるわ」

「これは、大きくなってからも使えるようにできているんだよ」ハンクは反論した。「ひとつ分の値段で、二つの目的に使える」

「三つ分の値段で二つの目的じゃないの? もっと安いものを探せるはずよ」

「どこでだい? リサイクルショップで?」

カーリーはあきらめて、ハンクを好きにさせた。そして、恐ろしいことに、ハンクはほんとうに好きなだけ買い物をした。シーツとベッドの柵につける当てもの、男女兼用のかわいらしい小さなパジャマ、毛布、上履き。買い物三昧が終わるころには、ハンクは四千ドル近く払い、ふたりは豪華な品々の持ち主となっていた。樫《かし》の木でできたベビーベッド、ハンドメイドのゆりかご、バスルームで使うテーブル、ベビー簞笥《だんす》、食事椅子、ベビーサークル、ぶらんこ椅子、車のベビーシート、ベッドの上に吊るすモビールを三つ、厳選したおもちゃをいくつか、そして、一人の赤ん坊が使うには多すぎるほどの服や毛布。

家に帰る途中、ハンクはカーリーに笑いかけて、言った。「男の子か女の子かがわかったら、また洋服を買い足しに来よう」

カーリーは思わずうめいた。「永遠にいっしょに暮らす努力をしてみることにして、よかったわ。お金を全部返すのに、千年くらいかかりそうよ」

ハンクは笑顔のまま、カーリーを叱った。「まさか、ぼくにもうお金を返さなくていいと思っているのか?」

つねに出し惜しみしないハンクがそんなことばを口にするのを聞き、カーリーは耳を疑った。

「金銭的な契約は、まだ有効だ」ハンクはきっぱりと言った。「借りた分はちゃんと返してもらうよ」唇の隅で、にやりとした。それから、いたずらっぽく目をきらきらさせて、カーリーを見た。「ぼくの考えだと、きみは働いて借金を返せるはずだ——早速、今夜からはじめてもらおう」

カーリーは驚いて笑いだした。「あなたのブーツは乾く暇もないのね。もう、次のそのことを考えてるの?」

「そうだよ。きみは乗り気じゃない?」

カーリーはつねに乗り気だった。一番すばらしいのは、それがたんなるセックスではないということだ。それは、甘く美しい愛情の形だった。

翌朝、交差点の売店に立ち寄ったハンクは、たまたま棚にあったベビー雑誌を見つけた。

何気なく手に取って、ぱらぱらとページをめくってみた。数枚の赤ん坊の写真を見つけたとき、カーリーは赤ん坊を見たことがあるのだろうかと思いついた。七月四日のバーベキューに来ていたのは、みな大きな子どもたちだった。カーリーが赤ん坊や小さな子どもを見たことがあるとしたら、たぶん遠くからだろう。つまり、近くでよく見た経験はなく、記憶にも刻みこまれていないということだ。

出産したとき、カーリーは自分の赤ん坊がどんなようすをしているのかわからないかもしれないという考えは、ハンクを悩ませた。店を出ると、家にまっすぐ帰らずに、クリスタル・フォールズまで車を走らせ、赤ん坊についての本を探して本屋をまわった。あらゆる容姿の赤ん坊を、カーリーに見せたかった。太った子、痩《や》せた子、髪がカールした子、面白い顔をしている子、髪の毛を角のように逆立てている子。それらを見せておけば、自分たちの子どもが生まれたとき、どんな姿をしているのか、カーリーに説明しやすくなる。

ハンクは、両腕いっぱいにたくさんの本を抱えて店を出た。胎児がこれからどうなっていくのか、段階を追って写真で解説してある本まで見つけていた。一時間後、ハンクのプレゼントを受け取ったカーリーは、泣きだした。

「まあ、ハンク」

「どうしたんだい？」ハンクは、テーブルの前に座っているカーリーのほうに身をかがめた。「きみを悲しませるつもりはなかったんだよ」

「悲しいんじゃないわ」カーリーは声をあげて泣いた。「う――うれしいのよ」

ハンクを騙すことができれば、どんなにいいだろう。

カーリーは、涙をふいて、ページをめくりはじめた。そのうち、赤ちゃんの写真でいっぱいの雑誌に行きあたった。「なんて、かわいらしいの？」カーリーは涙声で笑った。「この子を見て。こんなにかわいい小さなえくぼを見たことある？」

ハンクはカーリーの隣りに座って、いっしょに何冊もの本をながめた。胎児の成長過程を映した超音波写真を見るときは、ふたりとも厳粛な面持ちになった。「これが、今のわたしたちの赤ちゃんよ」カーリーは、指先で一枚の写真に触れながら、ささやいた。「そして、来月になったら、わたしたちの男の子はこうなるんだわ」

「男の子？」ハンクは身をかがめて、素早くカーリーにキスをした。「ぼくは、きみみたいな女の子が欲しいよ」

「だめよ。わたしは、あなたにそっくりな男の子が欲しいわ」

「ぼくらは、深刻な事態に陥ったわけだ」ハンクはふざけて、厳しい表情を作った。「この問題を解決する方法はひとつしかない。子どもをふたりもつんだ。ひとりはぼくに。ひとりはきみに」

カーリーは夢見るように微笑み、赤ん坊の写真に目を戻した。「次のときは、もっと注意して計画を立てなきゃいけないわ。ドクターは、角膜移植をする直前に妊娠するのがいいと言うでしょうね。そのときなら、もうすぐ角膜が使えなくなるんだから、格子状角膜変性症が悪化しても実質的な影響はないわ」

ハンクは、そんなことは考えてもいなかった。「それなら」ハンクはカーリーの顎に手を添えて、ふり向かせた。「子どもはもういらないよ。ひとりいればいい——養子を取ってもいいしね。もうひとり子どもをもつために、きみの目が九カ月間も見えなくなるなんて、ぼくはいやだ」

「わたしは、自分たちの子どもが欲しいわ」

「養子だって、自分たちの子になるさ」

カーリーの目は涙に濡れていた。反論したがっているのが、ハンクにはわかった。だが、なぜか、カーリーは黙っていた。

ハンクはいつも、子どもはたくさん欲しいと思っていた。そしてごく自然に、自分と血のつながった子どもを望んでいた。だが、それをかなえるためには、とてつもなく大きな犠牲を払わなければならないのだ。

次の二週間、カーリーの視力はますます悪化した。ハンクは仕事のスケジュールを調整しては、カーリーを日帰りの旅行に連れて行った。出かけられないときは、カーリーがすべての棚の中身を記憶するのを手伝った。例えば、コーヒーの缶は三つ目の食器棚の二番目の棚の一番右、という具合だ。

「ぼくはだいじょうぶだよ」ハンクは約束した。「もし覚えられなかったら、どこにしまうか忘れないように、棚の端にラベルを貼るよ」

カーリーは、ハンクの努力に感動せずにはいられなかった。爪先立ちになって、ハンクの首を抱きしめた。「一番大事なのは、わたしがどこにいるか忘れないでくれることよ」と、優しく言った。「少しでも見えているうちに、あなたとの時間を楽しみたいの」

ハンクは深いキスをした。そして、気づいたときには、カーリーはハンクの腕のなかにいて、食器棚のことはすっかり忘れ去られていた。

愛を交わしたあと、カーリーは物憂げに伸びをし、シャワーを浴びに行こうとベッドから抜けだした。たったの三歩進んだだけで、脇にあったなにか硬いものにつまずき、危うく床に叩きつけられそうになった。ハンクは一瞬で跳び起きた。

「だいじょうぶかい?」ハンクは、カーリーの腕をぎゅっとつかんだ。まるで、また床に倒れるとでも思っているようだった。「ぼくのブーツだ。きみは、ぼくのブーツにつまずいたんだ。ごめんよ。これからは、ベッドの下に突っこんでおくよ」

「だいじょうぶよ、ハンク。ちょっと、よろけただけだから」

ハンクを安心させるためにそう言いながらも、カーリーは、ほんとうはだいじょうぶではないと知っていた。床にあるブーツが見えなかったなんて。いつのまに、そんなに視力が悪化してしまったんだろう? カーリーは、ちらっと床を見おろした。床板が見えるかもしれないという微かな希望を抱いて。だが、見えたのは、足首のまわりにまとわりつく白っぽく濃い霧だけだった。部屋の反対側の壁に目を向けてみた。すると、そこも濃い霧に包まれていた。

ハンクがカーリーの肩に触れた。「どうかしたのかい?」

カーリーはベッドの足もとに放りだされたガウンを手探りで探し、それを着た。「なんでもないわ。わたしはだいじょうぶ」ふたたび目が見えなくなるからといって、自分がそれほどショックを受けるはずはない。ただ、こんなに早くその時が来るとは思っていなかっただけだ。カーリーは喉が詰まるような感覚を覚えた。「だけど、そろそろ整理整頓マニアにならなきゃいけないみたい」無理に微笑んだ。「もう、床が見えないの」そう言って笑い、手首を振った。「どうして今まで気がつかなかったのか、不思議だわ」

ハンクはちらっと下を見た。「全然、見えないのか?」

カーリーはうなずいた。それから、しばらくひとりで事実と向き合うために、急いでバスルームに行った。

このときから、ハンクは整理整頓マニアになった。二度とブーツを床に脱ぎっぱなしにしたりせず、家具を動かしたらかならずもとに戻し、棚の中身が整理したとおりになっているように気をつけた。ときには、忘れてしまうこともあったが、カーリーはなにも言えなかった。彼はこんなに思いやりにあふれ、こんなに一生懸命やってくれているのに、どうして文句など言えるだろう?

数日後、ハンクがフラッシュカードを掲げてくれているとき、以前よりもカードがずっと近くにあることに、カーリーは気づいた。

「いつから、こうしていたの?」カーリーは優しく訊いた。

ハンクは、質問の意味がわからないふりはしなかった。「わからない。しばらく前からだよ」ハンクは、カードを箱にしまった。「そうだな、たぶん――」ハンクは咳ばらいをして、カーリーと目を合わせた。「カードを使うたびに、少しずつ近くしなきゃならなかったんだ」

ハンクの顔を見つめたカーリーは、冷たい水を浴びせられたような衝撃に襲われた。ハンクの顔が、以前のようにはっきりと見えないのだ。まるでピントがずれた写真のように、表情も輪郭もぼやけている。

今まで、自分のなかで心の準備はできていると思っていた――そのときが来たら、対処できるだろうと。だが、頭のなかで予想するのと、現実に受け止めるのはまったく違った。見えるというのはどんなことなのか、カーリーは知ってしまった。そして、それに慣れてしまった。だが、まもなく、あまりにもすぐに、外の世界を隔てる扉がふたたび閉じられる。

その瞬間、もうすぐ見えなくなってしまう多くのものを、どれほど自分が惜しんでいるか、カーリーは悟った。なかでも一番つらいのは、ハンクの顔が見えなくなることだ。

「だいじょうぶかい？」ハンクが訊いた。

カーリーはうなずき、微笑んだ。「平気よ。たいしたことじゃないわ」

だが、実際はたいしたことだった。また盲人になるのはいやだった。そのことを考えると、カーリーはその場から走って逃げだしたい衝動に駆られた。だが、いくら走っても、暗闇からはけっして逃れられない。

カーリーの恐怖を察したハンクは、カーリーの気持ちを紛らわせるために、ベッドルームに連れて行き、情熱的に愛しあった。すべてが終わると、カーリーは完全に満たされて、ハンクの腕のなかに横たわっていた。これまでの人生で、だれかをこれほど心から愛したことは一度もなかった。

数分後にハンクが仕事に行ってしまうと、カーリーは窓のそばに立って、牧場のほうに目を向け、懸命に風景を眺めようとした。どこに目をやっても、ぼんやりとしか見えない。だが、記憶が手助けしてくれた。牧場には至るところに危険がある――言うことを聞かない馬たち、でこぼこした地面、灌漑《かんがい》用水路、とげのついた鉄条網。今はまだ、よく注意していれば、安全に歩けるだろう。だが、いつまでもそうはいかないことは、よくわかっていた。

翌朝の六時ごろ、焼けるような目の痛みで、カーリーは目を覚ました。はじめは、もう一度眠りに戻ろうとしたが、痛みがあまりにも激しく、眠れなかった。片手で目をおおって光をさえぎりながら、薬棚に目薬を取りに行った。だが、目薬があるはずの棚の上を指で触れても、そこに目薬はなかった。きっと、自分かハンクが別の場所に置いてしまったのだ。

刺すような目の痛みに耐えながら、棚に並んでいる容器の文字を読もうとした。完全にぼやけている。容器自体はなんとか見えるが、文字は無理だった。

あきらめたカーリーは、棚を閉めて、扉についている冷たい鏡に額を押しあてた。痛みは、無視できないほどに強くなっていた。おそらく、ハンクは昼食まで家に戻らないだろう。それまで目薬を使わずに待ってはいられなかった。こんなひどい痛みは、とても耐えられない。

カーリーは、よろめきながらキッチンに行った。目を閉じたまま、ハンクの携帯電話の番号を押した。応答はない。代わりに、留守番電話の声がした。「こちらはハンクです。申し訳ありませんが、ただ今電話に出られません」

たぶん、携帯電話を車に置きっぱなしにしているのだろう。モリーに来てもらえるか頼んでみようと、母屋に電話をしたが、だれも出なかった。ジェイクとモリーが昨晩、急にポートランドに出かけたことを、カーリーはやっと思いだした。モリーが驚くべき努力を積み重ねて経営している金融調査会社で問題が起こったという話だった。

こうなったらしかたがない。カーリーは決心した。服を着て、馬小屋まで自分で歩いて行こう。どうしても、ハンクに家に戻ってもらい、目薬を見つけてもらわなければ。

数分後、馬小屋に行く途中で穴につまずいたカーリーは、生まれてはじめて、杖を使う練習をしておけばよかったと悔やんだ。街で暮らしているときは、杖なしでも充分にやっていけた。だが、不運なことに、ここの地面は街のように平らではなく、なにがあるのか予測もつかない。カーリーはよろけたが、なんとか倒れる前にバランスを取り戻した。

危うく転倒しそうになったせいで、思わず立ち止まって、しばらく周囲を見まわした。自分で安全を確認できる範囲は周囲一メートルくらいしかなかった。地面はまったく見えない。もし、踏み固められた小道から逸れてしまったら、そこらじゅうに丸太や切り株がある。

前方をじっと見つめ、爪先と靴底で障害物がないかどうか確認しながら、注意深く馬小屋を目指して進んだ。平気よ。まったく目が見えないときだって、スケートボードに乗っていたんだから、とカーリーは自分に言い聞かせた。少々でこぼこした地面を一〇〇メートル歩くくらい、無事にやりとげるわ。

歩きながら耳をすましたが、聞こえるのは木々のあいだを吹く微かな風の音だけだった。カーリーはさらに足を進めた。精いっぱい目をこらして、前方に馬小屋の輪郭を見定めようとしてみた。結局なにも見えなくても、狼狽《ろうばい》はしなかった。一メートルしか見えないなら、遠くのものが見えないのは当たり前だ。感覚だけを頼りに、自分は正しい方向に向かっていると信じて歩きつづけるしかなかった。

しばらくたつと、カーリーの自信は急激に失われた。馬小屋が家からどのくらい離れているのか、まったく思いだせなかった。

「ハンク?」と、呼んだ。

返事はない。

急に恐ろしくなって、ゆっくりとその場で三百六十度回りながら、目を細めて霧の向こうを見つめた。一メートル四方より向こうは、すっぽりと灰色の霧におおわれている。ひと晩たって、目の状態はさらに悪くなっていた。

落ち着くのよ。落ち着かなきゃ。

「ハンク!」ハンクがどこか近くにいてくれることを願って、カーリーは叫んだ。

ハンクの返事はなかった。カーリーはじっとたたずみ、耳をすました。馬小屋の方角を示してくれるような音は、なにも聞こえない。どうしよう。どこかで道をそれてしまったに違いない。もはや、自分がどこにいるのかもわからない。

カーリーはその場に凍りつき、正確には何歩進んだのか、思いだそうとした。以前は、たとえ一歩でも、自然と歩数を数えずにはいられなかったのに。こんなに短いあいだに、それをしなくなるほど視覚に頼るようになっていたのだろうか？

だいじょうぶ。深呼吸をして。落ち着くのよ。そんなに遠くまで歩いたはずはない。きっと、外で働いている人から見えるような、ひらけた場所に立っているだろう。一番賢い方法は、この場から動かずに、大声をあげることだ。そのうちにだれかが声を聞きつけて、助けてくれるだろう。

「ハンク！」カーリーは、また叫んだ。「ハンク！」

カーリーはすぐに、何度夫の名前を呼んだか思いだせなくなった。だれも答えない。叫びつづけているため、声はかすれてしまった。両目はずきずき痛む。目薬をささなければ。震える手で顔を撫でた。いったい、どれくらいここに立っているのだろう。一時間？　二時間？　今すぐ、この目の痛みを和らげてくれるものが必要だ。これまでずっと、自分の力だけで生きていこうと努力してきた。だが、今ここで、目を瞬きながら立ちすくんでいる自分は、ひたすら他人の助けを求めるだけの無力な人間だ。簡単なことさえ、ひとりではできない。ずっとこんな状態になったら、ハンクはひと月もたたないうちに、この結婚に嫌気がさすだろう。そして、自分は、自分自身を憎むようになるだろう。

左の方角から、馬のいななきが聞こえた。カーリーの心に希望が湧いた。もう一度耳をすますと、うれしいことに、今度は金属がこつこつとぶつかるような蹄《ひづめ》の音が聞こえた。馬小屋だ。カーリーは音が聞こえた方角に向かって、なにかにつまずいて転ばないように爪先で前を探りながら、用心深く歩きはじめた。

「ハンク!」ふたたび、叫んだ。「ハンク! そこにいるの?」

五十歩進んだところで、立ち止まった。遠すぎる。心臓が激しく鼓動しはじめた。体全体が汗でじっとりと湿っている。馬の鳴き声がしないかと、耳をすました。すぐに、フーッという息のような音がした。カーリーは方角を修正して足を踏みだし、前よりもさらにゆっくりと歩いた。恐怖のために、動きがぎごちない。もし、目の前にとげが付いた鉄条網があったら? なにかに突っこんでしまうのが恐ろしくて、足だけでなく、手のひらでも前方を探りながら進んだ。

「ハンク! 返事をして!」必死に叫んだ。「ハンク!」

もう一歩前に進んだ。と思った瞬間、足の下にはなにもなかった。自分の体が落ちて行くのを感じて、カーリーは悲鳴をあげた。その声はすぐに途切れ、冷たい水が口いっぱいにあふれた。その衝撃に息を呑んだまま、さらに下に落ちて行った。水が鼻に入り、気管に侵入した。ああ、神様。なんとかパニックを追い払い、息を止めて水面に出ようとした。池。それは、過去の記憶のなかで、もっとも悪夢のような思い出だった。水底に沈むまいとして必死にもがく、だれからも顧みられない盲目の少女。

岸に向かって泳がなければならない。だが、方角がまったくわからなかった。濡れた服が、ずっしりと重たく感じる。パニック状態のなかで、沈まないように手足を動かし、あちらこちらに向かって泳いだ。岸はどこにあるの？

以前にハンクが、池の岸近くは三メートル、中央は六メートルほどの深さがあると言っていたのを思いだした。あちこちに方向を変えて泳ぎながら、なにか固いものに手が触れることを祈って、水や水面の空気を手で探った。恐怖が鉤爪《かぎづめ》のようにカーリーの心臓を鷲摑《わしづか》みにした。水は、カーリーが最も恐れるものだった。

頭を上げておかなきゃ。落ち着いて、考えるのよ。自分はうっかり池に足を踏み入れてしまった。だんだん大きな円を描いて泳げば、かならず岸にたどりつくだろう。それほど、岸から離れてはいないはずだ。カーリーは、犬搔きで泳ぎはじめた。円を描いて進んでいますようにと祈った。水のなかでなにも見えないでいると、しだいに方向感覚が失われてしまう。聴覚も鈍り、無重力状態にいるような感覚に陥ってしまうのだ。

円を描くように……円を描くように……。だが、すぐにカーリーは疲れ果ててしまった。腕や脚に濡れた服がまとわりつき、鉛のように重く感じた。きっと、もうすぐ沈んでしまう。「ハンク！」声を限りに叫んだ。とたんに、口に水が入り、息が止まりそうになった。咳きこんで水を吐きだし、もう一度、名前を呼んだ。ハンクがどこかで聞いてくれることを願い、祈って。「ハンク！」

自分が沈みはじめていることを、ぼんやりと感じた。口が水面より下になっている。必死で顎をあげようとしたが、もはや泳ぐ力は残っていなかった。体力を消耗して、体が思うように動かない。

カーリーの頭が水面から消え、体が水中に捉えられた。酸素が足りなくなった頭のなかで、血管が太鼓を叩くように脈打ちはじめた。必死で水面に顔を出して、息をしようとした。神様——お願い。ふたたび、水のなかに頭が沈んだ。気管が刺すように痛い。焼けつくような痛みが喉の奥と鼻に侵入してきた。

カーリーは溺《おぼ》れかけていた。今まさに、溺れようとしていた。

20

ハンクは蛇口を閉めて、首を傾げた。馬小屋の外にある木製の丸椅子に座っているショーティに声をかけた。「なにか聞こえなかったかい？」

六十五歳の老カウボーイ、ショーティは修理していた馬具から顔を上げ、耳のうしろに手をあてた。「なんだって？」

ハンクは、馬小屋の通路を出口に向かって歩いた。「だれかが叫ぶような声が聞こえた気がしたんだ」

「ありうるだろうな。二十人近い男たちが、ここで働いている」

ハンクは気味が悪いような、いやな予感を覚えた。馬小屋のひらいた戸口に、大股で足を運んだ。変わったことはなにもない。ひとりの雇い人の姿も見えない。それでも、なぜか落ち着かなかった。振り向いて、こう言った。「ちょっと家に戻って、カーリーのようすを見てくるよ」

「じゃあ、また午後にでも」ショーティは、歯のない口でにんまりと笑った。

ハンクはむっとして、鼻息も荒く、家に向かった。だが、家に着くころには微笑んでいた。

淫《みだ》らな想像が頭をよぎった。たぶん、午後まで馬小屋には戻らないだろう。ショーティには、好き勝手に詮索《せんさく》させておけばいい。

「カーリー？」家のなかに入りながら、ハンクは呼んだ。「カーリー。起きてるかい？」長い脚でベッドルームまでたったの四歩でたどりつき、戸口からなかをのぞいた。カーリーの姿はなかった。バスルームものぞいてみた。そこにもいない。妙だ。普段、馬小屋以外の場所にカーリーがひとりで出かけることはない。

ハンクは、ポーチに戻った。「カーリー！　そこにいるのか？」

返事はない。

ハンクは、その場に立ちすくんだ。周囲の土地を見まわしながら、胸のなかでしだいに大きく警報が鳴り響いた。くそっ。もし、カーリーが馬小屋に行こうとして迷ったとしたら、家に帰れるほど、まだ目は見えているだろうか？　ハンクは首のうしろをこすりながら、牧場を見わたした。

そして、次の瞬間、目にした——池の水面にある白いものを。ハンクの心臓は危うく止まりそうになった。ポーチを飛びだし、全速力で走った。ちくしょう。なにか白いもの——池のなかに。やめてくれ。お願いだ。

ブーツが地面を蹴り、ひと足ごとに体に衝撃音が響く。走りながら、池のなかに見える白い点にじっと目を凝らした。岸に着くずっと前に、それは水面に浮いている自分の妻にまちがいないと確信した。細い両手が激しく振りまわされている。

岸に着くと同時に、止まることなくブーツやカウボーイ・ハットを脱ぎ捨てた。走りながら勢いよく水に飛びこんだ。それだけで、腕で水を掻く前に、すでにカーリーとの距離は半分縮まった。「カーリー！」残りの距離を全速力で泳ぎながら、ハンクは叫んだ。「カーリー！」

ハンクはカーリーを両腕で摑まえた。カーリーの体はぐったりとしていた。抱き上げて仰向けにさせると、唇は紫色に変わり、顔は青ざめて血の気を失っていた。ハンクは半狂乱でカーリーを腕に抱え、岸に向かって泳いだ。

カーリーを地面に引き上げると、ハンクは必死の救命措置をはじめた。胸を押し、口に息を吹きこみ、無意識の内に心のなかで祈った。神様、お願いです。ハンクには、何時間も経過したように思えた。死。カーリーは警告してくれていた。この土地が目の見えない人間にとってどれほど危険なのか、あんなに訴えていたのに。

ハンクはすすり泣き、カーリーの肩をつかんだ。「息をしてくれ！」上半身を抱き上げて体を起こし、名前を呼んだ。神様、お願いです。彼女なしでは生きていけない。「息をしろ、カーリー。ぼくの前で死ぬな！　息をするんだ！」

カーリーの体を地面におろし、ふたたび人工呼吸をした。そして、心臓を規則的に手で押した。なにも起こらない。ハンクは時計を見ていなかった。どれくらいの時間、カーリーを蘇生させようとしているのか、わからなかった。一分、それとも十分？　そんなことはどうでもいい。やめることはできない。

やめるということは、けっして認めたくない結果を意味する——彼女の死。

突然、カーリーの体が痙攣《けいれん》し、口から大量の水が噴き出した。ハンクは体を起こし、映画でよく見る溺れた人のように、カーリーがぱっちり目をあけて息をしはじめるのを期待した。だが、その代わりにカーリーはふたたび動かなくなり、死人のようにぐったりとした。ハンクがもう一度人工呼吸をはじめようとしたとき、またもや口から水が吐き出された。

それから、カーリーは急に水にむせ、息をしようとしはじめた。肺がヒューヒューという大きな音をたてている。ハンクは、カーリーを横向きにさせた。「神よ、感謝します。神よ、感謝します」

ショーティが、ハンクの横に現われた。

「ぼくの車をまわしてくれ！　彼女を病院に連れて行くんだ。急いでくれ、ショーティ！」

老カウボーイは走りだした。カーリーは両膝を胸に引き寄せた。片腕を自分のウェストにまわし、咳きこみながら、さらに水を吐き出した。それから、やっと少し楽に息をしはじめた。ハンクは、震える両手でカーリーの髪を撫でた。

「ああ、カーリー。ああ、神様」

カーリーは微かに動いて、ハンクを見上げた。「ハンク？」しわがれた声で、言った。ハンクは体をかがめ、やっと血色が戻ってきた美しい顔に触れた。唇はまだ青ざめていたが、ハンクが見守っているあいだにも、少しずつピンク色になりつつあった。

「しゃべらないほうがいい。すぐに病院に連れて行くよ。もうだいじょうぶだ」

カーリーは目を閉じた。「わたしの赤ちゃん。ああ、ハンク。わたしの赤ちゃんが」

その瞬間まで、ハンクは子どものことは考えてもいなかった。「きっとだいじょうぶだよ」と、言った。「子どもは無事だ」

ハンクはそう言いながら、心のなかで、子どもは命を落としたかもしれないと思っていた。母親が溺れかけると、三カ月に満たない胎児にどんな影響があるのか、ハンクにはまったくわからなかった。


「奥さんもお子さんも無事ですよ」病院に着いて一時間と少したったころ、救急救命処置室《ER》の医師はハンクに言った。「カーリーの肺はきれいです。意識もはっきりしている。赤ちゃんの心拍もまったく問題ありません」

「神よ、感謝します」メアリー・コールターがつぶやいた。

ハンクは、すぐそばに座っている両親の存在を、ぼんやりと認識した。街から出ているジェイクとモリー以外の家族全員が病院に駆けつけ、ハンクと同様に不安に胸を締めつけられながら、医師がカーリーと子どもの状態を告げるのを待っていたのだ。

「神よ、感謝します」ハンクもおなじことばを口にした。ふいに、脚から力が抜けて体を支えられなくなり、待合室の椅子に崩れるように腰をおろした。前かがみになり、両手の付け根に額をのせた。「感謝します」かすれた声でくり返した。「ぼくのせいだ。全部、ぼくのせいだ」自分がひとり言を言っているのに気づき、ハンクは顔をあげた。「ありがとうございました、ドクター」

白衣にスウェットパンツ、足元はゴルフシューズといういでたちの、針金のように痩《や》せた小柄な医師は、ハンクの肩を軽く叩いた。「奥さんもお子さんも、もう家に帰っていいですよ、コールターさん。そして、わたしではなく、神様とあなた自身に感謝することです。落ち着いて適切な救命処置をしたのは、あなたなんですよ」

「そのとおりだ」ハーヴがすかさず口をはさんだ。「おまえはちゃんと頭を働かせて、カーリーの命を救ったんだ」

ハンクは、そんなふうには考えられなかった。自分が愚かでなかったら、そもそも、カーリーは池に落ちたりしなかったはずだ。

救急救命処置室《ER》から出て来たカーリーは、ハンクを見て弱々しく微笑んだ。カーリーの服はまだ少し湿っていた。蜂蜜のような髪がもつれて肩にかかっている。だが、ハンクの目には世界一美しい女性に見えた。

「やあ」ハンクはふらつく足で立ちあがった。

カーリーは、まっすぐハンクの腕に飛びこんだ。ハンクはカーリーを両腕で抱きしめ、髪に顔を埋めた。水から引きあげたときのカーリーのようすを思いだすたびに、冷たい恐怖が背骨にどっと流れこんだ。死。自分は、もう少しでカーリーを失うところだったのだ。

家族が来てくれていてよかったと、ハンクは思った。だれもが、カーリーを抱擁し、無事でほんとうによかったと言うために、いっせいに前に進み出た。そのおかげで、ハンクはうしろに下がって自分を立て直し、笑顔を作る時間がもてた。最初に抱きしめたとき、カーリーはきっと頼りなく感じたことだろう。

　家に帰る途中ずっと、ハンクは溺れかけたときのカーリーを思いだしていた。どれほど体がぐったりとして、顔色が青ざめていたか。罪悪感が胸を締めつけ、息苦しいほどだった。

「ぼくが、なんとかするからね。心配いらないよ。フェンスやなにかを取りつけよう。きみが二度と迷ったりしないようにするよ」

　カーリーはなにも言わず、ただうなずいた。

　牧場に戻ってから、ハンクはしばらくひとりになりたかった。カーリーに乾いた服を着せ、安全にベッドで休ませてから、そっと家を抜けだして馬小屋に行った。干草の山の上に腰をおろし、危うくカーリーを死なせるところだったことを思い、苦悶した。ジェイクがやって来て、隣りに座った。

「おまえのせいじゃないよ、ハンク。自分を責めるのはやめたらどうだ？」

「ぼくのせいだ。彼女は、牧場を改善する必要があるって、ぼくに教えてくれていた。それなのに、なにもかもうまくやれているし、ちゃんと彼女を世話できているって、ぼくが勝手に自惚《うぬぼ》れていたんだ。今は、自分がほかにもなにかを見落としているんじゃないかと思って、死ぬほど恐ろしいよ。もし、なにか欠陥があったら、そのせいで彼女を失うかもしれない」

「カーリーにはおまえの気持ちを話したのか？」

「いや」ハンクの声は空ろだった。「でも、あとで話すよ」

家に戻ったとき、ハンクは、カーリーが眠っているものとばかり思っていた、だが、そうではなかった。カーリーは、ハンクがリビングで腰をおろす音を聞いた。数秒の沈黙のあと、ハンクはふいに、すすり泣きはじめた――カーリーが空耳かと思うほど、静かな泣き声だった。それから、つぶやきが聞こえた。「いったいどうしたらいいんだ。ぼくには、わからない。ぼくがちゃんとやれなかったら、この先いったいどうなるんだ？」

カーリーはベッドの上で横向きになって、体を丸めた。熱い涙が目を濡らした。目が見えない人間と暮らすのがどういうことなのかわかっていないと、ハンクに何度も言ってきた。とうとう、そのことばが現実になってしまった。

そのあと、ハンクはカーリーのところにやって来た。カーリーを腕に抱き、かならず牧場を安全な場所にすると、何度も何度も約束した。「明日から、はじめるよ。そして、なにもかもが完璧になるまで休まないと誓う」

だが、きっとカーリーを安心させるということばに反して、ハンクは、カーリーの傷ついた心を癒すための、あることをしなかった。カーリーと愛を交わさなかったのだ。カーリーが促そうとすると、ハンクはカーリーの手を取り、自分の唇に押しつけた。「今夜はやめておこう。ごめんよ。今夜は――できない」

それは、湖のロッジでハンクがカーリーの申し出を断わって以来、はじめてのことだった。枕に頬をつけて横たわっているカーリーの心は、粉々に砕け散っていた。

カーリーへの誓いどおり、翌朝、ハンクは〈ワークス〉に行った。コールター家が経営する牧場の備品を扱う店だ。ジークが店を開店するためにドアをあけると、そこにはハンクが立っていた。

「よお、ハンク」ジークは微笑んだ。「今日は、ずいぶん早く街に来てるんだな」

「針金と杭《くい》が欲しいんだ」ハンクは話した。「それも、たくさん。カーリーはすごく怖がってる。当然だよ。ぼくは、彼女のために牧場を安全にしなきゃならないんだ、ジーク」

「彼女の目は、もうそんなに悪くなってるのか？」

ハンクはうなずいた。「毎日、少しずつ悪くなってるみたいだ。まだ近くは見えているけど、もうすぐそれもぼやけてしまうだろう」


一時間後、牧場に戻ったハンクは、馬小屋の外でレヴィに出くわした。ハンクよりも年配のレヴィは頭を掻き、足をもぞもぞさせた。明らかに、ことばが見つからずに困っているらしい。とうとうレヴィが口をひらいたとき、ハンクは自分が聞いたことばが信じられなかった。

「カーリーが出て行った」レヴィは率直に告げた。「友達がいっしょだったよ。確か、ベスって名前だったか。カーリーの荷物も運んでいるように見えた」

ハンクはログハウスに走った。自分でも愚かだとわかっていながら、カーリーがキッチンで朝の悪阻《つわり》に効く食べ物をむさぼっているのではないかと期待した。だが、そこにカーリーの姿はなかった。ドアを閉めると、空っぽの家から伝わってくるいやな感覚がハンクを襲った。カーリーがいるときは、けっしてこんな雰囲気は感じなかった。

カーリーが出て行ったというレヴィのことばを信じたくなくて、ハンクは急いで家じゅうを見てまわった。表の寝室のクロゼットをちらっと見ただけで、カーリーの服がなくなっているこことがわかった。奥の寝室に行くと、赤ん坊の服と毛布の大半が箪笥から消えていた。

キッチンに戻る途中で、テーブルの上に置いてある手紙が目に入った。体から力が抜け、不思議に感情は麻痺していた。ハンクは倒れるように椅子に腰をおろし、手紙を読んだ。一行一行の列は恐ろしく曲がっていたが、文字自体は読みやすかった。

『親愛なるハンクへ

字を書くのはむずかしいので、なるべく短くします。やっぱりわたしは、歩道や横断歩道があり、公共の交通網が発達している都会でしか暮らせないわ。そして、あなたは、自然のなかにあるこの土地で馬と働いて生きていくべきよ。わたしは、生まれついての居場所であるこの土地で暮らすあなたの姿をけっして忘れないでしょう。乗馬用のブーツを履いて、カウボーイ・ハットを目深にかぶったあなたは、わたしの王子様だった。短い時間だったけど、あなたはわたしの夢をかなえてくれたわ。ただ、残念だけど、それはひとときの夢でしかなかったの。それでも、わたしは想像もできなかったくらい幸せだった。そして、一生、あなたとの思い出を大切に生きていくわ』

カーリーはスマイル・マークを書こうとしていたが、丸はいびつになり、片方の目が丸からはみ出ていた。

『連絡はするわ。いつか、わたしたちがふたりとも、お互いの存在を距離を置いて考えられるようになったら、きっと、なんのわだかまりもなく、いい友達になれるでしょう。生まれてくる子どものためにも、わたしたちはそうするべきよ』

カーリーは飾り書きで署名していた。『あなたの友、カーリーより』

ハンクは手紙をテーブルの上に放り投げ、椅子にじっと座っていた。涙でなにも見えない。行ってしまった。彼女は行ってしまったのだ。どんなに努力しても、その事実を受け入れることができない。そして、それ以上に、彼女なしの人生を考えることなど到底できなかった。

午後も遅い時刻、四回目のコールでベスは携帯電話に出た。「もしもし?」

ハンクはぐっと唾を呑んで、声を落ち着けた。「やあ、ベス。ハンクだけど」

長い沈黙があった。それから、とうとうベスは返事をした。「こんにちは、ハンク。驚いたわ」

ハンクは悲しげに微笑んだ。「きみがここに来てカーリーを連れて行ったのはわかってるんだよ、ベス。彼女の手紙に書いてあった」

「そう。もう知ってるのね。じゃあ、話は終わりだわ」

ハンクは沈みこむように椅子に腰をおろした。「カーリーの居場所を教えてくれ」

「だめよ」と、ベスは答えた。「あなたには言えないわ」

ハンクはため息をついて、目を閉じた。「別の言い方をしようか。どっちみち、ぼくはカーリーを見つけだす。きみはぼくの友達だろう。探す面倒と費用を節約させてくれないか」

「できないわ。カーリーと約束したの。わたしは一度彼女を裏切った。もう二度と裏切れないわ。それに、今回はたぶん彼女が正しいと思わずにはいられないの」

「どうして、そんなことがわかるんだ？　ぼくは彼女を愛してる。それに、くそっ。彼女だってぼくを愛してる。ぼくらはお互いのものだ。しかも、彼女のお腹にはぼくの子どもがいるんだぞ」

「落ち着いて、ハンク」

「落ち着けるわけがないだろう。妻が出て行ったんだ！　彼女は父親のところに行ったのか？」

また、沈黙。

「肯定の返事と受け取っておくよ」ハンクは受話器を握りしめた。「いいかげんにしてくれ、ベス。こんなゲームはやめるんだ。カーリーは、ぼくと別れて幸せなのか？　自分の胸に訊いてみてくれ」

「いいえ、幸せじゃないでしょうね」ベスは認めた。「だけど、少なくとも安全だわ。それは、あなたにとってもよ。深く愛しているからこそ別れを告げることもあるわ。あなただって、彼女が大切なものをすべて捨てようとしていたら、それを止めるためになんでもするでしょう？」

「ぼくにとって大切なのは彼女だけだよ、ベス。彼女はぼくを救ったんじゃない。ぼくの心を引き裂いたんだ」

「わたしが言う意味はわかってるはずよ。彼女とも話したけど、その牧場を安全な場所にするためには、何千ドル、いいえ、たぶん十万ドル以上はかかるわ。そんな大金を、あなたがどうやって工面するの？」

ハンクは苦々しく笑った。「冗談はやめてくれ。そんなにかかるわけがない」

「冗談かどうか、賭けてみる？　杭を何本か立てて、ロープを張るだけじゃすまないのよ。まず、土地全体にコンクリートの小道を巡らせて、金属の柵を付けることね。なにかあったときに、カーリーが馬小屋と自分の家、それから母屋にも電話ができるように、あちこちにインターコムも必要だわ。放牧地のまわりは、鉄条網じゃなくて、針金を編んだハリケーン・フェンスに変えてちょうだい。ポーチにはすべて手すりを付けて、家のなかもカーリーが使いやすいように改装しなきゃならないわよ。十万ドルでも、実際的な額とは言えないわ。もっともっと、かかるでしょうね」

ハンクは、そこまで大規模な工事が必要だとは予想していなかった。「なんとかする」

「どうやって？　教えてくれたら、カーリーのお父さんの住所を教えてあげるわ」

大当たり《ビンゴ》。ハンクはゆったりと椅子にもたれた。たった今、カーリーの居場所がはっきりした。つまり、彼女を家に連れ戻す日が近づいたのだ。「ありがとう、ベス」

「なにが？」

「カーリーがどこに行ったのか、教えてくれたじゃないか」

「仕組んだわね」

ハンクは、面白くもなさそうに、小さく笑った。「電話番号と住所を知るために、ぼくがあちこち嗅ぎまわらなくてもすむようにしてくれるだろう？」

「いいえ。ああもう、わかったわよ。だけど、警告しておくわ、ハンク。カーリーはあなたのところへは戻らないわよ。あなたが奇跡でも起こさない限りね。彼女と赤ちゃんは死にかけたのよ」

「二度と、あんなことが起こらないようにする。ぼくがちゃんとやるよ。カーリーは奇跡を望んでるはずだ。ぼくが奇跡を起こしてみせる。彼女を愛してるからだ。彼女もぼくとおなじように、この土地に属しているんだ」

「だったら、専門家に連絡して」

「専門家？」

「ええ、プロの人たちよ。その人たちが牧場や家や、そのほかの建物も全部調べて、カーリーが安全に過ごせるプランを立ててくれるわ」

「ずいぶん大金がかかるんだろうね」

「そのとおりよ」

「わかったよ。いいとも。そうしよう」

ベスはしぶしぶ、カーリーの父親の住所と電話番号をハンクに教えた。「工事が終わるまではカーリーを迎えに行かないで。つまり、完全に計画ができて、あなたがそれを実行できるまで。約束してちょうだい。彼女はすでにつらい思いをしているわ。あなたもよ。カーリーを連れて帰って、もし、またうまくいかなかったら、避けられない運命を先延ばしにするだけよ」

ハンクは、ライアンとベサニーが結婚して、ふたりの生活を作りあげる経過を見てきた。最初は困難なことだらけだったが、ふたりはなんとか勝利を勝ち取った。現実的な解決策を探り、ふたりに合った暮らしを見つけだしていた。愛情と、あらゆる障害を乗り越えようとする意志の力は、困難に打ち勝つ原動力になるように見えた。

ハンクはカーリーを愛していた。そして、強い決意を固めていた。

ハンクはベサニーとライアンの家のドアをノックした。なかに入ると、ちょうど夕食の最中だった。ベサニーはハンクを見ると、ぱっと笑顔になった。「いらっしゃい、ハンク。今日は、カーリーの具合はどう？」

ハンクは答えようとしたが、甥《おい》が横から割りこんだ。

「ハンクおじちゃん！」スライは大喜びで、食事椅子から抜けだそうとして体をくねくねさせた。「ハンクおじちゃん！」

ハンクは無理に笑顔を作り、テーブルをまわって甥を抱擁した。「やあ、相棒」それから、子どもの食べ物を奪うふりをした。「うまい！　インゲンだな」

スライは明らかに、ハンクと悲しみを分かち合う気はないようだった。すかさず、ひと握りのインゲンをハンクの口に詰めこもうとした。ベサニーは笑いながら、もう一人分、食事を用意しようと、車椅子でキッチンに向かった。「どうぞ座って!」肩越しに、声をかけた。

ライアンは、ハンクと握手をするために立ち上がった。「こんなに急に来るなんて、なにかあったのかい?」

「相談したいことがあるんだ」と、ハンクは答えた。

ベサニーが余分の食事を用意して、テーブルに戻って来た。それから、椅子の座部を軽く叩いた。「いっしょにパンを食べると、問題を解決しやすくなるものよ。座って、ハンク」

ハンクは腰をおろした。「ほんとうに、お腹はすいてないんだ」ふたたび食欲を感じる日が来るかどうかも、わからなかった。「カーリーが出て行った」

ベサニーが凍りついた。「そんな」と、ささやくように言った。

「つらいだろうね」ライアンが同情の意を表わした。

ハンクが、その日の朝にカーリーが出て行った話をしているあいだ、ライアンもベサニーも食事を中断した。ベサニーの顔には、共感の色が浮かんだ。「カーリーはほんとうに怖かったに違いないわ、ハンク」静かに言った。「もう少しで溺れ死ぬところだったのよ。赤ちゃんが助かったのは奇跡だわ」

ハンクはうなずいた。喉が締めつけられ、声が出なかった。「ぼくは〈レイジー・J〉牧場をいろいろな点で変えなきゃならない。カーリーが二度と危険な目にあわないように整備するつもりだ。でも、なにから始めていいのか、わからないんだよ」

ベサニーはキッチンに行き、ワインの瓶とグラスを三つもってきた。テーブルに戻りながら、ハンクに言った。「すごくお金がかかるわよ。とくに、専門家にプランを立ててもらうとね。大学時代に目が見えない人とも友達になったわ。もちろん専門家に紹介することはできるわよ。だけど、彼らはきっと兄さんの腕よりも長い工事の一覧表を作ってくるでしょうね。専門家はいつもそうなのよ」

ハンクは首のうしろをこすって、緊張をほぐした。「費用のことは心配してないよ。〈レイジー・J〉牧場の半分は、ぼくのものだ。その所有権を担保に、金を借りられるだろう」

ライアンは、ベサニーがワインを注いでくれたグラスを手に取った。椅子の背にもたれてひと口飲んでから、言った。「そんな必要はない。ぼくが金を貸そう」

ライアンが大金持ちであることは知っていたが、金銭面で家族を頼るのはハンクの心情に反していた。「きみのお金は受け取れないよ、ライアン。ぼくは自分の力でなんとかするべきなんだ」

「頑固者」ライアンは、かちんと音をたててテーブルにグラスを置いた。「義兄《にい》さんは仕事ができる人だとわかってる。それに、牧場を整備して恩恵を受けるのはカーリーひとりじゃないよ。ベサニーも、〈レイジー・J〉牧場のあたりに行くのは大変なんだ。ちょっと家から離れたら車椅子の車輪が地面にはまりそうだと言って、いつも心配してる」

「ほんとうなのよ」ベサニーが口をはさんだ。「七月四日のときも、地面が湿っていたから、スライを小川まで遊びに連れて行くのが怖かったわ。だから、ライアンが連れて行かなきゃならなかったのよ。もし、車椅子で動きやすい小道ができたら、もっとしょっちゅう兄さんたちを訪ねられるわ」

ハンクは首を横に振った。「ぼくは話をして、アドバイスを受けに来たんだ。金をもらいに来たんじゃない」

「わかってるさ。でも、なにをもらいに来たかと、実際になにを得るかは別問題だ」ライアンは言った。「牧場を抵当に借金をするなんて、義兄さんもビジネス・センスがないな。家族の土地と、もちろん義兄さんの収入源を危険にさらすことになるっていうのに。ぼくは自分ひとりじゃどうしていいかわからないほどの金をもっている。義兄さんがほんとうにそんなことをしたら、頭にくるよ。どういう了見で、余裕があるときに返せばよくて、利息もなしのローンを断わるんだい?」

ハンクは片方の眉を吊り上げた。「利息なし? ビジネス・センスがないのはどっちだ?」

ライアンは、妻に向かってウィンクをした。「ぼくが取る利息は、みんなが牧場と呼ぶ、あの穴だらけの土地が整備されて、フォルクスワーゲンも落っこちそうな大きな穴に車椅子の片方の車輪がはまらずに、ぼくの妻が自由に行き来できることだよ」

ハンクは思わず、声をあげて笑った。「穴だらけの土地? 失礼だが、きみが話しているのは、コールター家が代々受け継いできた土地なんだぞ」

「そのとおり」ライアンは、ベサニーのほうに頭を傾けた。「彼女もコールター家の人間だ。

もし、〈レイジー・J〉牧場をすっかり変える権利がある人間がいるとしたら、それは彼女だ。ぜひ、やってくれよ、義兄さん。あの牧場を、ハンディキャップをもつ女性の夢を現実にする土地に変えよう。ベサニーがぼくらの子どもたちを連れて牧場を走りまわって、自分が子どものころに慣れ親しんだものを見せてやれたら、ぼくにとっても最高のご褒美だ」

「アーメン」ベサニーが合いの手をはさんだ。

「子どもはひとりだろう」ハンクは、スライのほうを身振りで示した。スライは、フォークやスプーンの世話にはなろうともせずに、マッシュポテトをむさぼっている。「どうして『子どもたち』なんだい？」

ベサニーは顔を赤らめて、ちらっとライアンに目をやった。

「妊娠したのかい？」ハンクは驚いた声で笑った。「やったな！　すごいじゃないか、ベシー。ぼくもうれしいよ」

ベサニーの顔がますます赤くなった。「まだわからないのよ。たぶんね」また、ちらっとライアンを見た。「もしかしたらね。遅れてるから」

「もう、充分遅れてるよ」ライアンがにっこりとした。妻を見る輝く青い目は温かく、優しい愛情にあふれていた。「今年の夏、ベサニーは障害をもつ子どもたちの乗馬教室が忙しくて、大事なことをほったらかしにしてたんだ――ぼくがまた父親になるという大事な報告をね」

ベサニーは、鼻に皺を寄せた。「わたしは、なにもほったらかしてなんかいないわ。ただ、おかげさまで忙しくて、検査をする暇がなかったのよ。結果はどちらでもよかったしね」夫に熱い視線を投げた。「だめだったら、また努力すればいいだけよ」

「きみたちを見てると、わくわくするよ」ハンクは言った。「おめでとう」

「ローンのことだけど」ベサニーは非難の眼差しでハンクを見た。「わたしに対しても、そうする義務があるわ。ライアンは腹が立つほどたくさんお金をもってるのよ。兄さんが牧場を担保にお金を借りて、わたしも一員である家族が受け継いできた土地を危険にさらすようなことをしたら、一生許さないわよ」

ハンクは一瞬、ことばに詰まった――なんと言えばいいのか、わからなかったのだ。ただ、こんな家族をもっている自分は、世界一幸せな男だということだけはわかった。

「わかったよ」ハンクの声はかすれていた。「ありがとう、ライアン。銀行のローンを組むには、審査にひと月くらいかかるかもしれない。これで、今すぐ作業をはじめられるよ」

「これで、すぐにカーリーを、今いる場所から連れて帰れるわね」ベサニーがうれしそうな笑顔で言った。

「待ちきれないよ」ハンクは、心ここにあらずという口調だった。「カーリーの友達のベスに、すべての作業が終わるまで彼女を迎えに行かないと約束したんだ。でも、そんなにすぐには終わりそうもないな」

ライアンは立ち上がり、携帯電話を取りに行った。「ベサニー。ハンクに必要な連絡先を探してきてくれ」そう言いながら、自分も電話番号を押していた。すぐに、ライアンは話しはじめた。「やあ、リップ。ライアン・ケンドリックだ。この夏の仕事はどんな具合だい？今、こっちにまわせる人手はあるかな？」ちょっとのあいだ、耳を傾けていた。それから、ハンクに向かって、親指を立ててみせた。「助かるよ。ぼくの義兄が大至急で工事をしたがってるんだ。大半は、ぼくの〈ロッキン・K〉牧場でしてもらったのとおなじようなものだよ」ライアンはにっこり微笑んだ。「作業班を二組？　すごいな、大助かりだ。工事のプランができあがるまでに、二、三日はかかると思う。来週の前半に二組とも手を空けておいてくれたら、大いに感謝するよ」ライアンはことばを切った。「頼んだよ。名前はハンク・コールター。街の東にある〈レイジー・J〉牧場のもち主だ」ライアンは、ハンクの携帯電話の番号を言った。「それで、つながるはずだ。そこに電話をしてみてくれ。ありがとう。じゃあ」

電話を切ると、ライアンはにっこりした。「これでもう、半分は完成したようなものだよ。リップ・タナーはその道では一流だ。社員をきちんと管理してるし、ここらでも腕のよい人間ばかりを雇ってる。この夏は仕事がそれほど混んでいないから、手が空いている作業班が二つあるそうだ。来週の月曜には、その二班をこっちによこしてくれて、道を造る準備をはじめると言ってる」

ハンクは、〈ロッキン・K〉牧場でタナーの仕事ぶりを直接目にしていた。そして、ハンクの記憶によれば、タナーの建設会社は驚くべきスピードで工事を終わらせていた。「すばらしいよ。ありがとう、ライアン」

今朝、ログハウスでカーリーがいなくなったことを知ってからはじめて、ハンクの緊張がとけた。牧場全体を改造する資金は得られた。しかも、利息はなく、あとで自分の首が回らなくなることもない。実際に工事を進める二つの作業チームも確保した。ベサニーは、プランを立てる一流の専門家を紹介してくれるだろう。

すべてがうまくいけば、数週間ほどで、カーリーは〈レイジー・J〉牧場に帰ってこられるかもしれない。

21

アート・アダムズは、薄暗い客用寝室の戸口に立ち、真剣な表情で娘を見つめていた。娘は、クイーンサイズのベッドで、ときおり、発作のようにもがきながら、ようやく眠りについたところだった。夏の暑さのため、莫大な光熱費を使って集中冷暖房機をフル回転させなければ室内を快適な温度に保つことはできず、アートは温度調節器を二十七度に合わせていた。その結果、カーリーはシーツ一枚にくるまり、柔らかな麻の生地を通して、腰骨のでっぱりと尖った肩先がはっきりと浮き出ていた。

三週間前に、この家の玄関先に現われてからというもの、カーリーがしたことは、むだな努力以外なにもなかった。まず、アートの助けを借りて何時間もインターネットを検索し、ここアリゾナ州かオレゴン州で教師の職を探した。その試みが失敗に終わると、今度は、新聞に掲載されている案内広告の求人欄を毎晩読みあげてほしいとアートに頼んだ。なにを聞いても、カーリーの目はほとんど興味を見せず、表情は硬いままだった。カーリーが通えるような近場に、仕事はひとつもなかった。毎晩、新聞を広げるたびに、アートはなにかよい求人が目に飛びこんできますようにと祈った。たとえ電話勧誘員の仕事でも、カーリーにとってはなんらかの生きる目的となるだろう。だが、今のところ、なにも見つかっていなかった。そして、特別な機能を備えたパソコンがなければ、カーリーは自分で履歴書を書くこともできないのだ。

いつも自分ひとりの力で生きているという誇りに満ちていた娘が、こんなふうに挫折に苦しんでいるようすを見るのはつらかった。生活が困難なとき、ほかの女性なら収入を得るためにウェイトレスやベビーシッターをしたり、ハンバーガーショップで働いたりすることができる。だが、どの仕事も盲目の女性には無理だった。

そうしているあいだに、カーリーの体重は危険なほど落ちていった。それはまるで、ゆっくりと血を絞り取られているようだった。日ごとに気力が失われ、顔色はいっそう青ざめ、物憂げになった。今やカーリーは、起きている時間の大半を、窓辺に座って見えない目で砂漠を見つめながら、ラジオから流れるウェスタン・カントリー・ソングを聞いて過ごしていた。かつて表情豊かだった瞳は空ろになり、そこにはアートも追い払うことのできない強い無力感だけが浮かんでいた。

カーリーの苦しみを見守っているうちに、アートはハンク・コールターに対して、自分でも怖いほど激しい憎しみを抱くようになった。娘の心は深く傷ついているというのに、娘をこんなに苦しめている男は電話ひとつかけてこようともしない。アートは長い人生で、これほどのいらだちと怒り、そして無力感に苛《さいな》まれたことは一度もなかった。

この数日間、アートは娘と距離を置き、平静を取り戻そうとした。だが、それは不可能だった。どうして、たったひとりの娘を見て見ぬふりができるだろう？　娘の喜びは自分の喜び、娘の痛みは自分の痛みだ。娘の世界がばらばらに砕け散っている今、自分の世界もおなじように破滅しかけているのだ。

ちょうどそのとき電話が鳴り、アートの物思いは破られた。最後にもう一度娘に視線を向けてから、そっとドアを閉め、足をひきずりながらリビングルームに行って子機を手に取った。「もしもし？」

「もしもし、アダムズさんですか？」低く男らしい声が言った。「ぼくは、ハンク・コールター、カーリーの夫です」

一瞬、アートは驚きのあまり、どう答えていいのかわからなかった。それから、ふいに燃えるような怒りに襲われ、体が震えはじめた。何日ものあいだ、人間としての価値もないこの男に言ってやりたいセリフをあれこれと夢想していた。アートは、カーリーを起こす心配をせずに胸の内をぶつけられる寝室へと移動した。

背後でドアを閉めた瞬間、アートは普段より数段大きな声で怒鳴った。「この、腐りきった、良心のかけらもない野郎め！」そのことばは、正確にはハンクに浴びせてやろうと思い描いていたとおりではなかったが、充分だった――はじめのひと言としては。アートは、ハンクが電話を切るのではないかと予想し、そうされることを期待した。カーリーは、この男抜きで人生を送ったほうがいい。「そこにいるのか？」

短い沈黙があった。それから、ハンクは咳ばらいをして、答えた。「はい、ここにいます」

その返事はアートをひどく驚かせ、ほんの数秒間、この男を悪人と断定していいのだろうかと迷った。いや、礼儀正しい受け答えはうわべだけに違いない。そうとも、アート・アダムズは簡単には騙されないぞ。ハンク・コールターの行動こそが、本性を示している。それは、自分の妻を愛している男のものとは思えなかった。

「よくも、三週間もたってから、この家に電話をかけられたものだな？」アートは怒鳴りつけた。「娘と話をさせてもらえると思っているなら、考え直すことだ。おまえは娘を妊娠させて視力を奪い、大学院に行かれなくしたうえに、娘の心を引き裂いたんだ。それだけでもう充分だろう」

アートは、ハンクが毒づいて電話を切るか、カーリーと話をさせろと要求してくるだろうと思った。だが、若者はしばらく黙っていた。やっと返事をしたとき、その声はかすれ、後悔の念だけが伝わってきた。「なにもかも、おっしゃるとおりです。指摘されたことはすべてぼくの罪です――最後のひとつ以外は」

「どういう意味だ？」アートは耳を疑った。「娘はすっかり打ちのめされている。おまえに責任がないと言うなら、だれの責任なんだ？」

「環境です」

「環境？」

「ええ、そうです。カーリーが家を出て行ってから、ぼくはその問題を解決するためにずっと働いていたんです。そして、やっと終わりました。ぼくらが今後どんなふうに暮らしていくのかを説明して、できれば祝福していただきたいと思っています」

「暮らしていく？　わたしの娘といっしょにという意味か？　とんでもない」

「娘さんを心配なさる気持ちはよくわかります、ミスター・アダムズ。ぼくが愚かでした。それは認めます」

またもや、アートは驚いた。相手が非を認めるというのも、予想しなかった反応だ。

ハンク・コールターは音をたてて震える息を吸い、それから堰《せき》を切ったように話しはじめた。「弁解させてもらえるなら、ぼくは目が見えない人の身近で暮らした経験がなかったんです。カーリーの目が悪くなっているのは知っていました。でも、その結果、どんな危険にさらされているかはわかっていなかった。牧場の環境を整備しなければならないという話はしていました。ぼくは、カーリーが次の手術を受ける来年の夏までに完成すればいいと考えていたんです。あの池の事件で、カーリーがどんなに危険なのかを思い知らされました。ほんとうに、あれからぼくはほとんど寝ないで、牧場のすべてを変えたんです」

アートはまだ、話が呑みこめないでいた。だが、説明を求める前に、ハンクが言葉を続けた。「今の環境なら、カーリーはぼくといっしょにここで暮らしても安全です。たったの三週間で牧場全体を変えるなんて無理だと思われるでしょうが、ほんとうにやり終えたんです。専門家に調査を依頼して、プランを立ててもらいました。それから、フルタイムで働いてくれる作業員を雇って、すべての工事を終わらせたんです」

アートは片手をあげてハンクを止めた。が、すぐに、相手には見えないと気づいた。「池の事件っていうのは、なんだ?」

「二度と、あんなことは起こさせません」ハンクは約束した。「あの事件が、カーリーを怖がらせてしまったことはわかっています。彼女は危うく死ぬところだったんです。ぼくもおなじくらい怖かった。今度の工事で、牧場全体に手すりがついた小道を巡らせました。もし、カーリーが迷ったら、すぐに助けを求められるように、すべての分かれ道にインターコムが設置してあります。地元の『視覚障害者支援団体』のメンバーも来て、手伝ってくれました。彼らの意見を聞いて、家のなかの環境を整えるほかにも、すべてのインターコムに点字で場所が書いてある金属の札を下げました。そうすれば、カーリーも自分がどこにいるのかわかるでしょう。ぼくが牧場のどこにいてもカーリーが連絡できるように、ベルトにつけるポケットベルも用意しました。いつベルが鳴ってもデジタルの表示を見れば、カーリーがどこにいるのかわかるようになってるんです」

アートの怒りはすっかり消えていた。ゆっくりとヘリウム・ガスが抜けていく風船のように、ベッドに座りこんだ。「わたしの娘は池に落ちたのか?」それはハンクに対する質問ではなかった。アートのなかで、ふいに、すべての疑問が解けはじめた。

「カーリーはなにも言わなかったんですか?」ハンクの声は、アートとおなじくらい当惑しているように聞こえた。「じゃあ、家を出た理由を、どう話していたんです?」

この二十一日間で、アートのハンクに対する憎しみは膨れあがっていた。あれこれ想像していたこととは違って、じつは自分の娘のほうが夫を残して家を出たのだという事実を受け入れるには、根本から思考を建て直す必要があった。「カーリーは、わたしに理由を話さなかったんだ」と、アートは認めた。「わたしはてっきり、きみが娘をもてあそんだあげく、飽きたら簡単に捨てたのだとばかり思っていたよ」

「ぼくが、カーリーに飽きた？」

三週間ぶりに、アートは自分が微笑んでいるのに気づいた。この若者はたしかにカーリーを愛している。そして、このときになって、会話の最初に吐いたことばがきわめて非礼だったことを思い出した。すぐにあやまろうとしたが、もっといい案が浮かんだ。あやまる代わりに、ハンク・コールターがどんな男なのかをはっきり見極めておこう。

アートは、ぶっきらぼうな口調を装った。「言うだけなら簡単だ。娘はもう三週間もこの家にいるのに、そのあいだ、きみは電話ひとつかけてこなかった。それだけで、娘はきみといっしょにいないほうが幸せだとわかるよ」

「作業が終わるまで待っていたんです」ハンクは反論した。「カーリーが出て行った理由は、ぼくのことばや行動ではなく、この牧場が危険だからです。彼女は、必要なすべての工事をするとぼくが経済的に苦しい状況に追いこまれる、だから自分はいなくなったほうがいいと思いこんでいました。でも、それはまちがいです。カーリーといっしょに暮らすためなら、ぼくはすぐにでもこの牧場におさらばしたっていいんです」

カーリーはいつも、目が見えないせいで愛する人の重荷になるのではないかという不安を抱いていた。アートの笑みは大きくなった。

「口からでまかせだろう」ハンクを刺激するには充分な不信感をにじませた声で、アートは言った。

「ほんとうです！　ぼくは、心から彼女を愛しています」

アートは怒りをこめた皮肉っぽい口調で、そのことばに答えた。「きみの愛情表現は、ずいぶんと変わってるんだな。おかげで、娘は死が近づいているかのようなありさまだ。すっかり痩せてしまって、見ていて怖いほどだよ」

「なんてことだ」ハンクはかすれた声でつぶやいた。

アートは容赦なく続けた。「心配でしかたがない。娘の健康だけでなく、赤ん坊のことも」それは本心だった。「それなのに、きみはいきなり電話をかけてきて、娘との関係を修復できると思っているのか？　そううまくはいかないだろう」

電話の向こうでパリンという、ガラスが割れるような大きな音がした。ハンクが話しはじめたとき、その声は怒りに震えていた。「そうですか。あなたの意見はよくわかりました。今度は、ぼくの意見を聞いてください。あなたの言い分はすべてもっともですが、彼女はぼくの妻です。ぼくは、明日、自分の妻を迎えに行きます。ぼくのじゃまをしたかったら、弾をこめたショットガンを構えて、ポーチに立っていることですね」

「警察を呼ぶほうが、ずっと簡単な解決策かもしれんな」

「どうぞご自由に。留置場でひと晩過ごしたって、死にはしませんよ。わかってください。ぼくは、あなたの娘さんを愛している。そして、娘さんもぼくを愛してくれている。留置場で何日過ごしたとしても、結局、ぼくは彼女を家に、彼女のいるべき場所に連れて帰ります。その日が来たときに、義理の息子とちゃんと話ができる関係でいたほうが、あなたにとっても都合がいいんじゃありませんか？」

アートは、この若者の気骨に感心した。電話ごしの会話でさえ、強い意志が伝わってくる。明らかに、困難に出合っても、簡単に挫《くじ》けてしまうような男ではない。彼のような人物こそ、カーリーに必要な夫だ。カーリーといっしょに、どんな苦労にも立ち向かっていってくれるだろう。「最高点だな」

「ぼくは、できれば、あなたに認められてから――」ハンクはことばを切った。沈黙が疑問符を示した。「なんて言ったんですか？」

「最高点だと言ったんだ。わたしはぜひ、娘の夫であり、わたしの孫の父親であるきみと、まともに話ができる関係になろうと思う。明日は何時に来るんだね？」

「正午少し前に」ハンクが答える声には、とまどいと警戒心が入り混じっていた。「あの――ぼくはなにか聞き逃したんでしょうか？」

アートはついに、くすくす笑いだした。「いいや。わたしがいくつかの点を見落としていたというべきだろうな。三週間前、カーリーは目を真っ赤に泣きはらして、ここにやって来た。わたしは怒りでいっぱいになって、よく考えられなかった。きみもいつか、こんな父親の気持ちがわかる日が来るだろう。わたしは怒りから、すぐにこう思いこんだ。娘が傷ついている、責任はきみにある、とな」

「それで、カーリーはなにも訂正しなかったんですか？」

アートは、また笑った。「ああ。なにがあったのか訊くたびに、『うまくいかなかっただけよ』という、ひとつ覚えの返事しかしなかった。娘がまだきみを愛していることは明らかだった。だから、わたしは間違った結論に飛びついてしまったんだよ。最初に言ったことばについて、きみにあやまらないといけないな」

「あやまる必要なんてありません。ドアの呼び鈴を鳴らしたとたんに、あなたに撃たれなくてすむとわかっただけで充分ですよ。ぼくはカーリーを愛しています、ミスター・アダムズ。ぼくの望みは、彼女といっしょに人生を歩んで、彼女を幸せにすることだけです」

アートもすでにそれを信じていた。「しがない年寄りから役に立つ忠告を受けるのはいやかね？」

「いいえ。よい忠告には、いつでも耳を傾けますよ」

アートはベッドの上で体を移動させ、ヘッドボードに寄りかかった。「きみも楽にしてくれ。これから、娘について長い話を聞かせよう」

翌日の十一時四十分きっかりに、ライアン・ケンドリックはアート・アダムズのプレハブ式住宅の前に、レンタカー店で借りた大型のスポーツ車を停めた。ハンクは、後部座席の窓から家をながめた。縁が白く光った緑色のアルミニウムの外壁と、二つ並んだ張り出し窓。窓の脇には屋根がついた玄関ポーチがある。アリゾナ州でよく見かける、典型的な引退した老人向けの住居だ。庭は、サボテンや、そのほかの丈夫な植物、装飾用の岩などで体裁が整えられている。玄関ポーチのポストに取りつけられたさまざまな色のストライプの吹流しが、方向の定まらない微風にあおられ、揺れている。ポーチの手すりには、色鮮やかな鉢植えの花々が飾られていた。

「それで?」ライアンがハンクのほうを向いた。「一日じゅう、そこに座って考え事をしているのか、なかに入ってカーリーを連れて来るのか、どっちなんだい?」

ハンクは、ふーっとひとつ息をした。「すごく緊張してるんだ。口のなかがからからだよ。まず、カーリーと話し合うべきなのか? それとも、黙って抱き上げて、連れ出してしまうほうがいいのか?」

助手席にいるベサニーが、体をねじってうしろを向いた。「なにを言ってるのよ。カーリーは、すっかり工事を終えた牧場を見るまで、なにも聞こうとはしないわよ。いくら説得しても、兄さんがたとえ月に誓ったって、カーリーは兄さんといっしょに暮らせるとは信じないわ。まず、カーリーに見せてあげなくちゃ」

ライアンは、笑いを含んだ青い目を楽しそうに躍らせながら肩をすくめ、降参のしるしに両手をあげた。「この件の専門家は、ぼくじゃなくてベサニーだ。女性に関する問題だからね」

「これは、女性に関する問題じゃないわよ」ベサニーは、やり返した。「障害がある男性も、まったくおなじように感じるはずだわ。健常者と結婚するだけでも、将来のことを考えると、とても怖いのよ。相手が街から何マイルも離れた牧場に住んでいたら、もっともっと怖くなるわ」

「あれはきっと、カーリーのお父さんだな」ライアンが、頭を傾けて家のほうを示した。ハンクが窓の外を見ると、少し猫背で線の細い体格の男性が、網戸付きのスクリーン・ドアの向こうに立っていた。想像していたより、ずっと年を取っているようだ。カーリーくらいの歳の子どもをもつ親は、四十代後半か五十代前半が普通だろう。

「入って来いって合図してるわよ」ベサニーは、ハンクに明るい笑顔を向けた。「敵陣に味方発見！　行ってらっしゃい。カーリーは最初は不機嫌でしょうけど、あとで落ち着いたら、とてもロマンチックな成り行きだったと思うはずよ」

ハンクは、ベサニーの説を疑った。カーリーは、頑固なほど独立心が強いタイプの女性だ。父親の家からさらわれるように連れて行かれることを喜ぶとは思えなかった。後部座席のドアをあけるハンクの背中に、ゆっくりと汗が流れ落ちた。

「ここで考えていてもしかたない」車の外に足を出してから、ハンクは運転席のライアンのほうを振り向いて言った。「逃げる用意をしておいてくれ、ライアン。もし、ことが厄介になったら、近所の人が警察を呼ぶ前に、空港に向かっていたい」

ライアンは、ふざけて敬礼の真似をした。「すべて予想済みだよ。ぼくも一度、逮捕されて、留置場に放りこまれたことがあるからね」からかうような笑みを浮かべて、ベサニーを見た。「二度としたくない経験だ」

ベサニーは冗談半分で、夫の肩を軽くぶった。「二度と、わたしにあんな思いをさせないでちょうだい。いいわね？」

「もちろん、させないとも。あれはもともと、きみが――」

ばたんとドアを閉めたハンクは、ライアンの答えの残りを聞き逃した。車の窓越しに聞こえてくる、ベサニーのぐぐもったくすくす笑いは、ハンクの不安を和らげてくれた。ベサニーとライアンが完璧なカップルで、ふたりはもともと結ばれる運命だったということに異を唱える者はいないだろう。ベサニーの下半身麻痺《まひ》にもかかわらず、ふたりはあらゆる障害を乗り越え、ともにすばらしい人生を築いている。

ふたりにできるなら、自分とカーリーにもできるはずだ。

ハンクは庭の小道を歩きはじめた。乾いた砂漠の砂の上に敷かれた白い小石が、ブーツで踏むたびに、じゃりじゃりと音をたてた。アート・アダムズはスクリーン・ドアを手のひらで押しあけ、ポーチの階段をあがってくるハンクに、うなずいて挨拶《あいさつ》をした。

「お父さん、だれか来たの？」家のなかから女の声がした。

ハンクはアートに向かって軽く頭を下げると、ポーチを進んで家のなかに足を踏み入れた。玄関スペースに敷き詰められた大理石調の小さなタイルの上で、ハンクのブーツが空ろな靴音をたてた。タイルの周囲は三方が象牙色のカーペットに囲まれていた。ハンクは、リビングに入って行った。隣りはダイニング・スペースになっていて、その奥にキッチンがつながっている。リビングはこざっぱりと片付き、質素な家具が置かれていた。カーペットが敷き詰められてカウンターの天板が樹脂でできた新しい家によくある、アクリル樹脂特有の匂いがした。

それらの匂いよりもはっきりと感じられる香りに、ハンクはすぐに気づいた。それは、けっして忘れることのない、カーリーにしか結びつかない香りだった。仄《ほの》かだけれども、ハンクの感覚に強く訴えてくる、ベビーパウダーと薔薇《ばら》の花の入り混じった香り。まるで、ハンクの目は金属の破片でカーリーは磁石であるかのように、ハンクの視線は、リビングの張り出し窓のそばに置かれた揺り椅子に座っているカーリーに吸い寄せられた。窓越しに射しこむ日の光が、カーリーの肩にかかった雲のようなブロンドの髪を輝かせ、やつれ果てた小さな顔の輪郭を浮き上がらせていた。

ハンクは、馬の蹄で胸を蹴られたような衝撃を感じた。急速に肺から空気が失われた。今にも膝が崩れ落ちそうだ。ああ、どうしてこんな。カーリーの大きな青い目の下を、心身の消耗を示す黒っぽい隈《くま》が縁取っている。頬骨の下にあった、かつては小さなくぼみだった部分が、今はまるで骸骨のように大きくえぐれていた。アートはカーリーのようすについて少しは話してくれていたが、こんな姿を目にする心の準備はまったくできていなかった。

ハンクは足をひきずりながら、カーリーのほうに三歩近づいた。カーリーは首を傾げ、耳をそばだてて、当惑した表情になった。視線がまっすぐにハンクに向けられた。ハンクは、そのままカーリーの反応を待った。だが、なにも起こらない。ついに、ハンクはカーリーの目がまったく見えていないことに気づいた――ぼんやりとしたシルエットさえも。この三週間で、カーリーはほとんど盲人になってしまったのだ。

「ハンク？」カーリーは、信じられないというように、ささやいた。

ハンクは揺り椅子の腕木に両手を置いて体をかがめ、カーリーに見えるように鼻と鼻をつきあわせた。「いいえ、こちらはユナイテッド小包宅配便です。オレゴン行きの荷物を引き取りに参りました」

「なにを——？」カーリーのことばはすぐに途切れた。いきなりハンクに抱きあげられて、息を呑んだからだ。ハンクの片腕はカーリーの背中を支え、もう片方の腕はカーリーの膝の下にあった。

ハンクは、カーリーの美しい瞳にちらっと喜びの光を垣間見たような気がした。それから、憤慨した声で、カーリーが叫んだ。「今すぐおろして。いったい、どうするつもりなの？」

「自分の妻を連れて帰るんだよ」

ハンクはもっとしっかり抱えるために、腕のなかでカーリーを揺すった。その動作は、カーリーがハンクの首にしがみつくという、うれしい効果を生んだ。

「やめて。わたしを落とさないで！」

そんなことはありえない。今のカーリーに比べたら、キルトのカバーのほうが重さがあるくらいだ。そのまま家を出ようとしたハンクは、戸口に立っているアートを見て驚いた。アートは、大きくあけたスクリーン・ドアを腕を曲げて押さえている。両手には、衣類らしきものではちきれんばかりの白いビニール製バッグを四つも下げていた。

「もし、なにか忘れていたら、小包にして送ろう」と、ハンクに言った。「きみは娘を運ぶ。こっちは、わたしが担当するよ」

「お父さん？」カーリーは、驚いて金切り声をあげた。「なんとかして！」

「なにをだ？」アートは訊いた。

「彼を止めて！」

アートの青い目は、カーリーとそっくりだった。アートはにやっと笑い、ハンクにウィンクをした。「彼はわたしより四十歳も若いんだぞ。止めるなんて不可能だ」

ハンクは脇に寄って、アートの横をすり抜けた。もがいているカーリーの足がドア枠にひっかかった。「穀物袋のように放り投げられたくなかったら」ハンクは警告した。「足をばたばたさせるのをやめるんだ」

カーリーはとたんに、おとなしくなった。それから、鼻を鳴らした。「あなたにそんなことできるわけないわ」

「試さないほうがいいぞ」

ハンクは急いでポーチを歩き、階段をおりた。大股のしっかりとした足取りで車に近づくと、ライアンが運転席から飛び出し、車をまわって後部座席のドアをあけた。

「やあ、カーリー。ライアン・ケンドリックだ。また会えてうれしいよ」

「こんにちは、カーリー！」助手席のベサニーも加わった。「わたしは副操縦士として、ライアンといっしょに来たの。わたしたち、ケンドリック家の古いおんぼろ飛行機に乗ってきたのよ」

「冗談だよ」ハンクは急いで口をはさんだ。「すごく快適なジェット機だった。ライアンは熟練パイロットだしね」

「そうよ、冗談に決まってるじゃない」ベサニーがやり返した。「ライアンが、安全そのものじゃない飛行機に妊娠した妻を乗せて空を飛ぶわけがないわ」そう言ったとたん、ベサニーは顔をしかめて唇に指をあてた。「いけない。このニュースはまだ内緒だったのに」ベサニーは明るい笑顔を見せた。「わたしたち、ふたりとも妊娠してるのよ、カーリー。すてきじゃない？」

カーリーは、ベサニーのことばをまったく聞いていないようすだった。ハンクの腕のなかで体をねじり、見えない目で父親を探した。「わたしは行かないわよ、ハンク」必死で叫んだ。「お父さん？　なんとかして。こんなふうにわたしを連れて行かせないで！」

アートは後部の荷物入れのドアをあけ、カーリーの身のまわりの品を押しこんだ。「いや、そうしてもらうよ」ぶっきらぼうな口調で言った。「妻の居場所は、夫のそばと決まってる。オレゴンに戻りなさい。そして、すばらしい家庭を築いて、美しい赤ん坊を産んだら、写真をたくさん撮って、わたしに送っておくれ。わたしは七十三歳で、もう引退した身だということを忘れないでくれ。子育てはもう終わりだ。これからは、自分の人生を楽しむつもりだよ。古いことわざにあるように、おまえは自分で決めてベッドを整えた。わたしはそこにいっしょに寝て、責任を負うことはできない」

ハンクはカーリーがたじろぐのを感じ、アートのことばがカーリーの心に深く突き刺さったことを悟った。ハンクは、カーリーをそっと後部座席におろした。心のなかでは、手を離したとたんに、カーリーが反対側のドアから逃げだすのではないかとなかば疑っていた。だが、カーリーはまるで見捨てられたように途方にくれ、傷ついて、じっと座っていた。ハンクの胸にねじれるような痛みが走った。カーリーは、頼りにしていた唯一の人間に放りだされ、彼の人生にもうカーリーは必要ないとほのめかされたのだ。

ハンクは、車のドアを閉めてアートにやりすぎだと言いたい衝動に駆られた。が、思いとどまった。父親以上に、カーリーをよく理解している人物はいないだろう。アートは確信をもって行動していると信じるべきだ。親子の絆を断ち切ることによって、アートはカーリーを沖に追いやり、ハンクがたったひとつの錨《いかり》になるように仕向けたのだ。そのせいでカーリーが今は深く傷ついても、結果的にはカーリーのためになる。こうなれば、カーリーはいやでもハンクに頼らざるをえない。そうするうちに、ハンクの愛情に寄りかかることを学んでいくだろう。

義父と握手を交わそうと振り向いたハンクは、昨晩の電話で最初に話したときと、ふたりの関係がまったく変わってしまったことを不思議に感じた。だが、よく考えれば、不思議でもなんでもない。ふたりはともに、おなじ女性を心から愛しているのだ。

アートの目には涙がにじんでいた。ハンクの手を握りながら、唇が震えた。「娘を頼んだぞ」小声で、そう言った。

ハンクは普段、男どうしの挨拶では、固い握手を交わして、すぐに手を離す。だが、このときは、どんなにアートの娘を愛しているかということ、そして、頼む必要などないということをことばではなく伝えるために、しばらくアートの手を握りつづけた。だが、懸命に泣くまいとしているアートの顔を見ていると、なぜか握手だけでは足りない気がした。

もうどうにでもなれとばかりに、左腕をアートの痩せた肩にまわして抱擁した。「カーリーをきっと幸せにします」と、ささやいた。「あなたに誓います」

アートの痩せた体が震えた。それから、素早く抱擁を返し、ハンクの背中を力をこめて叩いた。「きっとそうすると、わかっているさ。わたしがそう思っていなければ、おまえさんはカーリーを連れて行くのに、地獄を見なきゃならんかっただろう」

「コレクトコールで電話をしてください。ぼくはビジネス割引に入っていますから、喜んで料金は引き受けますよ。あなたの声を、ちょくちょくカーリーに聞かせてやってください」

アートはハンクから離れながら、うなずき、小さな声で言った。「二、三日待とう。カーリーに落ち着く時間をやったほうがいい」アートはぐっと唾を呑み、日に焼けた頰から涙をぬぐった。「それで精いっぱいだよ。娘とこんな状態のまま、長くは耐えられそうもない」

ハンクはうなずき、背を向けて車に乗りこんだ。座席に滑りこむと、カーリーは両手を力なく膝にのせ、肩を落として、前を見つめていた。一瞬、しばらくそっとしておこうと思ったが、昨晩、アートから聞いた話が頭をよぎり、それこそ最大の過ちだと思い直した。代わりに、カーリーの体に腕をまわし、傍らにぴったりと引き寄せた。そして、そうしたいという欲求に逆らわず、カーリーの髪に顔を埋めた。
「愛してるよ、カーリー・ジェーン」怒ったようにささやいた。「どんなときも、きみを愛してる。きみは、ぼくの愛情から離れることはできない。逃げだすことも。そんなことをしようなんて考えないほうがいい」

ハンクがカーリーの腕に手を置くと、カーリーの痩せ細った肩がびくっとした。

ベサニーが振り向き、シート越しに手を伸ばして、カーリーの膝を軽く叩いた。「またあなたに会えて、ほんとうにうれしいわ、カーリー。あなたとハンクにちょっとした問題が起きて、話し合う必要があるのは知ってるわ。ただ、わたしたち家族もみんなあなたを手助けするって伝えておきたいの」ベサニーは、折り畳んだ数枚の紙をカーリーの力ない両手に握らせた。「ジェイクとジークとアイザイアとタッカーからの手紙よ。もし、なにか街に行く必要があってハンクの手が空いていないとき、あなたを車で送って行かれるように、それぞれが都合のいい曜日が書いてあるの。すごいでしょう？　これで、牧場に縛られている心配はなくなったわ。それに、父と母も喜んで赤ちゃんの面倒をみてくれるわよ。そのうち、あなたが仕事について、ハンクが牧場で忙しくても、託児所に預ける必要はないのよ」

カーリーは弱々しく微笑んだが、なにも言わなかった。ベサニーは、心配そうな目でちらっとハンクを見た。ハンクは片方の眉を吊りあげてみせた。妹が合図を理解して、自分がカーリーと話ができるように静かにしてくれないかと心のなかで願った。ベサニーは口を閉じ、ふたたび前を向いて座った。完全にプライバシーが守られた空間とは言いがたかったが、今のハンクが望める一番よい状態だった。

ハンクは、カーリーの袖《そで》にそっと手を滑らせた。それは、あのレモロ湖でのすばらしい夜、ふたりがはじめて抱き合った日に着ていた白いブラウスだった。

ハンクは深呼吸をし、本番で混乱しないように少なくとも百回は練習したセリフをしゃべりはじめた。

「池に落ちたあの日、きみの目がどれだけ見えなかったかは、もうわかってる」ということばからはじめた。「〈レイジー・J〉牧場がきみにとってどれだけ怖い場所だったかも、よくわかった。まず、きみが出て行ったことを、ぼくは怒っていない。これっぽちもだ」ハンクは素早く息を吸いこんだ。「すべてはすんだことだよ。牧場の環境も、まったく問題なくなった。きみは安全だよ。細かいことをここで説明するつもりはない。すぐに、自分でよく見られるだろうからね」

「いいえ」カーリーは固い声で答えた。「自分では見られないわ。わたしはもう、ほとんど盲人になっているのよ、ハンク。わたしのなかに、もう『見る』ということばは存在しないの」

カーリーは失った視力のことだけを話し、どうやって牧場を整備する資金を得たのかについてはなにも訊かなかった。それはハンクに、ある事実を告げていた。そもそも、家を出て行った理由は金の問題だったはずだ。ハンクに借金を背負わせたくないという思いゆえに行動したのではなかったのか。アートは正しかった。問題の根本は、ふたりが困難を乗り越えられるかどうかではなく、カーリーが抱いている、一時の興奮が収まったらハンクがふたりの関係を解消したくなるだろうという不安だ。

自分がどれほどカーリーを愛しているのか理解されていなかったと思うと、ハンクはカーリーを強く揺さぶり、目を覚まさせてやりたかった。自分は、欲求だけに従って物事を深く考えもせず、真面目に女性と付き合う気がまったくないような若造とは違う。自分自身の心をよくわかって行動している大人の男だ。だれかに愛を捧げるとしたら、その愛は永遠のものだ。

だが、それは、あとでふたりきりになったときに話し合うべき問題だった。今はただ、カーリーを愛しているということ、そして、〈レイジー・J〉牧場を整備するのに莫大な借金をせずにすんだという事実を告げるしかない。ハンクは最後に、ライアンが利息なしでかなりの額の資金を融通してくれて、しかも長期間に渡って返していけばいいのだと説明した。

「ありがとうって言うのだけはやめてね」ベサニーが話に割りこんだ。「ライアンは、あなただけじゃなく、わたしのためにこの工事を援助したっていうのが真実よ」そのあとベサニーは、自分が〈レイジー・J〉牧場でいかに危険を感じていたかを語った。

「すっかり変わったのよ、カーリー！　牧場全体にコンクリート敷きの小道が張り巡らされているの。昨日、わたしはひとりでスライを小川まで連れて行けたわ。ほとんどの所が足首までの深さしかなくて、スライが安全に遊べる小川なの。だけど、そのあたりは湿った地面だから、前は車椅子の車輪がはまって動けなくなっていたのよ。今は、なんの問題もなく車椅子で移動しながら、スライがサンショウウオを追いかけているあいだ、見ていてあげられるわ」

カーリーは、こわばった笑みを浮かべた。「よかったわね、ベサニー」

カーリーの堅苦しい受け答えを聞きながら、ハンクは、カーリーが警戒心を捨てて幸せを感じてくれるようになるまで、いったいどれくらい時間がかかるのだろうという不安に苛まれていた。

ケンドリック家のプライベート・ジェットでオレゴンに戻る旅は、ハンクにとって、うんざりするほど長く思えた。実際は、四時間もかからずに〈ロッキン・K〉牧場の滑走路に着陸したのだが。カーリーと荷物をジェット機から車に積み替えるころには、神経がひりつくような感覚に陥っていた。〈レイジー・J〉牧場に向かう四十分間のドライブのあいだ、緊張感は増していく一方だった。

母屋のそばに車を停め、エンジンを切ってキーを抜くと、ハンクは手のなかにキーをゆるく握ったまま、悲しげな目で牧場をながめた。見わたす限り、至る所にコンクリートの小道が造られ、両側に金属の柵が取りつけられている。小川の向こうまでも含む〈レイジー・J〉牧場の広大な土地全体に、フェンスの内と外も行き来できる広い道と多くの設備を設置する計画を立てるのは、簡単な仕事ではなかった。この牧場をハンディキャップをもつ人間が暮らしやすい場所に造り変えるため、ハンクとジェイクは何時間も費やして設計図を見直し、変更を提案したりもした。そして、いつでも使用可能な状態まで完成させたのだ。

工事をしている三週間、ハンクはこのときを何度となく思い描いていた。カーリーを案内しながら、その顔が喜びで輝くさまを想像した。だが、ハーヴからカーリーの過去についての話を聞いた今は、そんなふうにはいかないとわかっていた。カーリーが人生の過去の喜びを知るには、まず過去の最大のつらい経験を見つめ直す必要がある。そして、自分は、真の喜びを知るには、まず過去の最大のつらい経験を見つめ直す必要がある。そして、自分は、カーリーを無理矢理、悲しい記憶へと導かなければならない、不運なろくでなしだ。

「さて」ハンクはやっと声を出した。「やっとわが家に着いた」運転席から手を伸ばして、カーリーのシートベルトをはずした。「さあ、外を見てくれ」

「見えないわ」カーリーは、無表情のままで言った。

「わかったよ」ハンクは、わざとらしいほど寛容に答えた。「じゃあ、感じてくれ」

カーリーの唇に嘲《あざけ》るような笑みが浮かんだ。「冗談でしょう？　もうわかってることよ。牧場にいたら、わたしは一人じゃどこにも行かれないのよ」

アリゾナを出てから約五時間、カーリーを微笑ませようと努力してきたハンクの忍耐は、実際のところ、すでに限界に近かった。ちょうどいいとハンクは思った。少しでもカーリーへの怒りが増したほうが、これからしなければならないことがやりやすくなるだろう。

わざと、カーリーがいかに不公平かを考えるようにした。それを思うと、わずかにハンクの血圧が上がった。どういうわけでカーリーは、十八歳のガキとぼくをいっしょだと考えているんだ？　その不当さに、ハンクは本気で腹が立った。それに加えて、さらに屈辱的な事実があった。自分のカーリーへの愛情は面白半分で、面倒になったら、さっさと逃げだすと思われていたのだ。ハンクの血圧は、さらに数目盛上昇した。

自分は、これからするつもりのことをやり遂げられるはずだ。そのためには、自分の側から物事を見さえすればいい。そうすれば、自然と腹が立ってくる。ハンクは、ふたたび牧場を見つめ、すべての工事にどれだけの大金がかかったかを考えようとした。それに対して、『ありがとう』と言われたか？　いや。今のところ、『よくやった』とさえ言われていない。

ハンクは運転席側から車をおり、窓ガラスが震えるほど激しい力でドアを閉めた。それから、怒った足取りで助手席のほうにまわった。カーリーはドライブのあいだじゅう、車の隅に縮こまっていたため、ハンクが勢いよくドアをあけると、危うく転げ落ちそうになった。ハンクはカーリーの体を受け止め、ウェストをつかんで、乱暴に地面におろした。大きな音をたててドアを閉めると、カーリーはたじろいだ。

「ぼくと喧嘩《けんか》をしたいのか、カーリー・ジェーン？」ハンクの声はいつもより大きく、意図したよりも怒って聞こえた。「もし、そうなら、はじめに言っておく。ぼくは三週間、ほとんど寝ないで、奇跡を起こすために必死で働いた。ほんの少しでも、協力と感謝の気持ちを示してくれたら、感謝するよ」

「わたしは、なにも頼んでないわ」

「それでも、ぼくはやったんだ。きみは約束した。ずっといっしょに暮らせるように、できるだけ努力すると。あれは安請け合いだったのか！　これじゃ契約違反だ」

「わたしは努力したわ！」

「してないさ。ちょっと問題が生まれただけで、すぐに逃げだしたんだ」

「わたしは死にかけたのよ」

「だけど、死ななかった。そして、すべては解決したのに、きみはその問題から自由になろうとしない」

カーリーは歯を食いしばって顎をあげ、両腕でしっかりと自分を抱きしめた。「怒鳴るのをやめてくれない？」

「いや、やめない。きみが物事の道理をわかるまで」

「あなたこそ、道理がわかってないわ。あなたはわたしをここに住まわせて、普通の暮らしを完全に奪い取ろうとしているのよ」

「それは違う！」

「怒鳴るのはやめて！　わたしを脅そうとしてもむだよ。あなたのことなんか、ちっとも怖くないわ」

「うそだ」ハンクが鼻と鼻が触れ合う寸前まで顔を近づけると、カーリーはぎくっとして後ずさりをした。指先でカーリーの胸を突きながら、ハンクは言った。「ボディーランゲージ教室だ。ぼくの成績はAだな。きみのそれは『わたしに触らないで！』だろう。いいとも、言っておく。ぼくはいつでも好きなときに、きみに触れる。きみは、ぼくの妻なんだ！」

「いつでもわたしが好きなときに、法廷で裁いてもらえる状況ね！」カーリーは、うしろに跳《の》び退いた。

母屋の正面のドアがひらく音が聞こえた。ハンクがちらっと目をやると、兄のジークがポーチに出てこようとしていた。ジークはハンクの顔をひと目見ただけで、あっさりと、ふたたびドアを閉めた。よかった。今は、どちらかと言えば、事態は悪い方向に進展している。もしかすると、もっと最悪の方向に向かうかもしれない。

ハンクは妻のほうに振り向いた。「どうしても離婚したいなら、ぼくの死体を乗り越えて行くんだな。そうなる前に、きみをベッドの枠に縛りつけてやるよ」

「わたしを脅すのはやめなさい。一度はそれに騙《だま》されたわ。でも、二度目はないわよ。残酷なゲームをしているように話しても、いざ実行する段になったら、あなたは大きな古ぼけたテディ・ベアとおなじよ」

『大きな古ぼけたテディ・ベア』？ そのことばを聞くまで、ハンクはほとんど怒ったふりをしているだけだった。だが、その瞬間、本物の怒りを感じた。過去に、何度かいやなあだ名で呼ばれた経験はある。だが、テディ・ベア？ 男の沽券《こけん》に関わる侮辱だ。

ほんとうに残酷な男になってほしいと言うなら、なってやろうじゃないか。ハンクは体をかがめてカーリーの膝を抱え、カーリーが痛くないように、そっとおろす気遣いをしながら、肩の上に担ぎあげた。カーリーは、泣き叫ぶ声で死人が出ることを知らせる妖精バンシーさながらの金切り声をあげた。両手がハンクの背中側のベルトのあたりにぶらさがった。カーリーは両腕に力をこめて、なんとか上半身をもち上げようとした。「いったい、どうするつもり?」

どうするつもりなのか、ハンクにもはっきりとはわからなかった。ただ、ついになにかできるというだけでいい気分だった。この三週間は長かった。カーリーが恋しいあまりに、赤ん坊のように泣いたことも数回あった。残りの人生を彼女なしで過ごすのではないかと、恐怖に脅えた。それなのに、カーリーからは、まるで蚤《のみ》がついてでもいるような冷たい扱いを受けている。

カーリーが自分を愛してくれていることはわかっていた。彼女は何度もいろいろな形でそれを示してくれた。カーリーの瞳には愛情があふれ、触れる指先にもそれが感じられた。カーリーのような女性は、完全に心を許さない限り、そう簡単に男にすべてを与えないものだ。今まで、キスをするたびに、腕のなかでカーリーが溶けるように寄り添わなかったことはない。まるでタフィー・キャンディーのように柔らかく、甘く、温かく溶けていった。

心のなかで、そんなことを思いながら、ハンクは自分たちのログハウスに向かった。カーリーがまだ離婚をすると脅す気なら、彼女をこらしめてやらなければ、自分の名前は今日からハンク・コールターではない。

「おろして!」カーリーが叫んだ。

「悪いが、それはできないな。これから、きみを鎖でベッドにつないで、ぼくを愛していると認めるまで何回でも抱きしめるんだから」

「もう、やめて」カーリーは腕の力を抜いて、ハンクの肩に体を預けた。「こんなのばかげてるわ、ハンク。いったい、なにを確かめようとしてるの？」

いい質問だ。なにを確かめるのかって？　すでに自分でもわからなくなっていた。カーリーと愛を交わすことは戦略には含まれていなかった。少なくとも、今はまだ。頭のなかでは、ハンクの決心はあやふやだった。

ハンクは右に方向を変えた。警戒したカーリーは、ふたたび悲鳴をあげた。「どこに連れて行くつもり？」

ハンクは答えなかった。歩調を緩めずに、ログハウスに続く新しい小道を目指してずんずん歩いて行った。柵のところまでたどりつくと、かがんでカーリーを地面におろし、ゲートをあけてカーリーをなかに押しやった。

「ここはどこ？」カーリーは、両手のひらで周囲の宙を探りながら、か細い声で言った。「ハンク？」名前を呼びながら、カーリーの声がパニックの様相を帯びた。「わたしを置いて行かないで！」

ハンクは腕を伸ばして、一番上の柵に両手をかけ、頭を下げて考えをまとめようとした。だが、それはむだだった。カーリーを深く愛しているがゆえに、別れたいという彼女の主張を冷静に受け止められなかった。たとえ、その理由を知っていたとしても。

「ハンク、お願い！」カーリーが叫んだ。パニックがますます膨れあがっている。

ハンクは顔をあげて、カーリーを見た。カーリーの反応は予定どおりだ。すべて、計画どおりに運んだ。カーリーは、ハンクがほんとうに怒っていると思いこんでいる。目が見えず、自分がどこにいるのかもわからない。周囲を危険な罠《わな》に取り囲まれたまま、取り残されている。カーリーの目には恐怖が浮かび、体全体から不安が滲み出ていた。心の底から、ハンクが背を向けて自分を置き去りにするかもしれないと思っているのだ。

「ぼくはきみを置いて行ったりしないよ、カーリー」ハンクは、かすれた声で言った。「今日も、明日も、永遠に。ぼくはマイケルとは違う」

その名前に、カーリーはひるんだ。みるみる目に涙がたまり、すでに青ざめている顔色がさらに血の気を失った。「だれにマイケルのことを聞いたの？」

「きみにひと目ぼれした王子はぼくが最初じゃなかったと聞いて、どれだけ驚いたか想像してみてくれ。きみは学生時代の思い出を話したときに、いくつかの事実を省略していたようだね。きみに目をつけた男がひとりいたんだ。なぜ、話してくれなかった？」

カーリーは、体の脇で両手を固く拳に握りしめていた。「あなたには関係ないわ」頑《かたく》なに言った。

「ばかやろう！　だれかに関係があるとしたら、それはぼくだ。昨晩、きみのお父さんからその話を聞いたとき、頭のなかに光が点《とも》されたような気がしたよ。きみの言動に感じていた謎がすべて解けたよ、カーリー。すべてに納得がいった——はじめて会ったとき、とても消極的だったこと。そのあと、ぼくと話をするのもいやがったこと。経済的な援助をあくまで拒否しようとしたこと。もちろん、ぼくとの結婚も。ぼくはふたりめの王子だった。もっと悪く言えば、きみにセックスだけを求める、ろくでもない男が再び登場したんだ」

「やめて!」

ハンクは一歩うしろに下がって、軽々と柵を飛び越え、カーリーとおなじ小道に立った。

「やめないよ、カーリー。言わなきゃならないんだ。はじめて会ったときから、きみは、ぼくもマイケルとおなじなんじゃないかと恐れていた。やつはきみを愛しているふりをして、きみの目が見えなくても気にしないふりをした。若くて純真だったきみは、やつのほんとうの目的に気づかなかった。つまり、きみの体だ。違うかい?」

「あなたと議論する気はないわ!」

「いいだろう。ぼくは自分の意見だけを言う。きみのお父さんに感謝するよ」

カーリーは息を呑んで、信じがたいというように首を横に振った。「父があなたに話したなんて信じられない」

「きみが幸せになるチャンスをみすみす逃そうとしているのに、話さずにはいられないだろう? お父さんが話してくれて、心から感謝してるよ。少なくとも、なにを相手に戦っているのかがわかったんだ。きみが独立して生きていかれるように牧場を整備するとか、そんなことじゃない。だれかを必要とすること——いや、だれかを信じることを恐れるきみの心が、ほんとうの敵なんだ。一度は、きみも恐怖を退けて、ぼくの愛情を信じてくれようとした。だけど、きみは池に落ちてしまった。忘れていた恐怖がすべてよみがえったんだろう。きみの目が完全に見えなくなるのは時間の問題だった。そうしたら、きっとまただれにも望まれなくなる。きみを愛している男も、もちろんそのなかに入っていた。そんな現実に立ち向かうより、きみは逃げることを選んだ。ぼくには、ぼくの人生を駄目にしたくないというセリフを残して。ぼくと別れたほうが、きみの気持ちが楽だから。そうだろう？　ぼくといっしょに暮らして、また傷つくより、なにも起こらないうちに身をひいて、自分のプライドは傷つかないでいるほうがよかったからだ」

「やめて！」カーリーはハンクから逃れようと身を翻し、柵にぶつかった。その柵をたどって、カーリーはもと来た道を母屋のほうへと引き返して行った。ほんの一メートルほど歩くと、インターコムにつきあたった。金属の箱に手が当たると、カーリーは立ち止まって、箱の形を手で探った。「こ――これはなに？」パニックに陥った声で訊いた。「ここはどこなの？」

「きみが教えてくれ」ハンクは問いかけた。

カーリーは点字で書かれた札を見つけ、指先で凹凸をなぞった。「馬小屋？」札の上についている方角を示した矢印を親指で撫でた。それから、ログハウスと母屋の方角を示す札も見つけた。「ああ、ハンク」苦痛を露わにした、小さな声でつぶやいた。

「左側に方向がわかるように二つのゲートがある」ハンクはしわがれた声で言った。「ひとつは馬小屋に、もうひとつは母屋に通じる道だ。ゲートはどちら側からもひらくし、ひとりでに閉まる。きみはゲートにつきあたったら、分かれ道にいることがわかる仕掛けさ。もともと、きみはぼくを気遣ってなんていない。きみはただ、ぼくが造りあげたこの世界にいたくないんだ。ぼくを愛し、信頼し、頼るのが怖いから」

カーリーは手で口をおさえ、震えながら立ちすくんでいた。

「ぼくはきみと生きていくために、この場所を造り変えたんだよ、カーリー。きみなしでは、生きていかれないから」

カーリーは見えない目を探るようにハンクに向けた。激しい苦痛が瞳に暗い影を落としていた。「わたしの目は見えなくなるのよ!」

カーリーをじっと見ていると、ハンクの心に小さな痛みが走った。まっすぐに視線を合わせ、顔を正面に向けている。カーリーはそうやって、つねになんの苦もなく完璧に演じてきた。カーリーをひと目見ただけでは、だれも目が見えないとは気づかないだろう。「きみの目はもう見えてない」ハンクは静かに言った。

「まだ、完全にじゃないわ」

「おなじようなものさ。鼻と鼻を突きあわせないと、ぼくの顔も見えない」ハンクはカーリーに一歩近づいた。「ぼくはどこにいる? カーリー?」もう一歩近づいた。「きみのすぐ右側だ! ここにいるよ。きみの目はもう見えない。だけど、ぼくはまだここにいる。それが当たり前だと思ってほしい。世の中には、マイケルみたいな男がたくさんいる。だけど、ぼくは断じてそんな男じゃない」

カーリーの顔がゆがんだ。胸の奥から、かすれたすすり泣きの声が溢れだした。

「やつがどんな男だったか、思い出してみろ!」ハンクは怒鳴った。「わがままで自分勝手で、他人の気持ちなんて考えもしない、くだらない男だ。やつは、きみがお手軽な獲物だと思ったんだ。ちょっとちやほやすれば、セックスさせてくれると踏んだ。二、三週間デートをして、きみを信用させた。そして、湖のそばで篝火《かがりび》パーティーがあった夜、きみを森のなかに誘いだしてキス以上のものを要求した。だけど、きみは彼を拒絶した」

「もうやめて、ハンク。全部聞いて、知ってるんでしょう。なぜ、わたしの前でくり返すの？　これは仕返しなの？」

「証明しようとしているだけさ」

「なにを？」カーリーは叫んだ。「早くはっきりさせて、こんなこと終わりにして！」

「ぼくはマイケルとはまったく違う」

「わかってるわ」

「そうかな？　ぼくには、そうは思えないよ、カーリー。だから、ひとつずつ記憶をたどって、ぼくはやつとは違うってことをはっきりさせるんだ。やつは、とんでもないことに、きみを森に置き去りにした。きみがどうなるかなんて、これっぽっちも心配していなかった」

「やめて」カーリーが、ささやくように言った。

ハンクは、今さら後戻りできないところまで来ていた。「篝火の場所に戻ろうとして、きみは森のなかをさ迷った。倒れている木につまずいたり、岩だらけの場所に迷いこんだりしながら。きみの体じゅう、あざやひっかき傷がない場所はなかったと、お父さんが言っていたよ。そして最高の締めくくりは、最後にきみが湖に落ちたことだ。そうだろう？」

カーリーはうなずいた。涙をおさえようとするたびに、肩が激しく震えた。

「だから、きみはあんなに水を怖がったんだ——その夜、きみは溺れかけたからだ。もっと重要なのは、きみがぼくの愛情を疑う理由もそれだってことだ。きみの心の奥底に、その理由はしっかりと居座りつづけてる。今度のことがなくても、遅かれ早かれきみは不安になっていただろう。そして、ぼくは首に重い鎖をかけられていることに疲れて、立ち去っただろう。ぼくは、きみを森のなかに置き去りにしたりはしない。でも、きみのもとからいなくなるだろう。きみはひとりぼっちで、無力のまま取り残される。そして、死ぬほど怯えつづける。愚かなきみは、いつかまた別のろくでなしがやって来て、きみに愛を約束すると信じているから」

カーリーはついに涙をこらえる戦いに負け、すすり泣きはじめた。乾いて、かすれた泣き声が、胸の奥深くから絞りだされた。ハンクはカーリーの後頭部に片手をかけて、引き寄せた。愚かにも、これで終わったと希望を抱いた。カーリーは解放され、やっと真実を理解したのだと思った。あの忌まわしい記憶は、自分たちふたりやふたりの未来とはなんの関係もないのだと。

だが、まだ終わりではなかった。カーリーは拳を握り、ハンクの肩を何度も叩いた。「わたしは聞いたわ！　池に落ちた日の夜。聞いたのよ、ハンク！」

ハンクは、なにを言われているのか見当もつかなかった。

「あなたはリビングにいたわ」カーリーは言った。「あなたが泣いているのが聞こえた。それから、こう言ったわ。『ぼくがうまくやれなかったら、ぼくらはどうなってしまうんだ?』」

ハンクは胃袋を殴られたような気がした。カーリーの瞳に宿る苦痛を目にし、思わずその場に膝をつきそうになった。

カーリーはぐっと唾を呑み、息を止めた。もう叩くのはやめて、ただ、そこに立っていた。苦痛に体をこわばらせ、ハンクとのあいだに距離を作ろうとして背中を弓なりにそらせていた。か細い声で、言った。「そのあと、あなたはわたしを拒否した。わたしはあなたと抱き合いたかったのに、あなたはわたしを押しのけた。契約を破ったのは、あなたよ。あなたは約束したわ。義務感でわたしといっしょにいたりしないって。約束したのに!」

「そんなことを思っていたのか」ハンクは、その夜のことをはっきりとおぼえていた。この三週間、カーリーといっしょに過ごした最後の数時間を何度も思い返していた。そして、カーリーのことばは正しかった。カーリーは自分を誘った。そして、自分は彼女を押しのけた。

「カーリー、違うんだ。誤解だよ」

カーリーは、明らかにハンクのことばを信じていない表情で目をそらした。

「あのときは、きみを抱きしめられなかった。あまりにも気が動転していたんだ。あの日、きみは死にかけた。ぼくは自分自身を責めていた。きみは何度も、なにが必要なのか、ぼくはわかっていないと言っていた。それなのに、ぼくは聞く耳をもたなかった。ぼくの馬鹿な考えが、きみの命を奪いかけたんだ。あのとき、ぼくは罪悪感でいっぱいだった。牧場を安全な場所にできないんじゃないかと。きみといっしょにいたくなかったからじゃない。なによりも、きみといっしょに生きていくことを願っていた。きみを愛する気持ちを止められなかった。この事実を、きみはどう思う？」

そう訊いた瞬間、ハンクは、それが愚かな質問だと知った。カーリーはもちろん、あれからずっとつらい気持ちで、そのことを考えていただろう。ハンクはカーリーの腕をつかんで、インターコムのところまで戻った。まるで気がふれたように、カーリーの指をつかんでボタンを押しはじめた。「これが母屋への直通番号。これは馬小屋の番号」

牧場にあるすべての建物に通じる番号を押させたあと、次はカーリーの指を緊急ボタンの上にもっていった。耳をつんざくような警報音が、周囲の沈黙を破って鳴り響き、カーリーは飛びあがりそうになった。ハンクは素早くもう一度ボタンを押して、警報を切った。「緊急の非常警報だ！」ハンクは怒鳴った。「ポケットベルとインターコムだけじゃ不充分なときのためだよ。きみを愛してもいない男がここまですると思うかい？　どうしてわかってくれないんだ！　ぼくは全身できみを愛してる！　そうじゃなかったら、きみをアリゾナまで迎えに行ったりなんかしない」

激しいすすり泣きがカーリーを襲った。ハンクは腕のなかにカーリーを抱き寄せた。しばらくは気がすむまでカーリーを泣かせておいた。泣き声がやっとおさまりはじめると、優しく揺すりながら髪を撫で、眉の上にキスをした。ほかのだれにもしないやり方で、カーリーをいとおしんだ。

「きみの目はもう見えていないんだよ、カーリー。そして、ぼくはまだここにいる。もし、なにかが起こって、次の手術が失敗しても、ぼくはここにいて、きみを抱きしめ、きみを愛する。きみなしでは、息をすることもできないくらいだ。きみの目が見えなくなったら、きみを捨てるなんてぜったいにありえない。これからの人生は、命がある限り、きみを愛しつづける」

カーリーは、ハンクのシャツに顔を押しつけた。あまりに疲れ果て、ほとんど頭が働かない。自分のことばに注意することもできなかった。今はただ、純粋に正直な感情だけで話していた。「マイケルに愛されていると思っていたの」と、ささやいた。

「わかるよ」ハンクは、つぶやくように言った。「ちくしょう、きみはまだ十八歳だったんだ。わかるよ」

「いいえ、わかってないわ」カーリーは、ハンクのシャツの上で拳を握りしめた。「わたしは心から、心の底から彼を信じていたのよ。そのあと、二度と愚か者にはならないと、自分に誓ったの」

「それから、ぼくと出会ったわけだ。慣れたようすでお世辞を並べるカウボーイ。そして、きみはまたしても信じてしまった」ハンクは両腕に力をこめた。カーリーを腕のなかに溶けこませ、自分だけのものにしたかった。「きみがどんなに傷ついたか、わかるよ。あのあと、きみがぼくをあんなに警戒していた理由も、やっとわかった。だけど、きみの理屈にはひとつだけまちがいがある。ぼくはきみを心から愛しているんだよ、カーリー・ジェーン。きみが美しいからでも、いっしょにいると楽しいからでも、セックスがすばらしいからでもない。

そのままのきみの、すべてを愛してるんだ。たとえ、今挙げたことの半分をきみが失ったとしても、ぼくはまだ心の底からきみを愛してる」

カーリーはわずかに首をそらせて、ハンクの顔を見上げた。「信じたいわ。でも、心のどこかに、怖がっている自分がいるの」

「じゃあ、ぼくらは似たものどうしだな。ハンクの顔を見つめた。それは、灰色の霧のなかに消えたり、また浮かび上がったりした。「あなたも怖いの？」

「あなたが？」カーリーは驚いて、ハンクの顔を見つめた。それは、灰色の霧のなかに消えたり、また浮かび上がったりした。「あなたも怖いの？」

「そうだよ。きみが、ぼくの愛情を信じてくれないんじゃないかと思って、怖い。きみを失うんじゃないかと思って、怖くてしかたがない。ぼくはなんでもするよ、カーリー。きみは命令してくれればいいだけだ。いっしょにカウンセリングに行ってもいい。きみのためなら、牧場に造った道を全部壊して、きみの希望どおりに造り直してもかまわない。ただ、お願いだから、きみなしで生きていけとは言わないでくれ。それだけは耐えられない。きみがいなくなることだけは」

かすれた声にこめられた誠実さは、ハンクの愛が真実であるとカーリーに確信させるまで、あと少しというところまで迫った。そして、ハンクの体から伝わる緊張が、残りの距離を埋めた。ハンクはほんとうに、カーリーが去ることを恐れている。その事実は、カーリーに、自分は必要とされているのだという勇気を与えた。

カーリーはハンクの顔を両手で包み、爪先立ちになって、ハンクの口に唇を重ねた。ハンクはうめき、カーリーの髪を両手で梳いた。それから、頭を少し傾けて、キスの主導権を握った。ハンクの唇はカーリーの唇を貪欲《どんよく》に求め、湿った熱い舌を絡めてきた。カーリーは息が詰まり、頭がくらくらした。ハンク。両手でハンクの首を撫でおろし、肩に指をかけ、さらに、シャツの袖越しに盛りあがった腕の筋肉と鋼《はがね》のように固い腱《けん》をたどっていった。

カーリーの両手が手首までたどりつくと、ハンクは手のひらを上に向け、キスを中断して息をついた。「この手はいつもここにある」カーリーの耳元でささやいた。「きみが弱っているときはきみの力になる。きみがひとりで耐えられないときは、きみを支える。あの結婚の誓いを述べているとき、ぼくは本気だった。今も、あの誓いを守っているし、いつか年老いても忠実に守りつづける。それから、もうひとつ、ぼくが誓いを立てたいことがある」

「なに?」カーリーは訊いた。

「ぼくはきみの目になる。きみの目が見えなくなったら、たくさんの美しいものがきみにも見えるように、ぼくが話して聞かせてあげる。以前、今までに見たなかで一番美しいものは中央オレゴンの青い空だと言ったね。それがぼくの誓いだ、カーリー。これからのぼくらの人生は、いつも晴れた青い空の下にある。たとえ、きみの目が永遠に見えなくなっても」

カーリーはハンクの首に腕をまわした。「家に連れて行って、ハンク」

ハンクは膝をかがめて、カーリーを抱き上げた。家に向かう途中、カーリーはハンクの顔をじっと見あげていた。くっきりとした輪郭と彫刻のように彫りの深い顔立ちに見とれ、いつまでも忘れないように記憶に焼きつけた。もし、灰色に閉ざされた世界にもって行く記憶をひとつだけ選ぶとしたら、それは美しい日没の風景でも、晴れ渡った青い空でもない。

それは、ハンク・コールターの瞳に輝いている、カーリーへの深い愛情だ。

エピローグ

コールター家の新しい一員である男の子がついにこの世に登場した瞬間、アート・アダムズとベスとクリケット、そしてコールター一族全員とケンドリック家の全員が、分娩室の外の廊下に顔をそろえていた。ハンクは妻といっしょになかにいて、コーチ役と、心配顔の夫役の両者を行ったり来たりしていた。数えきれないほど馬の出産に立ち会ってきたハンクは、子どもが産まれる際に自分が動揺するとは思ってもいなかった。だが、実際は、カーリーが痛みに声をあげるたびに、震えが止まらなかった。

呼吸のしかたをアドバイスする代わりに、ハンクが言ったのは、こんなセリフばかりだった。『なんてことだ』とか、『この苦しみからきみを救えるなら、ぼくの右腕を差し出してもいい』とか、『なぜ神様は、女性に子どもを産ませることにしたんだ？』とか。そして、どのことばのあとにも、かならず付け加えた。「二度と、こんな思いはごめんだ。聞いてるかい、カーリー？　ぼくはパイプカット手術を受けるよ」

陣痛の発作の合い間に、カーリーは弱々しく微笑んだ。「そんな手術を受けるなら、わたしの死体を踏み越えて行くことね、ハンク・コールター。わたしは、少なくともあとひとりは欲しいわ。できれば、もっとたくさん」

「あとで話そう。今はとても考えられないよ」

カーリーのほうは、そんなことはなかった。「角膜移植を何回か受ける合い間に妊娠すれば、それほど深刻な影響はないわよ」

「子どもの父親が心臓発作で死亡するのは、影響のうちに入らないのかい？　ぼくはまた、こんな目にあうきみを見なきゃならないんだぞ」

ハンク・ジュニアが誕生し、青いおくるみにくるまれると、ハンクは崩れるように椅子に座りこみ、まるで自分が出産したように疲れ切ったため息をついた。ハンクの片手はカーリーの手をしっかりと握り、もう片方の手は赤ん坊を抱いていた。カーリーの目には、濃い灰色の闇しか映っていなかった。医師が予告したとおり、ハンクがアリゾナからカーリーを連れ帰ってから数日後に、カーリーの目は完全に見えなくなった。それからずっと、カーリーは灰色の闇のなかにいる。

カーリーは、これは一時的なことだと自分を慰めた。医師の許可がでたらすぐに、次のSK手術を受けて、視力を取り戻そう。手術の効果がなくなりはじめたら、一回目の角膜移植を受ければいい。もし、すべてうまくいけば、いや、うまくいくと信じよう。そうすれば、うれしいことに何年も目が見える生活を送ることができる。

苦難の多い人生に、ほんの少しの幸運が訪れたら、永遠に目が見えなくなる前に、ハンク・ジュニアが結婚して子どもをもつかもしれない。その望みはある。自分の子どもたちが大人になっていくようすを、この目で見るのはすばらしい体験だろう。孫の顔が見られたら、それこそ特大のボーナスだ。

今すぐ目が見えるようになって、自分が産んだ小さな男の子をこの目で見られたらと、カーリーは願った。

その思いを悟ったように、ハンクが赤ん坊のようすを話しはじめた。「完璧な子だよ、カーリー・ジェーン」そっと、ささやいた。「髪は、ぼくとおなじ褐色。肌もぼくとおなじ色だ。ふっくらとした赤いほっぺで、口はきみにそっくりだよ」

カーリーの目は涙でいっぱいになった。カーリーの目にも、はっきりと見えた。今のカーリーは、赤や褐色がどんな色かも、自分の口がどんな形かも知っているのだ。

「おかしな形の、小さな青い毛糸の帽子をかぶせられているよ」ハンクは小声で言った。

「おかげで、この子の頭が萎《しお》れたトウモロコシみたいに見える」

カーリーは心のなかでそれを思い描き、笑った。

「指も爪先も、とてもちっちゃくて、信じられないくらいきれいなピンク色をしてる」

ハンクが、ふいに口をつぐんだ。赤ん坊への畏《い》敬《けい》の念に捉われたのだろうと、カーリーは思った。「なんてきれいなんだ」と、ハンクがつぶやいた。

「どうしたの？」

「朝の最初の光だよ」

部屋のなかが明るくなったのが、カーリーにもわかった。周囲を取り巻く灰色の世界が、少し白っぽくなった。

「きみにも見えたらいいのに」ハンクはささやいた。「真珠のような白い光がブラインド越しに射して、部屋のなかを薄いばら色と金色の縞《しま》模様に染めているんだ。まるで、天使が舞い降りて、柔らかな光で部屋を照らしてくれているようだよ」

カーリーは、ハンクの大きな手をしっかりと握りしめた。心のなかに、その光景がはっきりと映しだされた。自分の目で見るのと、ほとんど変わらないほどだ。天使はたしかにそこにいるのかもしれない。天使は愛から生まれるという。この部屋は愛に満ちていた。

ハンクはかがんでカーリーにキスをし、その腕に、小さな新しい命をそっと滑りこませた。それから、息子の指や爪先に、カーリーの両手を導いた。「こんなに小さくて完璧なものを見たことがあるかい？」と、ささやきながら。

ふたりはおくるみを脱がせた。カーリーが心の目で赤ん坊のすべてを見ることができるように、ハンクが話して聞かせた。かわいらしく内側に曲がった脚や、ぷっくりとふくれたお腹、ついたままのへその緒、皺の寄った小さな顔などを描写するハンクの声には、愛情があふれていた。カーリーは、ハンクが目の見えない妻を見捨てるだろうと一度は思いこんだ自分が信じられなかった。

優しい温かさが、カーリーを満たした。疲れ果ててため息をつき、カーリーは目を閉じた。自分の人生の行く末を、カーリーはよくわかっていた。この先、一度は目が見えるようになったとしても、最後は完全に視力を失うだろう。だが、こんなに平穏な気持ちで、暗闇に閉ざされる未来を想像したことはなかった。

傍らにハンクがいる限り、二度と盲目になることはない。彼が誓ったように、彼の目はカーリーの目でもある。いつか年老いたら、ふたりは日没のころに散歩をするだろう。そのとき、カーリーにはすべてが見えるはずだ。彼のことばが描きだす光景は、彼からの贈り物だ。ハンクのことばを借りれば、愛情とは弱いものではない。どんな困難にもけっして負けはしない。ハンクはいつでもそばにいてくれるだろう。死が彼を先に連れて行かない限り。そして、もしそうなったとしても、カーリーは二度と暗闇にひとり取り残されはしない。

カーリーが歩く道は、永遠にハンクの愛が照らしつづけてくれるだろうから。

親愛なる読者のみなさん

物語のアイデアはどうやって浮かぶのですかという質問をよく受けます。そこで、今回は、訊かれる前に説明しておくとしましょう。〝Phantom Waltz〟が世に出たとき、読者のみなさんから何百通ものお手紙を頂きました。どの手紙にも、心に強く残る物語だったという感想が書かれていました。そのなかには、数は少ないながら身体的なハンディキャップを抱えた女性からの手紙もあり、わたしが車椅子の若い女性を主人公にしたロマンスを書いたことをとても喜んでくれていました。なんと、ヒロインはまるで自分のようだと言う方もいました！　その他にも、〝Phantom Waltz〟の出版には大きな意義がありました。ハンディキャップを持つ女性を主人公にしたロマンスには、他の多くの作品と同様に読者を惹《ひ》きつける魅力があり、出版市場においてもベストセラーリストに入るだけの力があるということがはっきりと証明できたのです。

わたしに手紙をくれた女性たちのなかには、〝Phantom Waltz〟のヒロインと同じ半身麻痺の方もいらっしゃいましたが、多くは多発硬化症、聴覚障害、視覚障害など、さまざまな病気を抱えている方々でした。彼女たちの間で、〝Phantom Waltz〟はいわゆる大ヒット作品となり、さらには、幅広い一般の読者にもこの作品が評判となった事実に彼女たちは驚き、大喜びしました。他の小説家たちもわたしのあとに続けば、身体的なハンディキャップを持つヒロインが登場するラブストーリーが次々と出版されるのではないかという希望が生まれたからです。

手紙をくれた若い女性のひとり、メリッサ・ロペスにわたしは特別な興味を抱きました。生まれつき目が見えなかった彼女は二十代前半に視力が回復し、ふたたび病気に視力を奪われるまでの限られた年月、目が見える人生を送りました。メリッサほど明るく前向きで勇気にあふれる女性はいないでしょう。彼女自身の物語を聞いたわたしは感動し、一九六七年に発見され、メリッサは二十歳になるまで名前を聞いたことさえなかった格子状角膜変性症という目の病気を扱った本を書こうと決心しました。目が見えないときも、医師がメリッサの目は見えるようになると告げたときも、メリッサの両親や祖母が、いかに彼女を支えてくれたかという話を聞きながら、わたしは涙をこらえきれませんでした。子ども時代に、家族や友人がいつもメリッサのそばにいて手助けしてくれた話にも、深く感銘《かんめい》を受けました。子どもたちが誰かを愛し、支える。なんて、すばらしいことでしょう！

わたしが格子状角膜変性症のヒロインが登場する物語を書くつもりだと知ったメリッサは大興奮でした。それは、わたしにとっても大きな助けとなりました。実際、彼女が最後までこの本に関心を寄せ、病気についてのさまざまな知識を与えてくれなかったら、わたしは途中で執筆を断念していたかもしれません。格子状角膜変性症という病気がどんな影響を目に与えるのか、日常生活ではどんな困難があるのかを、彼女は教えてくれました。本のなかの描写が正確になるように、主治医のウィリアム・E・ホイットソン氏に何度か電話で質問もしてくれました。本書に出てくる格子状角膜変性症についての記述が事実に忠実なのは、ひとえにメリッサとウィリアム・E・ホイットソン医師のおかげです。

ただし、本書は完全にフィクションであり、メリッサの人生とはまったく関わりありません。読者のみなさんが、この物語を楽しんでくださいますように。そして、〝Phantom Waltz〟と同様に、この本がみなさんに愛され、みなさんの家の本棚に大切にしまわれることを願っています。

キャサリン・アンダーソン

訳者あとがき

お待たせしました！　前作の『あなたに会えたから』に続き、コールターファミリー・シリーズ第二弾をお届けします。『あなたに会えたから』は、獣医である双子の弟アイザイア・コールターが、失語症を抱える女性、ローラを動物の世話をするケンネル・キーパーとして雇い、恋に落ちるというロマンスでした。今回の主役は、コールター兄弟の末の弟ハンク。原作が出版されたのは、『あなたに会えたから』(原題 *"My Sunshine"*) より前になります。ややこしいですが、つまり、この物語はアイザイアとローラが出会う以前の話というわけです。『あなたに会えたから』を読んでくださった読者のみなさんは、コールター家で催《もよお》された感謝祭のパーティーを覚えていますか？　双子のアイザイアとタッカーをのぞく全員が結婚して、幸せな家庭を築いていましたよね。今回の主人公ハンクも、そのときには、すでにカーリーという目が不自由な女性と結婚していました。本作品は、そのハンクとカーリーが主人公のラブストーリーです。

ハンクとカーリーが運命の出会いを果たすのは、ハンクが通うナイトクラブ。そこに、手術を受けて目が見えるようになったばかりのカーリーが初めて友人とやってきます。そのカーリーにハンクがひとめぼれをし、いわゆるナンパをして車の中でことにおよぶところから、ふたりの物語は始まります。お互いに一夜限りの関係のつもりが、なんとカーリーは妊娠。それが判明したところで、ハンクはやっとカーリーの目の病気について知ります。妊娠のせいで再び失明してしまうという事実も。心から後悔し、なんとかカーリーを助けようとするハンクですが、カーリーはハンクをまったく信用しません。ハンクがいったいどうやってカーリーの信頼を勝ち得るのか、そして、自力で生きることにこだわるあまり、簡単に他人に心を許さないカーリーとどうやって愛を育《はぐく》んでいくのかがストーリーの中心になっていきます。

ヒロインのカーリー・アダムズは、『あなたに会えたから』のヒロイン、ローラと同様にハンディキャップを抱えています。障害を持つヒロインを主人公にしたストーリー自体は、小説に限らずテレビドラマや映画でも見かけるため、それほど珍しいものではないでしょう。その中にあって、キャサリン・アンダーソン作品の大きな特色は、ヒロインがおかれている環境に非常にリアリティがあること。それでいて、作品全体は大らかな温かさに包まれていることです。

リアリティの点では、作者のメッセージにもあるとおり、執筆にあたって実際に目の不自由な女性から聞いた多くの話が随所に生かされています。文字や数字、図形などを理解する難しさ、階段の段差が見えない苦労、物をしまい忘れたらどこにあるのか分からなくなってしまう不便さなど、けっして大事件ではなく日常の些細《ささい》な出来事から、目が見えない生活の不自由さがリアルに伝わってきます。ハンクも言っているように、わたしたちは「目が見えない」ということを概念として理解していても、実生活で具体的にどんな問題が起こるかということまでは、なかなか考えが至りません。訳者はカーリーの「ラクダを見てみたい」という言葉に、「目が見えない人生」を少しだけ実感したような気がしました。なんでもないつまらないことだけれど、多くの人にとって当たり前のことが、当たり前ではない。それが、障害をもって生きるということなのかもしれません。

そして、ともすれば困難に満ちた恋愛を、作者は温かな視線で描いています。現地の書評でもキャサリン・アンダーソン作品によく使われる「ハートウォーミング」という言葉は、作者の多くの作品に共通する特徴です。それは、そのまま、シリーズの中心であるコールター家の雰囲気でもあります。父ハーヴと母メアリー、そして、六人の子供たち。本国アメリカでは、すでにそれぞれの兄弟が運命の相手に巡《めぐ》り合う作品が発表されています。本作品にも登場するベサニーとライアンの物語〝*Phantom Waltz*〟、長兄ジェイクとモリーが主人公の〝*Sweet Nothings*〟、ハンクのすぐ上の兄ジークが歌手のナタリーと出会う〝*Bright Eyes*〟、コールター兄弟で最後の独身男性となった、双子の兄タッカーがついに運命の女性と巡り会う〝*Sun Kissed*〟。どのストーリーにもコールター家の面々がそろって登場し、作品に温かみとユーモアを添えています。特におせっかいで愛情深い母のメアリーは、コールター家の中心です。訳者は、作者自身もこんな雰囲気の人ではないかと勝手に想像しているのですが……。

さて、作者キャサリン・アンダーソンについては『あなたに会えたから』のあとがきでも紹介したので、ここでは簡単に。コールターファミリー・シリーズにも多くの動物たちが登場しますが、作者も大の動物好きで、たくさんの犬と夫とともにオレゴン州で暮らしています。公式ホームページに掲載されている近況によれば、ハワイのオアフ島で休暇を楽しんだけれど、そのあいだ、自宅に残してきた子犬たちが心配でたまらなかったとのこと。なんとなく、人柄が忍ばれるコメントですよね。そのうち、ハワイを舞台にした新作なんて発表されないでしょうか。今度は牧場ではなく海を舞台に、鯨《くじら》やイルカも登場して、ゆったりと癒《いや》されるようなストーリーなんていかがですか。と、またまた勝手に想像（妄想？）がふくらむ訳者でした。

最後に、この場を借りて、今回も大変お世話になった二見書房翻訳編集部のみなさまに心からの感謝を申し上げます。ありがとうございました。

二〇〇八年四月

ザ・ミステリ・コレクション 23

晴《は》れた日《ひ》にあなたと

著者　キャサリン・アンダーソン
訳者　木下淳子《きのしたじゅんこ》

発行所　株式会社 二見書房
東京都千代田区神田神保町1-5-10
電話　03(3219)2311［営業］
03(3219)2315［編集］
振替　00170-4-2639

印刷　株式会社 堀内印刷所
製本　関川製本

落丁・乱丁本はお取り替えいたします。
定価は、カバーに表示してあります。

ISBN978-4-576-08038-3
http://www.futami.co.jp/

まだ見ぬ恋人
スーザン・エリザベス・フィリップス
宮崎槙［訳］

VIP専用の結婚相談所を始めたアナベルの最初の依頼人はアメフトの大物代理人ヒース。彼に相手を紹介していくうちに、二人はたがいに惹かれあうようになるが…

あなただけ見つめて
スーザン・エリザベス・フィリップス
宮崎　槙［訳］

父の遺言でアメフトチームのオーナーになったフィービーは、ヘッドコーチのダンと熱く激しい恋に落ちてゆく。しかし、勝ち続けるチームと彼女の前には悪辣な罠が…

湖に映る影
スーザン・エリザベス・フィリップス
宮崎　槙［訳］

湖畔を舞台に、新進童話作家モリーとアメリカン・フットボールのスター選手ケヴィンとのユーモアあふれる恋の駆け引き。迷い込んだふたりの恋の行方は？

あの夢の果てに
スーザン・エリザベス・フィリップス
宮崎　槙［訳］

元伝導牧師の未亡人レイチェルは幼い息子との旅路の果てに、妻子を交通事故で亡くしたゲイブに出会う。過酷な人生を歩んできた二人にやがて愛が芽生え…

レディ・エマの微笑み
スーザン・エリザベス・フィリップス
宮崎　槙［訳］

意に染まぬ結婚から逃れようとする英国貴族の娘と、トーナメントに出場できなくなったプロゴルファー。そんなふたりが出会った時、女と男の短い旅が始まる。

トスカーナの晩夏
スーザン・エリザベス・フィリップス
宮崎　槙［訳］

傷心の女性心理学者が静養のため訪れたトスカーナ地方で出会ったのは、美しき殺人鬼などが当たり役の大物俳優。何度もベッドに誘われた彼女は…イタリア男の恋の作法！

すべての夜は長く
ジェイン・アン・クレンツ
中西和美［訳］

親友パメラの不審な死に遭遇した新聞記者アイリーンは元海兵隊員のルークとともに事件の謎を探る。次々と怪事件に襲われるたびに強い絆で結ばれる彼らの恋の行方は？

夢見の旅人
ジェイン・アン・クレンツ
中西和美［訳］

夢分析の専門家イザベルは、勤めていた研究所の所長が急死したため解雇される。自分と同様の能力を持つエリスとともに犯罪捜査に協力するようになるが…

鏡のラビリンス
ジェイン・アン・クレンツ
中西和美［訳］

死んだ女性から届いた一通のeメール——奇妙な赤い糸で引き寄せられた恋人たちが、鏡の館に眠る殺人事件の謎を追う！極上のビタースイート・ロマンス

ガラスのかけらたち
ジェイン・アン・クレンツ
中西和美［訳］

芸術家ばかりが暮らすシアトル沖合の離れ小島で、資産家のコレクターが変死した。幻のアンティークガラスが招く殺人事件と危険な恋のバカンス！

迷子の大人たち
ジェイン・アン・クレンツ
中西和美［訳］

サンフランシスコの名門ギャラリーをめぐる謎の死。辣腕美術コンサルタントのキャディが〝クライアント以上恋人未満〟の相棒と前代未聞の調査に乗り出す！

優しい週末
ジェイン・アン・クレンツ
中村三千恵［訳］

エリート学者ハリーと筋金入りの実業家モリー。迷走する二人の恋をよそに発明財団を狙う脅迫はエスカレート。真相究明に乗りだした二人に危機が迫る！

もう一度だけ熱いキスを
リンダ・カスティロ
酒井裕美［訳］

行方不明の妹を探しにシアトルに飛んだリンジーは、元警官で私立探偵の助けで捜索に当たるが、思いがけない事実を知り……戦慄のロマンティック・サスペンス！

愛こそすべて
リンダ・カスティロ
酒井裕美［訳］

養父母を亡くし、親探しを始めたアディソンが見つけた実母は惨殺されていた。彼女も命を狙われるが、私立探偵のランドールに助けられ、惹かれあうようになるが…

夜の扉を
シャノン・マッケナ
松井里弥［訳］

美術館に特別展示された〈海賊の財宝〉をめぐる陰謀に、巻き込まれた男と女。危険のなかで熱く燃えあがる愛欲を描くホットなロマンティック・サスペンス！

そのドアの向こうで
シャノン・マッケナ
中西和美［訳］

亡き父のため11年前の謎の真相究明を誓う女と、最愛の弟を殺されすべてを捨て去った男。復讐という名の赤い糸が激しくも狂おしい愛を呼ぶ…衝撃の話題作！

影のなかの恋人
シャノン・マッケナ
中西和美［訳］

サディスティックな殺人者が演じる、狂った恋のキューピッド。愛する者を守るため、燃え尽きた元FBI捜査官コナーは危険な賭に出る！　絶賛ラブサスペンス

運命に導かれて
シャノン・マッケナ
中西和美［訳］

殺人の濡れ衣をきせられ、過去を捨てたマーゴットは、彼女に惚れ、力になろうとする私立探偵デイビーと激しい愛に溺れる。しかしそれをじっと見つめる狂気の眼が…

二見文庫　ザ・ミステリ・コレクション